從藝術的忠臣到
人民的忠臣

聞一多論稿

—— 李樂平 編著

崧燁文化

目錄

第一章 新時期長篇聞研的歷史回顧及新世紀國內外聞研動態

　　關於聞一多的評論，在其初涉文壇不久的 1922 年底就已經開始。隨後，著名作家或學者如朱湘，沈從文，蘇雪林，朱自清等對其人其文都有很深入的研究。新中國成立後，聞一多當年的學生如季鎮淮、王瑤、王康以及李廣田、郭道暉、孫敦恆和其他學者等均成為這一研究領域的帶頭人。雖然聞一多研究的歷史很長，但在這之前後，關於聞一多研究的長篇卻很少見，祇有署名史靖的王康寫作並由上海生活書店出版於 1947 年 7 月的《聞一多的道路》，陳凝寫作並由民亨出版社出版於 1947 年 8 月的《聞一多傳》，勉之寫作並由上海生活·讀書·新知聯合發行所出版於 1949 年 6 月的《聞一多》以及王康由《聞一多的道路》壓縮而成並由湖北人民出版社於 1958 年 6 月出版的《聞一多》。

　　新時期以降，關於聞一多的長篇研究逐漸多了起來。1979 年 4 月，王康在繼修訂 1958 年版的《聞一多》並更名為《聞一多頌》於 1978 年 12 月由湖北人民出版社出版之後，又由湖北人民出版社出版了他初稿於 1964 年但改定於 1978 年底的《聞一多傳》。這部專著，可以說是作者傾其半生精力的結晶。該專著以傳主一生的活動經歷為線索共 18 章，這 18 章依次為《故鄉》，《清華園中》，《五四運動時期》，《在大洋彼岸》，《歸國後的第一年》，《北伐戰爭之後》，《重返清華》，《一二九運動前後》，《抗日戰爭時期》，《初到春城》，《在艱苦的時刻》，《學術的青春》，《時代的鼓手》，《戰士的光輝》，《在火熱的鬥爭中》，《「最黑暗的一天」》，《崇高的願望》和《英勇獻身》以及附錄的吳晗著《〈聞一多的道路〉序》和作者《後記》等共 36 萬多字。觀其各章標題，我們即可知道論者在這部專著中對於作為詩人，學者和「鬥士」聞一多全部活動及其成就的詳細介紹和評析。就在這部專著中，作者更以較大的篇幅，為讀者提供了當時鮮為人知的大量材料特別是聞一多政治思想轉變前後和當時共產黨人的接觸以及他閱讀進步書籍對其轉變的教育作用。正是因為有了黨的正確領導和教育，這

才使詩人和學者的聞一多走上反對國民黨獨裁以爭取民主的鬥爭道路並面對國民黨的「手槍」毫不畏懼而英勇犧牲。由於作者是聞一多的學生尤其亦曾參加過當年昆明的民主運動，因此，作者鮮明的愛憎情感就貫穿在全書的敘述和評析過程之中並能夠引領讀者沉醉其中。該專著在學術方面不僅具有很高的原創價值，而且其所介紹聞一多之各個時期的活動等諸資料，更為後人建築成一座研究聞一多的資源寶庫並且影響著後人的研究。當然，由於專著出版時特別作者寫作時尚未擺脫「極左」思潮影響，這就表現為有「拔高」聞一多的嫌疑。而且，論者也較多地迴避了在其寫作之時尚屬敏感的政治內容如聞一多前期崇奉「國家主義」的「大江會」或參加「新月」活動等。因此，這就因衹表現傳主其人生的「半面」而使聞一多的形象缺乏「完整」。

繼王康的《聞一多傳》出版之後，劉烜又於 1983 年 7 月由北京大學出版社出版了他於 1982 年夏季就寫好的《聞一多評傳》。該專著除聞家駟的《序》和作者的《後記》外，正文共 13 章依次為《童年》，《一個愛國者的覺醒》，《留學美國和〈紅燭〉出版》，《美學思想和新詩評論》，《在詩壇上》，《死水》，《學者生涯》，《辛勤的園丁》，《飛躍》，《研究中國古典文學的豐碩成果》，《「民主堡壘」中的鬥士》，《雜文》，《最壯麗的詩篇》以及 13 章外的《結束語》等共 30 多萬字。這部專著和王康《聞一多傳》的異同表現為，在結構方面雖然也是從「經」的角度對聞一多詩人，學者和「鬥士」的轉變經歷及其成就進行介紹和評析，但顯然不屬於「流水帳」式寫作，而帶有專題式研究特徵；在聞一多的思想表現方面，雖然都以愛國主義為靈魂為根基貫穿全書，但顯然前者沒有後者更加強調；在聞一多美學思想追求方面，雖然都論證評析了其後期作為「時代的鼓手」的藝術為人民，但是因為後者有了介紹並評析傳主前期藝術追求即「藝術改造社會」和「為藝術而藝術」以及美學觀的轉變等，這就使傳主的形象顯得完整和真實；在內容表現方面，雖然都有關於聞一多詩歌創作成就的評析，但是由於後者專題研究的特點，其篇幅顯然大於前者等等。當然，該專著的成就並不僅在於此，更在於作者在前人建造的大廈基礎上，以其新的角度全面系統地論證評析傳主聞一多作為詩人，學者和「鬥士」各方面的成就。

因此，這部專著出版之後，《人民日報》，《文藝報》和《文學評論》等都有專家給予高度評價，甚至，國外聞一多研究者也給作者去信認為其「發現和研究了不少人們尚不知道的史實」，這就「使讀者能獲得關於聞一多在各個領域多方面活動的完整印象」。[1] 當然，同樣由於歷史背景的侷限，這部專著在介紹和評析聞一多前期美學思想時，不僅沒有說明聞一多之「藝術改造社會」是其前期短暫的文藝思想旋即就追求唯美主義，而且更迴避了聞一多之「為藝術而藝術」的實質是專求藝術的純美而反對藝術的功利。再者，關於聞一多《奇蹟》一詩的介紹，作者在當時情況下，應該已經明白是為愛情詩，但是，作者也和王康一樣可能是為賢者諱吧，祇語焉不詳地在介紹多種觀點後說「似乎是關於理想的愛情的哲理性的詩。」還有，在史料的認定方面，有的內容也有待商榷。如作者誤將朱自清等據「選詩定正本」收入4卷本《聞一多全集》中祇有34字小序的《洗衣歌》，是傳主在編輯《現代詩抄》時刪掉了原76字小序中的最後42個字。其實，從現在12卷本的新《聞一多全集》可知，傳主在《現代詩抄》中就沒有收入《洗衣歌》這首詩。據筆者此前書信、電話包括電子郵件請教全國約20位聞研專家包括劉烜先生及聞一多的親屬尤其吳宏聰先生等，目前多認為朱自清編4卷本全集中所說的「選詩定正本」已無從考證。

1988年7月，上海文藝出版社出版了俞兆平寫成於1985年6月改定於1986年5月的《聞一多美學思想論稿》。和此前諸多關於聞一多的傳記著作相比，該論著一改縱的敘述方法而以專題研究的形式出現。全書除《後記》外7章依次為《美學思想歷程》，《詩歌創作論》，《新詩形式論》，《新詩發展論》，《審美教育論》，《藝術美醜論》和《藝術起源論》等共26萬多字。作者高度評價聞一多在中國現代美學和和現代詩學等方面所作出的貢獻，這主要表現為：

第一在《美學思想歷程》中，論者縝密地分析了聞一多三個時期美學思想的形成尤其複雜性表現如中期既堅持藝術的社會功利性，又強調藝術家創作時的超功利性等特點並認為在當時「五四」時期的文學界非常普遍。而這種藝術創作無目的性與藝術社會功用性相統一的二律背反的文藝主張，正是康德美學思想在新的歷史環境中的延續；第二在《詩歌創作論》中，論者在

分析聞一多詩歌創作總原則諸要素後，更詳細分析聞一多基於現實的浪漫主義詩歌創作追求的特點，聞一多關於抒情詩的特殊要質以及詩歌創作的心理四要素和詩歌創作的傳達活動等；第三在《新詩形式論》中，論者不僅將聞一多的形式美與形式主義相區別，而且在論證詩之「三美」即音樂美，繪畫美和建築美之前，更正確分析詩之「三美」的基調即中國傳統審美標準「均齊」和「渾括」；第四在《藝術美醜論》中，論者不僅分析聞一多「化醜為美」的詩歌創作實踐，同時還論證其以醜為美學追求的理論淵源以及發展和創新之處等。除此之外，論者當然還有其他精辟的分析和論證，他在書的封面就說「集合詩人、學者、鬥士這三重人格於一身的聞一多」，不僅「在其短暫的四十七年生涯中，創作新詩、研究古笈、評析藝文、奠立詩論，乃至涉足繪畫、戲劇、舞蹈、篆刻等藝術門類，其視野之廣，領域之寬，真有集納百川之氣魄，融合萬匯之才華」，而且，其「熔鑄中外，貫通古今，以及與現實鬥爭的渾然交織，對客觀真理的不懈追求」，這就「形成了聞一多美學思想的獨具特色」。

應該說，俞兆平這部具有精辟見解並極具理論深度的專著，不僅當時具有推動聞研向縱深創新的作用，即使現在，其觀點在聞研界仍然具有很大影響並為人所借鑑。當然，正如該專著從傳統聞一多文藝思想的前後兩期分法轉變為前中後三期分法的認識在被專家充分肯定的同時，也為當時的研究工作帶來「商榷和爭論的活躍氣氛」[2] 一樣，筆者認為，該專著某些方面也明顯不妥，如論者將現在學界公認的愛情詩《奇蹟》解讀為「聞一多對自己多年來所受的唯美主義藝術觀影響的總的回顧與清算，是他對新的理想境界的尋覓與探求」。當然，這也是因為當時背景的侷限所致。不過有了這論據的虛假，從邏輯的角度看，其論證的準確性也就值得懷疑。還有，論者在分析聞一多之「新詩採用了西文詩分行寫的辦法」所表現的「建築美」和古典詩歌詞句的排列不據此種特點進行比較時，就將杜牧之七絕《清明》的幾種句讀方法為例以「說明詩中各種形式因素組合的變化，將會影響到詩的內質」。這種分析顯然不妥。因為論者在分析「此」的時候，顯然忽視了「彼」。在古詩中，祇要作者冠以「七律」或者「七絕」等字樣，讀者就祇能根據「七律」或者「七絕」的格律要求進行句讀。否則，就不是「七律」或者「七絕」了。

1990 年 10 月，商金林完成於 1988 年底的《聞一多研究述評》由天津教育出版社作為「學術研究指南叢書」的一種出版。雖然此前已有聞研專家江錫銓《聞一多研究四十年》的聞研述評文章問世，但那畢竟屬於短篇容量太小，因此也就滿足不了研究者尤其年輕學者的需要，然而商金林的這部作品，則不僅當時並且迄今仍然屬於絕無僅有的聞研綜述性大容量專著。

　　該專著除《引言》，附錄《聞一多研究資料索引選輯》和《後記》外，凡八章依次為《清華求學期間的聞一多評介》，《〈紅燭〉時代的聞一多研究》，《〈紅燭〉、〈死水〉較深入系統的研究》，《抗戰期間的聞一多研究》，《建國前三年的聞一多研究》，《建國至「文革」前的聞一多研究》，《臺灣、香港地區的聞一多研究點滴》和《新時期的聞一多研究》等共 32 萬多字。該專著的特點表現為：

　　第一，作者不僅搜集了聞一多自清華求學涉足文壇的 20 年代初期至作者寫作當時的 1988 年期間各個時期被人評介的情況，而且，作者在介紹這些進行評介的同時，也還輔以自己對聞一多各個時期創作情況的簡單介紹；

　　第二，「述評」既介紹有研究者對聞一多創作的肯定，也介紹有研究者對聞一多創作的批評；

　　第三，作者在介紹研究者觀點的時候，不僅亦述亦評有自己的分析，更在每一章的結尾又都輔以「結語」進行整合歸納該時期的研究狀況；

　　第四，在附錄《聞一多研究資料索引選輯》中，既有在「述評」中介紹過的作品，也有新列入的篇目；

　　第五，「述評」中，作者在對聞一多創作經歷研究和聞一多重點創作研究介紹的同時，還有關於聞一多研究熱點的介紹以及「國外聞一多研究一瞥」等。該書的出版具有很大意義，作者以其廣博的知識在學術方面填補聞研長篇綜述的功績表現為，不僅對於當時乃至目前甚至今後的年輕聞一多研究者具有入門引領作用，而且，對於所有的聞一多研究者也都具有借鑑啟發意義。

　　1994 年 7 月，湖北人民出版社出版了聞黎明和侯菊坤完成於 1988 年底的《聞一多年譜長編》。但與其說是為「長編」，倒毋寧說其為「傳記」。

因為，迄今為止，在中國現代歷史上尚未多見如此篇幅宏大的個人「年譜」。該譜除《譜前》，《正譜》和《譜後》外，另有作者《說明》和《後記》以及專家《序一》和《序二》等共 84 萬多字。據該譜《說明》可知，「譜前」包括譜主的故鄉和家世介紹；「正譜」包括譜主的求學、初期社會活動、文藝創作、文藝理論、學術研究、教學工作、政治活動、思想發展、家庭生活、個人情操、友朋交誼及其他等；「譜後」包括譜主殉難後三個月內的國內外反響、追悼和紀念等活動。

表現上述內容的資料極為豐富，作者所收錄的大量史料或為原始或為直接。其來源為：

1. 當時已出版的《聞一多全集》以及諸種詩集或文集；

2. 譜主生前發表但未編集的佚詩和佚文；

3. 譜主未曾發表的手稿、書信、聯名文章以及題字題詞和篆刻銘文；

4. 譜主起草修改潤色的各類宣言和函電；

5. 他人記錄的演講記錄、聽課筆記和時事問答；

6. 譜主親朋好友以及學生的回憶、日記還有編者的走訪記錄和信訪復函；

7. 各類報刊、雜誌的報導以及檔案文獻等。

作者歷時五載終於完成的這部專著，真可謂嘔心瀝血的結晶。雖然如此，但這部卷帙浩繁「年譜」的價值並不僅在其資料豐富多樣方面，也不僅在其成為眾多研究者從中不斷汲取且取之不盡用之不竭的源泉方面，而更在於編者將譜主即聞一多放在那種特定的歷史背景中，全方位多方面多角度地表現其由詩人，學者到「鬥士」的轉變歷程和原因，這就是聞一多所以由紳士特徵的「藝術為藝術」極端追求者轉變為「藝術為人民」的極端播種者和由「國家主義」的崇奉者轉變為「人民至上」的吶喊者等等，除了聞一多本身愛祖國愛人民的根本原因之外，還在於那個腐朽和荒亂的特殊年代迫其使然。

這就猶如張光年在其《序》中所說之不僅「使讀者披書可見聞一多其人」，而且，更讓我們「從一個人看到一個時代」。此書的又一特點亦如序

者之二耿雲志所說，作為譜主嫡孫的聞黎明「為乃祖作譜，能夠不存一絲一毫為尊者諱的舊觀念，一本史家求實的精神，此點亦極令人贊佩」。關於不為尊者諱的內容在「譜」中表現很多當然不能全部列舉，但最突出者如對聞一多《奇蹟》之詩說明時，他根據梁實秋的詮釋並解釋「所謂『情感上吹起了一點漣漪』，大概是先生與中文系講師方令孺之間的關係」。

不唯如此，作者在此後即 1996 年 5 月所編的總第 9 期《聞一多研究動態》中，更借商金林《聞一多佚詩〈憑藉〉》的發現，提供給讀者解讀《奇蹟》「一個全新的思路」。親屬為前輩作譜，對於所謂「桃色」佚聞唯恐避之不及，然而作者這種史家的實事求是精神實在令人敬佩。尊重並反映真實史料的還有如譜中記述當時校長梅貽琦赴南京教育部述職被蔣介石接見並向蔣匯報聞一多等「聯大」諸教授爭求民主行為原因之一為生活所迫時，編者記錄了梅貽琦當時日記中蔣介石的反映即「日生活問題實甚重要」。這種在當時背景下突破材料運用方面的某些禁區，不僅表現出編者的卓越膽識，而且更經得起歷史的檢驗。據《聞一多研究動態》1996 年 9 月編的總第 9 期可知，鑒於專家認為該長編「搜得大量外間不易得的資料」並經過「從容研究，細心核校，精心編排」，是當時「出版有關人物傳記、年譜方面著作中資料最豐富而可靠的一種」，由於「海內外研究聞一多及研究中國現代史特別是研究現代思想史、文學史的專家極為重視」並成為他們「最不可少的材料」，因此，該專著就被中國社會科學院近代史研究所授予 1992 至 1994 年度「優秀科研成果獎」。後來，北京大學在慶祝百年校慶之前，其哲學系又隆重推出該專著為「應讀」和「選讀」各 30 種中「應讀」之書。2009 年 11 月，該專著又在「聞一多誕辰 110 周年紀念暨國際學術研討會」上，獲得具有國際價值的第二屆聞一多研究優秀成果獎（1994-2008）一等並冠名第一。這從一個側面，就能說明該書的成就和地位。當然，該書最大價值更在於後來的眾多聞研工作者無不從此《長編》這個「蠶繭」中抽絲提取所用的材料並展開來進行闡述而成為創新觀點的新作。

在此還要說明的是，就在聞黎明編定《年譜長編》尚待出版之時，他又以其整理的《年譜長編》材料為素材創作了 33 萬多字的《聞一多傳》並由人民出版社於 1992 年 10 月出版。值得稱贊的是，作者繼續堅持實事求是精

神，他不僅詳細記述聞一多當年參與「北京國家主義團體聯合會」的活動情況以及當年聞一多留學美國時中國留學生「大江會」的活動情況並將自己的認識寫入其中從而填補了聞一多乃至當時中國留美學生「國家主義」活動真實歷史的缺憾，而且，他更以史學研究者嚴謹的科學態度，對學界包括聞一多家屬多認為聞一多是為文天祥直系後人的觀點提出質疑。該專著出版之後，1993 年在北京大學進行訪學的日本早稻田大學教授鈴木義昭拜讀後就著手進行翻譯並歷經 7 年數易其稿終於在 2000 年 10 月又由北京大學出版社出版了 700 多頁的日譯本《聞一多傳》。日譯本《聞一多傳》的出版，不僅是聞一多研究走向世界的重要標誌，而且，其在促進中日兩國文化交流方面，更具有重要意義。

1999 年 2 月，中國編譯出版社出版了蘇志宏的《聞一多新論》。這部專著除《緒論：聞一多研究 50 年的回顧與反思》和作者《後記》外，凡三個部分即第一部分《詩人編》包括第一章《聞一多個性質素的邏輯起點》，第二章《理想主義的愛國詩人》，第三章《唯美主義的文化傾向》，第四章《時代的鼓手》；第二部分即《學者編》包括第五章《上古神話研究》，第六章《〈詩經〉研究》，第七章《〈楚辭〉研究》，第八章《〈唐詩〉研究》，第九章《〈莊子〉研究》，第十章《聞一多的文化史觀》和第三編即《鬥士編》包括第十一章《和教授階級算帳》以及第十二章《兩極之間的中間人》等共 25 萬多字。

這部專著冠以「新論」，其新在何處？筆者認為：

第一，從量的角度來說，作者在沿用朱自清《〈聞一多全集〉序》之詩人，學者和「鬥士」的「三段論」式「三重人格」分析的基礎上，糾正了新中國成立「50 年來的聞一多研究中累積的重鬥士輕詩人、重詩人輕學者的偏頗傾向」改為重學者和詩人研究而輕「鬥士」研究。在全書 328 頁碼中，關於學者研究的篇幅占 202 個頁碼，關於詩人研究的篇幅占 92 個頁碼，而關於「鬥士」研究的篇幅祇占 34 個頁碼；

第二，從質的角度來說，由於作者認為從「1946 年以來迄今 53 年的聞一多研究，一直游離於聞一多本人思想發展的內在理路之外，凸現的是其中

所具有的某種意識形態價值,即一種外在的評價」,因此,為了恢復聞一多在政治象徵性符號之下被掩隱的「豐富的學術思想及其在現代文化史上所應有的地位」,作者更強調作為學者和詩人「聞一多所具有的文化史和學術史價值」即內在評價;

第三,批評了學界長期認同的郭沫若《〈聞一多全集〉序》之觀點即聞一多「文化史研究的目的」是「為批判歷史而研究歷史」,同時也批評了郭沫若關於聞一多「治學的根本態度」表現為聞一多「搞中文是為了『裡應外合』來完成『思想革命』」,的觀點並說明「論據不足」。作者認為,「聞一多由『學者』向『鬥士』的人生道路的轉變,並非受一種『早有部署在心』的『究極目的』的驅使,而是其內在個性特徵、學術修養和價值觀念中特有的質素」即「在外在的環境——國民黨政府的專制主義統治、政府官員的腐敗和生活條件的惡化等等——的刺激下,迸發出來一種無畏的個性化抗爭」。而這種「抗爭的矛頭直接指向的」,就是當時「專制主義對其教養中根深蒂固的民主自由和人權等理想信念的戕害」;

第四,作者認為,聞一多在由學者向鬥士的轉變過程中,其個性、教養、學識、氣質和理想追求等這五個「內在質素」起了主要的基本的作用。他之「放棄學者選擇鬥士,放棄學術選擇政治,則主要是因為其篤信的西方式的自由民主理想受到了衝擊,他是為理想而作出自己的選擇」;

第五,作者認為新時期「作為文化主體的自覺意識的增強,其中最有價值的論點之一,就是意識到文化以及承載文化的人格,有不依賴於非文化實體的自在意義,也就是一種文化人格的自覺」並借他人的研究成果「將聞一多文化人格的基本價值取向提煉為『反對一切專制』」;

第六,聞一多後期轉變藝術觀強調詩人應作「時代的鼓手」,作者認為「聞一多的自我否定,實際上是否定掉了文化學術的獨立價值」;

第七,作者在肯定聞一多文化價值由「個人主義」向「人民意識」的轉化「反映了一種睥睨權勢和獨立思索的人格氣節」同時,更以犀利的眼光認為如果「沒有擺脫他者話語而走向民間和異端,儘管初衷是反對專制,伸張民主自由,但結果卻不免『滅裂個性』,最終走向自我否定」,他之「向教

授階級算帳」的「20 世紀產生的自由主義知識分子群體，其存在價值並非僅僅是『死的拉住活的』」，作者認為「這是聞一多將知識分子進行的文化意義的創新實踐，下降為現實的政治功利」；

第八，在承認聞一多當年追求民主保障人權「雖然天真甚至迂腐」的同時，但更肯定他之「發自肺腑的文字，真實地記載了貫穿聞一多一生的一個最基本的價值關懷」即「人、人性、人的情感、人的理性、人的醉眼、人的基本權利，是將其詩人、學者和鬥士三個人生階段連成一體的一條紅線」。總之，該專著的「新」處在於作者指出關於聞一多之多為歷史的工具性研究而非內在的本體性研究弊病的同時，其所進行的則是由內而外而非由外而內的研究方法。

2000 年 12 月，廣西師範大學出版社出版了陳衛創作的博士論文並由中國聞一多研究會長陸耀東先生作序的《聞一多詩學論》。這部專著除作者《引言》和《結語：承前啟後的詩學之環》以及《附錄》中的四篇論文外，凡五章依次分別為《意象論》，《幻象論》，《情感論》，《格律論》，《技巧論》等共 27 萬多字。幾十年來，雖然關於聞一多詩學研究的論文很多，但是以專著形式並系統地從以上各個方面進行分析，陳衛堪稱第一。這部專著的「著力點」即成功之處，正如陸耀東先生在其《序言》中所說，「是視野放得寬些，論述更深一點、新一點、細一點，從而有所前進，有所超越」。如何做到以上這些超越？如作者在第一章的《意象論》中，她先從第一節開始《意象尋源》，不僅分析中國在先秦時期就有了「意」和「象」這兩個詩學概念以及各自的含義乃至後來合成的「意象」含義，而且，更結合聞一多留學美國之後所接觸到的西方意象理論進行分析，從而不僅推論出「聞一多的意象觀與英美意象主義有著千絲萬縷的聯繫」，而且，更研究出聞一多在接觸西方意象理論後他之「意象觀」的變化即由最先「講究意象的圖畫性、形象可感性」以「更注重感性上的審美」轉變為「將意象看成是由情感和意志共同作用形成的思想凝結物，默認它的歷時性與共時性及其蘊含的文化意味」並且「這種思想在他同時期的詩歌創作中體現得更為明顯」。緊隨其後的，是作者在該章中第二節的《自然意象系統》研究。這部分內容分別又有「時間意象」和「空間意象」兩類並結合聞一多的詩歌創作實例進行分析，如表現「時間

意象」的作品有《春寒》、《黃昏》和《晴朝》，表現「空間意象」的作品有《西岸》、《孤雁》和《太陽吟》等等，但不論何種意象，都是為了並且也能夠表現出作者當時的情感。在第三節的《人文意象系統》中，作者分別從「生／死意象」，「愛／美意象」和「文化意象」這幾個角度進行分析。在前者的分析中，作者在肯定聞一多詩歌「死」之追求是一種享受而非災難的同時，也批評其詩「否認了人類的生存價值」。當然，最重要的是作者認為聞一多「從人的思維發展來看，對於自身的自覺思考，對於生命意識的自覺悟知」，則「標誌著人的意識在思想領域的進一步深入」。

尤其讓我們不僅「看到聞一多在營造生死意象的詩歌時表現出了這種現代化傾向，而且，他本著寫詩而不是做思想的『傳聲筒』的原則，運用了現代詩人普遍偏好的誇張或荒誕的意象來說明其生存感受，用非真實的意象證實實在的生存狀況，這無疑使詩歌具有現代意味，並達到了一定的哲理深度」。在「愛／美意象」的分析中，作者除了說明研究者很少涉及的「愛與美的文學」是和「五四」時期「血與淚的文學」相對應的一種思潮外，更對「愛與美」的傳統認識即「唯美主義文學」的偏頗作了新解。作者解釋說「在『愛與美』的文學中，愛與美雖是一體，但它們還不是狹義形式上的愛與美，也不是單指美麗的語言外表或美好的愛情夢想」，而「是指因為愛而生出愛美之心、讚美之意，因美而爆發出對人生和世界的愛」。聞一多進行美與愛的文學創作，更是「對血與淚文學有意識的反駁」並「用愛與美的藝術來彌補自身血與淚的人生缺憾，為理想的轉移建設新的橋梁」。作者還分析了愛與美的意象和自然意象的不同：「自然意象借助自然的物象傳達情志，愛與美的意象卻常用自然物象作為象徵意象，傳達出個體對愛與美的精神上的追求」，因此，「聞一多詩歌在表現愛與美時，常超脫現實中的愛與美」並「到想像中去尋找愛和美的集合體」之《劍匣》和《奇蹟》詩的創作就是如此，它們「不似血與淚的文學那樣把人們都拖入黑暗汙濁的現實社會，而用純潔的愛和美，將人們的靈魂引入了極美極愛的超俗殿堂」。

在分析「文化意象」時，作者用比較的方法，指出聞一多的文化用典和某些政治抒情詩明顯不同。其差異在於，政治抒情詩「帶有明顯的政治態度，詩歌作者們總是懷著感恩戴德的心理對勝利者進行歌頌」，在詩歌共性「淹

沒了詩人的情感個性」之時，於是就「表現出一種類型化的感情」。然而聞一多的「文化意象」卻不然，由於他「這類詩歌的意象出於對民族文化的感念，又依據他個人的理解，有的詩歌被賦予了非常濃烈的個性化感情，因而它們至今還能感動讀者」。在分析最後一節「意象的美學特徵」時，作者高屋建瓴地從中國詩歌史和外國詩歌史這個角度進行闡述，指出聞一多詩論之「濃麗繁密而且具體」的意象詩學觀尤其強調意象的神祕性特徵包括他之「以醜為美」的藝術追求等和西方象徵派的淵源關係以及對於當時胡適等新詩理論的反動。

因為聞一多創作時往往運用象徵的表現手法因此詩作就不可避免地表現出詩意的神祕性特徵如《末日》、《夜歌》和《奇蹟》尤其是《奇蹟》更表現出多義性。其實，《奇蹟》所以多義，就是因為詩之意象和讀者或論者的認識觀念契合了，於是這才形成一種解讀的觀點。至於解讀的正確與否，都不會影響詩之美學意蘊。從這個意義上說，無論如何解讀該詩，其美學價值卻絲毫不會減弱。這就是留給我們的啟發和認識。鑒於篇幅原因，我們祇能以枚舉的方法進行介紹分析至此，但從此我們卻完全可以證明陸耀東先生在其《序言》中給予該專著的高度評價。

2004 年 12 月，長江文藝出版社出版了《壁壘間的橋梁——聞一多與艾略特詩論啟示錄》。《聞一多研究動態》總第 65 期認為，這是江漢大學文學院吳豔積多年研究心得的一部力作，是 2003 年湖北省教育廳科研項目之最終成果。該專著除《緒論》和《結語》外，共四章即第一章《在傳統與現代之間》，第二章《詩學傳統及其順應的要求》，第三章《現代詩學與它的互動品質》，第四章《從互動作用到複雜認識》等共 16 萬字。作者所以選擇這個課題，其在第一章《導語》中說是因為「艾略特與聞一多都是偉大的詩人，又都是頗具影響的理論批評家」，他們的詩學內容也都涉及「古典文學的研究」與「對現代詩的創作實踐和理論批評」，並在這「兩個領域之間穿行」。同時，他們還「以現代詩的創作為實驗，又從理論上探索了現代詩及其隱含的傳統與現代的問題，表現出對傳統與現代的深刻認識和恰當把握」。尤其論者認為「艾略特與聞一多所處的時代，不管是東方還是西方，傳統與現代的壁壘已經形成，並且尖銳地對峙著，艾略特與聞一多卻能夠在兩個壁

壘之間巧妙地搭成各種橋梁，這是一個值得研究的現象」。因此，論者抓住這一現象，她在《緒論》就說目的是要考察艾略特與聞一多「詩論中表現出的微妙而複雜的理論姿態——涉及面對先鋒與傳統這個世界文學與文化的難題所顯示的困境和跨越，進而探尋其中蘊涵的理論思想上的意義，以及對我們今後的理論建設所具備的啟迪作用」。

論者認為，「『文學理論生命性的獲得』是艾略特與聞一多新詩理論給予我們在思維範式上的最大啟迪。」這即「他們有關新詩的理論在自覺或者本能地暗合了文學理論生命性的特徵，暗合了有關開放、互動與組織的生命規律。」作者經過研究，將艾略特與聞一多新詩理論的價值在《結語》的開篇歸納為三點：「一是在現代與統統之間的獨特姿態，即在傳統與現代的壁壘之間達成多種橋梁；二是對傳統與現代的順應／互動作用的體認與識見；三是複雜性地面對傳統與現代的問題，充分認識傳統與現代的有序中潛存的無序性。」作者不僅認為「這三個方面的詩學價值，分別指向理論現象層、理論思維方法層和理論思維範式層，」而且，她還說「艾略特與聞一多的詩學理論隱含著思維方式的意義」，因此「從這個角度可以說，他們在現代與傳統之間表現出的複雜態度與思維方式，甚至超越了他們本身的詩學成果」。這，即是吳豔對《壁壘間的橋梁：聞一多與艾略特詩學啟示錄》的認識亦即貢獻。

就在以上這些成果出版的同時，還有很多聞研專著問世如廣西人民出版社於 1982 年 1 月出版了魯非和凡尼的《聞一多作品欣賞》，上海文藝出版社於 1982 年 6 月出版了時萌的《聞一多朱自清論》，重慶出版社於 1984 年 11 月出版了鄭臨川的《聞一多論古典文學》述評，臺北文史哲出版社於 1996 年 8 月出版了李子玲的《聞一多詩學論稿》，學林出版社於 1996 年 10 月出版了唐鴻棣的《詩人聞一多的世界》，廣東高等教育出版社於 1998 年 10 月出版了吳宏聰的《聞一多的文化觀及其他》，團結出版社於 1999 年 8 月出版了劉志權的《聞一多傳》，電子科學出版社於 1999 年 8 月出版了王錦厚的《聞一多與饒孟侃》，北京圖書館出版社於 2000 年 1 月出版了張巨才和劉殿祥的《聞一多學術思想評傳》，學林出版社於 2001 年 4 月出版了鄧喬彬和趙曉嵐的《學者聞一多》，北京出版社集團和文津出版社於 2005

年 1 月聯合出版了劉介民的《聞一多：尋覓時空最佳點》，同心出版社於
2005 年 3 月出版了謝泳的《重說文壇三劍客：血色聞一多》，南京大學出版
社出版於 2009 年 11 月出版了盧惠餘的《聞一多詩歌藝術研究》，上海社會
科學院出版社出版於 2010 年 4 月出版了許霆的《聞一多新詩藝術》。

　　除此之外，當然還有其他許多研究者的專著出版，突出者如中國人民大
學出版社於 2010 年 1 月出版了羅先友的《從文學到文化的跋涉：論聞一多
詩學的現代性》。該專著除《導論》和《結語：從文學到文化的跋涉》以及
兩篇《附錄》外，還有五章即第一章《聞一多詩學的生成環境》，第二章《新
詩理論》，第三章《古典詩歌研究》，第四章《古典文學研究中的現代手法》，
第五章《聞一多詩學的現代性特色》等共 26 萬字。該專著開篇就對「現代性」
這個眾說紛紜的名稱作了概念判斷，對現代性在中國的發生和發展進行了追
溯並在此基礎上，對生成於「五四」時代的聞一多詩學現代性進行全面研究。
該專著的研究範圍還不僅是聞一多的新詩理論，更包括他的古典文學研究及
其文化交往。由是就讓讀者知道，聞一多的文學事業和成就，主要更在於古
典文學研究。

　　這部專著的貢獻在於，論者不僅勾勒出聞一多詩學生成的現代性環境，
分析了聞一多新詩理論中的現代意識、古典文學研究中的現代手法，而且，
更在最後歸納出聞一多詩學的現代性特色即：

　　1. 聞一多詩學現代性的基本內涵表現為世界視野和科學思維；

　　2. 聞一多詩學現代性的最大特色表現為斷裂；

　　3. 聞一多詩學現代性的終極目標表現為民族性追求。

　　論者認為：「聞一多詩學建立於古今詩體轉換，中西文化結合的時空坐
標點上。他借用西方文藝理論改造傳統詩學，構建中國現代詩歌理論。其理
論指向是認清世界發展大勢，固好傳統文化根本，廣泛吸取他國精華為我所
用」。因此，這在「當今時代，為建設與世界潮流相匹配又有自己特色的中
國詩學和中國文化，研究聞一多詩學中的現代性，無疑很有意義」。

因為這些長篇聞研成果的出版，這就構成新時期直至新世紀以來聞一多研究的靚麗風景，從而推動該項研究向縱深發展。

　　由於聞一多特殊的「鬥士」身分經歷及其在詩歌、詩論和學術方面的特殊貢獻，因此，在中國現代文學的研究史上，無論政治形勢如何變化，都從沒有減弱過對於聞一多的關注。新時期以降，聞一多研究更蓬勃發展。檢閱中國期刊網，1980 年至 2010 年，篇名中含「聞一多」三字者就達上千篇。而其中 2000 年以後者，竟約占一半。由此可以看出，聞一多研究成果呈逐年上升趨勢。清華大學、北京大學、雲南師範大學、中國人民大學、北京師範大學等高校，均曾相繼承辦召開過聞一多學術研討會。由武漢大學主持的中國聞一多研究會更是不間斷成功舉辦了 7 次大規模的聞一多國際學術研討會。尤其 1999 年聞一多誕辰 100 周年之際，關於聞一多的各種紀念活動更多如除 9 月在武漢大學召開的聞一多國際學術研討會之外，還有 6 月在中國人民大學召開的聞一多學術研討會，10 月在臺灣新竹清華大學由兩岸清華大學舉辦的「第二屆中國古典文學國際研討會：紀念聞一多先生百年誕辰」，11 月由中央美術學院、炎黃藝術館和中國美術出版社聯合舉辦的「紀念聞一多誕辰一百年藝術研討會」，同月還有在北京清華大學召開的「紀念聞一多誕辰一百周年暨百年中國文學研究的現代化進程學術研討會」。更為隆重的是，當年的 11 月 22 日，首都各界兩百餘人在人民大會堂雲南廳舉行「紀念聞一多誕辰一百周年座談會」，當時的中共中央常委、全國政協主席李瑞環出席會議，王兆國、劉延東、陳至立和丁石孫、許嘉璐以及羅豪才等均出席並在講話中高度稱讚聞一多作為偉大的愛國主義者所作出的貢獻。陳至立說「聞一多的形象如同永不熄滅的紅燭，一直燃燒在中國人民心中」，尤其「在中國現代詩歌發展史上，聞一多先生是一位舉足輕重的人物」，「在他的情感天地裡，在他的詩篇中，對中華民族的愛始終佔有重要的位置」，因此，他就「如同古代偉大的愛國主義詩人屈原一樣，具有以天下為己任的歷史使命感、不屈不撓上下求索的鬥爭意志以及捨生取義的英雄品質」。陳至立還高度評價聞一多在學術方面所做出的成就，強調聞一多不僅是學貫中西的大師，而且更是傑出的教育家，指出「從古代文學到整個中國傳統文化都在聞先生的研究視野之內，在現代學術史上這是極為罕見的」，尤其「在對史料、

史識、史論相結合的追求中，他刷新了中國文學、中國文化的研究領域」，
因此他「在中國現代學術史上樹起了一塊豐碑」。除了這些重要活動之外，
北京電視臺還播放了紀念聞一多的《一盞文化的燈火：學者訪談錄》，《聞
一多》電視劇也在這年 11 月由中央電視臺播出，同月，清華大學中文系還
舉辦了《夢與世紀：紀念聞一多誕辰一百周年詩歌朗誦會》。我們更不能不
提的是，聞一多的百年誕辰又恰逢澳門回歸之時。是年的澳門回歸前，新華
社澳門分社、國務院港澳辦等有關部門決定在中國革命博物館舉辦大型展覽。
籌備者為了找到刊登《七子之歌》的雜誌拍攝書影，於是幾經周折，先是通
過中國社會科學院近代史研究所中外關係研究室的香港史專家劉蜀永先生找
到聞黎明先生，在聞黎明告訴劉蜀永該詩的原發刊物《現代評論》以及館藏
之地並且劉蜀永又將情況告訴展覽者並由他們到中國近代史研究所圖書室拍
攝照片後，經中央電視臺編導李凱策劃音樂家李海鷹譜曲澳門小學生容韻琳
領唱之作為回歸主題歌的聞一多在美留學時創作的《七子之歌·澳門》之聲，
則伴隨著大型電視紀錄片《澳門歲月》迅速傳遍全國並引起共鳴。尤其當時
中央電視臺 48 小時現場直播時不斷回響著的「母親，我要回來，母親」的
旋律更震撼著每一位炎黃子孫的心扉。這也證明，聞一多 74 年前這「國家
主義的呼聲」乃是超越時空的永恆最強音。[3]

　　繼紀念聞一多百年誕辰之後，新世紀的到來更推動了國內的聞一多研究
並使之成為一門顯學。2002 年 1 月，武漢大學出版社出版了為紀念聞一多百
年誕辰的《聞一多國際學術研討會論文選》，內中收入了來自中國、日本、
德國、韓國和新加坡學者的論文 57 篇，內容則涉及聞一多的愛國精神、文
化思想、學術研究、文藝評論、詩歌創作和現代人格等諸方面。2004 年 4 月，
由聞一多基金會資助的《聞一多研究集刊》已出版至第九輯。該輯收入的論
文包括紀念文章共 44 篇 42 萬多字。

　　2004 年 8 月，紀念聞一多誕辰 105 周年暨國際學術研討會仍在武漢大學
召開。參加這次大會的有來自中國和日本等地的聞研工作者近 100 人。會後，
《文藝研究》和《江漢論壇》均分別發表會議綜述文章。2005 年 12 月，武
漢大學出版社出版了由陸耀東、李少雲和陳國恩主編的《2004 年聞一多國際
學術研討會論文選》。《論文選》收入論文包括研究會長陸耀東的開幕詞和

副會長孫玉石的閉幕詞共 46 篇 39 萬多字。這次國際研討會所提交論文為與會者感興趣的有呂進、李冰封的《聞一多後期詩歌『黑色』意象的詩學闡釋》和鮑昌寶的《新詩的『原質』與『非詩化』思想：聞一多新詩理論綜述》以及日本學者鈴木義昭的《聞一多之書信：英文篇》。與會者所以重視這些文章，因為其在某些方面有著新的開掘和思考。這就猶如孫玉石先生在閉幕詞中所說「討論聞一多後期詩裡『黑色意象』的問題，就超越一向對於詩歌語言設色和繪畫美的層面思考，探討詩人審美選擇的文化基因、情感根源、時代悲劇意識和個人及民族生命力，如何驅使他著意建構了一個詩的『黑色意象世界』，比起僅僅探究如何接受波特萊爾『以醜為美』的美學資源影響來，這樣的探討」，就「為聞一多意象研究提供了新的思路和再思考的可能性」。關於新的研究者尋找新詩的「原質」問題，孫玉石先生則稱贊作者「從聞一多新詩的非詩化（『小說化』與『戲劇化』）的理論，討論與尋找新詩與舊詩的差異，新詩藝術自制與他制的矛盾，以作出在『詩質』上確立新詩品格探索的努力」。鈴木義昭所翻譯的聞一多留學美國初始時期「致親愛的朋友們」信的價值在於，首先彌補了中國學者多注重聞一多漢語文本研究的不足，其次則是聞一多當年給他清華文學社詩友信的內容讓我們知道他較早地發現胡適白話文「八不主義」的提倡不是首創而是借鑑美國意象派詩歌的理論。但這並不是最主要的，最重要的則是聞一多批評當時的白話詩過於空洞、過於輕薄和過於貧瘠後，提出「我們需要集中精力樹立意象派詩歌的個性」並「用深沉而溫暖的色彩去潤飾她」的主張，這不僅讓我們明白了部分中國新詩和美國意象詩派的關聯，而且更讓我們知道聞一多詩之意象所受美國意象派的影響並進而去改進她。當然，還有聞一多對於郭沫若「巧妙地用中文表達了西方的思想」以及「不過是一個技巧高明的模仿者」批評，也讓我們對於郭沫若的詩作有了進一步的認識。

2006 年 7 月，由中國聞一多研究會等單位聯合舉辦的《聞一多殉難 60 周年紀念暨國際學術研討會》又在武漢大學召開。參加這次研討會的有來自中國相關高校、研究單位以及海外的專家學者共 80 多位。從參會者所提交的論文可以看出，聞一多「殉難的真相和意味」，「豐富的人格內涵」，「鮮明的學術個性」，「文化思想的價值」和「詩與詩學的意義」[4] 等內容是專

家們研究的熱點。會議之後，《文學評論》、《江漢大學學報》和《長江學術》等分別發表了由榮光啟和李永中以及肖亮等執筆的《聞一多殉難 60 周年紀念暨國際學術研討會綜述》。《江漢論壇》還於該年 11 期發表了一組「紀念聞一多殉難 60 周年」筆談文章，這些文章依次為：聞黎明的《美國對李公樸、聞一多被刺事件的反映與對策》，陳國恩的《書信中所呈現的聞一多人格》，李樂平的《聞一多前期新詩理論的貢獻》，鄧喬彬、趙曉嵐的《傳統與現代的完美結合：聞一多的古代文學研究方法論》，劉殿祥的《聞一多與中國現代學術文化》和許祖華、孫紅震的《聞一多大學教育理念的現代意蘊》。隨後，《聞一多研究動態》總第 64 期又刊發了這些論文的摘要。《文學評論》也於 2006 年 6 期，編發了陳國恩的《論聞一多的生命詩學觀》，《聞一多研究動態》於 2007 年 4 月總第 66 期，又刊發了該文的摘要。《名作欣賞》或《徐州師範大學學報》更連續多期刊發了約稿論文。2007 年 3 月，仍由陸耀東、李少雲和陳國恩主編的《聞一多殉難 60 周年紀念暨國際學術研討會論文集》又由武漢大學出版社出版。該論文集共收入各類文章 58 篇共 50 萬多字。從參加大會的專家結構和提交的論文特點來看，不僅聞一多研究隊伍真正形成老中青三代梯隊，而且，研究方法也越發多元：既有從文化角度闡述的，也有從美學角度分析的，既有辨析文本的，也有通過比較探討其詩歌特色的，還有對聞一多的思維特徵進行探索的。總之，研究者更重視將作家作品作為突破口，努力發掘其精神境界，力求更深入地進行其思維機制和創作心理的探索。僅以詩作詩論來說，研究者們就已衝破簡單的社會分析視角而轉向更為全面的研究。

2009 年 11 月 20 至 21 日，由聞一多基金會、中國聞一多研究會、武漢大學文學院聯合主辦，《文學評論》編輯部、華中師範大學文學院、華中科技大學文學院、湖北大學文學院、西南大學新詩研究所、江漢大學文學院、黃岡師範學院、武漢大學文學院中國當代文學研究中心協辦的「聞一多誕辰 110 周年紀念暨國際學術研討會」仍在武漢大學召開。來自國內高等院校和研究機構，以及美國、日本、澳大利亞、菲律賓、馬來西亞，和香港及澳門地區的學者 100 餘人，共聚珞珈山，緬懷聞一多先生，研討其思想、創作及學術成就。中國聞一多研究會原常務副會長陳國恩教授主持會議。聞一多基

金會理事長、武漢市原市長、國家建設部原副部長趙寶江，武漢大學副校長謝紅星，武漢市委統戰部的領導到會講話。武漢大學文學院院長趙世舉、國外學者代表鈴木義昭、國內學者代表孫黨伯等分別致辭。聞一多基金會常務副理事長、中共武漢市委原常委、統戰部原部長劉彩木，聞一多基金會副理事長、武漢市委宣傳部原副部長、武漢市社會科學聯合會主席方精華等同志出席了紀念會。聞一多之子聞立雕也應邀出席了研討會。

本次研討會共收到論文 50 餘篇，數十位學者在大會上發言。這次會議論文，又出現不少新的視角、新的思考、新的亮點，主要圍繞「聞一多與中國現代史」、「聞一多精神的當代闡釋與發揚」、「聞一多的古典文學研究」、「聞一多的新詩創作與詩學觀」、「聞一多與現代大學精神」、「海外聞一多研究」等主題展開。在閉幕總結發言時，中國聞一多研究會原副會長即北京大學孫玉石教授強調一定要維護學術尊嚴，明確學術研究的目的是旨在提升民族精神，這也是聞一多思想的本質內涵。中國聞一多研究會新任會長陳國恩教授說，中國歷來有以文會友的傳統，因此他希望借此加強與國內外學者的交流與合作。會議之後，《文學評論》於 2010 年 2 期刊發了陳建軍和李永中撰寫的《聞一多誕辰 110 周年紀念暨國際學術研討會綜述》，該文從四個方面記錄了這次研討會的內容即一，人格精神和文化思想；二，詩學理論和新詩創作；三，學術成就和史料鉤沉；四，紀念研究和前景展望等。同期，該刊還以《試論聞一多生命與詩文之合一》為題，編發了本書第四章的最後一節內容。這之後，《聞一多研究動態》總第 83 期和該年《中國現當代文學研究》6 期，分別對該文內容進行報導並轉摘觀點或轉載全文。

就在這次紀念聞一多 110 周年誕辰的國際學術研討會上，中國聞一多研究會和聞一多基金會還為早在 2008 年就被聞一多優秀成果獎評審委員評選出的參評和獲獎範圍均包括國內外學者，因此具有國際價值的第二屆聞一多優秀成果獎（1994-2008）的一、二、三等和優秀獎獲得者頒發了證書和獎金。現將一、二和三等獎獲得者及其單位和獲獎作品還有優秀獎獲得者姓名介紹如下：一等獎（2 項）除中國社會科學院和國家文物局聞黎明、侯菊坤的《聞一多年譜長編》外，另有暨南大學鄧喬彬的《學者聞一多》；二等獎（7 項）分別為：香港大學中文學院史言的《沮喪與孤獨的色彩空間》，首都師範大

學和北京大學聞立樹、聞立欣的《拍案頌──聞一多紀念與研究圖文錄》，
武漢大學陳國恩的《書信中所呈現的聞一多人格》，福建師範大學陳衛的《聞
一多詩學論》，華中師範大學王澤龍的《聞一多詩歌意象藝術嬗變論》，武
漢大學方長安的《聞一多民族主義思想的發生與特徵》，日本二松學捨大學
竹下悅子（日本聞一多研究會會長）的《古代「詩」的轉化─聞一多的古代
文學史構想（二）》；三等獎（15 項）分別為：安陽師範學院楊永明的《論
聞一多詩歌中的文化心理裂變》，南昌航空大學雍青的《時間價值與空間想
像》，香港教育學院葉瑞蓮的《〈紅燭〉下的死亡觀：以死為生的孤獨詩人》，
江蘇教育學院江錫銓的《聞一多與魯迅文學傳統》，江漢大學吳豔的《聞一
多與艾略特詩學啟示錄》，澳門大學教育學院鄭振偉的《孤獨與聞一多的詩
歌創作》，廣東海洋大學李樂平的《聞一多發表〈詩的格律〉多種原因分析》，
重慶師範大學李文平的《抗戰時期聞一多的學者生存方式》，湖北省社會科
學院劉保昌的《聞一多的文化愛國祈向》，西南民族大學李光榮的《聞一多
戲劇研究》，山西大同大學劉殿祥的《聞一多著作的版本演變和全集成型》，
湖南大學胡朝雯的《拆解與重構的焦慮──以〈古瓦集〉和〈二月廬漫記〉
系列為中心》，天津師範大學張林傑的《理性精神的承擔》，廈門大學俞兆
平的《新人文主義與中國現代格律詩派的緣起》，武漢大學榮光啟的《形式
意識的自覺──聞一多與當下中國新詩》；優秀獎獲得者依次為：愈春玲，
徐茜，餘芳，朱華陽，戶松芳，張文民和陳國和等。

　　會議期間，中國聞一多研究會就換屆選舉進行了充分醞釀，11 月 21 日，
大會表決通過了中國聞一多研究會新一屆理事會名單。在閉幕式上，與會人
員一致同意選舉陳國恩（武漢大學）為新一屆中國聞一多研究會會長；副會
長為 12 人（以姓氏筆畫為序）：方長安（武漢大學，兼祕書長）、王光明（首
都師範大學）、王澤龍（華中師範大學）、李怡（北京師範大學）、劉福春（中
國社會科學院文學院研究所）、劉川鄂（湖北大學）、何錫章（華中科技大
學）、羅振亞（南開大學）、聞黎明（中國社會科學院近代史研究所）、商金
林（北京大學）、程光煒（中國人民大學）、熊輝（西南大學新詩研究所）。

　　就在中國聞一多研究會和聞一多基金會在武漢大學召開聞一多誕辰 110
周年紀念暨國際學術研討會的同時，2009 年 11 月 21 日，中國民盟中央委員

會、中共湖北省委也在武漢東湖賓館隆重聯合召開聞一多誕辰 110 周年紀念大會。並且，聞一多老家的浠水縣也開展了一系列的紀念聞一多誕辰 110 周年活動。

還需要介紹的是，11 月 24 日聞一多誕辰 110 周年紀念之日，臺灣政治大學歷史系、《文訊》雜誌社在臺灣大學校友會館，也聯合主辦了「紀念聞一多先生誕辰 110 周年座談會」。這次會議，是繼 1999 年新竹清華大學中文系召開紀念聞一多百年誕辰學術研討會後在臺灣舉行的第二次會議，也是臺灣 60 年來首次舉行的以聞一多為中心的研討活動。出席這次座談會者 30 餘人，既有臺灣高等院校、科研單位、文化團體的學者，也有正在臺北訪問的大陸專家。聞一多侄女之子李文健先生，也參加了座談會。會議開始前，《文訊》雜誌社社長兼總編輯封德屏女士介紹了會議籌備情況。聞一多的長孫聞黎明宣讀了父親聞立雕的賀詞，接著，他又介紹了大陸的聞一多研究狀況。大會取得了很好的效果。會議結束時，聞黎明又代表聞一多家屬向與會者表示衷心感謝。他說，大陸多年來非常重視聞一多研究，近年來，尤其重視重建歷史的完整記憶。因此，他希望未來海峽兩岸有更多機會進行交流，並共同舉辦相關論壇。臺灣中央社當天對這次座談會發布了題為《聞一多110 冥誕，兩岸學者追思》的專題消息，臺灣與大陸的多家媒體也做了轉載。

新世紀以來，在聞研界還發生過三次關於聞一多研究視角的批評。第一次是關於聞一多「兩次轉向」的批評。2003 年，《炎黃春秋》第 1 期刊發了雷頤撰寫的《聞一多的兩次轉向》。該文較為詳細地介紹了聞一多早期參加的「國家主義」活動和後期參加的追求民主活動，作者認為聞一多「不長的人生道路和思想發展，卻充滿了令人心驚的戲劇性變化和內在的『緊張』，即「由感情奔放如烈火騰燒的詩人突變為埋首故紙堆的冷靜學者，又由躲在書齋不問世事的學者一躍而為怒爭民主自由的勇士，由對共產黨的長期敵視急轉為該黨的忠實信徒」。作者認為「聞一多的這些變化，無疑為我們提供了透視一代知識分子在雲譎波詭的中國近代社會中，如何苦苦探尋救國之路、追求自我救贖這一悲壯歷程的最佳焦點」。就在該文發表之後的 2003 年 5月 19 日，《北京日報·理論周刊》又以《站在革命對立面的聞一多是如何轉變的》為題摘錄了其中的部分內容即「聞一多由對政治的不甚關心到全身心

投入其中，由對共產黨的敵視、反對轉為對該黨的堅決支持、擁護」等。雷頤的這兩篇異名而內容相同的文章發表之後，李凌則於當年 8 月 5 日以《「聞一多曾站在革命對立面」嗎？》為題發表在《北京日報》對雷頤觀點提出質疑。李凌批評說，聞一多早期參加「國家主義」活動並不能證明他曾「站在革命對立面」，因為他是在「內除國賊，外抗強權」的宗旨下反對當時蘇聯干涉我東三省的事務以及對我華僑的迫害。因為當時的蘇俄確實了侵犯我領土和主權的事情，所以聞一多表達義憤是理所當然。至於聞一多當年在青島大學面對學潮站在校方一邊堅決主張開除學運積極分子，李凌認為這些雖與學生形成對立，但那都是從教學和學校管理的角度嚴格要求學生，也不能算是「站在革命的對立面」。後來，作者又將文本擴展，以《聞一多曾經「站在革命的對立面」嗎？試論聞一多的思想轉變》為題收入到武漢出版社出版的《聞一多研究集刊》第 9 輯中。就在這篇文章中，作者不僅批評了雷頤關於聞一多《紅燭》時期為「狂放詩人」的觀點，而且，也對雷頤關於聞一多思想的轉變是因為蔣介石《中國之命運》的發售進行質疑而認為其轉變的內因表現為聞一多「熱愛祖國和人民，當他眼看著祖國和人民受苦受難的事實，便拍案而起」，外因則表現為中共和民盟同志們對他的幫助等等。

我們如何看待李凌對於雷頤的批評？實事求是地說，聞一多政治思想轉變的原因並非單一，雷頤的論述未必完全正確，但李凌的闡述則較為全面。雖然如此，但雷頤關於聞一多曾經「站在革命的對立面」觀點卻比較符合歷史的真實。因為，當時聞一多參加「國家主義」活動反對蘇俄的同時也反對中國共產黨這是不爭的事實。雖然後來他在青島大學站在校方一邊主張開除鬧學潮學生是為嚴肅校規校紀也不錯，但這學運的領導者卻正是中國共產黨黨員，並且學運的背景也正是「九·一八」事變。那麼，李凌為何要進行質疑批評呢？其實，我們認為作者這是在為賢者諱，李凌似乎是不想讓最敬愛的聞一多有絲毫的「汙點」。為了證明聞一多當年「譴責張學良叛變」不是「站在革命的對立面」，作者甚至偷換概念地將聞一多此舉和當時「中共中央毛澤東等從原來的『反蔣抗日』、『逼蔣抗日』的立場迅速轉變為『聯蔣抗日』，並且把紅軍改編為國民黨政府領導下的國民革命軍八路軍和新四軍」當作「也是承認這個事實」混為一談。其實，我們大可不必為賢者諱。聞一多當年站

在「革命的對立面」有其當時的背景以及他當時的認識，這也正如作者所分析那樣，所有這些並不影響他的高潔人格。相反，倒正是因為聞一多具有高潔人格和愛國之情，才會因為後來的多種因素促成他之轉變。所以，能夠找出他何以轉變的原因，我們才能抓住問題的關鍵。

第二次是石義師對江弱水關於聞一多從思想到藝術均受英國詩人吉卜林負面影響的批評。2003 年，《文學評論》第 5 期刊發了江弱水撰寫的《帝國的鏗鏘：從吉卜林到聞一多》。該文「論證了英國作家吉卜林在思想和藝術兩方面對聞一多產生的或隱或顯的影響」。作者在摘要中說在「思想內容上，兩人都用詩歌來建構族裔神話，又都主張要為文明而進行野蠻的鬥爭；在藝術形式上，一樣是鏗鏘的節奏，密集的韻腳，復沓的章法，表明他們對形式的狹隘理解同樣造成了詩本身的缺失」。江弱水認為新詩格律化實踐「從總體上看，聞一多受之吉卜林的影響是趨於負面的」。他說，「聞一多曾經研讀過近代英國詩家既然很多，其形式感不一定得自吉卜林，但是那種強有力的韻律，作為男性行為世界的價值體現，卻是結合了詩人自身氣質與吉卜林的影響的結果。在一片鏗鏘的聲響中，兩人都純化了微妙事物與參差之美的感受，從而停留在現代主義的前夜」。作者最後歸納說，「聞一多等人對格律的片面理解，已經造成並且加深了人們對格律詩的偏見，使讀者對新詩格律未見其利，先受其弊」。這是因為，「新詩剛剛治好了初期有白話而無詩的毛病，又被診斷出有格律而無詩的癥候」。因此，「當年鏗鏘有聲、於今寂寞無聞的吉卜林，竟與 20 世紀中國新詩所走的一段路——本是一段正路，不幸走歪了——有著脫不了的干系」。對於江弱水的觀點，石義師撰文《從吉卜林到聞一多》發表於 2004 年 2 期《江南大學學報》從論點到論據都對江弱水的文章進行了批評。首先，石義師認為江弱水之英國作家兼詩人吉卜林從思想到藝術上都給聞一多以重大和關鍵影響的基本觀點是虛構的。他從聞一多思想和藝術觀基本形成期的清華闡述到發生深刻變化的西南聯大時期，將其「國家主義」和「民族主義」思想觀念以及充滿個性藝術特徵的新詩格律理論與實踐安置於特殊的時代和文化背景中進行分析，從而得出聞一多的思想和藝術觀的形成、發展和變化等均與吉卜林沒有任何直接或特別的關係。其次，是作者對於江弱水論據的批評。江弱水所以說聞一多和吉卜林

的思想一致，因為他認為聞一多早年參與發起大江會並提倡「大江的國家主義」以及抗戰期間所寫《宗族主義與民族主義》的實質是「華夏中心論」和「中華至上論」屬於民族主義者，而此，卻正和吉卜林作為典型的社會達爾文主義者和狂熱的「帝國主義歌手」在大英帝國趨向沒落但民族獨立解放運動風起雲湧的時代推崇武力征服，信奉弱肉強食的強權政治相一致。對此，石義師根據大量世界歷史事實旁征博引，他認為聞一多提倡之國家主義所反映的，皆屬於受侵略壓迫國家之民族正義的反抗精神，其與吉卜林的帝國主義和種族主義思想有著本質區別；另外，聞一多愛國主義的民族自尊和自強心理也和吉卜林的思想水火不容。論者還反駁了江弱水之聞一多在文化上也受到吉卜林作品歌頌反動的種族主義和擴張主義的影響而認為完全沒有根據，因為在聞一多的言論中從沒有這種內容。假若聞一多真受吉卜林影響，那麼襟懷坦白的聞一多「不可能在任何震撼過他的文化人面前保持緘默」。至於江弱水之聞一多對於新詩格律理論建設亦受吉卜林影響的觀點，石義師也對其否認而認為「聞一多的詩歌理論在留學前就已基本確立」並且是「建立在中國文化的基礎上」而「與吉卜林的什麼詩歌藝術根本不相干」。還有江文關於聞一多詩之「鏗鏘」所受吉卜林的影響，石文也予以反駁說「『鏗鏘』的特點更絕不是英國詩的發明，在我國，魏晉詩多慷慨雄壯氣。唐朝岑參、高適等人的邊塞詩亦鏗鏘有力」。這裡需要說明的是，石義師認為江弱水的文章是「對聞一多先生的貶斥和否定」。而他的觀點是，這「絕對無法抹殺聞一多先生偉大的民族主義精神。聞一多作為一個真正與時俱進的文化大師所留下的寶貴的精神和藝術財富，永遠值得人們去研究和學習，我們無疑應該倍加珍惜」。

第三次是聞立雕於 2006 年 7 月在「聞一多殉難 60 周年紀念暨國際學術研討會」上對謝泳《血色聞一多》中關於聞一多青年時期比他生命的後期即思想轉變後的「鬥士」時期思想更成熟更經得住時代考驗之觀點的批評。聞立雕的發言首先列舉了他所批評的謝泳觀點即一：「最能代表聞一多人格和思想的並非他晚年的西南聯大時期，而是他的少年清華和青年清華時代」。雖然聞一多「在清華的時候還祇是一個青年，但他的思想，現在看來已經很成熟」並且還「說青年聞一多的思想比中年聞一多更為成熟不是沒有根據

的」；二：「對於中國的現代知識分子來說，人們常常發現，他們的思想並非像人們想像的那樣，隨著年齡的增長而日趨成熟，反而由於時代的特殊性，以至於他們早年的思想比之後來似乎更能經得住時代的考驗」並說「聞一多就是這樣」。

針對謝泳的觀點，聞立雕展開討論並認為：

第一，聞一多生命的最後幾年比之青年時期思想相對更成熟。這有幾個重要觀點或事實即一，無論從愛國思想還是民主思想都看不出清華時代聞一多有什麼思想比後期更成熟，相反，因為後期的聞一多懂得了新舊民主的區別，因此，他思想領域的這些方面，無論哪一條都比青年時期高出整整一個臺階；二，縱向看，聞一多的思想發展，也是後期相對更成熟。這是因為，年輕的聞一多「整日在苦悶中徬徨」而「找不到適當的出路」，他雖然「讀《離騷》、唱《滿江紅》」但也解絕不了「具體問題」。然而後期的聞一多「懂得了要用階級和階級鬥爭的觀點和方法去分析問題觀察問題」並且「認定了祇有共產黨能夠救中國」。因此，聞立雕根據馬克思和恩格斯之當工人階級從自在階級成長為自為階級時就已經成熟的觀點，認為「聞一多從自發鬥爭上升到了自覺鬥爭」，因此「思想更成熟了」。

第二，聞立雕對謝泳之青年聞一多「更成熟論」的主要論據也進行了解剖。針對《血色聞一多》主要觀點「青年聞一多的思想比中年聞一多更成熟」的論據即「青年聞一多理性多於激情，不偏激；後期聞一多激情多於理性，相對偏激」的認識，聞立雕認為：一，青年聞一多有時也相當偏激並例舉多種事實如歷數當時「清華太美國化」的罪狀就沒有一分為二地進行分析；二，謝泳所例證的聞一多四篇文章即《清華底出版物與言論家》、《清華周刊革新底宣言》、《〈清華周刊〉底地位：一個疑問》和《恢復和平》等不足為證《血色》作為青年聞一多「理性多於激情」的根據，因為，1.這幾篇文章是聞一多在清華最後一年寫的；2.判斷青年聞一多的思想不能祇看他在清華最後一年這幾篇文章，更重要的是看他清華十年的行動；3.平和不平和要看對什麼人，如聞一多「參加三趕校長」和「寧可被取消畢業和留學資格也不出洋」等「都不是『非常平和』」；三，聞立雕根據謝泳稱讚聞一多在青島

大學學潮，一二·九運動和「西安事變」時的態度「保持了很高的理性」，「態度非常理性」以及「至少保持了理性」等觀點予以批評。他說聞一多當年「壓制和譴責愛國學生、愛國將領不應看做『非常理性』」。並且「這是涉及大是大非的問題，不能不嚴格地分清是非」。更何況，即使聞一多後來「也曾為此深感內疚」並「多次現身說法啟發教育青年同學」。聞立雕還說，「時隔六七十年，《血色》還把聞一多自己都承認是錯了的事，當作優點予以稱讚，還看做是聞一多成熟的表現」，這「就是一個極大的錯判」和「誤判」。第三，聞立雕認為「後期聞一多並非『明顯是激情多於理性』」。他的論據是：一，從聞一多 1943 至 1946 年 7 月 15 日之間 8 篇有代表性的演說即《時代的鼓手：讀田間的詩》，《五四歷史座談》，《新文藝和文學遺產》，以及《在魯迅逝世八周年紀念會上的講話》，《在抗戰七周年時事座談會上的講話》，《組織民眾與保衛大西南》，《民盟的性質和作風》和《最後一次的講演》等文章看，「表明後期聞一多既有激情又有理性」；二，聞一多在昆明一二·一學生運動中保持了高度的理性，並不偏激。因為，「在整個運動中」，聞一多都「十分重視鬥爭策略，掌握火候，掌握分寸」並「爭取一切可以爭取的力量」，所有這些就說明聞一多「是把激情和理性結合得十分恰當，十分精彩」。聞立雕在其文章的「小結」中，還根據《血色》對後期聞一多的許多批評和非議如「對國民黨政府在民主問題上所採取的一切措施都往最壞處上想……在政治問題上要價過高是最不現實的」以及聞一多後期的文章「其中不少大話空話」，「物質生活的巨大落差，讓聞一多和吳晗這樣的知識分子的心理完全失去了平衡」，還有「為了政治集團的利益，而開始讓自己的個性和人格都受到壓抑」等進行反駁。他說「鬥士階段」是聞一多「生命中最輝煌、最有意義的階段」。因為「在這個階段裡他終於走上了尋找幾十年才找到的光輝大道」並「確定了崇高的理想，樹立了嶄新的世界觀」和「人生觀」。聞立雕還說，「人們盡可以不同意他選擇的道路，或者認為他不應該選擇這條道路，但不應該曲解他走這條大道上的形象」。會議之後的 2007 年 3 月，聞立雕的這篇大會發言作為論文被收入到《聞一多殉難 60 周年紀念暨國際學術研討會論文集》中。在此我要補充的是，就在當時聞立雕先生

大會發言之後，一位在讀博士在宣讀她之論文觀點前，說其也認為聞一多的前期比後期較為成熟。衹是，她的這句話沒有在會上引起爭論或者說反響。

我們如何看待這三次批評呢？筆者認為，其實李凌不必因為聞一多有所謂的歷史「汙點」即青島大學學潮中的表現為賢者諱。因為，聞一多前期的這些所謂「汙點」並不影響他後期的光輝。相反，倒更能通過此，反映出現代知識分子思想轉變歷程的艱難和曲折，同時，也更能說明聞一多後期轉變的正確。更何況，即使作為聞一多後人的聞立雕先生，也沒有肯定過先父在青島大學學潮和西安變中的表現。問題的關鍵是，我們應該如何實事求是地分析聞一多為什麼轉變。至於石義師對江弱水的批評，筆者認為這純屬學術問題，仁者見仁，智者見智，前者觀點亦無不可，後者爭鳴也屬正常。不過對於江弱水關於聞一多在節奏方面所受吉卜林影響的觀點，筆者認為似可肯定。因為聞一多受中國古詩以及英國哈代以及霍斯曼的影響都不錯，但這並不妨礙也受吉卜林的影響。關於此，梁實秋在其《聞一多在珂泉》中就有說明。至於聞立雕對於謝泳的批評，筆者覺得謝泳對於聞一多的評價採用的是一種政治標準。表面看來，謝泳貌似要摒棄政治化評價，其實，他所沿襲的卻恰恰是一條政治化評價道路。因為他所反對的就是聞一多走進一種政治化道路。正所以此，這也就如聞立雕在其發言中所說「青年聞一多的思想更成熟這一帶有結論性的評語，關係重大」，因為這「實際上涉及到對後期聞一多，也就是聞一多的鬥士階段如何評價問題，甚至也可以說是對整個聞一多其人如何評價的問題」。因此，聞立雕先生這才也用政治的標準對謝泳的觀點逐一進行反駁。其實，筆者從江弱水的論文就聯想到，聞一多《時代的鼓手：讀田間的詩》之審美追求和《死水》詩之風格是一以貫之的，實為聞一多性格的延續。雖然那時候他的思想傾向變了，但其性格特徵卻一點沒變。我又從此而聯想到，如果撇開政治的偏見，我們其實也能認識到聞一多後期「鬥士」階段鬥爭的堅決，也是他青年時期「寧能犧牲生命，不肯違逆個性」[5]人格的延續，其人格的精神內涵也沒有變。聞一多所變的，僅衹是他的政治思想和文藝思想，由對「國家主義」的崇奉到對「人民至上」的吶喊，由藝術的忠臣到人民的忠臣。

　　聞一多研究很早就走向世界，新時期尤其新世紀以來，關於聞一多的世界研究更加繁榮。據聞黎明主編的中國現代文化學會聞一多研究專業委員會內部通訊《聞一多研究動態》以及其他資料可知，日本、德國、韓國、新加坡、俄羅斯以及美國等都在聞一多研究方面做出很大成就，尤其日本早在 1995年 4 月就成立了聞一多研究會，這是國外最早成立的以聞一多為專門研究對象的學術團體。2000 年 2 月，日本又在此基礎上成立了聞一多學會，並且每年都要召開一至二次年會。中國聞一多研究專家聞黎明就經常被他們邀請作關於聞一多研究的學術報告。後來，他們又於 2001 年建立了關於聞一多的網站。著名的東洋文庫更表示樂意成為日本聞一多研究資料中心。多年來，日本出現了一批聞一多研究專家如鈴木義昭、竹下悅子、奧平卓、中島碧、蘆田孝昭、平野正、松浦友久、楠原俊代、安騰彥太郎等。他們都或有專著、論文、譯作。尤為可喜的是，由於聞一多研究的開展，還推動甚至開拓了中國現代文學的某些領域，如以曾任日本聞一多研究會長的早稻田大學鈴木義昭教授為例，他就由聞一多的詩學理論及其創作入手，進而深入到聞一多不同時期的詩友如朱湘、孫大雨和林徽因的研究並認為祇有這樣才有助於深入研究聞一多。2002 年 12 月，由日本聞一多學會主辦的會報《神話與詩》創刊號正式出版。在創刊號發表的 4 篇學術論文，其中三篇均屬於研究聞一多的內容，其分別是專修大學文學部松原郎的《關於聞一多的〈少陵先生年譜會箋〉：從詩人到學人》，二松學捨大學文學部牧角悅子的《神話與戲曲：聞一多的演劇活動》以及中國聞黎明的《聞一多與清華辛酉級「同情罷考」事件》。該刊辟有「匯報」欄，計有活動報告、大會發言要旨、會則、會員名簿和入會指南等。從此之後，該刊就不斷出版並發表以研究聞一多為主的學術文章。是年，該學會已發展會員 70 人，他們分別來自早稻田大學、二松學捨大學、慶應義塾大學、明星大學、櫻美林大學、東京大學、立正大學、大東文化大學、御茶水女子大學、東洋大學、專修大學、東京家政學院大學、日本大學、中央大學、創價大學，東京學藝大學，近畿大學、國際大學、梅光女學院大學、文化女子大學、清河大學、千葉大學、青森大學、明海大學、鹿兒島大學、宮城女子大學、東北大學、神戶市外語大學，追手門學院大學、廣島大學、關西大學和日商巖井株式會社等高校和部門。如此眾多著名大學

的專家學者參加聞一多學會進行研究，由此我們可以看出，聞一多研究在日本是多麼興盛。2007 年 3 月 30 日，聞黎明應邀在鹿兒島大學作關於《聞一多在中國現代史上的地位》講演；5 月 19 日，又應早稻田大學文學部邀請，發表《聞一多被刺案善後中的美國因素》講演；；7 月 27 日，他在東京中國留學生主要住宿地後樂寮，又作了《聞一多被刺事件對戰後社會轉型的影響》報告。其中在早稻田大學的講演，還配制了形象生動的幻燈。這不僅再現了若干幹重大歷史場面，更展示了一批重要文獻，內中有些是在日本、臺灣最新發現的材料。這對於聞一多研究與相關研究，均有一定學術價值。是年 7 月 7 日，日本聞一多學會第十一次大會在二松大學九段校區舉行，來自日本關東、關西、東北等地區的聞一多研究專家、學者及研究生 30 餘人出席大會。會上，聞黎明又應邀做了題為《1946 年中美關係的一頁：以聞一多被刺案善後為中心》的特別講演。愛知文教大學西口智也、早稻田大學鈴木義昭、鄧捷，分別發表了《聞一多在歷代詩經解釋中的地位》、《聞一多與梁實秋》、《被歌詠的女性：以穆木天、徐志摩、聞一多為中心》的研究報告。所有這些，都反映了近年日本學術界著重從近代文化層面上運用文化人類學、歷史學觀點從事聞一多研究的趨向。目前，《神話與詩》已出版至第 6 期，研究內容更逐漸深入，已由原來單一的聞一多問題研究發展為聞一多和其他作家的比較研究等。

德國的聞一多研究也很活躍。曾在北京大學獲得博士學位的何致瀚教授曾先後出版過兩部聞研專著，還主編過《聞一多研究論文集》。2000 年 5 月，圖賓根大學漢學系召開了「詩人·學者·愛國者：聞一多誕辰一百周年國際學術討論會」。這是西方國家聞一多研究者的空前盛會，參會者除來自德國漢堡、波鴻、萊比錫、海德堡、波恩和慕尼黑等著名大學的學者外，還有來自北京、香港和美國以及荷蘭的學者共 20 餘人。會議期間，德國《施瓦本日報》和《法蘭克福特日報》等媒體不僅發表長篇報導盛贊這首次在歐洲舉行的聞一多研討會議，而且還對會議期間的「聞一多詩歌朗誦會」給予很高評價。這次會議收集的 18 篇論文內容豐富，有涉及聞一多詩之形式的，有關於聞一多詩歌起源研究的，有探討聞一多《詩經》和《楚辭》研究方法的，也有從社會學角度對聞一多古代文學研究方法的思考，還有關於聞一多之中國文

化特徵新解的探求，更有關於 1949 年後聞一多在臺灣反應的綜述研究等。聞黎明出席這次大會不僅向圖賓根大學贈送了《聞一多研究動態》、《聞一多傳》和《聞一多年譜長編》以及其他多種書籍，而且還代表聞一多研究專業委員會和圖賓根大學漢學主任達成一項意向性協議即中國聞一多研究專業委員會將協助圖賓根大學漢學系建立歐洲聞一多資料中心並幫助其收集有關聞一多研究的各類資料。2004 年初，何致翰教授主編的被列為德國著名漢學家馬漢茂教授創辦的「阿克斯有關中國的論文」系列第 21 冊之《詩人、學者、愛國者：聞一多誕辰一百周年國際研討會論文集》由德國的項目出版社出版。

　　該書除在封面採用聞一多為《晨報詩鐫》所繪的刊頭外，還印有極具中國傳統文化氣息的「說魚」二字。由是可知，不僅國內學術界在這一領域的深入研究出現了前所未有的新氣象，而且，國外學術界也在這一領域結出可喜的成果。

　　俄羅斯也很重視聞一多研究。早在 20 世紀的 60 年代，前蘇聯科學出版社就出版了 B·T·蘇霍魯科夫著作的《聞一多生平和創作》影響很大並且部分章節後來被翻譯成中文收入到北嶽出版社出版的《聞一多研究資料》和清華大學出版社出版的《聞一多研究四十年》中。2001 年，俄羅斯科學院遠東研究所 B 李福清在《岱宗學刊》1 期發表《從比較神話角度看聞一多〈伏義考〉》。作者說聞一多以伏義神話為中心的研究特徵即不僅參照古笈文獻，同時還注重國外資料和活的民間文學特別是少數民族神話，指出聞一多正是從比較神話學的角度進行研究，這才認為伏義是典型的文化英雄，並且這種較原始的文化英雄為人類取火、製造各種文化物品，從而確定了某些社會制度。

　　美國加州大學奚密撰寫的《聞一多與中國現代主義》於 2004 年 4 月也收入到何致翰教授主編的《詩人、學者、愛國者：聞一多誕辰一百周年國際研討會論文集》中，文章討論了聞一多作品之中西方影響與中國傳統的緊張關係。論者認為聞一多是「中國現代主義的先驅」，因為他採用了分裂詩人自我，戲劇場景，暗示隱語，重寫傳統手法並將語言本身作為身分確立的場地來應對現代詩被邊緣化的現象。2005 年 4 月，由聞丹憶在美國創辦了面向全球的中英文《聞一多網站》。該網站開闢的欄目有「愛國一生」，「學術

成就及風采」，「影集及作品」，「聞一多研究」，「聞一多一家」。除此之外，還有子欄目如「學術交流動態」，「永久的懷念」，「文化藝術作品」，「新聞媒介資料」，「聞一多家庭影輯」，「偉人名人題詞」，「學術大手筆」等。其宗旨是弘揚聞一多愛國熱情和為國獻身精神，繼承和發揚聞一多的文化文學成就及遺產。

我們這裡還要介紹的是，曾任瑞典駐中國大使館文化祕書並相繼當選過瑞典皇家人文科學院院士、瑞典學院院士、瑞典皇家科學院院士，還曾兩度出任歐洲漢學協會主席並從 1985 年起就擔任諾貝爾文學獎評選委員會委員的國際著名漢學家馬悅然也對聞一多及其研究非常熱心。很多年前，他就曾在不同場合表示，如果聞一多在世當是諾貝爾文學獎的有力競爭者。2004 年 1 月，三聯書店出版了他的隨筆論文集《另一種鄉愁》，內中之《一位詩歌的建築家》是他對聞一多的專論。馬悅然認為聞一多在詩歌形式必須既滿足讀者的視覺又滿足聽者的聽覺以及語言的音樂特點必須像磚瓦一樣發揮作用之理論指導下的《死水》等詩創作，就結構的建築美來說，確實「創造了規範結構中韻律的緊張」。他說「《死水》是五四運動期間詩歌中最悲哀的一首詩」並且「是現代中國文學中韻律最完美的挽歌式的詩歌」。文章結尾處，馬悅然還強調「聞一多不僅是一位偉大的詩人」，同時「也是一位傑出的學者」並認為對他「自己最有幫助的著作是發表在《聞一多全集》第一卷中的《聞一多楚辭研究論著十種》」。他甚至還說「願意深入領會《楚辭》的讀者非參考聞一多的著作不可」。我們從馬悅然對聞一多的高度評價中，即可窺見聞一多的詩作和學術成就都真正獲得世界的承認。

以上是對新時期以來關於聞一多長篇研究的簡單回顧以及對新世紀以來國內外聞一多研究動態的簡單介紹，但無論「回顧」還是「介紹」都並不全面，假若要做精細的研究，當然還需增添更為豐富的材料以作梳理。不過從以上簡單「回顧」和「介紹」看，目前的聞一多研究已經進入到全面開放階段，無論研究的內容還是研究的目的，都從過去的相對單一轉變為多元。雖然某些方面如聞一多最終政治思想的轉變乃至聞一多格律詩理論倡導及其創作實踐的價值遭到質疑，但這從另一方面看正說明時代的進步卻並不影響他在中國現代文學史、學術史以及思想史上的地位。相反，無論對其肯定還是

對其否定者，又都尊崇他的高潔人格並圍繞其人格闡發各自的「文化」傾向。這雖然成為研究者寄托自己理想的一種興象，但這正表明聞一多所具有的影響和魅力。聞一多在詩作、詩論以及學術等方面作出了突出的成就，這就必然使聞一多研究走向世界並產生較大影響。

註釋

[1] 蘇霍魯科夫，商金林著聞一多研究述評 [M]542，天津，天津教育出版社，1990

[2] 江錫栓，聞一多研究四十年 [A]，季鎮淮主編聞一多研究四十年 [C]532，北京，清華大學出版社，1988

[3] 以上內容參見中國現代文化學會聞一多專業委員會主辦，中國社會科學院研究員聞黎明主編的《聞一多研究動態》（內部資料）1999 年 10 月總第 26 期，1999 年 12 月總第 27 期和 2000 年 1 月總第 28 期。以後所引材料尤其國外聞一多研究情況均根據《動態》，不再一一標示，特此說明。

[4] 榮光啟、李永中，聞一多殉難 60 周年紀念暨國際學術研討會綜述 [A]，文學評論 [J]，2006 年 6 期

[5] 聞一多，徵求藝術專門的同業者底呼聲 [A]，聞一多全集卷 2 文藝評論 [M]19，武漢，湖北人民出版社，1993

第二章 聞一多前期文藝思想篇

第一節 聞一多詩學主張發展論

在中國現代文學史上，聞一多無疑是最具影響，並且最具風格特點的詩人之一。但他並不僅是詩人，而且還是最具影響並且最具風格特點的詩論家。他在其早期，視文學如終生的事業，並以其遠大志向，不僅創作出大量獨具特色的詩歌作品，而且，還寫出相當數量「抵抗橫流」[1]的文藝批評文章，從而使我們從他倡導詩學理論的主張裡，窺見他追求藝術美之極致的執著。

我們知道，雖然「五四」新文化運動產生了白話新詩，並使白話新詩適應了新時代內容的要求，但是，當其拋棄舊形式時，新的形式應該如何？郭沫若曾說，他「是最厭惡形式的人，素來也不十分講究它」。因此，他「所著的一些東西（指詩，筆者注），祇不過盡」其「一時的衝動，隨便地亂跳亂舞罷了」。[2]俞平伯則說他「祇願隨隨便便的、活活潑潑的借當代的言語去表現出自我」和「在人類中間的我」以及「為愛而活著的我」。「至於表現的是詩不是詩，這都和」他「的本意無關」，他並且「認為如果顧念到這些問題，就可根本上無意做詩，且亦無所謂詩了」。[3]而被聞一多指為新詩「始作俑者」[4]胡適的話則更加離譜，他乾脆說「有什麼話，說什麼話，話怎麼說，就怎麼說」。[5]雖然這些新文學的發動者或實踐者們的說法不同，但概而括之，其基本內容卻完全一致。正因為他們追求的是「隨隨便便」或「自然流露」，因此，這才使新文學初期的不少白話詩缺乏藝術美。因此，雖然聞一多當時頗將郭沫若「視為勁敵」，但他又「很相信」自己「的詩在胡適、俞平伯、康白情三人之上」，更何況，他又認為自己「在美學同詩底理論上，懂的並不比別人少」。[6]所以，當其「耳聞詩壇叫囂，瓦缶雷鳴」之時，「責任所在」，就不能不使他「指出他們的迷途來」。[7]就是在這樣背景下，聞一多為「抵抗橫流」，就極力主張追求藝術之美，並逐漸提出自己完整的詩學主張。

　　為了實現自己的理想和抱負，聞一多當時雖在美國留學，並且在經濟困難的情況下，卻仍然要和清華文學社梁實秋、吳景超等同人商議創辦刊物之事。他認為辦刊物是「極有興味的一件事」。他所以在這樣那樣的困難情況下「反覆懷疑終歸贊同者」，也「正為此興味所迷耳」。他強調說其「所謂興味者非視為兒戲也」，實則是他「志願遠大的很」。而這遠大的志願，就是他「的宗旨不僅與國內文壇交換意見」，並且還「徑直要領袖一種之文學潮流與派別」。所以，他們皆知自己「對於文學批評的意見頗有獨立價值」。因此，他才認為，「若有專一之出版物以發表之，則易受群眾之注意——收效速而且普遍」。因為，他「對於中國文學報有使命，故急於借雜誌以實行之」。因此，他還說，「不辦則已，要辦定要期他永春」。[8] 我們據此從聞一多的通訊中，就可看出聞一多志向的高遠。

　　為了實現理想並努力使其有特色，他在 1925 年 3 月某日給梁實秋的信中又談及創辦雜誌當注意數事時說：「我們若有創辦雜誌之膽量，即當赤身空拳打出招牌來」。還說「要打出招牌來，非挑釁不可」。因此，在稿件方面，他並不「十分依仗外人的輔助」，而執意讓梁實秋的《批評之批評》寫出，其「用意在將國內之文藝批評一筆抹殺而代之以正當觀念與標準」。這似乎是一個先聲，隨著「要一鳴驚人則當挑戰」[9] 的這個先聲，躍躍欲試的聞一多終於在不久後大張旗鼓地、系統地進行「挑戰」了。這就是他之《詩的格律》發表，完整地提出詩之「三美」的主張。

　　我之這樣說，並非認為聞一多 1926 年才提出他的詩學觀。其實，早在此前即 1922 年 10 月 10 日給吳景超和梁實秋的信裡，他就談及過他們「藝術為藝術」[10] 的主張；而在 1922 年 11 月 26 日給梁實秋的信裡，又牽聯地提到他們「以美為藝術之核心」[11] 的觀點；在 1923 年 3 月 22 日給梁實秋的信裡，又說他所「主張的是純藝術的藝術」，「相信」的也是「純藝術主義」；[12] 在 1926 年 4 月 15 日給梁實秋和熊佛西的信中，他又說要「納詩於藝術之軌」，並指出「軌」之內容，則為「形式」，「而形式之最要部分」則「為音節」。[13] 因為這些觀點除致梁實秋和熊佛西的話外，都是當時在美國的聞一多和當時在國內的梁實秋、吳景超等人在通信裡談及其他問題時順便涉及，

而非專門討論的內容，因此，我們可以推論，其實這些主張是此前他們在清華文學社時的共同話題，祇不過那時沒有以文章的形式發表而已。

就在聞一多於 1926 年 5 月 3 日在《晨報·副刊》發表《詩的格律》提出詩之格律「三美」並且作了詳盡闡述後，他緊接著又在 1926 年 6 月 24 日發表的《戲劇的歧途》中，說「藝術的最高目的，是要達到『純形』Pureform 的境地」。[14] 而創作於 1926 年 5 月 26 日，發表於 1926 年 6 月 10 日的《先拉飛主義》一文，最強調的則是藝術的美感。即使到了 1931 年，他在《論〈悔與回〉》中仍強調說他「是受過繪畫訓練的」，因此，「詩的外表形式」，使他「總不忘記」。[15]

始終不渝地執著於藝術或者說藝術美的追求，並且視作理想和信仰，這原因，聞一多在其早期論文《徵求專門的同業者底呼聲》中作了明確回答。他說「藝術確是改造社會底急務」，並且「藝術能替個人底生計保險」。在「關於社會改造部分」裡，聞一多認為「要解決藝術是不是改造社會底急務，須看社會底需要同藝術底價值如何」。他還說「人類從前依賴物質的文明，所得的結果，不過是一場空前地休目驚心的血戰，他們於是大失所望了，知道單靠科學是靠不住的，所以現在都傾向於藝術，要庇托於她的保護之下」。而「中國雖然沒有遭戰事的慘劫，但……生活底枯澀精神底墮落，比歐洲祇有過之無不及，所以我們所需要的當然也是藝術」。在論證藝術是社會的需要後，聞一多又借克魯泡特金和托爾斯泰等人的話，闡述了藝術的功用即「可以抬高社會底程度」。他說「利用人類內部的，自動的勢力來促進人類底友誼，抬高社會底程度——這才是藝術底真價值」。在「關於個人生計問題」部分裡，聞一多認為「我們絕不能因為藝術家多半是窮漢，就斷定藝術是一個窮事業」；他說「看那因藝術致富的，就可以證明了」。當然，聞一多這裡所說的「致富」，並非普通民眾心理中的發財。正所以此，他更深入地闡發自己的感受說「我們若以『飯碗』或延長生命為人生唯一的目的，什麼理想的感情，一概不管，我們祇要仔細想想，人類的生活與下等動物的，有什麼區別」。因此，「便當驚訝，羞赦，且椎胸狂叫：

『人』呀，你如何不做腦筋的僕役，而做肚皮的奴隸」？這樣，聞一多就認為，「人類生活底鵠的，到了現代，應從延長個人的生命而變成延長社會的生命；人類的職業，應從單獨的事業變成集合的事業」，因為「職業是對社會負責的，不是對個人負責的」；因此他又說「每個人將其本能貢獻於人類一切的組織，以湊成其集合的實力，這才是『適合生存』底正當結果」。所以，他說「我們選擇職業，應該從長計較」，而「不以個人，但以社會的需要為標準」。並說「姑且不講藝術真能替我們的『飯碗』保險，即使不能，我們有藝術天能的人，難道可以放棄我們組成社會底集合的實力底責任嗎」？從此，我們更可看出聞一多的情操是多麼高尚！難怪乎「寧能犧牲生命」而「不肯違逆個性」的聞一多為自己的終生最先選擇了藝術專業。因此，聞一多這才如一祇「踞皋的雄雞」，他要「引嗓高呼……有藝術的天能的朋友們，快起來呀」！[16]

這裡應該指出，聞一多在生活中不僅不反對尋求快樂，相反他還「深信生活底唯一目的祇是快樂」。但是，他所強調者不是一般的快樂，更不是有損於別人快樂的快樂，而是「精神」的快樂。他說，「在一個人身上，口鼻底快樂不如耳目底快樂，耳目底快樂不如心靈底快樂」。不過，他又說，「藝術底快樂雖以耳目為作用，但是心靈的快樂，是最高的快樂，人類獨有的快樂」。這是因為，「藝術是精神的快樂」。聞一多認為，「肉體與肉體才有衝突」，而「精神與精神萬無衝突，所以藝術底快樂是不會起衝突的，即不會妨害別人的快樂的，所以是真實的、永久的快樂」。[17] 藝術對人類如此之重要，這便是聞一多追求藝術美之極致的原因。

無疑，藝術精神是聞一多的執著追求。而當他認為新詩的自由化踏入的迷途是那濫觴的民眾藝術時，他堅持認為詩應該「藝術化」，「因為要『藝術化』才能產生藝術」。否則，雖然「玉成其作品平民底風格」，然而，「得了平民的精神」卻「失了詩底藝術，恐怕有些得不償失」。就在《〈冬夜〉評論》這篇文章裡，聞一多不僅批評胡適在其《嘗試集》再版自序中為純粹的自由體詩音節而自鳴得意說「這是很可笑的事」，而且，更指出俞平伯的《〈冬夜〉自序》和《詩底進化的還原論》之所謂「還原」那「民眾化的藝術」，實際上是抹煞了「藝術化」，而把作詩看得太「容易」和「隨便」。

如何使詩藝術化呢？他認為，「一切的藝術應該以自然作原料，而參以人工，一以修飾自然的粗率相，二以滲漬人性，使之更接近於吾人，然後易於把捉而契合之」。還說，「在詩的藝術，我們所用以解決這個工具的是文字，好象在繪畫是油彩和帆布，在音樂是某種樂器一般」。雖然他同時也認為「在藝術底本體同他的現象——藝術品底中間，還有很深永難填滿的一個坑谷」，但是，他還是說「詩人應該感謝文字，因為文字作了他的『用力的焦點』」。聞一多並且說「他的職務（也是他的權利）是，依然用白爾的話，『征服一種工具底困難』」，他說「這種工具就是文字」。所以，「真正的詩家，正如韓信囊沙背水，鄧艾縋兵入蜀，偏要從險處見奇」。[18]

聞一多強調詩是「做」出來的，他在批評俞平伯把詩看得那樣容易和隨便時，就強調鳩伯的話說：「沒有一個不能馳魂褫魄的東西能成為詩的」。他同時也還引用麥克遜姆的話說：「作詩永遠是一個創造莊嚴的動作」。因此，他認為詩「是個抬高的東西」。「詩是詩人作的，猶之乎鐵是打鐵的打的，轎是抬轎的抬的」一樣。雖然聞一多「並不看輕打鐵抬轎的人格」，但是，他「確乎相信他們不是作好詩懂好詩的人」。聞一多並且還引用戴叔倫的話說：「詩人之詞，如藍田日暖，良玉生煙」。因此，他認為「作詩該當怎樣雍容衝雅，『溫柔敦厚』」。正所以此，他堅決反對其所認為的屬於「民眾化」的叫囂粗俗之氣入詩。[19]

聞一多尤其反對詩人「每一動筆」令人「總可以看出一個粗心大意不修邊幅的天才亂跳亂舞遊戲於紙墨之間」，並且「一筆點成了明珠豔卉，隨著一筆又灑出些馬勃牛溲」的作為。[20]他真怨這種太不認真把事當事做的作風。因此，他在批評郭沫若「不相信『做』詩」的同時，說「選擇是創造藝術底程序中最緊要的一層手續」。這是因為，「自然的不都是美的；美的不是現成的。其實沒有選擇便沒有藝術，因為那樣便無以鑒別美醜了」。當然，他這樣說，是以得到詩的靈感為前提，因此他才說「不相信沒有得著詩的靈感就可以從揉煉字句中作出好詩來」。[21]為了「做」詩，聞一多強調格律的重要性。他認為，做詩應該也像遊戲一樣，在一種規定的格律之內出奇制勝。否則，那「作詩豈不比下棋、打球、打麻將還容易些嗎」？他認為在自然界的格律不圓滿情況下，就必須用藝術來補充它。

因此他才認為，「絕對的寫實主義便是藝術的破產」。雖然他相信自然界中也有美的時候，但他說那是自然類似藝術的時候，並且又拿造型藝術證明其觀點。他說，雖然「自然界裡也可以發現出美來，不過那是偶然的事」。他似乎是在針對郭沫若說「偶然在言語裡發現一點類似詩的節奏，便說言語就是詩，便要打破詩的音節，要它變得和言語一樣，這真是詩的自殺政策」。他根據韓昌黎之「得窄韻則不復傍出，而因難見巧，愈險愈奇……」創作特徵總結說，「這樣看來，恐怕越有魄力的作家，越是要帶著腳鐐跳舞才跳得痛快，跳得好」。他並且說「祇有不會跳舞的才怪腳鐐礙事。祇有不會作詩的才感覺得格律的縛束。對於不會作詩的，格律是表現的障礙物；對於一個作家，格律便成了表現的利器」。[22]

關於藝術創作的「做」即加工提煉，聞一多在《戲劇的歧途》這篇論文的結尾處所用的一個比喻頗讓人玩味思索。他說：「你把稻子割了下來，就可以擺碗筷，預備吃飯了嗎？你知道從稻子變成飯，中間隔著好幾次手續；可知道從劇本到戲劇的完成，中間隔著的手續，是同樣的複雜」？而這些手續，聞一多說「至少都同劇本一樣的重要」。以此類推，我們不是可以推知文學創作加工提煉的必然性和重要性嗎？因為，「藝術最高的目的，是要達到『純形』pure-form 的境地」。[23]

那麼，需要加工提煉的詩之格律是什麼呢？聞一多在《詩的格律》中認為，「格律就是 form（指形式節奏，筆者注）」。他說「試問取消了form，還有沒有藝術」？並且又說「格律就是節奏」。而且，「講到這一層更可以明了格律的重要；因為世上祇有節奏比較簡單的散文，絕不能沒有節奏的詩」。他還說「本來詩一向就沒有脫離過格律或節奏，這是沒有人懷疑過的天經地義」。他說又因為「新詩採用了西文詩分行寫的辦法，的確是很有關係的一件事。姑無論開端的人是有意的還是無心的，我們都應該感謝他。因為這一來，我們才覺悟了詩的實力不獨包括音樂的美（音節），繪畫的美（詞藻），並且還有建築的美（節的勻稱和句的均齊）」。我們對於這種理論，理應認為是新詩的一個里程碑。

　　然而，就在聞一多們倡導新詩格律化的同時，新詩的自由派亦在攻擊他們的提倡是倒退。為此，他反駁說做詩模仿十四行體可以，但是卻絕不能把新詩作得像律詩的現象發出了質疑。更何況，用語體文寫詩寫到同律詩一樣，是不可能的。並且還說，作詩把節做勻稱了，句做均齊了，就能算是律詩嗎？雖然聞一多承認律詩也是具有建築美的一種格式，但是他又認為，這「同新詩裡的建築美的可能性比起來，可差得多」。因為，「律詩永遠祇有一個格式，但是新詩的格式是層出不窮」。他說，「做律詩無論你的題材是什麼，意境是什麼，你非得把它擠進這種規定的格式裡去不可⋯⋯」然而，「新詩的格式」卻是「相體裁衣」。他並且舉例說「《採蓮曲》的格式」就「絕不能用來寫《昭君出塞》」等。因此他說：「這種精神與形體調和的美，在那印闆的律詩裡找得出來嗎？在那雜亂無章，參差不齊，信手拈來的自由詩裡找得出來嗎」？他認為，「律詩的格律與內容不發生關係」，而「新詩的格式是根據內容的精神造成」。還說「律詩的格式是別人替我們定的，新詩的格式可以由我們自己的意匠來隨時構造」。因此他說：「有了這三個不同之點，我們應該知道新詩的這種格式是復古還是創新，是進步還是退化」。[24]確實如此，聞一多提出的新詩格律化主張，當然並非復古倒退。其實，他在此前幾年《敬告落伍的詩家》這篇文章裡，就批評那些真正的復古派人物「把人家鬧了幾年的偌大一個詩體解放底問題整個忘掉了」。[25]他之所以強調並堅持新詩的格律化，目的還是希望詩家注重形式。因為，他「不能相信沒有形式的東西怎能存在」，而「更不能明了若沒有形式藝術怎能存在」！雖然「固定的形式不當存在」，但是他說「那和形式的本身有什麼關係呢」？因為，「我們要打破一個固定的形式，目的是要得到許多變異的形式罷了」。[26]聞一多這裡所說的許多變異形式，實際上就是我們現在倡導的形式多樣化。

　　在此，我們需要說明的是，雖然聞一多當時的詩論文章多是從藝術角度論證而很少涉及內容方面，這因為他是針對當時大多數詩家的不注重形式有感而發，而絕非他的詩論或者創作不注重內容。恰恰相反，他是非常重視思想內容的表達。在《泰果爾批評》中，聞一多就認為泰果爾詩的最大缺憾是沒有把捉到現實。他說：「文學是生命的表現，便是形而上的詩也不外此例」。這是因為，「普遍性是文學的要質而生活中的經驗是最普遍的東西」。正因

為此，「所以文學的宮殿必須建在生命的基石上」。他認為，「形而上學唯其離生活遠」，而「要它成為好的文學，越發不能不用生活中的經驗去表現」。而「形而上學的詩人若沒有將現實好好地把捉住，他的詩人的資格恐怕要自行剝奪」。[27] 在論證藝術的最高目的是要達到「純形」的境地時，他說：「本來做有趣味的事件是文學家的慣技，就講思想這個東西，本來同『純形』是風馬牛不相及的，但是那一件文藝，完全脫離了思想，能夠站得穩呢」？他還說，「文字本是思想的符號，文學既用了文字作工具，要完全脫離思想，自然辦不到」。雖然，他又說「文學專靠思想出風頭，可真是沒出息了。何況這樣出風頭是出不出去的呢」？[28] 在此，聞一多似乎是將藝術和思想割裂開來，其實，他正是利用對立統一這個辯證法進行論證，承認任何一種文學，都是，也必須是要藝術地表現思想或者說現實。假如我們要評判一個文學作品的優劣，是首推思想內容還是藝術形式？那麼我們就可設置這樣一個二難前提即，如果是好作品，則藝術好；如果是好作品，則內容好。這是誰也不能否認的事實。但既然是文學作品而不是政治宣傳或者說教，那麼，就應該將藝術標準視作辨別作品優劣的首要條件。雖然如此，我們亦不能忘記這樣一個事實，根據形式邏輯充分條件假言推理否定後件式規律，無論思想還是藝術，祇要其中之一不美，那麼，該作品就不算上乘。聞一多就是恪守這種藝術規律的典範。但他不僅追求藝術美的極致，同樣也追求內容美的極致。這不僅表現在他的某些詩論裡，更重要的是表現在他的創作裡。雖然有時候他說他的詩「能有所補益於人類，那是」他「無心的動作」，但是他同時又說，「相信了純藝術主義不是讓我們作個 egoise（自我、自負的人，筆者注）」，他認為「這是純藝術主義引人誤會而生厭避之的根由」。因此，他極力提倡介紹雪萊以「增高我們的 humansympathy（高尚的同情心，筆者注）」。[29] 其實，早在清華學習期間，他在《評本學年〈周刊〉裡的新詩》中就說：「詩的真價值在內的原素，不在外的原素」。這個「內」和「外」，我們就應該視作今天所說的「內容」和「藝術」。

關於此，聞一多緊接著又作了闡述，他說：「『言之無物，無病呻吟』的詩固不應作，便是尋常瑣屑的物，感冒風寒的病，也沒有入詩的價值」。[30] 從此我們亦可看出，聞一多認為創作是要攝取重大題材。雖然有時候聞一

多的詩論往往會因攻擊一點而不及其餘時或更側重於藝術，或更側重於思想，但他卻沒有把二者割裂開來。當然，我們也並不否認藝術為內容服務，所謂藝術地表現內容也正如此。其實聞一多因了現實生活不斷將他從詩境拉到塵境的緣故，在藝術不能替其生計保險的嚴酷形勢面前，他自然也不願再去追求詩歌的「三美」，而寧肯不要詩而要生活並寫出了《〈烙印〉序》。畢竟，生計或者說生活比詩更重要。這也正如軍人操練或閱兵，其正步走的陣容何其「藝術」和規整，然若此時一旦遭到襲擊，則立刻就改變成摸爬滾打而不「文」。

說到這裡，我們自然不能忘記聞一多在《文藝與愛國：紀念三月十八》中所說的「愛國精神」即文學內容的重要性。他認為，新文學運動的成績之所以有限，正是因為沒有和愛國運動相攜手。因此，他希望「愛自由、愛正義、愛理想的熱血」，不僅「要流在天安門，流在鐵獅子胡同」，更重要的是要「流在筆尖，流在紙上」。這就是，文學要大力表現愛國主義精神。此刻，聞一多用一個形象的比喻，說「詩人應該是一張留聲機的片子，鋼針一碰著他就響」。並說，詩人若「做到了這個地步，便包羅萬象，與宇宙契合了」。他認為，「這就是所謂偉大的同情心——藝術的真源」。

由此看來，誰還能說聞一多是個絕對的藝術至上主義者？他雖然相信的是純藝術主義，但他卻又不願做自我、自負意識的人，極力主張介紹雪萊，以增高我們高尚的同情心。正因為此，當同情心發展到極點的時候，當僅僅一點文字上的表現還不夠的時候，他便非現身說法不可。他很欣賞陸游一個七十衰翁還要「淚灑龍床請北征」，更讚頌拜倫的戰死在疆場上。所以，他認為「拜倫最完美，最偉大的一首詩也便是這一死」。[31] 而他自己，在嘗盡其前期但講耕耘，而不問收獲的苦果後，在他追求藝術幾乎達到最頂峰的時候，他又實踐了其所信奉的「險」中見「奇」。這即在嚴酷的生活面前，他不僅寫出了臧詩評，更重要的是，還以其生命之花，譜寫了一曲壯麗的愛國詩篇。他的死，也猶如他之許多詩一樣，在終結處迸發出更為燦爛的火花。這雖在意料之外，卻又在必然之中。

　　實事求是地說，聞一多在中國文壇活動的經歷並不太長。但是，從他二十餘歲立志藝術事業並為之引嗓高呼的志向初定，到他未到而立之年的功成名就，在短短的幾年裡，他經歷了執著的追求，上下的探索和艱難的跋涉，終於寫出被他自己也認為在新詩的歷史裡掀起一場軒然大波的《詩的格律》，提出了新詩創作的格律化主張，在中國新詩壇上，樹起一面別具一格的「新月」詩派旗幟。然而，聞一多又不僅僅是個文藝理論家，最重要者，他更是一個實踐其詩學主張的詩人，他所創作的詩歌如《太陽吟》、《洗衣歌》、《死水》、《你莫怨我》和《忘掉她》以及《我要回來》等等，或色彩濃麗，或風格沉勁，或感情憤激，或表現細膩，莫不一首有一首的新形式，無不因體現著「三美」特徵，而達到藝術美的極致。雖然如此，但不管詩論還是創作，聞一多並非沒有疵點。這正如朱湘 1926 年 5 月在《小說月報》上發表的《聞君一多的詩》中所說，聞一多在自己編定的《屠龍集》中「將幻想誤認為想像，放縱它去滋蔓」，以致使個別詩表現出「感覺的紊亂」和「浮夸的緊張」等。更有甚之，還說該集中有「用韻不講求」、「不對」、「不妥」、「不順」和用字「太文」、「太累」、「太晦」以及「太怪」[32] 的現象。雖然朱湘的批評過於苛刻，但畢竟其分析也有合理之處，因此，這就使雖惱怒萬分但在此幾年前就擬用「屠龍居士」[33] 這個別號署名《紅燭》的聞一多最終放棄了《屠龍集》的出版計劃。我們從這頗帶賭氣的行為中，更能窺見執著於藝術美極致追求的聞一多的內心世界。

▌第二節 聞一多前期極端唯美主義追求的辨析

　　聞一多在其早期尤其在美留學期間，他曾狂熱地追求過極端唯美主義，這是不爭的事實。然而，由於過去對「唯美主義」之追求形式反對功利的否定，在「極左」時期甚或新時期之初，不少論者仍對聞一多早期的唯美主義追求遮遮掩掩。雖然承認他「前期也表現了一定的『唯美主義』傾向，沒有什麼值得大驚小怪」，並且也認為「一個文藝家、詩人如果不講求藝術技巧、藝術美而還要自詡是一個文藝家、詩人的話，那倒是讓人感到吃驚和奇怪」的唐鴻棣先生在其《詩人聞一多的世界》這部專著中，就從根本上否認聞一多曾追求過極端唯美主義。雖然唐先生也承認「在以往的一種片面重視社會

功利、尤其是政治功利的狹窄文學觀念的支配下，事情倒了個位置，該吃驚、奇怪的倒不吃驚不奇怪，不該大驚小怪的倒大驚小怪」。並且，「這種顛倒也臨到聞一多頭上」。然而，唐先生其意並不在於為聞一多「正名」，倒是在論證中要為聞一多「辯誣」。

唐鴻棣在其專著第四章《文學的宮殿必須建在現實底人生底基石上》之二《「極端唯美主義者」辯誣》中，在相繼介紹李廣田，季鎮淮，王康，時萌和俞兆平等諸君關於聞一多「曾說過要做一個『極端唯美主義者』」或主張「領袖一種文學之潮流或派別」即「極端唯美主義」時，雖然也部分地承認如李廣田在《〈聞一多選集〉序》中所說「聞先生的道路是從詩開始的，而且又是一個『極端的唯美主義者』（見《全集·年譜》頁三九）。他出生於半封建半殖民地社會中的世家望族，書香門第，而又受了十年美國化的清華學校的教育，到美國後又是專學美術繪畫，這就是把他造成一個唯美主義者的社會根源」之「類似這樣的說法，從一種觀點出發，有根有據，有析有論，倒也不失為一家之言，是一種學術」。然而他接著卻又說，「但令人感到遺憾，讓人失笑的是：許多論者論著，不管是斷定聞一多是『極端的唯美主義者』還是否定他是『極端的唯美主義者』，其論依據或其說史實，多屬虛假」。並且，「他們又以假亂真，進一步去論證自己的觀點」。為了證明自己的言說，唐先生接著就論證說：「如：坐實聞一多是『極端唯美主義者』的李廣田先生，在我所引的上述的一段文字中，就夾進一條根據——『（見《全集·年譜》頁三九）』」。唐先生接著就解釋說：「這條根據是指季鎮淮先生所編聞一多年譜中的一個推斷」。他並且還解釋季先生的這個論斷說：「季先生在一九四八年八月開明書店出版的《聞一多全集（一）》中，附進了他編撰的『聞一多年譜』」並「在『年譜』的一九二二年九月的條目下這樣寫：『二十九日，又有給梁實秋吳景超的信，贊成創辦一種文藝刊物，並主張『領袖一種文學之潮流或派別』——極端唯美主義」。介紹至此，我們就可知道，唐先生在此所說之關於肯定或否定聞一多是「極端唯美主義者」的「其論依據或其說史實，多屬虛假。而他們又以假作真，進一步去論證自己的觀點」認為聞一多就是「極端唯美主義者」追求的，則是李廣田或者季鎮淮先生。因此，唐鴻棣就認為聞一多的「極端唯美主義」追求並不存在。

　　唐鴻棣在接著介紹王康和時萌錯引「虛假」論據後，又談到俞兆平的「無中生有」。這就是俞先生在其《聞一多美學思想論稿》中的一段話即：「究其立論（指聞一多的極端唯美主義，筆者注）的依據，一般來自聞一多給友人的信中主張『領袖一種文學之潮流或派別——極端唯美主義』之類的自我聲稱」。唐先生還說：「在另一地方，俞兆平又寫道：聞一多『在一九二二年九月至十一月他與友人的通信中，多次出現了以前文章中所未見到的『贊成……極端唯美主義』之類的文辭」。

　　介紹至此，唐鴻棣再概括總結說「王、時、俞等諸位在為自己立論和批駁他人時所依據的，都確定是來自聞一多的有關言辭或信件材料」後，就對其觀點發出質疑說「他們三位所確定的，是否事實？他們的依據有無虛假」？他的觀點是：「聞一多自己沒有說過要做一個『極端唯美主義者』。沒有在給友人的信中聲稱要領袖一種文學之潮流或派別者（也即『極端唯美主義』），沒有『贊成……

　　極端唯美主義』」。他說：「迄今為止（指 1996 年，筆者注）從能見到的公開出版的或內部整理出的有關第一手資料中（包括俞兆平等所說的信件），還找不出李廣田，王康，時萌，俞兆平等人所依據的『依據』來」。

　　為了「科學研究的嚴肅」和「實事求是」而「不能流傳錯訛或張冠李戴」，唐鴻棣先生決定「循著這個問題的歷史軌跡」，他為「察消長之往來，辨利害之疑似」而要「來個正本清源」。這就是，唐先生隨後就摘引聞一多於當年即 1922 年 9 月 29 日在美國給梁實秋和吳景超的信之內容如下：

　　景超所陳三條理由（一、與文學社以刺激，二、散布文學空氣於清華，三、於國內文壇交換意見。）我以為比較地還甚微瑣。我的宗旨不僅於國內文壇交換意見，徑直要領袖一種文學之潮流或派別。請申其說。我們皆知我們對於文學的意見頗有獨立價值；若有專一之出版物以發表之，則易受群眾之注意——收效速而且普遍。例如我之《評冬夜》因與一般之意見多所出入，遂感依歸無所之苦。

《小說月報》與《詩》必不歡迎也；《創造》頗有希望，但邇來復讀《三葉集》，而知郭沫若與吾人之眼光終有分別，謂彼為主張極端唯美論者終不妥也。吾人若有機關以供發表，則困難解決也。

據此，唐鴻棣以果斷的語氣說：「此段文字表達清楚」並「無含混之處」。而且，「從這段文字裡」，也「找不見王康所採用的『曾說過要做一個「極端唯美主義者」』的依據來，也沒有俞兆平所引征的「『領袖一種文學之潮流或派別』——極端唯美主義』和『贊成……極端唯美主義』之類的句子」。

唐鴻棣在確定聞一多其他書信中也沒有以上諸君可資依據那類文辭或句子後，則說他們均同李廣田一樣，「依據了前面提到的一九四八年版的《聞一多全集》中季鎮淮先生所編的《年譜》中的文字」。他說：「季鎮淮先生在『年譜』中也寫得很清楚」，這就是：「贊成創辦一種刊物，並主張『領袖一種文學之潮流或派別』——極端唯美主義」。唐先生解釋說：「在這段文字中，引號中的『領袖一種文學之潮流或派別』是聞一多信中的原文，其他文字及句子意思皆是季鎮淮先生的（觀點）」。我們承認，唐先生的這個論述當然正確。

然而，唐先生的本意並不在此，而是在於批評以上諸君包括其他研究者把季先生的所謂「錯誤」概括當成聞一多的原話而「以訛傳訛」。更重要的，是唐先生認為，「由於這種錯訛，給聞一多的文藝思想摻進了假貨，也給聞一多文藝思想研究帶來了混亂」。尤其甚之，「更讓聞一多背上了『極端唯美主義者』的黑鍋」。正所以此，他則責無旁貸地要「訛既辯，源得清」並且「本歸正」。於是，他在《「極端唯美主義」辨析》一段中，因諸多學者在「論及聞一多文學本體觀時」，其「極端唯美主義」從二十世紀「二十年代到八十年代，這個問題一直糾纏不清」，並且還因季先生直「到一九八六年清華大學出版社出版的《聞朱年譜》中」，仍「不改初衷」，因此，不同意該觀點的他則「在一九八九年九月就這個問題請教了季先生」。

唐鴻棣在其專著中轉述了季先生信之答覆如下：

……引號裡的話是原文，——後面的話是我接上去的，完成一句整話。這句話裡省去一個主詞。後面我接上去的話，也是根據信的下文說的，不是

隨便添上去的。信的下文說：「……《創造》頗有希望，但邇來復讀《三葉集》，而知郭沫若與吾人之眼光終有分別，謂彼為主張極端唯美論者終不妥也。」否定郭沫若等終不是極端唯美論者，則先生主張「領袖一種文學之潮流或派別」，以意逆之，不必說，就是極端唯美主義。……

應該說，季先生的觀點言之有理，持之有據。尤其他之信的末尾「否定郭沫若等終不是極端唯美論者，則先生主張『領袖一種文學之潮流或派別』，以意逆之，不必說，就是極端唯美主義」的邏輯推理就能讓人信服。

然而，唐鴻棣為了要「除去」他認為強加「給聞一多的『極端唯美主義者』的惡謚」，卻錯誤地認為季先生「進行了形式邏輯中所說的反傳遞性關係推理」，並且又將其整理成為：

吾人之文學眼光不同於郭沫若之文學眼光，

郭沫若文學眼光不同於主張極端唯美論者，

所以，吾人同於主張極端唯美論者。

與此同時，唐先生還列出如下的推理公式即：$aRb \wedge bRc | — aRc$

或者：aRb

bRc

所以，aRc

應和著這種推理及其公式，唐先生反駁說：「……反傳遞關係推理是根據反傳遞關係性質進行推演的關係推理」，而「在季先生所運用的關係推理裡，關係 R（不同於）是種非傳遞關係，因此不能用作有效推理，即作反傳遞關係推理」。所以，「$aRb \wedge bRc$ 的關係推理結果就不一定是 aRc」。

如果事實確如唐鴻棣虛設的季先生這種反傳遞關係推理，那麼，唐先生的論證自然正確。因為，在唐鴻棣所謂的季鎮淮反傳遞關係推理中，確實不能必然地推出季先生的觀點。雖然如此，但唐先生明顯忽視了這樣一種情況即同樣也推不出他的觀點即聞一多不是極端唯美主義追求者。因為，在這個反傳遞關係推理中，無論認為聞一多是「極端唯美論者」抑或不是「極端唯

美論者」，都不具必然性而祇能是一種可能。這也正如唐先生所說，「關係R（不同於）是種非傳遞關係，因此不能用作有效推理」。正所以此，唐鴻棣也就自個說明其推理的不合邏輯。更何況，季鎮淮也並未根據反傳遞關係性質進行推演。因為他自己就說得非常明確，其是根據聞一多「否定郭沫若等終不是極端唯美論者」並「主張『領袖一種文學之潮流或派別』」而「以意逆之」推出聞一多當時的文藝思想追求「就是極端唯美主義」。

雖然如此，但唐鴻棣似乎認為他之「正確」孤證其實屬於錯誤的虛設不足於服人，因此，他又將季先生的推理整理成「不相容選言推理的否定肯定式」即：

聞一多要領袖之文學派別，或者是極端唯美主義，或者是郭沫若的類似（或非）極端唯美主義，

不是郭沫若的類似（或非）極端唯美主義，

所以，聞一多要領袖之文學派別是極端唯美主義。唐先生還說：這種推理可用符號表示為如下形式即：

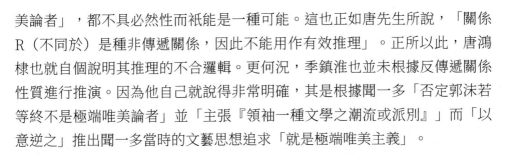

唐先生認為，這個不相容選言推理的否定肯定式是錯誤的。

因為，他說「這種不相容選言推理要求大前提真實，即大前提的選言肢窮盡，必須窮盡一切可能的，若不把所有可能的選言肢都列舉出來，就不能從其中必然地選出正確的選言肢；」唐先生又說：「此外，大前提的選言肢必須是互相排斥的，不互相排斥，各個選言肢的界限就不清楚。因而不能通過肯定進行否定，也不可能通過否定進行肯定。」他還說：「在季先生暗地裡進行的這個不相容的選言推理中，其大前提的選言肢實際上是沒有窮盡，而應該是：

$$p \lor q \lor r \lor s \lor t \lor u \cdots \cdots$$

也即還應有其他的選言肢，設為 XX 主義、XX 主義……，供選擇的。而季先生把它們都排除在外了」。

沿著他自己的思維，唐先生又進一步論證說：「另外，在 P 與 q 間並未相互排斥，而相互有所重合（即聞一多的文學主張與郭沫若的文學主張有不同處，也有相同處）。這樣，就妨礙了季先生進行正確的選言推理，其推理出來的結論也就不正確」。最後，他則以絕對的語氣說：「我在前面已經講到，聞一多的文學本體觀很複雜，是一個復合體」。[34]

聞一多的文學本體觀確實複雜是復合體這當然不錯。但問題的關鍵是，唐先生顯然在此混淆了概念，亦即他把聞一多不同時期文藝思想的「整體」和某一時期文藝思想的「個體」相混淆。而且，他之邏輯說明和推理也都存在錯誤。

我們現在分析他對「不相容選言推理」的說明和論證的錯誤。

第一，唐鴻棣說「不相容選言推理要求大前提真實，即大前提的選言肢…必須窮盡一切可能」這當然正確。祇是，他卻忽視了「聞一多要領袖之文學派別，或者是極端唯美主義，或者是郭沫若的類似（或非）極端唯美主義」這個不相容選言判斷的兩個選言肢既不是相容關係也不是反對關係而屬於矛盾關係。因為在聞一多語境的背後，其文藝思想就是唐先生所說之「或者是極端唯美主義，或者是郭沫若的類似（或非）極端唯美主義」這種非此即彼的關係就根本不存在第三者的選言肢。但既然二者屬於矛盾關係，自然也就窮盡了該前提的所有選言肢。因此，該推理的前提正確。

第二，唐鴻棣說「大前提的選言肢必須是互相排斥的」也不準確。因為大前提的選言肢並不要求互相排斥。其所要求的，是內容互相排斥的選言肢大前提既可通過肯定一個選言肢從而否定另一個選言肢，也可通過否定一個選言肢從而肯定另一個選言肢；然而選言肢內容相容的大前提，就祇能通過

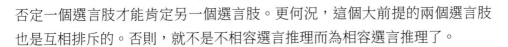

否定一個選言肢才能肯定另一個選言肢。更何況，這個大前提的兩個選言肢也是互相排斥的。否則，就不是不相容選言推理而為相容選言推理了。

第三，既然這個大前提選言肢之間的關係屬於矛盾，因此，唐先生所認為應該的大前提即「p∨q∨r∨s∨t∨u……」就沒有必要。在此，唐先生的錯誤就在於他又把「聞一多要領袖之文學派別，或者是極端唯美主義，或者是郭沫若的類似（或非）極端唯美主義」和他在下文分析中所說的「聞一多的文學主張與郭沫若的文學主張有不同處也有相同處」這兩個判斷之概念所蘊含的意義混淆了。

從以上分析我們就可知道，假如唐先生分析的這個不相容選言推理果真就是季先生的論證，那麼，我們就能肯定，季先生的結論完全正確。退一步說，即使這個推理的形式錯誤亦即大前提沒有窮盡所有的選言肢，其結論也仍然正確。因為錯誤的形式也有推出正確結論的偶然，祇是其在形式邏輯中不具結論的必然性而已。不過遺憾的是，季先生不僅沒有運用唐先生所說的反傳遞關係推理，而且，其也沒有運用唐先生所說的不相容選言推理。

我的如上之說，當然不是強詞奪理，更不會讓聞一多是否曾經追求極端唯美主義這個問題陷入到二難境地。因為，我們必須實事求是，即使邏輯推理也更應如此。筆者認為，聞一多因「邇來復讀《三葉集》，而知郭沫若與吾人之眼光終有分別，謂彼為主張極端唯美論者終不妥也」屬於省略大前提的三段論，並且唐先生本該由聞一多的推理結論即「謂彼為極端唯美論者終不妥也」，再根據小前提即「郭沫若與吾人之眼光終有分別」和三段論省略式的恢復規律，將其大、小項組合成省略的大前提即「吾人為極端唯美論者」這種邏輯恢復，然而他卻誤當所謂「反傳遞關係推理」進行論證。這就難怪他推不出季先生的觀點即聞一多在其表述中省略的前提。

現在，我們既已知道聞一多的表述是省略大前提的三段論，那麼，我們就先將其恢復如下：

我們的文學主張是極端唯美主義，

郭沫若與吾人之眼光終有分別，

謂彼為主張極端唯美主義論者終不妥也。

這個恢復三段論可以整理如下：

我們的文學主張是極端唯美主義，

郭沫若的文學主張不是我們的文學主張，

所以，郭沫若的文學主張不是極端唯美主義。

從以上的恢復整理可以看出，聞一多關於因「邇來復讀《三葉集》，而知郭沫若與吾人之眼光終有分別，謂彼為主張極端唯美論者終不妥也」這段話確實是個省略三段論。

也許，有人會認為這個省略大前提的恢復有點空穴來風，而且，該三段論也犯了大項擴張的錯誤。其實不然。因為其一，這個大前提的恢復是根據該三段論的大項、小項和中項的位置推理出來的，其恢復過程和形式均完全正確；其二，乍看這個經過整理後之三段論的「極端唯美主義」在大前提中不周延而在結論中周延犯了大項擴張的錯誤，但是，這個經過整理後之三段論的結論即「郭沫若的文學主張不是極端唯美主義」在整理之前的負判斷即「謂彼為極端唯美主義論者終不妥也」中的「極端唯美主義」卻是不周延的。這樣，其結論也就不會犯大項擴張的錯誤。需要說明的是，我們是把「謂彼為極端唯美主義論者終不妥也」根據邏輯規律轉換成意義不變的「郭沫若的文學主張不是極端唯美主義」。這種複雜的三段論及其整理情況，形式邏輯是允許的。也許，聞一多在給梁實秋和吳景超寫信時沒有考慮到邏輯問題，然而依他之語言表達的深厚功底，恰巧符合了邏輯規律。

當然，我們也可將這個三段論轉換成如下的形式而不產生意義變化即：

極端唯美主義是我們的文學主張。

我們的文學主張不是郭沫若的文學主張，

所以，郭沫若的文學主張不是極端唯美主義。

這樣，作為大項的「極端唯美主義」這個概念既在大前提中周延，因此，其在結論中周延也就不會再犯大項擴張的錯誤。當然，這個三段論轉換形式

其實並無必要，我們不過以此再次證明該三段論的大項即「極端唯美主義」在結論中沒有犯大項擴張的錯誤而已。

此省略三段論的恢復及論證至此，我們就能完全清楚並明白季羨林先生根據「郭沫若等終不是極端唯美論者，則先生主張『領袖一種文學之潮流或派別』，並『以意逆之』推出聞一多文藝思想「就是極端唯美主義」結論的正確。實際上，季鎮淮的「逆推」應該表現為如下的過程即：已知郭沫若和聞一多們的藝術追求不同並且因為郭沫若和聞一多們的藝術追求不同而知郭沫若不是極端唯美論者，因此，聞一多們的藝術追求就是極端唯美論者。因為，如果郭沫若和聞一多們的藝術追求相同，郭沫若就應該是極端唯美論者。其實，這個道理就這樣簡單。當然，用三段論恢復的方法說明聞一多們當年曾經的藝術追求是極端唯美主義或者說是極端唯美論者亦更具說服力。

在此需要說明的是，聞一多所以在給梁實秋和吳景超的信中說郭沫若「謂彼為極端唯美論者終不妥也」，他在其同一封信裡就說得非常清楚，這即由於他「之《評冬夜》……與一般意見多所出入」而「遂感無所依歸之苦」。因為，他自己就知道，當時的「《小說月報》和《詩》必不歡迎」。雖然「《創造》頗有希望」歡迎他之《評冬夜》在該刊發表，但又因「邇來復讀《三葉集》，而知郭沫若與」他「人之眼光終有分別」。從此可以看出，聞一多當時擔心的是他之《評冬夜》不被郭沫若等人所掌握的《創造》發表。所以，他才又說：「吾人若自有機關以供發表，則困難解決也」。我們從這句話裡，分明可以看到他之當時「依歸無所之苦」的窘狀。當然，聞一多畢竟「志向遠大得很」，他既然有志「徑直要領袖一種之文學潮流或派別」，因此就不願「寄人籬下，朝秦暮楚」。因為如果這樣，那麼他之創作「特別色彩」就「定歸淹沒」。因此，「對於中國文學抱有使命」的他，那時候才「急欲借雜誌以實行之」。[35] 就在這種心態下，他於當年 10 月 27 日在給清華文學社的信中才又建議將文學社當時出年刊和叢書的計劃改「為季刊，以與《創造》並峙稱雄」。[36] 正是這原因並且在這時候，聞一多開始著手撰寫《〈女神〉之地方色彩》論文以批評郭沫若，其實質則是欲與創造社抗衡。

這，就是聞一多當年給梁實秋和吳景超信之內容的背景。

　　根據以上論證，不僅能夠證明季先生觀點的正確，而且，也能推出聞一多當年在清華學校時經常談論「極端唯美主義」是不爭的事實。如果這樣講還不能服人，那麼我們可用王康撰述即「聞一多在同朋友們談詩的時候，曾說過要做一個『極端唯美主義者』的話」[37] 以佐證。雖然這在唐鴻棣看來，此是錯將季先生的觀點當作「聞一多的原話」而「以訛傳訛，」[38] 不過我們需要辯論的是，「要做一個『極端唯美主義者』」，是否聞一多的原話，因為他當年和朋友們所談內容不可能都如錄音式有據可查地保存下來而無從考證，但是，此語既出自聞一多的學生且親戚王康之口，就不能不讓我們相信。更何況，即使王康當時也不認為「唯美主義」尤其「極端唯美主義」是溢美之詞呢！從這個意義上說，我們就更應該承認聞一多就是說過「要做一個『極端唯美主義者』」。

　　實在說，我們無論如何從邏輯角度推論聞一多曾經是「極端唯美論者」，但是，撇開其文學批評和創作實踐，還是不能確認他曾經是一個「極端唯美主義者」。這，就不能不讓我們從聞一多的「理論」和創作裡尋找答案。聞一多明顯受到過濟慈的影響。因為他曾說，「以美為藝術之核心者不能不崇拜東方之義山，西方之濟慈」。[39] 於是，他這才先後寫出贊頌濟慈的詩歌《藝術底忠臣》以及其他表現「純美」和「純真」思想的詩篇《李白之死》，《美與愛》和《紅荷之魂》等。而且，他之「藝術的最高目的，是要達到純形 Pure-fore 的境地」[40] 觀點，無疑也是濟慈之「藝術的純美」說法的變換。

　　如果我們再將聞一多和王爾德比較，就更顯示著其追隨的印跡。他在《詩的格律》中批評「詩國裡的革命家」要「皈依自然」時說，「自然界的格律不圓滿的時候多，所以必須藝術來補充它」。因此，「……絕對的寫實主義便是藝術的破產」。就是在這時，他引用了王爾德的名言即「自然的終點便是藝術的起點」並認為「王爾德說得很對」。他還進一步闡述說，「自然並不盡是美的。自然中有美的時候，是自然類似藝術的時候」。他認為「最好拿造型藝術來證明這一點」，並說「我們常常稱讚美的山水，講它可以入畫。的確中國人認為美的山水，是以像不像中國的山水畫做標準的」。還說「歐洲文藝復興以前所認為女性的美，從當時的繪畫裡可以證明，同現代女性美的觀念完全不合；但是現代的觀念又同希臘的雕像所表現的女性美相符了」。

這種現象，聞一多說「是因為希臘雕像的出土，促成了文藝復興」。而「文藝復興以來，藝術家描寫美人」，又「都拿希臘的雕像做藍本，因此便改造了歐洲人的女性美的觀念」。基於此，聞一多又說他在趙甌北之「絕是盆池聚碧屏，嵌空石筍滿江灣。化工也愛翻新樣，反把真山學假山」這首詩裡，「發現了同類的見解」。據此，他歸納說，「這徑直是講自然在模仿藝術」。[41]

在此仍需說明的是，聞一多就在這篇詩論裡，不僅有關於「自然類似藝術」的論述，也有關於「自然在模仿藝術」的觀點。然而唐鴻棣在其專著中卻撇開後者，刻意地分析聞一多的「類似」說和王爾德的「模仿」[42]說不同。但是，他顯然忽視了這樣一個現象或者說事實，即聞一多在說「自然類似藝術的時候」和「這徑直是講自然在模仿藝術」時，是將「類似」和「模仿」當做類似概念使用。在我認為，即便是王爾德「自然模仿藝術」中的「模仿」，其意義也和聞一多所說的「類似」相同至少相似。因為，無論你如何認為「自然模仿藝術」是本末倒置，而其「模仿」的實質，也祇能是一個弱動詞和「類似」一樣。因此，不論唐鴻棣如何認為聞一多和王爾德不同，都不能讓我們否認聞一多和王爾德二人文藝思想的一脈相承。所以我認為，聞一多在《詩的格律》時期或者以前，無論其文藝思想還是創作實踐，都達到了「唯美主義」的高峰。僅以《死水》為例，在想像和幻想的強調下，他運用對比和象徵的表現方法借現實之「醜惡」，心靈之「厭惡」迸發出絢美的藝術之葩，這是誰也不能否認受到波特萊爾奇崛詭奧的《惡之花》影響。

為了說明聞一多不是曾經的「極端唯美論者」，唐鴻棣還有一個重要論證即聞一多的「藝術為藝術」和王爾德的「為藝術而藝術」並非同一論題。他說：「『為藝術而藝術』與『藝術為藝術』，兩者表面看來」雖然「很相似」，但「其實不能把它們等同」。因為，「王爾德的『為藝術而藝術』是他的人生哲學與藝術哲學的集中體現，而聞一多的『藝術為藝術』祇是對文藝本體作出的表述，是對自己的藝術哲學觀表述。王爾德的『為藝術而藝術』是追求一種『美而不真』的謊言，要徹底地離棄生活，拋開現實與『真』；聞一多的『藝術為藝術』是要求美與真的統一，他不忘卻現實人生……」。[43]「藝術為藝術」和「為藝術而藝術」是否等同或者相似？帶著這個問題，筆者曾請教過在《聞一多評傳》中將聞一多之「藝術為藝術」說成是「為藝術而藝

術」且在其著述過程中被聞家駟「熱忱地審閱了全部書稿」並「當面一一給予指正」[44] 過的劉烜。劉先生誠懇地告訴我說，其實聞一多的「藝術為藝術」和王爾德的「為藝術而藝術」內涵完全相同。他還告訴我說，聞家駟先生就這樣認為。而聞家駟不僅是聞一多的胞弟，更是精通西方現代各派文論的專家……。鑒於此，我想，假如「藝術為藝術」和「為藝術而藝術」果真像唐鴻棣分析那樣具有諸多差異，那麼，聞家駟一定會讓劉烜先生糾正。然而事實並非如此。因此，筆者認為，從表象看，二者祇是主語差異，但實質卻是相同。前者的意義是，藝術是為了藝術，而後者是為了藝術而藝術。但因為藝術是人所從事的，因此，當時的聞一多們從事藝術就是為了藝術，亦即「為藝術而藝術」。其實，我們根據聞一多 1921 年在清華主講「藝術為藝術呢？還是為人生」[45] 的專題得出是「為藝術」而非「為人生」的結論後，亦可推知他是「為藝術而藝術」。據此，我們又可肯定地說，「為藝術而藝術」也是聞一多們在清華學校時常談的話題。也就在那時候，作為較之更年青的他們，在遭遇前期創造社標榜「為藝術而藝術」，「排斥功利與目的」，尤其提出「藝術獨立」的口號時，才理所當然地認為郭沫若等是「極端唯美論者」並視為同道。祇是，聞一多後來於美國因「復讀《三葉集》」，才終於發現他和郭沫若的「文藝思想見解」如唐鴻棣在其《詩人聞一多的世界》中所分析的那諸多不同，因此亦「知郭沫若與吾人眼光終有分別」，這才「謂彼為極端唯美論者終不妥也」。我們這樣分析的意義在於，不僅能夠證明季鎮淮先生「以意逆之」的正確，而且，更能正面說明聞一多「結論」的自然。

雖然如此，但是關於聞一多的「極端唯美主義」，為什麼從二十世紀「二十年代到八十年代」乃至唐鴻棣出版《詩人聞一多的世界》之九十年代中期還「一直糾纏不清」？這原因，我想不外或是認識的誤區，或是故意自立一家之言，或是為賢者諱。在當時為賢者諱是可以理解的。因為，在片面認識社會功利，尤其政治功利的狹隘文學觀念支配下，過去的理論界雖然承認西方「唯美主義」派對資本主義文明不滿，但又不滿他們在早期文藝復興的義大利藝術中找到自己的理想而走進「純美」的世界，以至於認為是「頹廢」的表現。因此，這也正如唐鴻棣所說是將「事情倒了個位置」，而「這種顛倒也臨到聞一多頭上」。[46] 當然，他這樣說並非為賢者諱。雖然當時為

賢者諱可以理解，然而將「事情倒了個位置」絕不允許。因為，我們必須尊重事實。而事實是聞一多無論其文藝思想還是創作實踐則正如卞之琳所說，都是「受過英國十九世紀浪漫派傳統和它在維多利亞時代的變種以至世紀末的唯美主義和哈代、霍思曼的影響是明顯的」，並且「受波特萊爾和他以後法德等西歐詩風的影響」也「是少見……」。更重要者，卞之琳緊接著的另一句話我們更不能忽視，這就是，但「波特萊爾……的《惡之花》也不是用『頹廢』一詞所能一筆否定得了」。[47] 鑒於此，如果我們根據朱壽桐關於「聞一多是新月派中唯美主義色彩最秾麗的詩人，他的詩歌創作……滲透著唯美主義的綺麗摩緋，關於文學本質論的表述也常呈現出唯美主義式的斬釘截鐵」，更有甚之，「他對唯美主義的『藝術至上』論和由此派生的各種形式主義論調每無諱言」[48] 的論述，再結合聞一多的創作實踐如《死水》等詩看，無論他後來如何說其中蘊藏著火，並且是座沒有爆發的火山，但是，我們還是不能否認其在憤激中顯示出一種無可奈何抑或說「頹廢」的情緒。當然，我們也不能否認其所表現出的強烈的愛國主義情愫。更何況，即使認為西方「唯美主義」頹廢消極，然而，王爾德卻並非西方「唯美主義」的唯一代表，而作為「唯美主義」代表之一的梅裡美，其作品就噴發著積極向上的內容。如果從這個意義上說，我們，尤其現在更不能簡單否認聞一多是「極端唯美論者」，或者因其是「極端唯美論者」而對其否定。然而過去，由於受強調文學社會功用等因素的影響，研究聞一多主要是從其後期的「鬥士」著眼，而避開其前期的創作實踐尤其是文學批評。即使談其文學創作，也多是從愛國主義的角度分析，從而一個傾向掩蓋了另一個傾向。雖然，聞一多的文藝思想和創作實踐都猶如一個「金銀盾」，如他認為「文學底宮殿必須建在現實的人生底基石上」，[49] 但是，他又說，「美的靈魂若不附麗於美的形體，便失去他的美」；[50] 雖然他認為「文學……完全脫離思想……自然辦不到」，可他又說，「文學專靠思想出風頭，可真……沒有出息」；[51] 雖然他極願介紹雪萊以「增高我們的 Humansympathy（高尚的同情心──筆者注）」，[52] 但他「主張的」卻是「純藝術的藝術」，「相信」的也是「純藝術主義」。因此，他才說其「詩能有所補益於人類，那是」他「無心的動作」。[53] 但在這對立的統一中，我們還是不能否認其是「藝術至上」主義者。雖然唐鴻棣

認為聞一多的「文學本體觀」是個「復合體」，[54] 但承認其是「復合體」也不能以掩蓋或者犧牲矛盾的主要方面為代價。而就因為聞一多的文藝思想是個多稜鏡，更兼之他由一個藝術至上主義者而逐漸成為一個民主「鬥士」，這才使不少研究者抓住了一面，而忽視了另一面。因此，在「極左」時期的文學史教材或者論文論著裡，有說聞一多是帶有唯美主義傾向的，有說其是浪漫主義的，有說其是象徵主義的，也有說其是現實主義的，這都不無道理。祇是，論者卻明顯忽視以上這些「主義」多為交叉而非排斥。因此，就不能肯定一個而否定另一個。倒是李廣田在分析聞一多的《憶菊》時說得正確，認為「這正是唯美主義和愛國主義的結合」。[55] 這就是說，愛國主義是聞一多詩歌表現的內容，而唯美主義則是他創作的美學追求。二者是並行不悖的。既然如此，就連「波特萊爾的《惡之花》也不是能用『頹廢』一詞否定得了」，那麼，我們不是應該為「唯美主義」正名嗎？祇有這樣「正本清源」，才能還「唯美主義」的本來面目並除去強加給聞一多的所謂「惡謚」。這也正如唐鴻棣先生所說：「一個藝術家、詩人，講求些藝術形式，藝術的美，藝術的技巧，不僅無害而且有益，應受肯定；但一個文藝家、詩人如果不講求藝術形式，藝術的美還自詡是一個文藝家、詩人的話，那倒是讓人感到吃驚和奇怪的」。[56] 至此，我們更可設置這樣一個「二難」來結束論證即如果你是一個藝術主義者，你就應該承認聞一多前期的藝術主張；如果你是一個功利主義者，你就應該根據他的經歷分析其後期文藝思想的嬗變。但就是不能否定其前期曾經是「極端唯美論者」這樣一個事實。因為，這不符合歷史唯物主義。更何況，我們學術界很早前就有諸多學者承認聞一多前期曾經狂熱地追求過「極端唯美主義」。

▋第三節 聞一多「唯美主義」研究的分類和反思

中國現代文學的研究者們在論及聞一多的詩作詩論時，眾口一詞地認為表現了強烈的愛國主義情愫。然而，當論及其文藝思想，卻眾說紛紜，有說是「極端唯美主義」的，有說是「唯美主義」的，有說是「具有唯美主義傾向」的，也有說是「復合體」即接受了多種文藝思想的，還有根本否認其具有「極端唯美主義」或「唯美主義」思想的。

自從季鎮淮根據聞一多 1922 年 9 月 29 日給梁實秋和吳景超信之內容在 1948 年出版的《〈聞一多全集〉年譜》中逆推出其「主張『領袖一種之文學潮流或派別』」的是「極端唯美主義」後，他的這種觀點，就成為後來不少研究者立論的依據。如李廣田在 20 世紀 50 年代初出版的《〈聞一多選集〉序》中認為聞一多是「極端的唯美主義者」時，就特別加進「（見《全集·年譜》頁三九）」這句話。李先生還分析了造成聞一多成為「一個唯美主義者的社會根源」即「出生於半封建半殖民地社會中的『世家望族，書香門第』」，並且「又受了十年美國化的清華學校的教育，而到美國後又是專學美術繪畫」[57] 等。可以說，這種在他人結論基礎上所進行的分析，就極具說服力。

　　在《聞一多美學思想論稿》中將其美學思想分為三個時期並被譽為在新時期把該項研究「推進到一個新階段」[58] 的俞兆平則不僅承認「聞一多給友人的信中主張「『領袖一種文學之潮流或派別』——極端唯美主義』之類的自我聲稱」，[59] 而且，還說其「在 1922 年 9 月至 11 月他與友人的通信中，多次出現了以前文章中所未見到的『贊成……極端唯美主義』」。[60] 俞先生還認為聞一多「所追求的最高藝術目的——『純形』，是一種排斥藝術對現實生活的反映，脫離藝術內容的唯美的純形式主義」。[61] 為了說明自己的觀點，他還將聞一多和王爾德相比較並認為「觀點極為相似」。[62] 他說，「可以看出，王爾德的藝術的第一階段，即聞一多的『純形』藝術；第二階段，即聞一多所指出的藝術與超越性的生活意義的結合，如莎士比亞戲劇；第三階段，即聞一多所說的戲劇中黏上了具體的道德、哲學、社會等問題，『問題黏的愈多，純形的藝術愈少』，即離『藝術最高的目的』愈遠」。據此，俞先生總結說，「這種以追求『純形』藝術為最高目的，排斥藝術對道德、哲學、社會等問題的反映，逃避對日常的社會生活的描寫與表現，使美學走向空虛與貧乏的說法，難道不是向『藝術之宮』退縮的唯美主義理論嗎」？[63] 另外，俞先生還根據聞一多在《詩的格律》中所應和的「自然的終點便是藝術的起點」的王爾德理論，肯定其從一個「『藝術摹仿自然』說的贊同者，變成了王爾德的『自然摹仿藝術』說的追隨者」。這樣，也就「從堅持美的客觀性變成宣揚美的主觀性」，[64] 因此，其主張「顯然是王爾德唯美主義理論的沿襲和闡述」。[65] 所以，他「在美的本質特徵的問題上」，[66]「是不折

不扣的本末倒置的唯美主義理論」。[67] 這種雖然對唯美主義持否定態度但有論據，更具理論昇華的定性和分析，當時就曾得到諸多專家的肯定。俞先生還分析了產生聞一多唯美主義追求的原因並將其歸結為「客觀環境的薰陶，主觀目的的追求，向往目標的幻滅」和「悲觀情緒的縈繞」[68] 等四點。應該說，這種認識比起李廣田先生，雖未必正確但也更為全面。

認為聞一多由「唯美主義」並「迅速地成為……一位極端唯美主義者」[69] 的還有劉志權，雖然他認為聞一多「真正耽於唯美主義的時間並不長」。[70] 劉先生在其《聞一多傳》中寫道：「聞一多的《紅燭》篇的確蘊含了他的唯美主義思想」。他說，「在這本詩集中，李白篇，青春篇以及孤雁篇的許多詩中，都流露出詩人這種美學上的追求傾向」。論者認為沒有哪一首詩「比《劍匣》更能說明這一點」並說該詩「正是以藝術為最高目標的唯美主義的形象詮釋」。[71] 對於聞一多所以成為一個「極端唯美主義者」，劉先生也作了合乎情理的多種猜測即「對國內粗制濫造白話詩的痛恨使他不惜矯枉而過正」，「濟慈超越功利的美和真思想契合了他古典主義的靈魂」和「基督教信仰的失去以及對政局時事的無能為力使他祇能向藝術之宮尋求安慰」。他甚至認為，這多種原因「可能兼而有之」。[72]

這裡需要說明的是，很早就具有博士學位的青年學者朱壽桐雖然認為聞一多「注定成不了一個偏執的唯美主義者」[73] 或「終究成不了一個徹底的唯美主義者」，[74] 但是，從他在《新月派的紳士風情》博士論文中所分析的內容看，我們還是不能否認其承認是一個「極端唯美主義者」。因為，因了「聞一多那唯美詭異的色調」，[75] 朱先生說「聞一多是新月派中唯美主義色彩最秾麗的詩人」，這不僅因為「他的詩歌創作…滲透著唯美主義的綺麗靡緋」，而且，其「關於文學本質的表述也常呈露出唯美主義式的斬釘截鐵」，還有，「他對唯美主義的『藝術至上』論和由此派生的各種形式主義論調每無諱言，認為『藝術的最高目的是要達到「純形」的境地』」。朱先生說，「『純形』的強調乃是通往唯美的廳堂的鑰匙」。[76] 兼之其更「以奇崛詭奧的筆法寫過唯美主義色彩十分濃郁的詩章」[77] 顯現出「典雅繁縟」[78] 的特色。這種定性和表述的差異，也許因為論者過於才華橫溢而不自覺地使用一些偏激詞語的緣故。雖然朱先生認為聞一多「從不諱言他的濃厚的唯美主義興趣，並在波

特萊爾式的唯美主義與象徵主義的膠合點上展示自己的詩性思維」，而且，「在《死水》中渲染的種種『惡之花』的意象」也「強烈地衝擊著人們的審美神經」，[79] 更以紳士的情懷寫出了《李白之死》，《紅荷之魂》，《劍匣》，《晚秋》甚至《荒村》等唯美詩篇，但是，朱先生認為，使其不能成為「徹底的唯美主義者」原因，偏偏還是其抹不掉的紳士情懷。

他說，「作為一個不可避免地染有一定紳士趣味的新月派詩人」，聞一多「難以就此忘卻了『人生的闊大』而躲進唯美主義的象牙塔乃至鑽進藝術至上主義的牛角尖」。[80] 因為，「他須關注現實，而不能完全鑽進象牙之塔做唯美主義享受的夢魘」。還有「更重要的一點是，聞一多雖然一度信奉並身體力行唯美主義」，但他「卻努力在維護人生態度的正經，嚴肅，從不使自己陷入頹廢的享樂主義泥淖」[81] 之中。因了紳士的情懷使自己成為「極端唯美主義者」，而又因了紳士的情懷使自己最終成不了「偏執的唯美主義者」。這就是朱先生對聞一多的發現。

用論文的形式，全面分析「聞一多的『藝術為藝術』思想與歐洲唯美主義有明顯…血緣關係」者是吳詮元的《論得益於唯美主義的聞一多》。吳先生認為：「無論是唯美主義的先驅濟慈，戈狄埃，還是唯美主義運動的創始人羅賽蒂，羅斯金和後繼者的佩特，王爾德」等，「聞一多都有過接觸和研究」。吳先生還說聞一多「對歐洲唯美主義有著全面的了解」並「作了一番辨析取捨的工作」。[82] 就在這篇論文中，論者逐一將聞一多的文藝思想如藝術和生活的關係，藝術和內容的關係等及其創作所受西方唯美主義者的影響進行分析並總結說，「如果沒有唯美主義注重形式美的啟發，聞一多能否如此自覺地建設新詩格律理論，能否對新詩發展作出如此貢獻是頗可懷疑的」。[83] 還有更為重要的是，關於聞一多早期的「藝術改造社會」思想，吳先生也認為是影響於西方唯美主義者羅斯金和莫裡斯並作了較為詳細的分析。這和人們認為西方唯美主義者全是頹廢的觀點形成了反對。

蘇志宏在其研究成果《聞一多新論》中說：「聞一多對 19 世紀後期的唯美主義情有獨鐘，」他「在《先拉飛主義》和《詩的格律》兩篇文論中對唯美主義宣揚的『為藝術而藝術』觀點推崇備至，認為藝術家應該關注事物

自身的美感價值，讚賞『自然中有美的時候，是自然類似藝術的時候』的藝術至上論」。蘇先生還認為聞一多「也將唯美主義化為其生活——人生態度，並延續至他的學者時期」。[84] 他並且用 30 年代初期一個學生的課堂筆記來證明這個觀點。關於聞一多之「藝術的最高目的是要達到『純形』的境地」的闡釋，蘇先生引用了聞一多《先拉飛主義》中的一段話即「譬如一衹茶杯，是因為它那盛茶的功用；但是畫家注意的衹是那物象的形狀，色彩等等」以說明。蘇先生認為，這即表現出來的事物的「純形」，因此，就如聞一多所說，「叫看畫的人也衹感覺到形狀色彩的美，而不認作茶杯」。據此，他的結論是，「這就同西方 19 世紀後期的『唯美主義』思潮所主張的藝術價值具有至高無上的獨立性，和『為藝術而藝術』的觀點之間有契合之處」。雖然蘇先生緊接著又說「從這個意義上講，說聞一多具有『唯美主義』傾向，是有根據的」。[85] 但其實，筆者認為論者所分析的「唯美主義傾向」，實際就是「唯美主義」內涵的同一語。

和以上的研究結果相矛盾，有的論者如王康雖然承認聞一多「在同朋友們談詩的時候，曾說過要做一個『極端唯美主義者』」，但他認為「其實這也不過說說而已」。為了證明自己的觀點，王先生分析說，「這在他的畫闌上，也許可以隨意興之所至而任意塗抹」。然而，「對於詩來說就很難如此了。」這是「因為一離開畫室，放下畫筆，就會碰到現實時時在身邊打擾」。王先生還說，聞一多「…並不超脫，這從他當時對郭沫若同志名詩《女神》的評論中，也表明實際上並不是無條件提倡浪漫主義，更不是什麼唯美主義，而是洋溢著滿腔的愛國主義的熱情」。[86] 時萌也持這種觀點。在《聞一多朱自清論》這部專著中，時先生首先肯定「早期聞一多確是受了資產階級種種文藝思潮的影響」，因此在「留美習畫期間…曾主張「『領袖一種文學之潮流或派別』——極端唯美主義』」。但是，時先生轉而又說，「考察一個人物不應衹看其宣言，更應看其實踐」。他的結論是，「我們探究聞一多的藝術觀及其實踐」的結果，卻「覺得實與唯美主義的基本特徵大相徑庭」。因此，「則何能摘取其某一方面的表征遽作判斷」[87] 呢？時先生不僅否認聞一多是唯美主義者，而且，他還說聞一多之「自然並不盡是美的……」這句話，「即是以馬克思主義美學觀來檢驗，恐亦並無舛誤」，因此「是符合唯物主義認

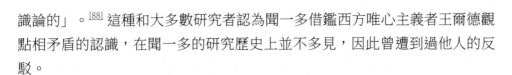

識論的」。[88] 這種和大多數研究者認為聞一多借鑑西方唯心主義者王爾德觀點相矛盾的認識，在聞一多的研究歷史上並不多見，因此曾遭到過他人的反駁。

認為聞一多並非唯美論者的觀點並不孤立。如在 1983 年召開的全國首屆聞一多學術研討會上，就有學者認為「聞一多不是唯美主義者」並闡述說「他的詩創作內容與形式相統一，…具有強烈的愛國主義精神，其積極影響遠遠大於消極影響」。還有專家認為，「聞一多早期的詩歌美學思想與唯美主義有根本的區別」。因為，「他的『藝術為藝術』的提法祗是片言祗語，不足以代表聞一多的全部文藝觀點。而且聞一多祗是借用了唯美主義的術語，內中含有聞一多經過改造後所包涵的特定內容」。此之目的，「意在汲取其重視文藝的藝術規律的嚴格精神，制止當時創作的某些流弊」，其「實質是在探索詩的創作藝術和審美特徵」，而「並沒有忽視詩的社會作用」。甚至認為，聞一多「強調詩與時代的緊密聯繫，所以，他的藝術主張同以超功利為主要特徵的唯美主義涇渭分明」。也有人認為「對西方唯美主義思想和創作也要具體分析」，並舉例說「濟慈具有資產階級的民主主義思想，他厭惡資本主義的黑暗現實，其詩創作在思想上表現了進步傾向，因此濟慈並不是消極的浪漫主義者和唯美主義者」。[89] 正是基於此，所以在第二屆全國聞一多學術研討會上，就「有人認為對唯美主義要作分析，不要一提到唯美主義就認為是資產階級的東西」。而且，「提倡唯美主義的並不一定思想落後，他們中間在歷史上也有人投身於革命事業」。[90]

雖然如此，但無論研究者如何認為表現在聞一多文藝思想和創作中的唯美主義具有多麼積極的意義，但是，還是抹不掉唯美主義長期籠罩在人們心頭的隱影。更兼之聞一多確實程度不同地受到過西方多種思潮的影響，因此，就有相當一部分研究者認為，聞一多不僅受西方唯美主義的影響，而且，還受西方其他多種流派的影響。如同俞兆平一樣被譽為在新時期把聞一多研究「推進到一個新階段」的陳山就說，聞一多「所創立的詩學理論體系，突破了單一流派的框架，融浪漫主義，古典主義詩論以及現代美學與文藝理論為一爐，成為中國浪漫主義詩派向現代主義詩派過渡的理論橋梁」。[91] 這種觀點，在龍泉明發表於 1987 年 3 期《雲南社會科學》上的《郭沫若與聞一多：

運行在不同軌道上的浪漫主義》和發表於 1991 年 2 期《武漢大學學報》上的《聞一多的詩歌美學觀及其發展演變：從積極浪漫主義到革命現實主義的美學歷程》以及何佩剛發表於 1995 年 5 期《復旦學報》上的《聞一多詩歌創作對現代派技巧的汲取》等論文中，都不同程度地有所表現或發展。

如果以上所介紹因是論文篇幅所限而影響了研究者更深入地論證，那麼，唐鴻棣在其專著《詩人聞一多的世界》之《創作方法的多元化》一節裡，則連續引證 54 位西方文藝家的名字以說明聞一多「的新詩創作……受到了英法的古典主義，主情主義，浪漫主義，唯美主義，象徵主義，印象主義，現代主義，現實主義等文藝思潮和湖畔派，先拉飛派，象徵派，意象派等詩歌流派的影響」。因此，唐先生的結論是，「聞一多的詩作，並非是某個作品祇受到某種文學思潮某個詩歌流派的影響，而是他從各流派中借鑑技巧，博采眾長，加以融合，以加強自己創作的藝術力量……」。[92] 為使立論更具說服力，唐先生還針對諸多研究者所認定的聞一多是「極端唯美論者」進行反駁。尤其在「極端唯美主義辨析」一節裡，更運用他之虛設的季鎮淮的反傳遞關係推理和不相容選言推理以說明推不出季先生的觀點。唐先生認為，「聞一多的美學思想和藝術主張」雖然是「從十九世紀的浪漫主義和唯美主義及別的藝術流派中吸收過養分，主張『純藝術的藝術』，主張『以美為藝術之核心』」，但是，「聞一多的美學思想體系，文學本體觀」都「與西方唯美主義，極端唯美主義者王爾德，有本質的不同」。因此，他說「兩者不能混為一談」。[93] 最後的結論是，聞一多自然因是「一種復合的文學本體觀」[94] 而非「極端唯美主義者」。[95]

綜上所述，關於聞一多是否唯美主義論者，的確是各執一端。那麼，聞一多的文藝思想究竟是什麼呢？我之答案則非常肯定。這即我在此前運用恢復完整三段論的方法，推出的聞一多當年給梁實秋和吳景超信中所省略的大前提即「吾人（指聞一多們）為主張極端唯美論者」。既然聞一多自己都如此宣稱，那麼，我們還有什麼理由不予承認？但我們這樣說，既非摘取某一表征，而更看重事實。就僅從諸多研究者幾乎評濫了的詩論如《戲劇的歧途》、《先拉飛主義》以及《詩的格律》和詩作如《李白之死》、《劍匣》以及《死水》等作品看，我們無論如何不能否認聞一多曾是極端唯美主義論

者。更何況，以他始終奉行的「喜歡走極端」[96] 性格，自然要說到做到。事實上，聞一多的《死水》詩和《詩的格律》詩論等，就是他實踐的傑出代表作。

　　形成聞一多唯美主義眾說紛紜的局面，其原因當然很多。如聞一多的文藝思想確實複雜，以致使審美旨趣不同的研究者各取「所需的材料」並「偏執於一隅而相持不下」。[97] 其次是為了確立某種觀點而故作他論以譁眾取寵；但最重要並且也最普遍的，是當時的研究者為賢者諱而不願承認聞一多曾是唯美主義論者這個事實。這是因為，長期以來尤其在「極左」文藝思潮影響下，傳統文藝理論界一直認為西方唯美主義因過分講究形式和藝術而排斥創作的功利目的，尤其是用奇崛詭奧的語言表現著資產階級的頹廢和享樂的內容。既有這種認識的偏差，誰還忍心將唯美主義這頂「桂冠」戴給在後期已經轉變為民主「鬥士」並為人民解放事業而壯烈犧牲的聞一多呢！因此，也就難怪眾多學者在研究聞一多時一涉及唯美主義就「王顧左右而言他」祇分析其詩論和創作的愛國主義思想或浪漫主義的創作方法等，而對他的唯美主義這個美學追求則諱莫如深。如果迴避不了，則轉移論題。如呂家鄉在承認聞一多具有「唯美主義傾向」並「有所發展」的同時，又說雖然「聞一多從不自命為浪漫主義者，倒寧願自稱為『純藝術主義』者」，但他「這是針對著當時詩壇上的放縱感情和過分拘實的傾向，有意為之的」。呂先生認為，實際上聞一多「是給浪漫主義精神披了層唯美的外衣」。[98] 這種觀點的表述，顯然沒有實事求是。即便是李廣田先生，在分析聞一多成為「極端唯美主義者」的原因後，又說其詩作《憶菊》「是唯美主義與愛國主義的結合」。[99] 另如俞兆平先生在論證聞一多的「不折不扣的本末倒置的唯美主義理論」後，也「認為不能」給聞一多「戴上『唯美主義詩人』的桂冠」[100] 並進行了辯證分析。

　　如果以上介紹的情況是研究者為賢者諱的一種表現，那麼有的論者卻不然。如方仁念《在東西文化交流中的複雜心態：聞一多創作心理初探之二》中雖「不願就聞一多這個爭論不休的問題展開論述」，但是，他卻認為聞一多「之所以能部分接受英國王爾德，佩特等唯美主義理論」，則「是因為他原就在中國的詩歌傳統中接受過李商隱唯美詩人的影響」。方先生還說，「因藝術觀念，情趣相近，而自然而然地從西方的唯美主義理論中擷取某些在他

看來是正確而實用的理論，原並不難理解」。[101] 確實如此。但是，論者認為聞一多先接受了李商隱然後才接受了西方唯美主義，顯然違背事實。因為，聞一多實在是先接受了西方唯美主義，然後才十分推崇「東方之義山」的。這可由聞一多的詩評和給梁實秋的信為證。實際上，方先生在該文中證明其他觀點時所作的論證就反駁了自己。他說，「聞一多在清華時寫的《評本學年〈周刊〉裡的新詩》一文中曾罵李商隱為『墮落的詩家』，說他『這派人的思想根本已經受毒了』，是『時代的畸形的產物』，他們正是『狗嘴裡吐不出象牙來』，但到美國不久，在他接近了西方意象派詩歌之後，不僅理解了李商隱，而且變得十分推崇他了。」這推崇的根據，就是方先生所引證的聞一多在美國給梁實秋信中的一段即「我們主張以美為藝術之核心者定不能不崇拜東方之義山，西方之濟慈」。[102] 在此，我們並不埋怨論者錯引了資料，而是責怪論者作此他論，竟自相矛盾到不能自圓其說的程度。這，無論如何不能不承認是一種失誤。

實在說，當年諸多研究者就聞一多的唯美主義為賢者諱並非不可理解。因為，聞一多所追隨的唯美主義作為十九世紀末西方社會一個完整的文藝思潮，確有許多不足。但是，這又正如全國首屆聞一多研究學術討論會上有人所說那樣，對西方唯美主義思想和作家也要具體分析。既然濟慈都可以肯定，那麼更何況始終摯愛著我們祖國和人民的聞一多！再者，若唯美主義果真有頹廢的嫌疑，那麼《死水》也程度不同地給人以「頹廢」的感覺。但與其說是「頹廢」，倒又毋寧說是作者憤激情緒的發泄。若果真如此，那麼，這種「頹廢」亦並非洪水猛獸！因此，還何須為聞一多曾經的唯美主義追求洗刷或遮掩！更何況，即便是影響於聞一多《死水》創作的「波特萊爾……的《惡之花》」，依卞之琳的話說，「也不是用『頹廢』一詞否定得了」。[103] 更何論聞一多具有誰也否定不了的愛國主義精神！

雖然如此，但是我們必須清楚明白，聞一多追求西方唯美主義而且極端，並非一以貫之而具有階段性。他在其早期接受西方唯美主義的同時，確實也接受到其他流派的影響。這樣，就使他的文藝思想和創作成為一個「金銀盾」。正因為他的文藝思想和創作是個多稜鏡，這才使諸多研究者看到了他的複雜甚或說矛盾，因此，這才既有說其是唯美主義的，又有說其是象徵主

義的，還有說其是浪漫主義的，更有說其是愛國主義的，這都不無道理。但是，論者卻明顯忽視了以上這些「主義」多屬交叉而非反對，因此，肯定一個就不能排斥另一個。尤其不能以犧牲或者說掩蓋「矛盾」為代價以致影響學術研究的科學價值，而應該承認聞一多早年曾幾乎狂熱地追求極端唯美主義並分析研究西方唯美主義對聞一多早期文藝思想和創作的積極影響乃至消極作用，或者研究他作為一個藝術至上主義者，如何從「藝術的忠臣」轉變為「人民的忠臣」並從中發現其轉變的規律性。祇有這樣，才是歷史唯物主義的態度，才能真正推動該項課題研究的深入並將學術研究引到實事求是的軌道。

第四節 聞一多郭沫若詩學主張和創作表現的異同

在中國現代文學史上，郭沫若和聞一多在個性特點，詩學主張以及對詩歌創作的態度，乃至他們詩歌作品所表現的風格特點，都迥然不同。同時，他們在創作上（均指前期，下文同），無論其表現手法還是創作方法等，又都表現出某些一致性。這種情況很值得我們研究。筆者擬就中國現代文學史上這兩位詩歌大家的差異與契合點進行比較分析，試圖從中窺出文學創作中這種現象的規律或者說癥結所在。

眾所周知，自中國新文化運動先驅胡適提出「詩國革命何自始？要須作詩如作文」之後，在中國現代詩壇上，就不僅出現了一批白話新詩的嘗試之作，而且，還出現了眾多推崇新詩革命的理論家。如被當時人們稱為「異軍突起」派的郭沫若認為：「我想我們的詩祇要是我們心中的詩意詩境之純真的表現」，正像「生命源泉中流出來的 strains（詩歌），心琴上彈出來的 melody（曲調）」。是「生之顫動，靈的喊叫，那便是真詩，好詩」；詩「便是我們人類歡樂的源泉，陶醉的美釀，慰安的天國」。如果認為郭沫若在此對新詩美學追求的表述還失之朦朧，那麼，他在其後又致宗白華的信裡，則說得更為明確：「我自己對於詩的直感，總覺得以『自然流露』的為上乘，若是出以『矯揉造作』，不過是些園藝盆栽，祇好借諸富貴人賞玩了。」在論及宗白華給詩所下的定義有點「寬泛」時，他談到，「詩的本職專在抒情」，

而「抒情的文字便不采詩形，也不失其為詩」。並且說「近代的自由詩，散文詩，都是些抒情的散文」，「自由詩，散文詩的建設也正是近代詩人不願受一切的束縛，破除一切已成的形式，而專抱詩的神髓以便於其自然流露的一種表示」。他還進而指出：「情緒的律呂，情緒的色彩便是詩，詩的文字便是情緒自身的表現」。「我想詩的創造是要創造『人』，換一句話說，便是在感情的美化」。「藝術訓練的價值祇許可在美化感情上成立，他人已成的形式是不可因襲的東西，他人已成的形式是自己的鐐銬」。在詩歌的「形式方面」，郭沫若更是「主張絕端的自由，絕端的自主」。[104] 正是基於這種詩學主張，中國現代新詩在郭沫若的筆下，不僅打破了舊詩格律的禁錮，而且，還衝破了一切形式的束縛；不僅追求自然音節的表現，而且，還深化為追求感情湧動的自然流露。

應該說，郭沫若在「五四」時期的詩體大解放中，衝破了一切舊體詩詞格律的束縛，並身體力行地創作出被稱為時代號角和中國現代文學史上具有實際意義的第一本新詩集《女神》，其成就確實前無古人而後無來者。然而，郭沫若在衝破舊體詩詞的格律之後，由於其強調「自然流露」而執意追求「絕端的自由」和「絕端的自主」，因此，其詩作在形式上就不免因隨意而自由松散。正是因為其在創作時不著邊際的隨心所欲，也就不免出現玄虛空泛的詩作。這便完全脫離了我國古典詩詞的優良傳統，以致使內容和形式出現某些不統一、不協調的情況。因此，他的個別詩作，尤其在他影響下但卻遠不如他成就大的那些詩人的作品，就更加顯得空洞直白，缺少韻致。這自然削弱了詩的藝術感染力。

針對著當時這些「自然詩」派的創作，早就有意「徑直要領袖一種之文學潮流或派別」[105] 的聞一多，便在《詩的格律》這篇詩學論文裡提出「詩之三美」的新詩格律化主張。他認為「自然界的格律不圓滿的時候多，所以必須藝術來補充它」。因此，他認為「絕對的寫實主義（指皈依自然，筆者注），便是藝術的破產」。應該說，精於古典詩歌，又熟悉西洋詩歌的聞一多在新文化運動初期許多白話詩人對舊體詩詞全盤否定時，提出新詩格律化主張，提出自己關於詩之「三美」諸內容的見解，無疑大大拓展和豐富了人們對新詩創作規律、創作特點和創作表現力的認識。特別他所強調的新詩「格

律」與舊律詩的三點差別以及主張對格律的運用應該「相體裁衣」等，就更有見地。

　　由郭沫若和聞一多詩歌美學主張的差異所決定，他們二人在對待作詩的態度方面，也迥然不同。郭沫若作詩，主張「寫」；而聞一多作詩，則主張「做」。「寫」和「做」在此各自均具有特殊的含義。「寫」其實就是郭沫若所說的「自然流露」，而「做」則是強調藝術上的加工和提煉。郭沫若在1920 年 1 月 18 日致宗白華《論詩三札》的信中說：「我想詩這樣東西似乎不是可以『做』得出來的」。為了證明詩不是「做」出來的，郭沫若還引用雪萊的話說「人不能說，我要做詩」。並且將歌德所說的「他每逢在詩興來時，便跑到書桌旁邊，將就斜橫著紙，連擺正它的時間也沒有，急忙從頭至尾矗立著便寫下去」的經驗之談，當作雪萊那句話的實證。同時，郭沫若在強調「詩不是『做』出來的，祇是『寫』出來的」時候，更強調心境、直覺、靈感的主導作用。他說「詩人的心境譬如一灣清澄的海水，沒有風的時候，便靜止著像一張明鏡，宇宙萬匯的印象都涵映在裡面」，而當「一有風的時候，便要翻波湧浪起來，宇宙萬匯的印象都活動在裡面」。他說，「這風便是所謂直覺，靈感，這起了的波浪便是高漲的情調。這活動著的印象便是祖徠著的想像」。而祇要把這詩的本體「寫了出來，它就體相兼備」。於是，那「大波大浪的洪濤便成了『雄渾』的詩，便成了屈子的《離騷》，蔡文姬的《胡笳十八拍》……小波小浪的漣漪便成為『衝淡』的詩，便成為周代的《國風》，王維的絕詩……」。這，便是郭沫若的「寫」。他的這種作詩以「寫」為中心的態度，就貫穿在其前期詩歌創作的整個過程中。直到 1936 年 9 月 4 日，他在其《我的作詩經過》中還說：「我並不像一般的詩人一樣，一定要存心去『做』」。並且，又針對著「有人說」他「不努力」，「有人說」他「向散文投降」的非難，表示自己還「要期待著，總有一天詩的發作又會來襲擊」他，而他「又要冷靜了的火山重新爆發起來」，並「以英雄的格調來寫英雄的行為」！他還「要充分地寫出那些為高雅文士所不喜歡的」作品。他仍然「高興做個『標語人』，『口號人』，而不必一定要做『詩人』」。他的這種作詩態度，在 1944 年 1 月 5 日所寫的《序我的詩》中表現得尤為堅決，說他舊詩做得來，新詩也做得來，然而兩樣他卻都不肯做，因為他「感

覺著舊詩是鐐銬，新詩也是鐐銬，假使沒有真誠的力感來突破一切的藩籬」。雖然如此，但他說如若一定要讓他「做」，他「舊詩要限到千韻以上，新詩要做成十萬行」。不過他說「那些做出來的成果是『詩』嗎」？對此，他表示出很深的懷疑。因而他才不願意「做」詩，而願意打破一切詩的形式去寫他自己認為有「力感」的東西。

郭沫若的作詩態度如此，聞一多則不然。他在《〈女神〉之地方色彩》中就直接批評說「郭君是個不相信做詩的人。」儘管聞一多「也不相信沒有得著詩的靈感者就可以從揉煉字句中作出好詩來」，但他還是認為，郭沫若《女神》中那種過於歐化的毛病，「也許就是太不『做』的結果」。聞一多認為，「選擇是創造藝術底程序中最緊要的一層手續」，因為，「自然的不都是美的；美不是現成的。

其實沒有選擇便沒有藝術，因為那樣便無以鑒別美醜了」。這，便是聞一多追求「做」詩的原因所在。在《〈冬夜〉評論》中，聞一多認為，「在詩的藝術，我們所用以解決這個問題的工具是文字」，並且說這就「好像在繪畫中是油彩和帆布，在音樂是某種樂器一般」。

正因為如此，文字做了詩人之「用力的焦點」，「真正的詩家正如韓信囊沙背水，鄧艾縋兵入蜀，偏要從險處見奇」。他堅信，「詩是詩人作的，猶之乎鐵是打鐵的打的，轎是抬轎的抬的」一樣。我們從這一系列的闡述中，就可知道他對作詩的認真。在論證作詩應該嚴格遵從格律時，聞一多在《詩的格律》中引用布利斯・佩裡教授的話說，「差不多沒有詩人承認他們真正給格律縛束住了。他們樂意帶著腳鐐跳舞，並且要帶別個詩人的腳鐐」。因此他總結說：「這樣看來，恐怕越有魄力的作家，越是要帶著腳鐐跳舞才跳得痛快，跳得好」。「祇有不會跳舞的才怪腳鐐礙事，祇有不會作詩的才感覺得格律的縛束」。所以，「對於不會做詩的，格律是表現的障礙物」，然而，「對於一個作家，格律便成了表現的利器」。

聞一多還嚴屬批評那些高唱「自我表現」，且「打著浪漫主義的旗幟向格律下攻擊令的人」，說他們「和文藝的派別絕不發生關係」。又因為「這種人的目的既不在文藝」，所以，「要他們遵從詩的格律來作詩，是絕對辦

不到的」。「因為有了格律的範圍，他們的詩就根本寫不出來」。我們無須認為聞一多這些在 1926 年於「功成名就」後的言辭太激烈。即使在此前的 1923 年，他就在其《莪默伽亞漠之絕句》中批評郭沫若「每一動筆」，「總可以看出一個粗心大意的不修邊幅的天才亂跳亂舞遊戲於紙墨之間，一筆點成了明珠豔卉隨著一筆又瀝出些馬勃牛溲……」並因此而「不能不埋怨他太不認真把事當事做了」。聞一多既然批評郭沫若太不「做」詩，而他自己，就尤其欣賞杜甫那種「語不驚人死不休」的苦吟作風。

正如聞一多所批評的那樣，即使郭沫若本人，也承認自己「是最厭惡形式的人，素來也不十分講究它」，其「所著的一些東西，祇不過」盡其「一時的衝動，隨便地亂跳亂舞罷了。」因此，他自己就承認，「當其才成的時候，總覺得滿腔高興」，而當「及到過了兩日，自家反覆讀讀看時，又不禁浹背汗流了」。[106] 之所以會這樣，這與詩人的自身氣質不無關係。郭沫若在談及自己的性格即藝術氣質時就說：「我又是一個衝動性的人，lmpulsivist，我的朋友每向我如是說，我自己也承認。我回顧我所走過了的半生行路，都是一任我自己的衝動在那裡奔馳；我便作起詩來，也讓我一己的衝動在那裡跳躍」。還說，「我在一有衝動的時候，就好像一匹奔馬」，而「在衝動窒息了的時候，又好像一祇死了的海豚」。[107] 郭沫若所說當然不錯。

就在他接觸惠特曼《草葉集》的 1919 年，其個人的郁積和民族的郁積，就找到了噴火口，也找到了噴火的方式。據他說那時候他簡直差不多是狂了，幾乎每天都有詩興向他猛襲，他也就抓著把它們寫在紙上。他最具代表性的詩作《鳳凰涅槃》，就在一天之內的兩個時段完成。其速度之快，尤其在創作時「伏在枕上用著鉛筆祇是火速地寫，全身都有點作寒作冷，連牙關都在打戰」[108] 的情況，的確是進入到一種非常狀態的境界之中。而他在創作《地球，我的母親》時，那是在日本圖書館後邊僻靜的石子路上，他赤腳踱萊踱去，時而又索性趴在路上睡著，是想和「地球母親」親昵，去感觸她的皮膚，受她的擁抱，同樣體現出詩人的激情。這，即使郭沫若自己也承認，看起來總有些發狂。然而當時卻委實是感受著迫切。正是在那樣的狀態中，他深深感受著詩情的激蕩和鼓舞，並終於見到她的完成，連忙跑回寓所把她寫在紙

上，自己就覺得好像是新生了一樣。在這樣的情況下進行創作，就難怪郭沫若不能寫出形式整飭的詩來。

和郭沫若完全不同，聞一多則十分講究形式。他在《泰果爾批評》中就說：「我不能相信沒有形式的東西怎能存在，我更不能明了若沒有形式藝術怎能存在」？雖然他也說「固定的形式不當存在」，但「我們要打破一個固定的形式，目的是要得到許多變異的形式罷了」。為了能使當時的文學界注意形式，他則大聲疾呼當時詩壇說「於今我們的新詩已經夠空虛纖弱，夠偏重理智（指當時那些哲理詩，筆者注），夠缺乏形式的了，若再加上泰果爾底影響，變本加厲，將來定有不可救藥的一天」。如果結合此再連結到他之《詩的格律》觀點，我們更可看到聞一多一以貫之的詩學主張；同時，更可看出他確實是要「不僅與國內文壇交換意見」，而且還「徑直要領袖一種之文學潮流或派別」[109] 的雄心大志。

從聞一多詩論並結合其創作實踐看，如果認為郭沫若的《女神》是以徹底的反帝反封建內容和追求「絕端的自由，絕端的自主」開了一代詩風，那麼，聞一多後來在《死水》詩集中認真創造新詩格律的實踐，則可以說是開闢了新詩的第二紀元。這，就是聞一多對新詩發展的獨特貢獻。他以謹嚴的結構和抑揚頓挫的音律美，在我國的新詩史上，因占據著重要地位而直接影響和造就了他後來一批有成就的詩人。但必須指出的是，聞一多這種注重形式的追求，並非要製造那種束縛創作的清規戒律，我們尤其不能曲解他那「帶著腳鐐跳舞」的話。他之《詩的格律》強調的祇是「在一種規定的條律之內出奇致勝」，[110] 其目的還是為了針對「五四」以來「散而無章」的詩風予以糾正。聞一多是在吸收西洋詩某些音節的長處，並結合我國古典詩詞的經驗和現代漢語的特點，創造和實踐著新詩的格律和形式。但是，他卻並非脫離新詩內容去片面追求形式，而是在對新詩格律、格式提出各種嚴格要求的同時，強調要「相體裁衣」，「根據內容的精神」創造格式而反對生搬硬套。其所主張的新詩格律，格式是「層出不窮」並「由我們自己的意匠來隨時構造」。[111] 聞一多這樣說，也就這樣作。在其《死水》詩集中，就有各種不同類型的詩歌格式。有豆腐乾型如《死水》、菱型如《你莫怨我》，夾心型如《忘掉他》，倒頂式如《春光》，副歌型如《洗衣歌》[112] 等等。總之，聞一多的《死

水》詩集幾乎每一首都有自己的新形式，而這種新形式又莫不是「相體裁衣」的結果。因此，我們認為，聞一多與郭沫若這種在形式追求方面的差異，正是他們對作詩態度不同的結果。郭沫若注重「寫」詩，往往疏忽形式；而聞一多刻意「做」詩，必然追求格律。加之人所共知的郭沫若青春型品格使其在創作時更加放蕩不羈；而聞一多則如魯迅那種對新生事物認知的踟躕以及對新生事物接受後的執著特性，越發使他追求形式且在個別時候使之過度。這種過激的行為與態度，他們在後期都有所認識，並對前期的理論有所否定。

郭沫若所以厭惡外在的格律形式，其實質根源於他對詩之精神的理解。他在《論詩三札》中就說：「詩之精神在其內在的韻律（IntrinsicRhythm），內在的韻律（或曰無形律）並不是什麼平上去入、高下抑揚、強弱長短、宮商徵羽；也並不是什麼雙聲疊韻，什麼押在句中的韻文！這些都是外在韻律或曰有形律（Extyaneous-Rhythm）。」他還說，「內在的韻律便是『情緒的自然消漲』」。「總之，詩無論新舊，祇要是真正的美人穿件什麼衣裳都好，不穿衣裳的裸體更好」！郭沫若強調重視詩人的創作情緒，創作衝動力，因此，他認為「詩的本職專在抒情」。這個抒情，其實就是要表現自己的思想或者說情感。他所強調的「自然流露」，也是詩人在其作品中表現的「情感」。郭沫若還認為，在「自然流露之中」，「自有它自然的諧樂，自然的畫意存在」。而「因為情緒自身本具有音樂與繪畫二作用故」，所以，他堅定地認為「情緒的律呂，情緒的色彩便是詩。詩的文字便是情緒自身的表現」，而「不是用人力去表示情緒」。在他認為，祇有「要到這體相一如的境地時，才有真詩，好詩出現」。

郭沫若如此看待詩之精神，聞一多則與其不同。雖然他在《〈冬夜〉評論》中認為：「詩的真精神其實不在音節上」是因為「音節究屬外在的質素」，而「外在的質素是具質成形的，所以有分析，比量底餘地」，但是他又認為，「偏是可以分析比量的東西，是最不值得分析比量的」。因此，聞一多把詩的真精神理解為「幻想」和「情感」。雖然「幻想，情感——詩的其餘的兩個更重要的質素——最有分析比量底價值的兩部分，倒不容易分析比量」。何以故？因為「他們是不可思議，同佛法一般」。正因為詩有如此的玄祕性，所以，聞一多認為，對於此，「最多我們祇可定奪他的成份底有無」，或者

「再多許可揣測他的度量底多少」，而不能像「論音節論的那樣詳殫」。聞一多還認為，新詩失去了「玄祕性」，正是當時詩人們「把從前一切束縛『你的』自由的枷鎖鐐銬……打破」的結果。然而，「誰知在打破枷鎖鐐銬時，他們竟連你底靈魂也一齊打破」。在此，我們必須指出的是，聞一多認為「幻想在中國文學裡素來似乎薄弱」，而在「新文學——新詩裡尤其缺乏這種質素」，因此才「讀起來總是淡而寡味，而且有時野俗得不堪」。形成這種情況的原因，在聞一多看來，便是詩人濫用疊字而造成的單調。不過，聞一多卻極為推崇郭沫若詩歌所具有的幻想力，說他的詩「不獨意象奇警，而且思想雋永耐人咀嚼」。從這裡我們也可看出，聞一多和郭沫若祇是對詩之精神的理解不同而已。郭沫若所說的「情緒」和聞一多所說的「情感」並非一個概念。郭沫若所指是詩人在創作時所表現出來的「情緒」，而聞一多所說則是作家表現在作品中的「情感」。這就是聞一多與郭沫若對詩之精神在認識上的差異。換句話說，這是他們在不同方面對詩之精神的不同認識。

由於他們對詩之精神認識的差異，最終導致郭沫若的詩之主張偏重內美，而聞一多在主張內美的同時則更強調外美。這又體現在他們對詩之藝術精神追求的差異。郭沫若在《論詩三札》中就說：「我常希望我們中國再生出個篡集『國風』的人物」。他甚至主張「由多數人組成一個機構」，從而「把我國各省、各道、各縣、各村的民俗、俗謠、採集攏來，擇其精粹的編集成一部《新國風》」。因為，「我們要宣傳民眾藝術，要建設新文化」，而「不先以國民情調為基點，祇圖介紹些外人言論，或發表些小己的玄思，終竟是鑿枘不相容的」。郭沫若還認為，「詩於一切文學之中發生最早。便從民族方面以及個體方面考察，都可得其端倪」。他說「原始人與幼兒對於一切的環境，祇有些新鮮的感覺，從那種感覺發生出一種不可抵抗的情緒，從那種情緒表現成一種旋律的言語」，而「這種言語的生成與詩的生成是同一的」。正因為如此，郭沫若認為，「所以抒情詩中的妙品最是些俗歌民謠」。他說其創作的《新月與晴海》一詩，便是從自己兒子看見天上新月之後所說的「哦，月亮！哦月——亮！」和指著窗外的晴海所說的「啊，海！啊，海！爹爹！海！」之後所得的啟發即靈感。他甚至說其表現這種內容的那兩節詩，真還不及他兒子的詩（即兒子的言語，筆者注）真切。郭沫若這種對於平民

精神的追求，在他的詩作《女神》中就有多處表現。如《別離》和《黃浦江口》等詩，其風格就如《詩經〈國風〉》中那些抒情小詩一般清新恬淡。就其表現手法來說，《女神》中許多詩也受到古代民歌的影響。如《爐中煤》、《女神之再生》和《黃浦江口》等詩，都如我國傳統詩歌中那種以重複辭句反覆詠嘆為摹仿而形成特色；就連《地球，我的母親》和《鳳凰涅槃》的結尾，也莫不如此。我們讀郭沫若這些詩時，自然就會想起《詩經〈國風〉》中的那些歌謠。當然，在郭沫若的《女神》中，更有不少鏗鏘的音調和歐化的句式，這又使我們感受到別樣風格的情調。

和郭沫若完全不同，立志「做藝術的宣道者」的聞一多則是追求高雅的藝術精神。因為，在他看來，不僅「藝術可以……促進人類的友誼」，而且更能達到「抬高社會的程度」。[113] 藝術既有如此大作用，就難怪聞一多那麼執著地追求。於是，他就針對當時其所認為的詩歌創作之弊予以嚴厲批評。他說：「尤其在今日，我很懷疑詩神所踏入的不是一條迷途」。並且說：「這條迷途便是那畸形的濫觴的民眾藝術」。他認為，詩應該「藝術化」，「因為要『藝術化』，才能產生藝術」。否則，雖然「得了平民的精神」，而「失了詩的藝術，恐怕有些得不償失」。[114] 仍在《〈冬夜〉評論》這篇文章中，聞一多不僅批評胡適為純粹的自由體音節而自鳴得意的態度，說「這是很可笑的事」，同時，他還針對俞平伯《〈冬夜〉自序》與「詩的進化還原論」，指出其「還原」和「平民化的藝術」，實際上是抹煞了「藝術化」，把做詩看得太「容易」和「隨便」。他引用麥克遜姆的話說「作詩永遠是一個創造莊嚴底動作」，認為「詩本來是個抬高的東西」。因此，他極力反對俞平伯「反拚命地把他（指詩創作，筆者注）

往下拉」，甚至「拉到打鐵的抬轎的一般程度」。雖然聞一多「並不看輕打鐵抬轎的底人格」。但他「確乎相信他們不是作好詩懂好詩的人」，而堅信「詩是詩人作的，猶之乎鐵是打鐵的打的，轎是抬轎的抬的」一樣。針對著《冬夜》裡他所認為的以「叫囂粗俗之氣」和「村夫市儈的口吻」入詩的句子，他說「作詩該當怎樣雍容衝雅，溫柔敦厚」，猶應如戴叔倫所說，「詩人之詞如藍田日暖，良玉生煙」。在此，聞一多就更明確了語言對於詩歌藝術的重要。1926 年，聞一多在《戲劇的歧途》一文說：「藝術最高的目

的，是要達到『純形』Pureform 的境地」。如何使藝術達到純形呢？他說，「你把稻子割了下來，就可以擺碗筷，預備吃飯了嗎？你知道從稻子變成飯，中間隔著了好幾次手續；可知道從劇本到戲劇的完成，中間隔著的手續，是同樣的複雜」？他說，「這些手續至少都同劇本一樣的重要」。應該說，聞一多的如上一段話，就非常值得我們咀嚼玩味，其至少可以讓我們從中體味到聞一多對高雅藝術精神追求的執著。

從對詩歌創作的具體環節來講，郭沫若和聞一多也存在很大差異。如他們雖然都重視節奏對於詩歌創作的作用，但兩人對於詩歌節奏的理解卻不相同。郭沫若認為，詩歌的節奏就是詩人在創作時表現在其中的情緒。他在《論節奏》中說：「抒情詩是情緒的直寫」。因為，「情緒的進行自有它的一種波狀的形式，或者先抑而後揚，或者先揚而後抑，或者抑揚相間，這發現出來便成了詩的節奏。所以節奏之於詩是它的外形，也是它的生命」。因此他認為，「沒有詩是沒有節奏的，沒有節奏的便不是詩」。他還說，「詩的外形採用韻語，便是把詩歌和音樂結合了」。他「相信有裸體的詩，便是不借重於音樂的韻語，而直抒情緒中的觀念之推移，這便是散文詩，所謂自由詩」。郭沫若把這種情況，比作「一張裸體畫的美人，她雖然沒有種種裝飾的美，但自己的肉體本是美的」。他還把詩的節奏說成是情調，而把外形的韻語說成是聲調，並認為，「具有聲調的不必一定是詩」，而「沒有情調的便絕不是詩」。不過，郭沫若並不否認合力作用，因為「兩種同性質的東西相加以後效果是要增加的。」在這篇文章裡，郭沫若還論述了詩與歌的區別，說「情調偏重的，便成為詩。聲調偏重的，便成為歌」。郭沫若如是說，除了強調詩歌創作應該是感情的自然流露之外，從某種程度上，也多少排除了詩歌的音樂性。

然而聞一多卻不然，他對產生詩之音樂的節奏特別重視。他在《詩的格律》中就說：雖然「詩的價值是以其情感的質素定的」，然而「詩的所以能激發情感，完全在它的節奏」並說「節奏就是格律」。

他所以這樣說，實際就是用以證明格律的重要。用「節奏」證明「格律」的重要，因此節奏的重要性也就不言而喻。他還說「世上祇有節奏比較簡單

的散文」，但是「絕不能有沒有節奏的詩」。因為，「本來詩一向就沒有脫離過格律或節奏」。他在此前的《〈冬夜〉評論》中就說：「聲與音的本體是文字裡內含的質素；這個質素發於詩歌底藝術，則為節奏，平仄，韻，雙聲疊韻等表象。尋常的言語差不多沒有表現這種潛伏的可能性底力量，厚載情感的語言才有這種力量。詩是被熱烈的情感蒸發了的水氣之凝結，所以能將這種潛伏的美十足的充分的表現出來」。後來，他更在《詩的格律》中強調，詩的節奏存在與否決定著詩之內在精神的有無；句法的凌亂則導致詩之音節的醜陋，而句法的整齊則產生詩之音樂美。從這裡，我們亦可以看出，在聞一多看來，節奏不僅包括音樂美，而且也包括建築美。應該說，聞一多把節奏提高到音樂美和建築美的高度來認識，這在新詩的理論上，無疑是一個豐富和發展。其不僅承繼了中國傳統詩歌的美學思想，同時也拓展了新詩的美學意義。聞一多身體力行，他不僅提出如是的理論，而且還努力進行創作的實踐。其代表作《死水》，就不僅具有音樂美，而且是結構嚴謹，旋律鮮明的詩作。如果把該詩視作一部多分部的弦樂協奏，那麼，我們就能鮮明地感受到首席小提琴所強調的主旋律，並從而強化、渲染和突出詩歌的主題。這，就是節奏的作用。

必須指出的是，郭沫若與聞一多在詩歌美學理論認識和追求上的巨大差異，並不影響他們具體創作時，均以社會現實為基礎並都依靠超常和奇特的想像來進行。這在郭沫若的創作表現中尤為突出，如《鳳凰涅槃》、《天狗》、《我是個偶像崇拜者》和《日出》以及《筆立山頭凝望》等詩篇就是如此。尤其在後兩首詩中，他竟把摩托車前的明燈比作「亞坡羅」即希臘神話中的太陽神，又把海中輪船上冒出的濃煙喻為「黑色的牡丹」，並稱其為「二十世紀的名花」和「近代文明的嚴母」。這種歌頌現代文明的內容就一反過去那種舊式文人「返璞歸真」式的沒落遁世情緒，而表現出一種積極的、奮發向上的時代精神。郭沫若的創作，如他自己所說，是主觀性和衝動性的結合，而且「偏於主觀」並且「想像力實在」比其「觀察力強」。[115] 正因為如此，他才能為我們創作出無所不能又無所不至的「天狗」和「死而復生的鳳凰」等形象，這也正所謂他既是個偶像崇拜者，同時又是個偶像破壞者的原因。因此，我們說，他的詩歌完全是激情的產物，也是感情的自然流露。正因為

他具有奔騰的想像和澎湃的激情，進而才形成他詩歌構思的峻偉、誇張的奇特和色彩的瑰麗以及節奏的強有力。

聞一多不僅十分讚賞郭沫若《女神》詩集中的一些詩句，而且也和郭沫若一樣，十分推崇詩作的想像力。如在《青春》一詩中，他以豐富的想像力，就把抽象的人生青春與青年之生命力，具象而又生動地表現出來。其他詩歌如《美與愛》和《太平洋舟中見一名星》等，都具有極強的生命力。但最富於幻想的要算是《太陽吟》。該詩寄寓太陽，以海外游子對太陽傾訴衷情的語氣，表現對家鄉的思念和對祖國的摯愛。詩歌從開始抱怨太陽逼走自己的還鄉夢，到請求太陽讓自己跨上去看望家鄉；從向太陽問訊家鄉的消息，到向太陽表示願把它當作家鄉；詩人的一腔激情，順著這個線索傾瀉出來。在舉目無親的異國他鄉，聞一多借助太陽這個形象展開神思，地下天上，西方東方，茫茫宇宙，深秋故鄉。特別是他「精鶩八極，心游萬仞」地居然希望太陽駕起龍車，「就把五年當一天跑完」；竟然想到要騎上那「神速的金烏」，就能「天天望見一次家鄉」。意境多麼開闊宏偉，色彩多麼神奇瑰麗！這種描畫，就不僅讓詩的內容豐厚渾括，而且更充滿積極的浪漫主義精神。

無論郭沫若還是聞一多，他們作詩都擅長採用象徵的表現手法，這就使他們的作品更有韻味，主題也更為深邃。關於作品的象徵意義，我們應該這樣理解，即作家在創作時借助某一形象來寄托、書寫自己的感情，往往明寫是此，實則寄寓著更深層的意義和情懷。這樣，當作品一經發表而成為審美客體後，作為審美主體的讀者就要按照自己的生活經驗和藝術鑒賞力去分析它、欣賞它。因為採用象徵手法能給讀者留下更廣闊的想像空間，因此，便會產生作者創作意圖和讀者理解的契合。因此，我們即可認為，雖然郭沫若在其《女神》中是直抒胸臆的抒發其愛國主義情懷，但他又不是直接地抒發其愛國主義情懷。這因為作者在抒發自己的情感時，大多採用了象徵的表現手法。郭沫若自己就說其《鳳凰涅槃》是象徵著祖國的再生。其實，《爐中煤》又何嘗不是借煤的熊熊燃燒，象徵地表達自己眷念祖國的情緒？他的《天狗》不也象徵著破舊立新的時代精神嗎？象徵的表現手法是郭沫若浪漫主義創作方法的一大特徵，同時，象徵手法的運用，也使他的詩歌更加浪漫主義化從

而更深刻也更形象地表現出「五四」時期那種狂飆突進的時代精神。因此，也就給人一種暴風雨式的衝擊和鼓動。

在聞一多的詩作中，《死水》詩無疑是受到西方象徵派詩人波特萊爾《惡之花》，尤其是 S·艾略特長詩《荒原》的影響和啟發而創作。我們讀這首詩，誰也不會認為作者是在寫或者詛咒北京西單二龍坑南端的那個臭水溝，也不單指當時被他認為烏煙瘴氣的北京藝專，而是象徵著當時沉寂、遲滯、腐敗和黑暗的舊中國。作者這種象徵手法的運用，不僅暗示著他自己的主觀感受，精神和內心深處的苦悶，同時詩中所寄寓的豐富詩蘊，其中所具有的那種讓人猜想的神祕感，更能激發讀者的想像力，讓人去咀嚼去品味。聞一多的詩，不獨《死水》具有象徵的含義，其《洗衣歌》也同樣如此。如洗衣者所「洗」就不僅在於「洗衣」，同時更含洗盡「一切髒東西」，洗盡「不乾淨」和熨盡「不平」的象徵含義。這也是詩人所寄寓的「一種神祕的意義」的作用。如果郭沫若的《女神》本身就是一種象徵，那麼，聞一多的《紅燭》不同樣也是一種象徵的表現嗎？尤其那富於形象和飽含哲理的詩句如「紅燭啊，你心火發光之期，正是淚流開始之日」等，就使我們從其象徵的含義中，真切地體察到詩人那種對祖國忠貞，對人民熱愛和那種為之殞身不恤的流火噴石般的感情並為之而坪然心動。

綜上分析，無論是文學理論的提倡，還是文學創作的實踐，郭沫若都是力主擺脫既成傳統的羈絆，而聞一多則是極力主張遵從「格律」基礎上的創新，前者的《女神》和後者的《死水》，都最大限度地實踐了他們的詩學主張。雖然他們的理論都未免失之偏頗並帶有反對的性質，但我們卻不能簡單地肯定此而否定彼。相反，我們倒應該承認，無論哪一種理論，絕端自由和自主的「自然流露」也好，嚴格恪守「三美」的格律也好，尤其在這兩種理論指導下的創作實踐，都可以是藝術化的表現和概括。我們所以同時肯定聞一多的「三美」和郭沫若的「自然流露」之作，這原因，便是他們的創作都在其倡導的方法下達到爐火純青的境地。否則，如果沒有駕馭創作的功力，無論如何追求「自然流露」抑或「三美」，都不可能達到他們作品所擁有的藝術效果。

由對祖國的摯愛和其青春型品格所決定，郭沫若必然會創造出被稱為開一代詩風的時代號角《女神》，從而表現出他徹底的不妥協的反帝反封建精神，加之其對「平民」精神的追求，自然要運用浪漫主義的創作方法；聞一多雖然追求高雅藝術精神，立志「做藝術的宣道者」而試圖沉浸在藝術王國裡，但是，因為現實生活時時刻刻把他「從詩境拉到塵境來」[116]的反差，再加上強烈的愛國主義情愫使他在創作時也不可避免要運用浪漫主義的創作方法。由此可見，理論主張的差異並不影響創作方法的運用，倒是創作方法的運用要受思想內容的制約。聞一多所以在其前期努力倡導格律化的理論而在後期改變原來的詩學主張，就是因為當時的作家們遇到嚴峻的形勢而無論如何也不能固守在象牙塔內進行創作的緣故。

當然，因為文學或者說詩確實應當是藝術的產物，所以後來的郭沫若對其前期理論乃至某些標語口號式的作品也有所否定。我們說，無論何種理論指導下的創作，無論何種風格的作品，祇要能夠爐火純青到情感與意境的渾然一體，就是上乘。郭沫若和聞一多在其理論指導下的前期詩歌創作，其實就是如此。

▌第五節 聞一多發表《詩的格律》多種原因分析

1926 年 5 月 13 日，聞一多在北京《晨報副刊·詩鐫》第七號發表了他「斷言新詩不久定要走進一個新的建設的時期」並且「應該承認這在新詩的歷史裡是一個軒然大波」並堪當其名的詩學論文《詩的格律》。

《詩的格律》內容分為兩個部分。第一部分詩之「格律」的定義即「節奏」以及「詩為什麼不當廢除格律」，是從當時的詩歌創作情況和學理的角度進行分析；第二部分則是論證詩之「格律」的「原質」。聞一多說：「從表面上看來，格律可從兩方面講」，這就是：「（一）屬於視覺方面的，（二）屬於聽覺方面的」。雖然如此，但聞一多卻認為「這兩類其實不當分開來講，因為它們是息息相關的」。這是因為，雖然「譬如屬於視覺方面的格律有節的勻稱，有句的均齊。屬於聽覺方面的有格式，有音尺，有平仄，有韻腳」等，但聞一多分析二者的關係說，如果「沒有格式，也就沒有節的勻稱，」而若「沒

有音尺，也就沒有句的均齊」。如此看來，聞一多其實是把視覺和聽覺當成一個問題的兩個方面看待。

雖然如此，也許因為饒孟侃此前在《詩鐫》第四號發表了新詩理論文章《新詩與音節》並精細地討論了關於格式，音尺，平仄和韻腳等問題，因此，聞一多在此好像特別看重「視覺方面的兩個問題」即「節的勻稱」和「句的均齊」。雖然他認為「當然視覺方面的問題比較占次要的位置」，然而他又說：「但是在我們中國的文學裡，尤其不當忽略視覺一層」。因為，「我們的文字是象形的」。正所以此，「我們中國人鑒賞文藝的時候，至少有一半的印象是要靠眼睛來傳達」。據此，聞一多才說，「原來文學本來是占時間又占空間的一種藝術」。既然如此，當然要在視覺上引起一種具體的印象，這就是聞一多所說的「節的勻稱」和「句的均齊」。在說明歐洲文字占了空間卻又不能在視覺上引起一種具體印象的缺憾後，他分析說：「我們的文字有了引起這種印象的可能，如果我們不去利用它，真是可惜了」。而且，聞一多在此更感謝新詩採用西文詩分行寫的辦法，「因為這樣一來」，他說：「我們才覺悟了詩的實力不獨包括音樂的美（音節），繪畫的美（詞藻），並且還有建築的美（節的勻稱和句的均齊）」。至此，聞一多興奮地說：「這一來，詩的實力又添了一支生力軍，詩的聲勢更加浩大了」。因此他說：「所以如果有人要問新詩的特點是什麼，我們應該回答他，增加了一種建築美的可能性是新詩的特點之一」。

我們所以認為聞一多發表《詩的格律》是其勇於打出招牌的挑釁，並不僅在他直陳其事地祇論述自己的觀點，而更在他於論證自己觀點的同時，對他人觀點以及當時詩潮進行毫不留情的剖析批判。

首先是對「絕對現實主義」派進行挑釁。聞一多先從當時所謂「詩國裡的革命家」所喊的「皈返自然」進行批判。他說：「他們以為有了這四個字，便師出有名了。其實他們要知道自然界的格律，雖然有些像蛛絲馬跡，但是依然可以找得出來」。雖然如此，但聞一多接著說：「不過自然界的格律不圓滿的時候多，所以必須藝術來補充它」。因此，「這樣講來，絕對的寫實主義便是藝術的破產」。

在此需要指出的是，有的論者認為聞一多對「詩國裡的革命家」之「皈返自然」的批判是針對以盧梭為代表的浪漫主義思潮。

表面看來，確實如此，但其實不然。因為，「皈返自然」雖為 18 世紀法國浪漫主義大師盧梭的核心觀點並不錯，然而，那祇是他在教育方面的觀點，是他在主張順應兒童的本性，讓他們的身心自由發展時提出的。雖然盧梭的觀點對於後來的文學創作在感傷主義或浪漫主義表現方面有很大影響，然而從聞一多的上下文可以看出，他顯然不是針對盧梭的「皈返自然」進行發難，而是針對當時胡適和俞平伯等人的理論進行挑釁。

當時，胡適在其《〈嘗試集〉自序》中說「有什麼話，說什麼話，話怎麼說，就怎麼寫」。俞平伯在其《〈冬夜〉自序》中也追隨胡適說：「我祇願隨隨便便的活活潑潑的借當代的言語去表現出自我，在人類中間的我，為愛而活著的我，至於表現的……

是詩不是詩，這都和我的本意無關，我以為如要顧念到這些問題，就可根本上無意作詩，且亦無所謂詩了」。郭沫若在其《論詩三札》中甚至認為他的詩還不如自己的兒子看見天上的新月之後所說的「哦，月亮！哦月——亮」以及望著窗外晴海所說的「啊，海！啊，海！爹爹！海！」之詩真切。

面對著詩壇的這種情況，聞一多認為「我們耳聞詩壇叫囂，瓦缶雷鳴，責任所在不能不指出他們的迷途來」。雖然聞一多「相信自己的作品不配代表」自己「神聖的主張」，然而他卻堅信「藉此可以表明」自己「信仰這主張之堅深能使」自己「大膽地專心地實行它」。[117] 雖然這封給吳景超和梁實秋的信寫於 1922 年的 10 月，然而其文學抱負卻和發表《詩的格律》時完全相同。這在聞一多於 1926 年 4 月 15 日寫給梁實秋和熊佛西信之內容「漸納詩於藝術之軌」[118] 抱負之結果亦同。其實，我們從聞一多之「他們以為有了這四個字，便師出有名了」這句話裡，也可看出聞一多是針對當時的詩潮而不是盧梭。

正是因為聞一多認為「絕對的寫實主義便是藝術的破產」，所以，他引用西方唯美主義大師王爾德的話即「自然的終點便是藝術的起點」並說「王爾德的話很對」。因為，聞一多認為「自然並不都是美的。自然中有美的時

候,是自然類似藝術的時候」。在此,他並且用造型藝術證明這一點。而且,還通過引用趙甌北的詩即「絕似盆池聚碧屛,嵌空石筍滿江灣。化工也愛翻新樣,反把真山學假山」說「這徑直是講自然在模仿藝術」。雖然聞一多認為自然界裡也可以發現出美來,但他說「那是偶然的事」。而「偶然在言語裡發現了一點類似詩的節奏,便說言語就是詩,便要打破詩的音節,要它變得和言語一樣——這真是詩的自殺政策」。很明顯,聞一多這段包括緊接著下面關於「做詩」和「選擇」的議論,都是針對郭沫若等有感而發。祇是需要說明的是,郭沫若雖為浪漫主義詩人,然而他之關於孩童之語便是詩的這種觀點,明顯不是浪漫主義的特點,而祇能認為和胡適俞平伯之語如出一轍。

其次才是對「打著浪漫主義的旗幟來向格律下攻擊令的人」進行挑釁。雖然郭沫若已於 1926 年 5 月發表了《革命與文學》站在無產階級立場上強調文學的功利性,創造社的其他諸多浪漫主義詩人也程度不同地向現實主義內容發展,祇是,聞一多發表《詩的格律》的時候,他並不知道郭沫若當時的觀點而是針對著其此前的浪漫主義傾向即「自我表現」等有感而發。因此,聞一多針對著浪漫主義派們「祇要把這個赤裸裸的和盤托出,便是藝術的大成功」等理念,認為「他們確乎祇認識了文藝的原料」,而並「沒有認識那將原料變成文藝所必需的工具」。聞一多說:「他們用了文字作表現的工具,不過是偶然的事」。正所以此,聞一多認為「他們所謂浪漫主義………和文藝的派別絕不發生關係」。因此,聞一多說這是「一種僞浪漫派的作品,當它作把戲看可以,當它作西洋鏡看也可以,但是萬不能當它作詩看」。如果我們將這一段議論和聞一多在《〈女神〉之地方色彩》中的觀點相結合進行研究,就更明顯地可以看出聞一多是針對郭沫若等創造社前期的觀點有感而發。

聞一多無論是對「絕對現實主義」派挑釁,還是對「打著浪漫主義的旗幟來向格律下攻擊令的人」挑釁,都是他要「納詩於藝術之軌」而對此前詩壇「瓦缶雷鳴」現象的反撥。其實,聞一多雖然批評浪漫主義,然而他自己也是一個浪漫主義詩人。尤其《紅燭》時期的他之詩歌創作,都極具浪漫主義因素。然而他和郭沫若浪漫創作特點的不同之處是,前者是進行嚴格的加工提煉尤其《死水》時期,後者則被前者認為是不著邊際的散漫。正是要克

服那不著邊際的散漫，所以聞一多才在《詩的格律》中強調「帶著腳鐐跳舞」。同時又根據西方莎士比亞和歌德以及中國韓愈的創作經驗認為「越有魄力的作家，越是要帶著腳鐐跳舞才跳得痛快，跳得好」。因此，「祇有不會做詩的才感覺得格律的縛束」，所以，「對於不會作詩的，格律是表現的障礙物；對於一個作家，格律便成了表現的利器」。

就因為聞一多要「納詩於藝術之軌」而對當時詩壇「瓦缶雷鳴」現象進行反撥，因此，他在《詩的格律》開篇就論證新詩格律的重要性。他說：「假定『遊戲本能說』能夠充分的解釋藝術的起源，我們盡可以拿下棋來比做詩；棋不能廢除規矩，詩也不能廢除格律。

……假如你拿起棋子來亂擺布一氣，完全不依據下棋的規矩進行，看你能不能得到趣味？遊戲的趣味是要在一種規定的條律之內出奇制勝。做詩的趣味也是一樣的」。他還說：「假如詩可以不要格律，做詩豈不比下棋，打球，下麻將還容易些嗎」？

在此，聞一多以遊戲之一的下棋尚不能廢除規矩來比作詩定要遵守格律的重要性。「遊戲」說是德國哲學家康德最先提出的觀點。他認為文學藝術是一種想像力與意志力的自由活動，它來源於遊戲，並同遊戲一樣，能使人產生快感。故稱詩為「想像力的遊戲」。後來，德國作家席勒以及英國社會學家斯賓塞進一步發揮這一觀點，認為遊戲是過剩精力的發洩，是文藝創作的動機。德國藝術史家朗格對此則作了更為科學的總結，他認為遊戲是孩提時代的藝術，而藝術則是形式成熟的遊戲。因此，每一種遊戲都要產生一種與它相應的藝術。如講故事的遊戲產生史詩就是。[119]

從藝術是形式成熟的遊戲這一觀念出發，聞一多當時接受了文學「遊戲本能說」觀點。因此，他首先強調詩的格律要像遊戲的趣味一樣在規定的條律之內出奇制勝，這才引用 BlissPerry 教授的話即「差不多沒有詩人承認他們真正給格律縛束住了。他們樂意帶著腳鐐跳舞，並且要帶別個詩人的腳鐐」。同時，聞一多也很重視杜甫的「晚節漸於詩律細」這句名言。至此，我們從聞一多如此推崇文學的「遊戲本能說」包括 BlissPerry 以及杜甫和王爾德的名言，實可看出他在當時追求唯美主義確實達到了極端。因為，聞一

多在這時期不僅努力追求詩歌形式的藝術美，而更重要的，他在這時期更擯棄文學的功利性而追求藝術的純美。我之這樣說，不僅在此《詩的格律》中可以找到根據，而且，同樣可在此後聞一多所發表的《戲劇的歧途》和《先拉飛主義》中找到根據。它們都是追求唯美並達到極端的名篇。

聞一多發表《詩的格律》提出新詩格律化主張，其實也不僅是對「絕對現實主義」派進行挑釁和對「打著浪漫主義的旗幟來向格律下攻擊令的人」進行挑釁，同時更是他一以貫之的美學追求。早在 1921 年 12 月 2 日，聞一多曾在清華文學社作過一次題目為《詩歌節奏的研究》的文學報告。雖然僅從此當然看不出聞一多對新詩格律化一以貫之的追求，然而其和《律詩底研究》卻有著密切的聯繫，而《律詩底研究》則和《詩的格律》具有明顯的淵源關係，甚至，文中的有些內容包括句段都有所相同。

我們且不研究《律詩底研究》的具體內容，而僅從其章節安排，就能知道其含義的豐富。當然，我們在此不必用巨大篇幅去研究其豐贍的內容，而從第五、六兩章的條目中，就可明白其觀點屬於《詩的格律》源頭。僅就第五章之「精嚴底作用」一節裡，聞一多就有關於席勒「遊戲衝動說」的解釋。他說：「人的精力除消費與物質生活的營求之外，還有餘裕。要求生活絕對的豐贍，這個餘裕不得不予以發泄；其發泄的結果便是遊戲與藝術」。因此他說，「可見遊戲、藝術同一源泉」。就在這之後的下文裡，聞一多同樣講了關於打球和下棋都不能離開規則，猶之作詩不能廢除格律一樣。就連歐陽修說韓愈「得窄韻則不復傍出，而因難見巧，愈險愈奇」的論述和包括 BlissPerry 的那段話還有歌德激情達到高潮時創作的情況以及關於杜甫「晚節漸於詩律細」的名言，都集中在這一段中並且和在《詩的格律》中的論述一樣。更有甚之，聞一多除此還將他在《〈冬夜〉評論》中關於「真正的詩家，正如韓信囊沙背水，鄧艾縋兵入蜀，偏要從險處見奇」的話也搬了過來。就是在這一節裡，他雖然非常肯定英詩「商賴」體，「然同我們的律體比起來，卻要讓他出一頭地」。這就是聞一多在中西詩的比較中對律詩的高度評價。

在《辨質》之《中詩獨有的體制》一節中，聞一多說：「律體的美——其所以異於別種體制者，祇在其藝術」。何以如此，他說：「律詩底體格是

最藝術的體格。他的體積雖極窄小，卻有許多的美質擁擠在內」。而因為「這些美質多半是屬於中國式的，」所以，「他是純粹的中國藝術底代表。因為首首律詩裡有個中國式的人格在」。聞一多所以這樣說，當然有其根據。如果我們結合他在美國給梁實秋等朋友的信以及他在《〈女神〉之地方色彩》中所表述的其對祖國歷史文化無限摯愛的觀點，就會明白其美學思想的一脈相承。就在這《辨質》章之《均齊》、《渾括》、《蘊藉》和《圓滿》以及《兼有的作用》等節段裡，聞一多對律詩的特質作了獨到的分析。尤其在此章最後一節《律詩的價值》中，他在充分肯定律詩價值的同時，更批評了當時新詩派「痛詆舊詩之縛束」的現象。雖然聞一多也同意新詩借鑑西詩，但他絕不能接受借鑑的結果是西詩代替中詩。就在這一段中，聞一多同樣批評了郭沫若：「今之新詩體格氣味日西，如《女神》之藝術吾誠當見之五體投地；然謂為輸入西方藝術以為創倡中國新詩之資料則不可，認為正式的新體中國詩，則未敢附和」。因為，「蓋郭君特西人而中語耳。不知者或將疑其作為譯品」。因此，他「為郭君計，當細讀律詩，取其不見於西詩中之原質，即中國藝術之特質，以熔入其作品中，然後吾必其結果必更大有可觀者」。在此，我們可從聞一多對郭沫若的明確批評中，更為明確地看到聞一多《詩的格律》和《律詩底研究》觀點的淵源關係。在此，當我們研究了聞一多從《律詩底研究》到《詩的格律》詩歌理論探索的歷程，就自然明白聞一多美學的「出發點是中國古典律詩美的特質」，而「歸宿點是現代新詩創作趨向的理論構造」。因此，認為「《律詩底研究》是《詩的格律》的理論淵源、美學基礎，也是聞一多的文化心態的情感底色」[120] 就完全正確。雖然《律詩底研究》截至收入《聞一多全集》前仍是未刊稿，但是我們從他對這篇在留美前所寫並於留美時仍念念不忘該稿修改和出版事宜的執著態度，[121] 尤其歸國後《詩的格律》發表，就可看出他之一以貫之的美學追求。

當我們此時從《律詩底研究》再回到《詩的格律》時，可能就會覺得聞一多確實體現著一股「復古」氣息。其實不然。雖然聞一多在《律詩底研究》中極盡能事地肯定律詩，也極想讓律詩和新詩並存，然而他畢竟沒有否定新詩的存在，而是讓新詩在借鑑西詩的同時，不要忘記繼承律詩的美好傳統。尤其在《律詩底研究》寫作 4 年之後的 1926 年，聞一多在留學美國大開眼

界歸來後，新詩在中國的發展更成為勢不可擋的潮流，他之強調新詩的格律化主張，就不能認為其是開倒車「復古」。關於此，聞一多在《詩的格律》中就有明白的反駁。第一：「律詩永遠祇有一個格式，但是新詩的格式是層出不窮的」。第二：「律詩的格律與內容不發生關係，新詩的格式是根據內容的精神製造成的」。這是因為，「做律詩，無論你的題材是什麼？意境是什麼？你非得把它擠進這一種規定的格式裡去不可，彷彿不拘是男人、女人、大人、小孩，非得穿一種樣式的衣服不可。但是新詩的格式是相體裁衣」。第三：「律詩的格式是別人替我們定的，新詩的格式可以由我們自己的意匠來隨時構造」。

我們從這以上三點內容中，完全可以看出聞一多新詩的格律化提倡不僅不是復古，而且還是創新和發展。尤其他關於音節即節奏之音尺等觀點的論證，就更具有創見性。

聞一多於此時提出新詩的格律化主張並身體力行地進行實踐，更是他早就具有的雄心大志。1922 年 9 月 29 日，剛到美國留學的聞一多給尚在清華學習的梁實秋和吳景超回信並不滿吳景超欲創辦雜誌《月刊》所陳三條理由時，就說他的「宗旨不僅於國內文壇交換意見」，而且還「徑直要領袖一種之文學潮流或派別」。既具有這雄心大志，聞一多終於在他留美歸國後不久，勇於打出了挑釁的招牌。

就在當時聞一多給梁實秋和吳景超發信之後的 1922 年 10 月 10 日，他又給他們發去一信。就在這封信裡，聞一多根據梁實秋告知他之國內文壇的狀況，氣得幾乎話都說不出。他認為「始作俑者」的胡適不僅在創作界作俑，而且又在批評界作俑。聞一多之「我們耳聞詩壇叫囂，瓦缶雷鳴，責任所在不能不指出他們的迷途來」的言論，就在這時說出。

當時，聞一多在新詩理論和創作方面不僅和胡適派對抗，而且，亦和以郭沫若為首的創造社派抗衡。就在他得知清華「文學社」欲創辦雜誌並於同年同月 27 日給其「文學社」友的信中，他又建議「文學社」將原先打算出版的半年刊改為季刊，為的是「以與《創造》並峙稱雄」。而且，仍在這封

信裡，聞一多還透露出他要寫後來成篇的《〈女神〉之地方色彩》的訊息。
而此，為的就是批評郭沫若的「中詩西語」。

就在聞一多極大抱負和理想實現前的 1925 年 3 月，仍在美國的他給已
到美國的梁實秋寫信在談及關於創辦雜誌（即大江，筆者注）時躊躇滿志地
述說「雜誌尚有數事當注意」的問題即如：「非我輩接近之人物如魯迅，周
作人，趙元任，陳西瀅或至郭沫若，徐志摩，冰心諸人宜否約其投稿。我甚
不願頭數期參入此輩之大名，彷彿我們要借他們的光似的的」。聞一多此說的
原因是：「我們若有創辦雜誌之膽量，即當親身赤手空拳打出招牌來。且從
稿件方面看來，並不十分依仗外人的輔助。……」而且，「要打出招牌，非
挑釁不可。故你的『批評之批評』一文非作不可。用意在將國內之文藝批評
一筆抹殺而代以正當之觀念與標準。……要一鳴驚人則當挑戰」。[122]

我們將聞一多的信摘引至此，聞一多當年對於文學建設的雄心大志即可
見一斑。雖然如此，但是聞一多當時還是沒有他於後來提出新詩格律化理論
主張的條件。然而祗要有志於新詩理論的建設和創作實踐，時機終究屬於有
志者。機會終於來了。這就是他在留學歸國後的第二年即 1926 年 4 月於北
京和其「新月」前期同仁創辦了《晨報副刊·詩鐫》並發起新詩格律化的倡導
運動。聞一多是為新詩格律化理論的倡導者和創作的實踐者，這在徐志摩《詩
刊弁言》中就有說明：「我在早三兩天前才知道聞一多的家是一群新詩人的
樂窩，他們常常會面，彼此互相批評作品，討論學理」。徐志摩並且還說「上
星期六我也去了」。徐志摩所說之「上星期六我也去了」的具體時間，據聞
黎明先生考證，當是 1926 年的 3 月 27 日。[123] 當時，徐志摩就是為回復聞
一多，蹇先艾，朱湘，饒孟侃，劉夢葦，於賡虞和朱大楠等詩人欲創辦《詩鐫》
事而去拜訪聞一多他們。

就在這之後，他們終於打出挑釁的招牌，實現了自己長此以往的理想。

聞一多當時提出新詩的格律化主張，除了以上諸種原因之外，俞兆平在
其研究成果《新人文主義與聞一多的〈詩的格律〉》中認為：「以《詩的格
律》為理論基石的中國現代格律詩派，在理論上緣起於白璧德的新人文主義，
兩者間構成邏輯的因果關係」。就在這篇論文裡，俞先生說 20 世紀初在美

國出現了以白壁德為代表的新人文主義思潮，它承接西方古典主義傳統，對激進的、具有叛逆性的現代思想動向予以激烈的批判。其「規訓與紀律」是新人文主義者處世的原則與態度。因此，在他們的話語中就經常出現諸如「規則、紀律、節制、約束、秩序、界限等」之類的關鍵詞。俞先生還說：「白壁德的新人文主義觀念通過他的中國弟子梅光迪、吳宓、湯用彤、梁實秋，以及游學旁聽的陳寅恪，受梁實秋影響而間接地奉從的聞一多等，在中國漸漸地傳播開來，並介入中國新文學的批評與創作，逐漸形成一股古典主義文學思潮」。俞先生還認為舊有的研究很少將《詩的格律》前後兩個部分即聞一多對於「皈返自然」、「偽浪漫主義」和對於孔子在現代所遭遇的不平以及「三美」的關係聯繫起來。如「若從古典主義美學語境來分析」，則「一切順理成章」。因此，他將二者之間的聯繫歸為以下幾個方面即：「第一，理性的節制的強調」，「第二，對浪漫主義思潮的批判」，「第三，追求諧和的整體的詩美建構」，「第四，從傳統文化中發掘出現代意義」。[124]

實事求是地說，聞一多在其《詩的格律》中提出新詩的格律化主張程度不同或者說很大程度上受到白壁德新人文主義的影響肯定是不爭的事實。然而在此我們還要注意另一事實，就是《詩的格律》和《律詩底研究》的淵源關係。知道了這一點，我們就會明白聞一多《詩的格律》之新詩理論格律化主張的提出，在其背後有著複雜的原因。就其在《詩的格律》中關於為孔子鳴不平的質疑，也不能簡單地認為是受新人文主義思潮的影響。這應該主要歸於聞一多對於中國古代文化的熱愛，尤其他在美國所看到所遭受的民族歧視，更使他執著地熱愛自己本民族的文化。再者，聞一多寫作《律詩底研究》時，是在他並未出國時的 1922 年寒假。那時他既沒有出國，自然不能或者至少不能說已經很大程度上受到白壁德新人文主義的影響。然而他在這篇文學史論文的研究中，則極盡能事地肯定律詩的價值。所以，我認為聞一多《詩的格律》提出新詩的格律化主張所受的影響極其複雜。而且，這和他從小所受的文化薰陶更有很大關係。從童年開始就耳濡目染的中國古典文化薰陶，不僅使他熱愛中國的古典文化，同時更造就他具有中國古典文化特點的性格特徵。關於此，同樣可以在他《律詩底研究》之《辨質》一章中認為「首首

律詩裡有個中國式的人格在」即「均齊」、「渾括」、「蘊藉」和「圓滿」
的觀念裡找到答案。

聞一多如此打出招牌進行挑釁，難怪當時有人認為這是復古。其實，這
也不值一駁。因為，他早在 1921 年 3 月發表在《清華周刊》上的《敬告落
伍的詩家》中為了批評當時的復古詩風時就埋怨說：「把人家鬧了幾年的偌
大一個詩體解放問題，整個忘掉了」。他並且還說：「我誠懇地奉勸那些落
伍的詩家，你們要鬧玩兒，便罷，若要真做詩，祇有新詩這條道走，趕快醒來，
急起直追，還不算晚呢」。這，怎麼能認為聞一多是復古呢？正是針對著那
種認為其是復古的論調，聞一多不僅在《詩的格律》中埋怨「做古人的真倒
霉，尤其做中華民國的古人」。他還說，「做孔子的如今不但『聖人』『夫子』
的徽號鬧掉了，連他自己的名號也都給褫奪了，如今祇有人叫老二」。然而
雖然如此，「但是耶穌依然是耶穌基督，蘇格拉提依然是蘇格拉提」。而且，
「做詩模仿十四行體是可以的，但是你得十二分的小心，不要把它做得像律
詩了」。在此，聞一多直埋怨「不知道律詩為什麼這樣可惡，這樣卑賤」。
難道詩歌「把節做到勻稱了，句做到均齊了，這就算是律詩嗎」？不僅如此，
他還更在《〈現代英國詩人〉序》中說：「我們這時代是一個事事以翻臉不
認古人為標準的時代。這樣我們便叫作適應時代精神」。為此，聞一多在反
駁時用了一個比喻說，「牆頭的一層磚和牆角的一層，論質料，不見得有什
麼區別，然而碰巧砌在頂上的便有了資格瞧不起那墊底的」。他說，這是「何
等的無恥」！而「如果再說正因墊底的磚是平平穩穩的砌著的，我們偏不那
樣，要豎著，要側著，甚至要歪著砌，那自然是更可笑了」。因此，聞一多
的結論是，「所謂藝術的宮殿現在確乎是有一種怪現象；豎著，側著，歪著
的磚處處都是。這建築物的前途，你去揣想罷」。[125] 可見，關於詩之格律
的「均齊」和「勻稱」等理念，在聞一多發表《詩的格律》前後，始終是他
關注的內容。

至此，我們已將聞一多《詩的格律》寫作和發表的背景，提出新詩格律
化主張的形式動因、心理動因、尤其是學理動因等諸問題都作了分析。祇是
在此需要說明的是，關於聞一多新詩格律化主張的提出，雖然在其《詩的格
律》發表之後至今仍不斷有人論及究竟是倒退還是進步的問題，然而絕大多

數研究者還是承認其是一大進步。祇要我們再翻看一下聞一多在《詩的格律》中關於新詩繼承古代傳統和借鑑西詩精華的論述，就不會片面認為聞一多是在開文學的倒車，而祇能認為其觀點是中西詩學理論的熔鑄，是他講究詩的形式，追求唯美主義達到了極端。關於此，我們從他在《詩的格律》中所引用所涉及的西方唯美主義大師的理論以及在長期的研究中很少有人涉及的《詩的格律》第一段之最後一節關於為什麼會有人懷疑《詩的格律》中所分析幾種原因之一的「也許是『安拉基』精神」的見解，就很能說明這一點。但是無論如何，這也正如聞一多所說，「我們應該承認這在新詩的歷史裡是一個軒然大波」，而且，新詩創作在此以後也確實走進建設的新時期。雖然這種理論的提倡很大程度上導致了「豆腐塊」詩的形式主義，但是，我們卻不能將此怪罪於聞一多新詩格律化理論的提倡，而祇能將責任歸之於創作「豆腐塊」詩作者本人。因為，聞一多的詩之格律化倡導並不就是「豆腐塊」創作，而是「量體裁衣」的多種形式要求，尤其追隨者他們並沒有像聞一多在其《〈冬夜〉評論》中所說那樣掌握住新詩的真精神即「幻象」和「情感」這兩個重要質素。

第六節 聞一多前期文藝思想的複雜性及其原因

我們當然首先應該承認聞一多在其前期是個「藝術為藝術」的詩人詩論家，如他在 1922 年 10 月 10 日給吳景超和梁實秋的信裡，就談及他們「藝術為藝術」的主張；在 1922 年 11 月 26 日給梁實秋的信裡，又提到他們「以美為藝術之核心」的觀點；在 1923 年 3 月 22 日給梁實秋的信裡，又說他「主張的是純藝術的藝術」，「相信」的「也是純藝術主義」；在 1926 年 4 月 15 日給梁實秋和熊佛西的信中，他又說要「納詩於藝術之軌」，並指出「軌」之內容則為「形式」，「而形式之最要部分」則為「音節」。

如果以上這些觀點都是聞一多和朋友們通信談及其他問題時順便涉及而非專門討論的內容，並且因片言祇語給人以支離的感覺，那麼，聞一多在1926 年 5 月 13 日發表的《詩的格律》，不僅完整地提出詩之格律的「三美」說，而且，也還作了詳盡的闡述。緊接著，他又在 1926 年 6 月 10 日發表的

《先拉飛主義》中，堅決反對畫為思想的插圖即藝術的挪借而強調藝術美感。而在 1926 年 6 月 24 日發表的《戲劇的歧途》中，又說「藝術的最高目的，是要達到純形 Pureform 的境地」。至此，我們即可看出聞一多早欲「徑直要領袖一種之文學潮流或派別」[126] 的唯美主義追求達到了極端。

但正如任何一種事物都不可能絕對純粹一樣，聞一多的文藝思想，在其前期也具有「複雜」性。這裡且不說他《詩的格律》中「自然模仿藝術」說和其第一篇美學論文《建設的美術》中「藝術模仿自然」說矛盾；也不說他在前後一年多時間即從 1921 年 6 月到 1922 年 12 月對晚唐詩人李商隱迥然不同的兩種評價；單說發表於 1922 年 11 月的《〈冬夜〉評論》，雖然聞一多批評俞平伯作詩「死死地貼在平凡瑣俗的境域裡」指出其藝術之不足，但還是因詩集所表現的「頌勞工」、「刺軍閥」、「諷社會」和「嫉政府」等內容「映射著新思潮的勢力」，「是一個時代的鏡子」，因而肯定其「歷史上的價值是不可磨滅」。所以如此，聞一多在《評本學年〈周刊〉裡的新詩》這篇論文中曾說：「如今國運興而復衰，衰而復興」，所以「做詩不能講德謨克拉西」。並且認為，「詩的真價值在內的元素，不在外的元素」。因著這個「內」和「外」實質就是我們今天所講的「內容」和「藝術」這種思想，所以他說，「言之無物，無病呻吟的詩固不應作，便是尋常瑣屑的物，感冒風寒的病，也沒有入詩的價值」。據此，我們亦可看出聞一多嚴肅的人生態度和社會責任感。

既追求文學內容在歷史上的價值，因此，平素既和郭沫若詩學主張齟齬但又「頗視為勁敵」[127] 並「服膺《女神》幾於五體投地」[128] 的聞一多就在 1923 年初發表的《〈女神〉之時代精神》中說：「若講新詩，郭沫若君底詩才配新呢」。因為，「不獨藝術上他的作品與舊詩相去最遠」，而「最要緊的是他的精神完全是時代的精神」即「二十世紀底時代精神」。他還說，如果「有人講文藝作品是時代底產兒」，那麼，「《女神》真不愧為時代底一個肖子」。因為，他說「在這裡我們的詩人不獨喊出人人心中底熱情來，而且喊出人人心中最神聖的一種熱情呢」！由此可以看出，聞一多是多麼重視思想內容的表達。仍在《〈冬夜〉評論》這篇文章中，聞一多還說「詩的真精神其實不在音節上」，他認為「音節究屬外在的質素」，而「幻想」和「情

感」，他說「詩的其餘的」這「兩個更重要的質素」才是詩的「靈魂」。雖然聞一多對此並沒有過多論證，但是，這「靈魂」其實就是我們現在所說的思想和內容。正是聞一多重視文學作品「靈魂」即內容的表達，因此，他才在《戲劇的歧途》中承認「真正有價值的文藝，都是『生活的批評』」。尤其在《泰果爾批評》中，他在批評泰果爾的詩沒有把握住現實時說「文學是生命的表現」並認為「普遍性是文學的要質，而生活中的經驗是最普遍的東西，所以文學的宮殿必須建立在生命底基石上」，並且還要「建立在現實的人生底基石上」。既堅持文學「藝術為藝術」，又堅持文學對「生活的批評」，複雜的文藝思想似乎顯現著矛盾。而且，他 1923 年 3 月 25 日給聞家駟的家書，也認為「信中提到郭沫若所講關於藝術與人生之關係的話，很有見地」。並且還說他們「主張純藝術主義者的觀點，原與他這句話也不發生衝突」。

關於聞一多文藝思想的複雜性，我們當然不能忘記 1923 年 3 月 22 日他在美國給梁實秋信中的一段話即他「的詩若能有所補益於人類，那是」他之「無心的動作」和「相信了純藝術主義不是叫我們作個 egoist（利己主義者，筆者注）」，因為，「這是純藝術主義引人誤會而生厭避之根由」。因此他接著說，「那我們就學薛雷（雪萊，筆者注）增高我們的 humansympathg（高尚的同情心，筆者注）罷」。聞一多這段話被不少研究者認為是文藝思想的混亂抑或說矛盾。其實不然，相信了「藝術為藝術」，並不影響他「藝術為人生」。聞一多那在後邊的話即「相信了純藝術主義不是叫我們作個egoist（自私自利的人，筆者注）」就說得非常清楚。因此，他才極願意和梁實秋一起學習雪萊以增高其高尚的同情心。如果我們針對聞一多這段話再結合他當時的詩作看，就不能否認其《太陽吟》和《憶菊》等詩流傳後世補益於人類的作用。但是，他之創作這等至情至性的佳篇時，所考慮之最主要者，並非是要達到補益於人類的目的。這就是他主觀的無功利目的性達到了客觀的功利性效果。當然，聞一多的情操是至為高尚的。雖然他欲「徑直要領袖一種之文學潮流或派別」極想鑽進藝術之宮，但是，他卻又和李金發們迥然不同而太執著於生活。這在他給梁實秋同一封信裡的話即他之「基督教的信仰已失」，但「那基督教的精神還在」他「的心裡燒著」並且還「要替人們 consciously（自覺地，筆者注）盡點力」中可以得到證明。實在說，

正是聞一多這段被不少人視作矛盾的話，我卻看出聞一多之既「藝術為藝術」，同時又「藝術為人生」；既相信「純藝術主義」，同時又將文學的宮殿建立在「生命」和「現實的人生」這兩塊堅硬的基石上。因此，唐鴻棣先生認為聞一多的文藝思想是「一種復合的文學本體觀」[129]就極有道理。當然，我並不贊成他否認聞一多曾經的階段是個「極端唯美論者」。

相信「純藝術主義」的聞一多不僅相信「真正有價值的文藝，都是『生活的批評』，而堅持文藝應和「愛國」相結合，並且，他對現實生活的貼近，越是在社會矛盾尖銳時，表現得就越突出。其實，這正是「現實的生活時時刻刻把」他「從詩境拉到塵境」[130]的緣故。我們自然不能忘記聞一多寫於1926年3月18慘案後的《文藝與愛國》中所說的「愛國精神」即文學內容的重要性。他甚至認為，當時新文學運動的成績所以有限，正因為沒有和愛國運動相攜手。因此，他極希望「愛自由，愛正義，愛理想的熱血」不僅「要流在天安門，流在鐵獅子胡同」，更重要的，還要「流在筆尖，流在紙上」即文學要大力表現愛國精神。在此，聞一多用一個形象的比喻說「詩人應該是一張留聲機的片子，鋼針一碰著他就響」。他並且認為詩人若「做到了這個地步，便包羅萬象，與宇宙契合了」。他說，「這就是所謂偉大的同情心——藝術的真源」。這，正是他雖相信「純藝術主義」但又不願做自我、自負意識的人而極力主張介紹雪萊以增強高尚同情心的原因。

如果以上介紹並不能讓我們清楚聞一多前期文藝思想具有階段性，那麼，當我們通讀其前期的文藝評論文章和詩作後，就會發現聞一多前期之不同階段的詩學觀確實不同。如聞一多前期之初始階段的1919年底在創作《建設的美術》和《徵求藝術專門的同業者底呼聲》時，明顯受到古希臘亞理斯多德等人美學思想的影響。而在1922年7月以後的留美階段，我們從聞一多給梁實秋、吳景超等朋友的信中，又分明感覺到他受濟慈的影響。他所說「我想我們以美為藝術之核心者定不能不崇拜東方之義山，西方之濟慈」[131]就是證明。濟慈這個十九世紀時期英國的唯美主義理論家和詩人，他在1817年11月22日「致柏萊」的信中，就說他「祇確信心靈的愛好是神聖的，想像是真實的」以及「想像所攫取的美必然是真實的」而「不論它以前存在過沒有」。因為，他認為他「們的激情與愛情一樣，在它們崇高的境界裡，都

能創造出本質的美」。就在這種「美真合一」思想指導下，濟慈認為「創造力是詩的北鬥星」。這種情況，他說就「猶如幻想是船上的帆，想像力是船上的舵」。正因為此，所以他說「對於一位大詩人來說，美感是壓倒其他一切的考慮」。濟慈這種對藝術追求的執著精神，確實使聞一多崇拜得五體投地，並且在其詩《藝術底忠臣》中深情地唱道：「詩人底詩人啊！滿朝地冠蓋祇算得些藝術底名臣，祇有你一人是個忠臣」。聞一多在吟唱濟慈「美即是真」和「真即是美」的同時，並認為他「『鞠躬盡瘁，死而後已』，真個做了藝術底殉身者」。在濟慈《夜鶯頌》、《秋頌》等唯美詩篇影響下，聞一多也先後寫出了《劍匣》、《李白之死》和《秋色》等唯美詩篇。

但在此我們需要說明的是，聞一多前期的文藝思想之所以複雜還在於，雖然一方面他寫出這些唯美詩篇和其出身與修養有關，無不體現著他紳士風度的高雅追求，即便後來他為抨擊軍閥混戰而寫的《荒村》等，也仍然掙不脫紳士情懷而和濟慈歌唱「藝術的純美」並非純粹避世而和茅於美在《〈濟慈書信選〉譯後記》中認為是「與貴族的資產階級社會的庸俗與醜惡對抗」有所不同。但另一方面，聞一多的這些詩作是「企圖在高於現實生活的充滿了美感的夢幻生活中，寄托自己對未來世界的理想，而以詩的想像作創造這樣一個世界的工具」和濟慈卻是一樣。當然，聞一多和濟慈相同的還有，這就是，他也更多地創作過現實題材如抨擊軍閥統治黑暗的詩篇《飛毛腿》、《發現》、《一句話》、《罪過》、《天安門》以及《春光》等等。這就說明，他是在「現實的人生底基石上」去追求藝術的純美。

誠然，聞一多在歸國後即 1926 年「詩的格律」階段，受西方唯美主義大師王爾德唯心主義的影響也非常明顯。這從他在《詩的格律》中有顛倒生活和藝術主從關係之嫌的表述中可以看出。但是，王爾德顯然和濟慈並不相同。這個十九世紀後期的英國唯美大師雖然也像濟慈那樣避世，但他卻不像濟慈那樣並沒有完全忘掉現實，而是竭力貶斥藝術反映現實，並努力避進那「美而不真」的「謊言」即「藝術」中去，這才堅守著「藝術為藝術」的主張進行創作。然而聞一多和王爾德更有質的區別。他雖然也主張「藝術為藝術」，但那完全是其對藝術的理想追求。實際上，祇有當他進入「詩境」時，他才能創作出諸如《劍匣》和《紅荷之魂》類的詩篇。而當他「從詩境拉到

塵境」時，那無論是「坐在飯館裡，坐在電車裡」，還是「走在大街上」的「新的形色，新的聲音，新的臭味」，又都「總在刺激著」他並「使之倉皇無措，突兀不安」的情況就使他再也不能「唯美」。因為，他說「人是肉體與靈魂兩者合併而成的」。[132] 正所以此，即使他在《詩的格律》中認為王爾德之「自然的終點便是藝術的起點」這話「說得很對」，但他在這時期創作的詩篇不僅沒有像王爾德那樣逃避現實，相反，倒是更加貼近現實和生活。他所以堅定地認為王爾德「說得很對」，那是他認為「自然並不盡是美的」。雖然「自然中有美的時候」，但他認為那是在「自然類似藝術的時候」。尤其當他從「趙甌北的……詩裡發現了同類的見解」後，他才斬釘截鐵地說「這徑直是講自然在模仿藝術」，這才堅持要求藝術美高於自然美。因為，他認為自然之美是偶然並不具有普通性。因此，如要創造藝術之美，就要加工提煉，就要「做」和「選擇」。從「選擇」開始，詩人就要有鑒別美醜的能力。要獨具祇眼，才能發現生活中的美。

辯證唯物主義認為，自然美是一切藝術美的基礎，而藝術美卻又可以高於自然美。這是因為，藝術美較之於自然美更集中，更純粹，是提取了最美的內核，是經過加工，提煉，去粗取精的功夫。如雖然我們認為九寨溝的山水是最美，但其中也有不美的因素存在。而如果是表現九寨溝的藝術作品，那麼我們肯定要捨掉那不美的實在，這就祇剩下藝術的「純美」。祇有這樣，才能實現藝術美高於自然美的目的。雖然超越時空限制的藝術美最終沒有自然美博大，然而，聞一多正是從堅持藝術美一定要高於自然美這個意義上，才從趙甌北的詩裡受到啟發說「這徑直是講自然在模仿藝術」。這表面雖和王爾德如語出一轍，然而其性質和目的卻完全不同。

根本上說，聞一多還是為了追求藝術美的極致，而不是顛倒生活和藝術的主從關係。這就難怪有人說：「即使以馬克思主義美學觀來檢驗，恐亦並無舛誤」。[133] 聞一多在《〈女神〉之地方色彩》中就指出：「選擇是創造藝術的程序中最緊要的一層手續，自然的不都是美的；美不是現成的。其實沒有選擇便沒有藝術，因為那樣便無以鑒別美醜」。為了抵抗橫流，聞一多在此期間的藝術追求，達到了極端。

最後還要說明的是，聞一多前期的文藝思想所以有階段性或者說有階段性的體現，這原因也非常複雜。首先，是我們所說的聞一多前期文藝思想的體現階段聞一多尚還年輕，而年輕的他也就容易接受新事物。這就是他之所以既接受了亞理斯多德的觀點，又部分接受了濟慈和王爾德的觀點並且又極其崇拜雪萊的原因。其次，體現聞一多前期文藝思想的那些文章並非他系統的表述，而是他在某一階段針對某一問題尤其是詩壇流弊進行闡述時有感而發，再加之他「的性格喜歡走極端」，[134] 這就難免他無論在此時或彼時的攻其一點不及其餘而給人以複雜抑或矛盾的感覺。其實，祇要我們深入觀察聞一多文藝思想的內核並知其背景而從宏觀的角度鳥瞰他文藝思想變化波動的軌跡就會發現，無論他接受誰的文藝思想，都是其合理的成分。再次，還有傳統理論界的偏頗認識在作祟，這就是長期認為既然相信了「藝術為藝術」，就不可能再相信「藝術為人生」；既追求唯美主義，也就必然排斥藝術的功用。其實，二者完全能夠結合一起而並行不悖。這在聞一多給聞家駟和梁實秋的信中，就作過很好的論證。因此，我們更應該承認聞一多前期文藝思想的複雜性是辨證的對立統一而不能說是矛盾。聞一多前期的創作無論《紅燭》集抑或《死水》集能具有如此之高的成就，正因為此。雖然個別詩作也有不盡如人意的地方，但這正如他所說是「自己的作品……不配代表」他「們神聖的主張」[135] 亦即其功力沒有達到其所要求的高度。

▌第七節 聞一多前期新詩理論的貢獻

如果論及作為詩論家的聞一多在其前期新詩理論的最大貢獻，一般的研究者可能認為是聞一多在《詩的格律》中對新詩格律化要求的提出，我也認為這樣說有一定道理。然而，如果從更宏觀的角度即新詩創作的方向進行分析，我更認為聞一多《〈女神〉之地方色彩》中的觀點包括結論對新詩創作的指導意義更大。我之這樣說，是因為聞一多在《〈女神〉之地方色彩》的開篇就針對著當時「一般新詩人——新是作時髦解的新——似乎有一種歐化底狂癖」現象說他「總以為新詩徑直是『新』的，不但新於中國固有的詩，而且新於西方固有的詩；換言之，他不要做純粹的本地詩，但還要保存本地

的色彩，他不要做純粹的外洋詩，但又要盡量地吸收外洋詩歌底長處；他要做中西藝術結婚後產生的寧馨兒」。

　　從聞一多這篇寫於 1922 年底之批評論文中的這段話並結合他在此之前後所發表的詩評和給朋友信之內容以及他在這一時期的詩歌創作情況看，聞一多這段話確實是他前期新詩創作的「綱領」。即使論及其他內容，也都沒有超出這個總綱。在解釋詩歌創作如何「做中西藝術結婚後產生的寧馨兒」時，聞一多認為「詩同一切的藝術應是時代底經線，同地方底緯線所編織成的一匹錦」。他說，這是「因為藝術不管他是生活底批評也好，是生命底表現也好，總是從生命產生出來的，而生命又不過時間與空間兩個東西底勢力所遺下的腳印」。當然，文學創作需要「自創力」。聞一多在論及藝術家常講的「自創力」時，他說：「我們的新詩人若時時不忘我們的『今時』同我們的『此地』，我們自會有了自創力，我們的作品自既不同於今日以前的舊藝術，又不同於中國以外的洋藝術，這個然後才是我們翹望默禱的新藝術」！

　　新詩創作既要「今時」即時代精神，同時又要「此地」即地方色彩，聞一多這種打通中西的詩學思想，在當時詩歌創作一方面表現出如郭沫若「歐化的狂癖」和胡適以及俞平伯等平民化藝術達到巔峰時發表，實實在在地表現出他之獨立批評精神。針對著當時有人片面「提倡什麼世界文學」的觀點，聞一多說「不顧地方色彩的文學就當有了托辭了嗎」？他說：「這件事能不能是個問題，宜不宜又是個問題」。因為，他說「將世界各民族底文學都歸成一樣的，恐怕文學要失去好多的美」。為了證明此觀點，他說「一樣顏色畫不成一幅完全的畫，因為色彩是繪畫底一樣要素」。而如果「將各種文學並成一種，便等於將各種顏色合成一種黑色，畫出一張 sketch（即圖畫，筆者注）來」。他說：「我不知道一幅彩畫同一幅單色的 sketch 比，那樣美觀些」。此時，聞一多根據「西諺日『變化是生活底香料』」說「真要建設一個好的世界文學，祇有各國文學充分發展其地方色彩，同時又貫以一種共同的時代精神，然後並而觀之，各種色料雖互相差異，卻又互相調和。這便正符那條藝術底金科玉桌『變異中之一律』了」。這，實際上就是聞一多主張寫詩「要做中西藝術結婚後產生的寧馨兒」的原因。

　　仍在《〈女神〉之地方色彩》這篇詩評中，聞一多認為中國的舊體詩太沒有時代精神的變化。而中國詩從唐朝起發育到成年時期以後卻又不再長進，後來的詞曲同詩也相去不遠。雖然如此，然而「新思潮底波動便是我們需求時代精神底覺悟。於是一變而矯枉過正，到了如今，一味地時髦是鶩，似乎又把『此地』兩字忘到蹤影不見了」。因此，聞一多不僅要詩歌創作「盡量地吸收外洋詩底長處」，而且，還要「恢復我們對於舊文學底信仰，因為我們不能開天闢地（事實與理論上是萬不可能的）」。而且，聞一多更承認「我們祇能夠並且應當在舊的基石上建設新的房屋」。

　　如果認為寫詩必須中西結合「要做中西藝術結婚後產生的寧馨兒」是聞一多新詩創作理論的總綱，那麼，《詩的格律》中關於新詩格律即「三美」理念的提出，就是他在其前期最終打出招牌的挑釁。就在這篇中國現代文學史上最具影響之一的詩論裡，聞一多引用了 Blissperry 教授的名言倡導做詩要「帶著腳鐐跳舞」。聞一多倡導做詩「帶著腳鐐跳舞」有著複雜而具體的背景。就在「五四」前後時期，一些新詩的倡導者和創作者們相繼發表了諸多極端的觀點。聞一多和他的詩友們針對著當時詩歌創作「絕對現實主義」和高喊「皈返自然」之所謂浪漫主義「時髦」的「瓦缶雷鳴」，為抵抗橫流，他才提出新詩創作格律化的主張而要「納詩於藝術之軌」。

　　「納詩於藝術之軌」其實是聞一多一以貫之的精神，這在他寫於 1922 年的《〈冬夜〉評論》中就有體現。就在這篇針對俞平伯《冬夜》詩集的評論中，聞一多首先認為詩應該是詩，是詩就應該具有藝術性。他在有針對性地論及藝術創作的普遍性原則時說：「一切的藝術應以自然作原料，而參以人工，一以修飾自然的粗率相，二以滲漬人性，使之更接近於吾人，然後易於把捉而契合之」。尤其在音節（是為現在所謂的節奏而不是現今語言學方面的音節，筆者注）方面，聞一多認為更要「藝術化」，「因為要『藝術化』才能產生出藝術」。就在這篇詩評裡，聞一多同樣批評了胡適的所謂「自由詩」音節觀點，並認為其不過是散文的音節。之所以此，這是因為聞一多認為「聲與音的本體是文字裡內含的質素」，而「這個質素發於詩歌底藝術，則為節奏，平仄，韻，雙聲，疊韻等表象」。因此他說，「尋常的語言差不多沒有表現這種潛伏的可能性底力量，厚載情感的語言才有這種力量」。因

為「詩是被熱烈的情感蒸發了的水氣之凝結，所以能將這種潛伏的美十足的充分的表現出來」。在詩歌的文字運用方面，聞一多更有自己獨到的見解。他說：「在詩底藝術，我們所用以解決這個問題的工具是文字，好象在繪畫是油彩和帆布，在音樂是某一種樂器一般」。當然，他同時亦認為「在藝術底本體同他的現象──藝術品底中間，還有很深的永難填滿的一個坑谷」。又因為若是沒有文字藝術無以寄托的緣故，所以，聞一多又說「詩人應該感謝文字，因為文字作了他的『用力的焦點』」；而「他的職務（也是他的權利）是，依然用白爾的話，『征服一種工具的困難』──這種工具就是文字。所以真正的詩家」，在使用文字方面，就應當「正如韓信囊沙背水，鄧艾縋兵入蜀，偏要從險處見奇」。因此，做詩就要加工提煉，因為「詩是詩人作的，猶之乎鐵是打鐵的打的，轎是抬轎的抬的」一樣。又因「詩本來是個抬高的東西」，[136] 所以，聞一多又在其《評本學年〈周刊〉裡的新詩》中引用魯瑟提（rossetti）的兩句名言即「美的靈魂若不附麗於美的形體，便失去他的美」。

　　如果我們結合此再仔細閱讀聞一多於留美期間給梁實秋和其他朋友的信，就會發現他不止一次捶胸頓足地批評胡適和郭沫若等人作詩的簡單和隨便，尤其批評郭沫若作詩「粗心大意不修邊幅」地「亂跳亂舞遊戲於紙墨之間，」並且「一筆點成了明珠豔卉，隨著一筆又灑出些馬勃牛搜」。因此，聞一多直埋怨郭沫若「太不認真把事當事做」[137] 的作風。就在《泰果爾批評》中，聞一多雖然批評泰果爾之詩沒有把捉住現實而「祇用宗教來訓釋人生」，但他更在藝術方面指責泰果爾的詩缺乏形式，尤其抒情詩萬萬不能離開其形體而獨立。聞一多認為，雖然「固定的形式不當存在；但是那和形式的本身有什麼關係呢？我們要打破一種固定的形式，」其「目的」就「是要得到許多變異的形式」。正是聞一多追求形式的一貫主張，所以他在 1926 年認為有充分條件進行挑釁的時候，這才終於提出新詩格律化的主張，寫出《詩的格律》這篇詩論文章主張新詩之層出不窮的格式。為了給自己提出的詩之格律「三美」理論作論據，他並且引用歐陽修著名的關於韓昌黎「得窄韻則不復傍出，而因難見巧，愈險愈奇……」的名言總結說：「這樣看來，恐怕越有魄力的作家，越是要帶著腳鐐跳舞才跳得痛快，跳得好」。他並且還說：「祇

有不會跳舞的才怪腳鐐礙事。祇有不會做詩的才感覺得格律的縛束。對於不會做詩的，格律是表現的障礙物；對於一個作家，格律便成了表現的利器」。這，就是聞一多要「納詩於藝術之軌」的完整論述並在當時對於新詩創作「瓦缶雷鳴」現象糾偏的巨大貢獻。

在新詩創作的規範方面，聞一多在《詩的格律》中提出「三美」主張其實僅僅是從形式方面論證。然而，詩的本體畢竟是最為複雜的現象。那麼，如何對其正確認識呢？關於此，聞一多1921年6月在發表於《清華周刊》上的《評本學年〈周刊〉裡的新詩》中論及「詩的真價值」時就說，其「在內的原素」而「不在外的原素」。就在他之這篇早期詩評中，聞一多理論主張首重的是「幻象」和「情感」，其次才是「聲與色的原素」。「聲」與「色」其實就是聞一多後來在《詩的格律》中所倡導的「三美」。就在聞一多發表《評本學年〈周刊〉裡的新詩》的第二年，他又寫出有感而發的《〈冬夜〉評論》。就在這篇詩評裡，聞一多在論及俞平伯《冬夜》詩集之音節等諸問題的同時，更將詩集中所表現的「情感」和「幻想」等問題進行討論。

祇是不同的是，聞一多此時將「詩的真價值」變換為「詩的真精神」。雖然這兩個概念的含義不盡相同，但還是有所交叉。由此可見，聞一多對詩之本體這些要素的看重。

那麼，如何理解詩之本體的這些要素呢？關於此，我們亦可從聞一多1923年於美國給吳景超的信中找到答案，因為信中聞一多所回答的正是吳景超向他請教的問題。他說：「我以前說詩有四大原素：幻象、感情、音節、繪藻。隨園老人所謂『其言動心』是感情，『其色奪目』是繪藻，『其味適口』是幻象，『其音悅耳』是音節」。就在聞一多分別揭示「感情」、「繪藻」、「幻象」和「音節」的內涵後，他更進一步對「幻象」進行解釋說，「味是神味，是神韻」，而「不是個性之浸透」。那麼，「何以神味是幻象呢」？他說，「就神字的字面上就可以探得出」。於是，聞一多對「幻象」作了如下的分類說，「幻象分所動的同能動的兩種。能動的幻象是明確的經過了再現、分析、綜合三種階級而成的有意識的作用。所動的幻象是經過上述幾種階級不明了的無意識的作用」。他並且認為中國的藝術多屬此種所動的幻象。他還解釋說，

「畫家底『當其下手風雨快，筆所未到氣已吞』，即所謂興到神來隨意揮灑者，便是成於這種幻象」。雖然「這種幻象，比能動雖不秩序不整齊不完全，但因有一種感興」，因此，「這中間自具一種妙趣，不可言狀」。而「其特徵即在荒唐無稽，遠於真實之中。自有不可捉摸之神韻」。所以，他認為「浪漫派的藝術便屬此類」。而這正所謂「嚴滄浪詩話謂『盛唐諸公，唯在興趣；羚羊掛角，無跡可求。故其妙處透澈玲瓏，不可湊泊，如空中之音，相中之色，水中之影，鏡中之像，言有盡而意無窮』」。他並且總結說，「滄浪所謂『興趣』同王漁洋所謂神韻便是所動幻象底別詞。所謂『空音、相色、水影、鏡象』者，非幻象而何」？

應該說，聞一多對「幻象」這個在中國文學界從來就有但卻是外來詞彙的定義、分類、創作狀態以及美學特徵等根據古今中外的詩論尤其根據中國古代詩論家袁枚、嚴羽和王漁洋等人的論點都作了較為詳盡的分析。其實，關於「幻象」的美學特徵，聞一多早在《評本學年〈周刊〉裡的新詩》中就有分析。他認為《一回奇異的感覺》所以「是詩人底詩」，就在於「『奇異的感覺』便是 ecstasy（心醉神迷，筆者注），也便是一種熾烈的幻象」。他並且舉濟慈的名句說「真詩人都是神祕家」。這，便和中國古代之所謂「神韻」有所相似。就在這篇詩評裡，聞一多還論證了「幻象」的作用。他說：「詩能感人正在一種『龍文百斛鼎，筆力可獨扛』之處，這種力量（英文當譯為 intensity[按即強烈，筆者注]）有時一個字便可帶出」。聞一多特別強調文字的表達作用，他舉例說「如東坡底『欲把笙歌暖鋒鏑』底『暖』字直能嚇煞人」。還說「克茲（濟慈，筆者注）所謂『不是使讀者心滿意足，是要他氣都喘不出』，便是這個意思。」而「造成這種力量」的原因，「幻象最要緊」。

「越求創作發達，越要扼重批評」。聞一多在《〈冬夜〉評論》中這樣說。正所以此，他說「幻象在中國文學裡素來似乎很薄弱。新文學──新詩裡尤其缺乏這種質素，所以讀起來，總是淡而寡味，而且有時野俗得不堪」。那麼，造成這種野俗不堪局面的原因是什麼呢？聞一多認為，這就是「作者對於詩──藝術的根本觀念底錯誤」。而這個藝術的根本觀念，就是俞平伯所謂《詩底進化的還原論》兩個最緊要之點即「民眾化的藝術」和「為善的藝術」。為批評俞平伯詩歌語言的平民化和散文化特點，聞一多在此引用鳩伯

的話說「沒有一個不能馳魂褫魄的東西能成為詩的」，而且，「在一方面講，Lyre（七弦琴喻為抒情詩，筆者注）是樣有翅膀的樂器」。同時，他還引用麥克孫母的話說「作詩永遠是一個創造莊嚴底動作」。然而俞平伯卻反把抬高的東西拚命往下拉，這就難怪他創作不出好作品。

在此需要說明的是，聞一多在他論述「幻象」的時候，有時確實如朱湘在其《聞君一多的詩》中所說他之「總是將幻想誤認為想像」並且「放縱它去滋蔓」。確實如此。在聞一多的論述中，就有諸如將「幻象」和「想像」以及「幻想」混為一談的現象。其實，「想像」和「幻想」都是屬於作者的，而「幻象」則是屬於作品的。當詩人的「想像」或者說「幻想」落實到詩歌的具體意象上時，作品的「幻象」在這時才會出現。由此看來，正確的「幻象」其實是讀者在閱讀詩歌時達到的一種效果。祇是我們要說的是，無論聞一多在其論述中如何把「幻象」和「幻想」乃至把「幻象」和「想像」混為一談，但是畢竟其「幻象」或者說「想像」理念的提出，對於當時新詩「弱於或竟完全缺乏幻想力，因此他們詩中很少濃麗繁密而且具體的意象」[138] 而缺乏藝術感染力的創作情況具有極大的指導作用。

我們知道，無論《評本學年〈周刊〉裡的新詩》還是《〈冬夜〉評論》，聞一多又都將「情感」和「幻象」列為首重內容進行研究。其實，古今中外的大家都有以「情感」論詩者。在中國就有諸如「情動於中而形於言」（《毛詩序》），「詩緣情而綺靡」（陸機），「文以情生，未有無情而有文者」（袁枚）。在西方亦有諸如「詩歌是幻想和情感的白熱化」（赫士列特），「詩是強烈情感的自然流露」（華茲華斯），「詩歌是有意義的感情的流露」（艾略特）。由是看來，聞一多正是繼承和借鑑中西的詩論後才強調「情感」這一詩學理念。他在《〈冬夜〉評論》中就認為「詩是被熱烈的情感蒸發了的水氣之凝結」。「文學本出於至情至性，也必要這樣才好得來」。祇是需要說明的是，聞一多認為「在現在我們這漸趨歐化的社會裡」，根據「男女關係發達」而「朋友間情感」則定會減少的情況，所以他的「情感」論，又受到西方文藝理論家乃爾蓀的影響而把「情感」分為兩個層次。他在《〈冬夜〉評論》中就說：「所以我差不多要附和奈爾蓀底意見，將朋友間的情感編入情操——第二等的情感——底範疇中」。那麼，什麼是第一流情感呢？聞一

多說：「嚴格地講來，祇有男女間戀愛底情感是最熱烈的情感，所以是最高最真的情感」。我們知道，聞一多這一時期極端崇拜西方唯美主義者濟慈「真就是美」和「美就是真」的名言，在「以真為美」和「以美為真」標準的前提下，聞一多那時認為諸如「諷刺，教訓，哲理，玄想，博愛，感舊，懷古，思鄉，還有一種叫做閒愁」，加上「贈別，寄懷，都是第二等的情感或情操」。他還贊同奈爾孫的觀點說：「像友誼，愛家，愛國，愛人格，對於低等動物的仁慈的態度一類的情感，同別的尋常稱為『人本的』（humanitarian）之情感」等，都屬於情操的範圍。

聞一多的這種「情感」論，有其特殊的歷史原因。首先是「五四」反封建意識的覺醒，其次則是他受西方文學尤其文學理論的影響。當然，即使至今誰也不能否認「男女間戀愛底情感是最熱烈的情感，所以是最高最真的情感」。至少，他是最高最真情感的一種。雖然如此，然而聞一多在其留學至美後，他的這種觀念卻發生了變化。這可在他於 1923 年 3 月 25 日給其弟聞家駟的信中看出端倪。

他說：「現在春又來了，我的詩料又來了，我將乘此多作些愛國思鄉的詩，這種作品若出於至情至性，價值甚高，恐怕比那些無病呻吟的情詩又高些」。[139] 聞一多這一觀念變化的緣故，是因他在美國留學親眼目睹並親身遭受到民族歧視。這種情況，在他先後給父母親，吳景超，梁實秋和聞家駟的信中就有撕心裂肺的陳訴。也祇有在這時候，思鄉愛國的情感才壓倒了其他。於是，他在這一時期先後寫出《太陽吟》和《憶菊》等愛國思鄉之詩後，由於親身的創作實踐，這才終於使他認識到至情至性的愛國詩價值甚高，並且又在此後創作出更多的愛國詩篇。而且，聞一多這種對於「情感」認識的改變，在他回國後之 1926 所發表的《文藝與愛國——紀念三月十八》中借用德林克瓦特之語即「愛國精神在文學裡，可以說是與四季之無窮感興，與美的逝滅，與死的逼近，與對婦人的愛，是一種同等重要的題目」又作了全面闡述。雖然這時候聞一多屬於極端唯美主義論者，並且也很明白「理性鑄成的成見是藝術的致命傷；詩人應該能超脫這一點」。

聞一多在其詩論中雖然將「情感」作為詩歌的首要質素進行論述，但是，他並不把作者直接的「情感」就當作詩歌或者說詩歌藝術。就在《評本學年〈周刊〉裡的新詩》中，聞一多在批評《慈母》的作者不當無病呻吟時闡述了作詩的方法。這就是：「詩人胸中底感觸，雖到發酵底時候，也不可輕易放出，必使他熱度膨脹，自己爆裂了，流火噴石，興雲致雨，如同火山一樣——必須這樣，才有驚心動魄的作品」。這中間，當然還有藝術的加工提煉。這就又如他在《〈冬夜〉評論》中所說之「龍文百斛鼎，筆力可獨扛」之藝術表現的功力。為了不減詩之情感的熱量，他認為寫詩不能拉得太長，否則，「縱有極熱的情感也要冷下去」。同時，他也不許詩中帶有哲學氣味的教訓。不僅《〈冬夜〉評論》中觀點如此，他更在《泰果爾批評》中批評泰果爾「不會從人生中看出宗教」而「祇用宗教來訓釋人生」。泰果爾沒有把捉到現實的原因，聞一多認為就在於他沒有將文學的宮殿建立在現實的人生底基石上。因為，「文學是生命底表現」。這個生命，當然包含有「情感」的含義。

　　應該說，聞一多的「情感」論，在他新詩理論中佔有相當分量。這無疑對於當時新詩創作的無病呻吟現象是一個反撥，而對新詩創作走向健康的意義更大。遺憾的是，當1926年聞一多為糾偏新詩的過分散文化傾向而發表《詩的格律》之後，一些追隨者祇顧及到新詩格律化的實踐，卻從而忘記詩歌的兩個最重要質素而使詩歌的格律化實踐幾近走向絕路。當然，這責任並不在聞一多而恰恰因為那些追隨者們沒有把握住詩之真精神。如果我們對照聞一多新詩格律化實踐的成功，再結合《死水》諸詩藝術魅力的至今不衰就能證明。

　　聞一多新詩理論的又一貢獻，是他在《〈女神〉之時代精神》中對新詩「原質」的肯定。在聞一多的詩論裡，「原質」一詞是我們不能忽視的概念。在其《電影是不是藝術》這篇文藝評論中，聞一多就不止一次地使用「原質」這個詞彙，如「戲劇的原質」、「圖畫的原質」、「空間的原質」和「語言底原質」等。這是聞一多評論中最早使用「原質」這個詞彙。在《律詩底研究》中，聞一多在討論律詩的「辨質」之「均齊」時又涉及「原質」這個概念，認為律詩是中國藝術包括哲學及倫理之天然色彩「這個原質底結晶」。這是

在他詩論裡第二次出現「原質」這個概念；「原質」在聞一多詩論的第三次
出現，是在其《〈女神〉之時代精神》中。當然，還有「原質」在他詩論中
的第四次出現，這就是《詩的格律》中關於詩之格律的分析。

《〈女神〉之時代精神》的開篇，聞一多就說：「若講新詩，郭沫若君
的詩才配稱新呢」，因為，「不獨藝術上他的作品與舊詩詞相去最遠」，而「最
要緊的是他的精神完全是時代的精神──二十世紀底時代精神」。他說，「有
人講文藝作品是時代底產兒。《女神》真不愧為時代的一個肖子」。就在這
篇著名詩論中，聞一多根據郭沫若《女神》的具體內容，連續列出了新詩「原
質」的五點內容即一：「動」的精神；二：「反抗」的意志；三：「真藝術
與真科學」相結合的特點；四：「世界之大同的色彩」；五：在「絕望與消極」
中卻不失「掙扎抖擻底動作」。就在這篇詩評裡，聞一多盛贊《女神》想像
和情感的真摯。他在「時代精神」之三中就說：「在我們的詩人底眼裡，輪
船底煙筒開著了黑色的牡丹是『近代文明的嚴母』，太陽是亞波羅坐的摩托
車前的明燈；詩人底心同太陽是『一座公司底電燈』；雲日更迭的掩映是同
探海燈轉著一樣；火車底飛跑同於『勇猛沈毅的少年』之努力」。聞一多說，
在郭沫若的眼裡，「機械已不是一些無生的物具，是有意識有生機如同人神
一樣。機械底醜惡性已被忽略了；在幻象同感情底魔術之下他已穿上美麗的
衣裳」。為了證明自己的第五個觀點，聞一多在引用田漢給郭沫若信之內容
即「與其說你有詩才，毋寧說你有詩魂，因為你的詩首首都是你的血，你的
淚，你的自敘傳，你的懺悔錄」後說，「但是丹穴山上底香木不祇焚毀了詩
人底舊形體，並連現時一切的青年底形骸都毀掉了」。聞一多認為：「鳳凰
底涅槃是詩人與一切的青年底涅槃」。正所以此，他才在「時代精神」之四
中說郭沫若「所稱引的民族，有黃人，有白人，還有『有火一樣的心腸』的
黑奴。他所運用的地名散滿於亞美歐非四大洲」。對於此，聞一多的結論是，
雖然「原來這種在西洋文學裡不算什麼。但同我們的新文學比起來，才見得
是個稀少的原質，同我們的舊文學比起來更不用講是個破天荒」。

在此，聞一多把郭沫若的《女神》夸獎到極點了。然而遺憾的是，聞一
多在任何一篇詩評中都祇列舉詩之「原質」現象而沒有分析過詩之「原質」
內涵。雖然如此，但我們從他對新詩「原質」內容的分析中，卻可以看出詩

之「原質」就是詩的內容表現。在聞一多《〈女神〉之時代精神》的理念中，新詩的「原質」就是「時代精神」即現代意識。這就是聞一多在《〈冬夜〉評論》中所認為一個時期有一個文學特點的理念。我們這樣認為，還可從林庚的一段言說得到證明。他在《詩的活力與詩的新原質》中說：「我們如果注意詩壇的變遷，就必然會發現一件事情，那便是詩的原質時常在那裡改變。……新的詩風最直接的，莫過於新的事物上新的感情。這便是詩的不斷的追求」。林庚並且舉例說，「如從前人常吃『酒』，便成了現在的『紙煙』；從前人常騎的『馬』，變成了現在的『腳踏車』；這些變遷正是發現詩的新原質最好的場合。例如都市裡電車、電燈、電話種種的電線縱橫交錯，就有一位詩人說：浮沉的電線如同一支樂譜。這又是多麼可喜的一種感情？我們必須讓這世界上一切的事物都有著生命上的共同的呼吸，這樣我們才不因為物質的文明而落入機械式的煩躁無味」。他還說，「詩的活力是一個全部歷史的創造，必須從那平凡的做起而直達那最崇高的；詩因此是宇宙的代言人，這便是新的原質陸續出現的時候。我們將怎樣保有這詩的活力，且將如何追尋那新的原質，這便是又一個詩的時代的來臨」。[140] 從林庚的闡述我們可以看出，聞一多在《〈女神〉之時代精神》中對新詩「原質」闡述的貢獻就是作品要隨著時代的發展變化而隨之發展變化而不能是死文學。由是看來，聞一多關於「原質」的理論不僅正確，而且，還直接影響了後來的詩學工作者。並且，他同時也讓我們看出，聞一多那時不僅追求詩之形式，重視審美，而且同樣非常重視詩歌創作的內容。這不僅從《〈女神〉之時代精神》中可以看出，同時，從他之其他詩學評論中也可看出。當然，我們這樣說，並不認為重視詩歌內容就是重視詩歌的功利性。恰恰相反，聞一多在其前期，是非常反對文學創作的功利性而注重文學的審美性。這，從他之諸多新詩評論中就可看出。其實，重視詩之內容的時代精神和追求藝術的審美不僅並行不悖，相反，卻更可以合而為一，從而提高詩歌的整體品位。既重視詩歌創作的審美，同時又重視「詩底真精神」和「詩底真價值」，這當然是聞一多關於詩歌創作理念的一大貢獻。

在此需要說明的是，聞一多以上觀點的提出都具有針對性。如從新詩的創作方向強調中西結合是針對過分的歐化現象，從新詩的格律強調「三美」

是針對新詩創作過分散文化的「瓦缶雷鳴」現象，從詩之真精神強調「情感」和「幻象」是針對當時詩歌創作「弱於或竟完全缺乏幻想力」等。雖然《〈女神〉之時代精神》的觀點並不具有批判性，但其對新詩「原質」即「時代精神」的強調仍然具有針對性，這就是現代意識。當然，聞一多新詩理論的貢獻並不僅限以上幾個方面，還有諸如從文字的表達方面強調「險處見奇」是針對新詩創作缺乏「筆力」，[141] 從寫詩的態度方面強調「可以不作就不作」是針對「無病而呻」[142] 等等。總之，聞一多在新詩理論方面的貢獻以及他在新詩創作方面的成功經驗，都在中國現代文學史上直至現在，仍然具有很大影響。雖然他的新詩理論不是學院派闡述而多為隨感式批評，有時也不免有走向極端或強詞奪理現象，但正因為其所回答的是不能「那樣」寫詩而必須「這樣」寫詩具有極強的針對性，這才具有現實指導意義。聞一多對於新詩理論貢獻的價值，正在於此。還有，雖然聞一多也強調內容的表達，但其所強調的卻不是功利，而是為了「把捉現實」以「表現生命」實現詩之真精神並從而達到審美的愉悅。這，對於我們今天的文學創作，就極具啟發和借鑑意義。

註釋

[1] 聞一多，致梁實秋 [A]，聞一多全集卷 12 書信 [M]128，武漢，湖北人民出版社，1993

[2] 郭沫若，論詩三札 [A]，郭沫若論創作 [C]242，上海，上海文藝出版社，1983

[3] 俞平伯，《冬夜》自序 [A]，俞平伯詩全編 [M]641，杭州，浙江文藝出版社，1992

[4] 聞一多，致吳景超、梁實秋 [A]，聞一多全集卷 12 書信 [M]97，武漢，湖北人民出版社，1993

[5] 胡適，《嘗試集》自序 [A]，胡適代表作 [M]75，鄭州，河南人民出版社，1994

[6] 聞一多，致聞家駟 [A]，聞一多全集卷 12 書信 [M]33，武漢，湖北人民出版社，1993

[7] 聞一多，致吳景超、梁實秋 [A]，聞一多全集卷 12 書信 [M]96，武漢，湖北人民出版社，1993

[8] 聞一多，致吳景超、梁實秋 [A]，聞一多全集卷 12 書信 [M]80-81，武漢，湖北人民出版社，1993

[9] 聞一多，致梁實秋 [A]，聞一多全集卷 12 書信 [M]215，武漢，湖北人民出版社，1993

[10] 聞一多，致吳景超、梁實秋 [A]，聞一多全集卷 12 書信 [M]95，武漢，湖北人民出版社，1993

[11] 聞一多，致梁實秋 [A]，聞一多全集卷 12 書信 [M]128，武漢，湖北人民出版社，1993

[12] 聞一多，致梁實秋 [A]，聞一多全集卷 12 書信 [M]159-160，武漢，湖北人民出版社，1993

[13] 聞一多，致梁實秋、熊佛西 [A]，聞一多全集卷 12 書信 [M]233，武漢，湖北人民出版社，1993

[14] 聞一多，戲劇的歧途 [A]，聞一多全集卷 2 文藝評論 [M]148，武漢，湖北人民出版社，1993

[15] 聞一多，論《悔與回》[A]，聞一多全集卷 2 文藝評論 [M]166，武漢，湖北人民出版社，1993

[16] 聞一多，徵求藝術專門的同業者底呼聲 [A]，聞一多全集卷 2 文藝評論 [M]14-20，武漢，湖北人民出版社，1993

[17] 聞一多，電影是不是藝術 [A]，聞一多全集卷 2 文藝評論 [M]27-28，武漢，湖北人民出版社，1993

[18] 聞一多，《冬夜》評論 [A]，聞一多全集卷 2 文藝評論 [M]73，武漢，湖北人民出版社，1993

[19] 聞一多，《冬夜》評論 [A]，聞一多全集卷 2 文藝評論 [M]82-84，武漢，湖北人民出版社，1993

[20] 聞一多，莪默伽亞謨之絕句 [A]，聞一多全集卷 2 文藝評論 [M]103，武漢，湖北人民出版社，1993

[21] 聞一多，《女神》之地方色彩 [A]，聞一多全集卷 2 文藝評論 [M]120，武漢，湖北人民出版社，1993

[22] 聞一多，詩的格律 [A]，聞一多全集卷 2 文藝評論 [M]137-139，武漢，湖北人民出版社，1993

[23] 聞一多，戲劇的竣途 [A]，聞一多全集卷 2 文藝評論 [M]148，武漢，湖北人民出版社，1993

[24] 聞一多，詩的格律 [A]，聞一多全集卷 2 文藝評論 [M]140-142，武漢，湖北人民出版社，1993

[25] 聞一多，敬告落伍的詩家 [A]，聞一多全集卷 2 文藝評論 [M]37，武漢，湖北人民出版社，1993

[26] 聞一多，泰果爾批評 [A]，聞一多全集卷 2 文藝評論 [M]128-129 頁，武漢，湖北人民出版社，1993

[27] 聞一多，泰果爾批評 [A]，聞一多全集卷 2 文藝評論 [M]126，武漢，湖北人民出版社，1993

[28] 聞一多，戲劇的歧途 [A]，聞一多全集卷 2 文藝評論 [M]149，武漢，湖北人民出版社，1993

[29] 聞一多，致梁實秋 [A]，聞一多全集卷 12 書信 [M]159-160，武漢，湖北人民出版社，1993

[30] 聞一多，評本學年《周刊》裡的新詩 [A]，聞一多全集卷 2 文藝評論 [M]40，武漢，湖北人民出版社，1993

[31] 聞一多，文藝與愛國：紀念三月十八 [A]，聞一多全集卷 2 文藝評論 [M]133-134，武漢，湖北人民出版社，1993

[32] 朱湘，小說月報 [J]，上海，商務印書館，1926 年 12 卷 5 期

[33] 聞一多，致梁實秋 [A]，聞一多全集卷 12 書信 [M]141，武漢，湖北人民出版社，1993

[34] 唐鴻棣，詩人聞一多的世界 [M]164-170，上海，學林出版社，1996

[35] 聞一多，致吳景超、梁實秋 [A]，聞一多全集卷 12 書信 [M]81，武漢，湖北人民出版社，1993

[36] 聞一多，致吳景超、梁實秋 [A]，聞一多全集卷 12 書信 [M]106，武漢，湖北人民出版社，1993

[37] 王康，聞一多傳 [M]73，武漢，湖北人民出版社，1982

[38] 唐鴻棣：詩人聞一多的世界 [M]167，上海，學林出版社，1996

[39] 聞一多，致梁實秋 [A]，聞一多全集卷 12 書信 [M]128，武漢，湖北人民出版社，1993

[40] 聞一多，戲劇的歧途 [A]，聞一多全集卷 2 文藝評論 [M]148，武漢，湖北人民出版社，1993

[41] 聞一多，詩的格律 [A]，聞一多全集卷 2 文藝評論 [M]138，武漢，湖北人民出版社，1993

[42] 唐鴻棣，詩人聞一多的世界 [M]185，上海，學林出版社，1996

[43] 唐鴻棣，詩人聞一多的世界 [M]180，上海，學林出版社，1996

[44] 劉烜，聞一多評傳 [M]394，北京，北京大學出版社，1983

[45] 郭道暉、孫敦恆，清華學生時代的聞一多 [A]，聞一多紀念文集 [C]446，北京，三聯書店，1980

[46] 唐鴻棣，詩人聞一多的世界 [M]164，上海，學林出版社，1996

[47] 卞之琳：完成與開端：紀念聞一多八十生辰 [A]，聞一多紀念文集 [C]215，北京，三聯書店，1980

[48] 朱壽桐，新月派的紳士風情 [M]146，南京，江蘇文藝出版社，1995

[49] 聞一多，泰果爾批評 [A]，聞一多全集卷 2 文藝評論 [M]126，武漢，湖北人民出版社，1993

[50] 聞一多，評本學年《周刊》裡的新詩 [A]，聞一多全集卷 2 文藝評論 [M]42，武漢，湖北人民出版社，1993

[51] 聞一多，戲劇的歧途 [A]，聞一多全集卷 2 文藝評論 [M]149，武漢，湖北人民出版社，1993

[52] 聞一多，致梁實秋 [A]，聞一多全集卷 12 書信 [M]159，武漢，湖北人民出版社，1993

[53] 聞一多，致梁實秋 [A]，聞一多全集卷 12 書信 [M]160，武漢，湖北人民出版社，1993

[54] 唐鴻棣，詩人聞一多的世界 [M]164，上海，學林出版社，1996

[55] 李廣田，《聞一多選集》序 [A]，聞一多紀念文集 [C]121，北京，三聯書店，1980

[56] 唐鴻棣，詩人聞一多的世界 [M]164，上海，學林出版社，1996

[57] 李廣田，《聞一多選集》序 [A]，聞一多紀念文集 [C]119，北京，三聯書店，1980

[58] 陸耀東，新時期聞一多研究的回顧與展望 [A]，武漢大學學報 [J]，1994 年 6 期

[59] 俞兆平，聞一多美學思想論稿 [M]7，上海，上海文藝出版社，1988

[60] 俞兆平，聞一多美學思想論稿 [M]50，上海，上海文藝出版社，1988

[61] 俞兆平，聞一多美學思想論稿 [M]34，上海，上海文藝出版社，1988

[62] 俞兆平，聞一多美學思想論稿 [M]36，上海，上海文藝出版社，1988

[63] 俞兆平，聞一多美學思想論稿 [M]37，上海，上海文藝出版社，1988

[64] 俞兆平，聞一多美學思想論稿 [M]28，上海，上海文藝出版社，1988

[65] 俞兆平，聞一多美學思想論稿 [M]29，上海，上海文藝出版社，1988

[66] 俞兆平，聞一多美學思想論稿 [M]28，上海，上海文藝出版社，1988

[67] 俞兆平，聞一多美學思想論稿 [M]30，上海，上海文藝出版社，198

[68] 俞兆平，聞一多美學思想論稿 [M]54，上海，上海文藝出版社，1988

[69] 劉志權，聞一多傳 [M]85，北京，團結出版社，1999

[70] 劉志權，聞一多傳 [M]84，北京，團結出版社，1999

[71] 劉志權，聞一多傳 [M]85-86，北京，團結出版社，1999

[72] 劉志權，聞一多傳 [M]85，北京，團結出版社，1999

[73] 朱壽銅，新月派的紳士風情 [M]147，南京，江蘇文藝出版社，1995

[74] 朱壽銅，新月派的紳士風情 [M]288，南京，江蘇文藝出版社，1995

[75] 朱壽銅，新月派的紳士風情 [M]68，南京，江蘇文藝出版社，1995

[76] 朱壽銅，新月派的紳士風情 [M]146-147，南京，江蘇文藝出版社，1995。

[77] 朱壽銅，新月派的紳士風情 [M]268，南京，江蘇文藝出版社，1995

[78] 朱壽銅，新月派的紳士風情 [M]313，南京，江蘇文藝出版社，1995

[79] 朱壽銅，新月派的紳士風情 [M]284，南京，江蘇文藝出版社，1995

[80] 朱壽銅，新月派的紳士風情 [M]147，南京，江蘇文藝出版社，1995

[81] 朱壽銅，新月派的紳士風情 [M]285，南京，江蘇文藝出版社，1995

[82] 吳詮元，論得益於唯美主義的聞一多 [A]，季鎮淮主編聞一多研究四十年 [C]309，北京，清華大學出版社，1988

[83] 吳詮元，論得益於唯美主義的聞一多 [A]，季鎮淮主編聞一多研究四十年 [C]314-315，北京，清華大學出版社，1988

[84] 蘇志宏，聞一多新論 [M]68，北京，中央編譯出版社，1999

[85] 蘇志宏，聞一多新論 [M]71，北京，中央編譯出版社，1999

[86] 王康，聞一多傳 [M]73，武漢，湖北人民出版社，1979

[87] 時萌，聞一多朱自清論 [M]11，上海，上海文藝出版社，1982

[88] 時萌，聞一多朱自清論 [M]12，上海，上海文藝出版社，1982

[89] 曉行整理，聞一多研究學術討論會簡況 [A]，文學評論 [J]，1984 年 1 期

[90] 汪修榮整理，第二屆全國聞一多研究學術討論會綜述 [A]，武漢大學學報 [J]，1985 年 4 期

[91] 陳山，聞一多詩學理論的結構與體系 [A]，季鎮淮主編聞一多研究四十年 [C]273，北京，清華大學出版社，1988

[92] 唐鴻棣，詩人聞一多的世界 [M]149，上海，學林出版社，1996

[93] 唐鴻棣，詩人聞一多的世界 [M]186，上海，學林出版社，1996

[94] 唐鴻棣，詩人聞一多的世界 [M]159，上海，學林出版社，1996

[95] 唐鴻棣，詩人聞一多的世界 [M]186，上海，學林出版社，1996

[96] 聞一多，論文藝的民主問題 [A]，聞一多全集卷 2 文藝評論 [M]227，武漢，湖北人民出版，1993

[97] 俞兆平，聞一多美學思想論稿 [M]61，上海，上海文藝出版社，1988

[98] 呂家鄉，簡論聞一多、徐志摩及新月詩派 [A]，臨沂師專學報 [J]，1991 年 3 期

[99] 李廣田，《聞一多選集》序 [A]，聞一多紀念文集 [C]121，北京，三聯書店，1980

[100] 俞兆平，聞一多美學思想論稿 [M]54，上海，上海文藝出版社，1988

[101] 方仁念，在東西文化交流中的複雜心態——聞一多創作心理初探之二 [A]，季鎮淮主編聞一多研究四十年 [C]247，北京，清華大學出版社，1988

[102] 方仁念，在東西文化交流中的複雜心態——聞一多創作心理初探之二 [A]，季鎮淮主編聞一多研究四十年 [C]248，北京，清華大學出版社，1988

[103] 卞之琳，完成與開端：紀念詩人聞一多八十生辰 [A]，聞一多紀念文集 [C]215，北京，三聯書店，1980

[104] 郭沫若，論詩三札 [A]，郭沫若論創作 [C]237，上海，上海文藝出版社，1983

[105] 聞一多，致梁實秋、吳景超 [A]，聞一多全集卷 12 書信 [M]80，武漢，湖北人民出版社，1994

[106] 郭沫若，論詩三札 [A]，郭沫若論創作 [C]242，上海，上海文藝出版社，1983

[107] 郭沫若，論國內的評壇及我對於創作上的態度 [A]，王訓昭、盧正言等編郭沫若研究資料 [C]157，北京，中國社會科學出版社，1986

[108] 郭沫若，我的作詩的經過 [A]，郭沫若論創作 [C]205，上海，上海文藝出版社，1982

[109] 聞一多，致梁實秋、吳景超，聞一多全集卷 12 書信 [M]80，武漢，湖北人民出版社，1994

[110] 聞一多，詩的格律 [A]，聞一多全集卷 2 文藝評論 [M]137，武漢，湖北人民出版社，1994

[111] 聞一多，詩的格律 [A]，聞一多全集卷 2 文藝評論 [M]142，武漢，湖北人民出版社，1994

[112] 參見唐鴻棣著詩人聞一多的世界 [M]120，上海，學林出版社，1996

[113] 聞一多，徵求藝術專門的同業者底呼聲 [A]，聞一多全集卷 2 文藝評論 [M]15，武漢，湖北人民出版社，1994

[114] 聞一多，《冬夜》評論 [A]，聞一多全集卷 2 文藝評論 [M]62-69，武漢，湖北人民出版社，1994

[115] 郭沫若，論國內的評壇及我對於創作上的態度 [A]，王訓昭、盧正言等編郭沫若研究資料 [C]157，北京，中國社會科學出版社，1986

[116] 聞一多，致吳景超 [A]，聞一多全集卷 12 書信 [M]78，武漢，湖北人民出版社，1994

[117] 聞一多，致吳景超、梁實秋 [A]，聞一多全集卷 12 書信 [M]96，武漢，湖北人民出版社，1993

[118] 聞一多，致梁實秋、熊佛西 [A]，聞一多全集卷 12 書信 [M]233，武漢，湖北人民出版社，1993

[119] 孫家富等主編文學詞典 [M]2，武漢，湖北人民出版社，1983

[120] 劉殿祥，參見聞黎明主編聞一多研究動態總第 5 期，1996 年 5 月

[121] 聞一多，致吳景超、梁實秋 [A]，聞一多全集卷 12 書信 [M]111，武漢，湖北人民出版社，1993

[122] 聞一多，致吳景超、梁實秋 [A]，聞一多全集卷 12 書信 [M]216，武漢，湖北人民出版社，1993

[123] 聞黎明，聞一多年譜長編 [M]317，武漢，湖北人民出版社，1994

[124] 俞兆平，新人文主義與聞一多的《詩的格律》[A]，江南大學學報 [J]，2005 年 5 期

[125] 聞一多，《現代英國詩人》序 [A]，聞一多全集卷 2 文藝評論 [M]171，武漢，湖北人民出版社，1993

[126] 聞一多，致梁實秋、吳景超 [A]，聞一多全集卷 12 書信 [M]80，武漢，湖北人民出版社，1993

[127] 聞一多，致聞家駟 [A]，聞一多全集卷 12 書信 [M]33，武漢，湖北人民出版社，1993

[128] 聞一多，致顧毓琇 [A]，聞一多全集卷 12 書信 [M]41，武漢，湖北人民出版社，1993

[129] 唐鴻棣，詩人聞一多的世界 [M]159，上海，學林出版社，1996

[130] 聞一多，致吳景超 [A]，聞一多全集卷 12 書信 [M]78，武漢，湖北人民出版社，1993

[131] 聞一多，致梁實秋，聞一多全集卷 12 書信 [M]128，武漢，湖北人民出版社，1993

[132] 聞一多，致吳景超，聞一多全集卷 12 書信 [M]78，武漢，湖北人民出版社，1993

[133] 時萌，聞一多朱自清論 [M]12，上海，上海文藝出版社，1982

[134] 聞一多，論文藝的民主問題 [A]，聞一多全集卷 2 文藝評論 [M]227，武漢，湖北人民出版社，1993

[135] 聞一多，致梁實秋、吳景超 [A]，聞一多全集卷 12 書信 [M]96，武漢，湖北人民出版社，1993

[136] 聞一多，《冬夜》評論 [A]，聞一多全集卷 2 文藝評論 [M]82，武漢，湖北人民出版社，1993

[137] 聞一多，莪默伽亞謨之絕句 [A]，聞一多全集卷 2 文藝評論 [M]103，武漢，湖北人民出版社，1993

[138] 聞一多，《冬夜》評論 [A]，聞一多全集卷 2 文藝評論 [M]69，湖北人民出版社，1993

[139] 聞一多，致聞家駟 [A]，聞一多全集卷 12 書信 [M]162，武漢，湖北人民出版社，1993

[140] 林庚，詩的活力與詩的新原質 [A]，文學雜誌 [J]，1948 年 2 月 2 卷 9 期

[141] 聞一多，《冬夜》評論 [A]，聞一多全集卷 2 文藝評論 [M]72，武漢，湖北人民出版社，1993

[142] 聞一多，評本學年《周刊》裡的新詩 [A]，聞一多全集卷 2 文藝評論 [M]47，武漢，湖北人民出版社，1993

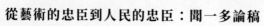

第三章 聞一多新詩創作篇

第一節 浪漫和唯美向度的《紅燭》詩集

聞一多的第一本新詩集《紅燭》是在他 24 歲時經創造社詩人郭沫若推薦由上海的泰東書局於 1923 年 9 月出版發行。我們所以認為該詩集表現出濃郁的浪漫和極端的唯美特色，是他在這一時期受濟慈影響並發誓「徑直要領袖一種之文學潮流或派別」——極端唯美主義創作的詩歌確實表現出浪漫和唯美的風格特點，是他從生命的琴弦上彈奏出的如他青春期般的激情澎湃之歌。在這本詩集裡，最具浪漫和唯美特徵的是《李白篇》中的《李白之死》、《劍匣》，《雨夜篇》中的《美與愛》、《風波》，《青春篇》中的《春之首章》和《春之末章》、《藝術底忠臣》、《紅荷之魂》，《孤雁篇》中的《太陽吟》、《憶菊》、《秋色》、《色彩》和《紅豆篇》之「九」等諸詩。

《李白之死》是聞一多《紅燭》詩集中除序詩《紅燭》外的第一首敘事長詩。該詩從六個方面即 1. 在杯盤狼藉醉客風流雲散境況下爛醉如泥的李白於無限孤獨中的癲狂，2. 無限孤獨中的李白盼望清純月亮出現而不得的無限焦灼，3. 在迷醉中面對具有「清寥」和「瑩澈」之美但卻可望而不可即的月亮發出無限的怨懟，4. 在怨懟中聯想自己的不公遭遇因而對整個不公平社會進行質問和譴責，5. 在「如同一祇大鵬浮游於八極之表」發現「不可思議的美豔」月亮世界「竟同一闋鸞鳳和鳴底樂章一般」的意境中不自主地產生自慚形穢思想，6. 不怕犧牲自己入水「救月」以及「救月」後的歡悅等這些內容，從而完整地改編並表現了「世俗流傳太白以捉月騎鯨而終」[1] 的故事。全詩故事完整，以李白聚會飲酒爛醉描寫開始，接著寫盼月和望月，繼而寫登月和救月，最後寫救月後死前之歡悅，中間插以心理描寫，把個「醉月頻中聖，迷花不事君」[2] 的李白形象塑造得栩栩如生。

《李白之死》當然屬於浪漫主義作品。聞一多創作這首詩歌僅僅根據一個世俗傳說，而將他之理想當作直接描寫對象，為我們讀者展示出一個存在於其心目中的理想世界。在此，聞一多以其極度的誇張進行虛構，並以曲折

離奇的情節，熱情奔放的語言，高昂激越的格調，理想化的方法塑造形象，創造出超越現實但卻理想化的境界和理想化的人物，從而抒發自己的浪漫情懷以表達其高潔人品。

如果說《李白之死》是浪漫主義的詩歌，那麼，《劍匣》就是唯美主義的作品。《劍匣》是《李白篇》中的第二首敘事長詩。該詩描寫的是「一名蓋世的驍將」「在生命的大激戰中」「走到四面楚歌的末路時」，他「並不同項羽那般頑固，/ 定要投身於命運底羅網」，而是退避到絕島以駐扎頹敗的心兵養好戰創並忘卻仇敵過著「農夫」、「漁夫」和「樵夫」的悠閒生活。雖然如此，但是他在悠閒的游玩中卻有意地撿些「奇怪的彩石」帶回「開始修葺那久要修葺的劍匣」。然而，這卻不是為了戰爭，而是為了藝術。在經歷了千辛萬苦的努力，一個精雕細刻的劍匣終於製成後，他卻在劍匣那富麗堂皇的光芒之中安然昏睡而死。

我們所以認為該詩屬於唯美主義佳作，這是因為唯美主義堅決反對入世的功利而充分地肯定藝術而聞一多就是在這樣的藝術追求中創作了《劍匣》。這可以該詩前序即聞一多當時所尊崇的丁尼生之《藝術的宮殿》中兩句「Ibuiltsoulalordlypleasure—house，Whereinateaseayetodwell」。（我為靈魂筑起一座豪華宮殿，好讓其在悠閒歲月居住永遠。筆者注）作為證明。正所以此，聞一多才最終讓其抒情主人公即「蓋世的驍將」在精心雕鏤的劍匣中昏睡而死。據此，有的論者認為這是自殺。其實，這不是自殺而是為藝術獻身。因為，這名「蓋世的驍將」最終是為陶醉於藝術而死，是為藝術死而無愧。我們必須清楚這和「自殺」是兩個不同的概念。當時的聞一多，正是唯美主義的極端追求者，他甚至在夢中想的都是藝術。這可在他於詩中寫「大功告成」後的自白中得到證明。他說：「你不要輕看了我這些工作！/ 這些不倫不類的花樣，/ 你該知道不是我的手筆，/ 這都是夢底原稿底影本。/ 這些不倫不類的色彩，/ 也不是我的意匠底產品，/ 是我那蕪蔓底花兒開出來的」。緊隨其後，聞一多又寫道：「你不要輕看了我這些工作喲」！既是自己親手雕制，又不承認是自己手筆而認為是「夢底原稿底影本」和「蕪蔓底花兒開出來」，由是就可看出「劍匣」和現實的距離。而此，卻正是聞一多當年所夢寐以求的藝術宮殿。

　　我們認為《李白之死》是浪漫主義而《劍匣》是唯美主義作品，並非二者僅具其一。其實，這兩首詩歌是互為表裡即共同具有浪漫和唯美的特徵，豐富的想像和華美豐贍的表現同時都表現在這兩首詩歌中。《李白之死》的浪漫表現我們不再論述。《劍匣》的浪漫從宏觀講，是運用象徵的表現手法，構思出為藝術而獻身但卻死而無愧的形象，這和《李白之死》中描寫主人公的超然態度不和濁世同流合汙的清遠高潔人品直有異曲同工之妙。從微觀講，《劍匣》中所精雕細琢的是什麼呢？請看聞一多極盡描摹的一段如：「我一壁工作著，一壁唱著歌：/ 我的歌裡的律呂 / 都從手指尖頭流出來，/ 我又將他製成層疊的花邊：/ 有盤龍，對鳳，天馬，辟邪的花邊，/ 有芝草，玉蓮，卍字，雙勝底花邊，/ 又有各色的漢紋邊 / 套在最外的一層邊外」。如果誰認為這想像還不十分豐富，那麼，我們再舉「劍匣」即詩中所描寫的其他圖案如：白面美髯的太乙；玉人似的維納司；三首六臂的梵像；彈著古瑟的瞎人；還有那蝴蝶，海濤，白雲，香爐，星星等。以上所舉是指雕刻的圖像，以下所敘是因雕刻這些圖像所用的質料如：象牙，墨玉，玫瑰玉，藍珆玉，碧玉，金絲，銀絲，貓眼，瑪瑙，魚子石，珊瑚，琥珀，翡翠等等不勝枚舉。總之，該詩無論是整體構思還是細微描寫，都極盡想像之能事，從而使浪漫表現達到無與倫比的高度。

　　正如《劍匣》極具唯美又具浪漫特徵一樣，《李白之死》在具浪漫的同時亦具唯美特徵。很明顯，《李白之死》通過醉後撈月而死的過程描寫，其所表現者是李白的超然態度和高潔人品。關於此，我們亦可從李白早年《贈孟浩然》詩之第七和八句的「醉月頻中聖，迷花不事君」中得到證明。因為，這是《李白篇》的「總統領」句。就在李白《贈孟浩然》這首詩中，他還在最後兩句高度讚揚孟浩然「高山安可仰，徒此揖清芬」的出世之舉。無論李白還是孟浩然，這在當時的聞一多看來，都是不謀功利的表現。而聞一多當時所讚揚和追求的，亦正是此。因此，他才在該詩中塑造李白這個不事功名利祿，專求「迷花」和「醉月」的超凡脫俗形象。詩中的李白為「救月」而死，在此不是「故事」的結果，而是一個象徵。聞一多正是通過此象徵，在浪漫故事的描寫中表達自己對唯美藝術的追求。談至此，我們還可以《李白篇》之最後一首《西岸》作為補充。如果撇開聞一多在《西岸》中引濟慈的兩句

詩即「Hehasalustyspring，whenfancyclear/Takesinallbeautywithinaneasyspan。」（他有一個快樂的春意，當明澈的鑒賞力在安適瞬間將美盡收眼底。筆者注）作為「題記」，我們就很可能認為該詩所表現者是向往西方的文明（特指藝術之外的）。然而既然有了這表現題眼的「題記」，我們就祇能認為該詩是作者當時對西方唯美主義的追求。明白了此，無論從聞一多創作的宏觀觀照，還是從其創作的微觀分析，《李白之死》都應該是聞一多唯美追求的佳篇。

雖然聞一多《李白篇》中的三首詩都表現了浪漫和唯美的追求，但是這卻不能認為是他唯美主義追求的宣言。真正算得上其唯美追求宣言的，應該是他《青春篇》中之《藝術底忠臣》。就在這首詩篇中，聞一多把濟慈當作藝術世界中「群龍拱抱的一顆火珠，/ 光芒賽過一切的珠子」。因為，「滿朝底冠蓋祇算得些藝術底名臣，」而祇有「你」即濟慈「一人是個忠臣」。這又是因為，濟慈信奉的是「美即是真」和「真即是美」。聞一多在這首詩裡，高度稱贊濟慈為藝術「鞠躬盡瘁，死而後已」的精神並「真個做了藝術的殉道者」。所以，聞一多這才認為，作為藝術家濟慈的名字不是如濟慈自己在其《墓誌銘》上的自謙之詞「浮在水上」，而是如聞一多在該詩最後一句所說即「鑄在聖朝底寶鼎上了」。其實，聞一多極力稱贊西方唯美主義大師濟慈為藝術而犧牲的精神，他又何嘗不是借此宣稱自己的藝術追求？關於此，我們不僅能從他之《劍匣》中找到答案，而且，亦可從他在西南聯大時面對昆明西山峰頂的雕刻石像給學生所講的關於老石匠因未能達到最終成功的缺憾而蹈身滇池的故事中獲得這種答案的補充。實在說，無論歌頌濟慈是「藝術的忠臣」，還是讚揚老石匠為藝術而殉身，都是聞一多借此表明自己對藝術的忠貞態度，實際就是他當時對於唯美的追求。

《青春篇》中的《紅荷之魂》也是從內容到形式都追求唯美的詩篇。就在聞一多贈送梁實秋和吳景超及其他諸友的這首詩篇中，作者滿懷激情地贊頌「紅荷」是「太華玉井底神裔」，雖然那「玉膽裡的寒漿有些冽骨」，然而那正是「沒有墮世的山泉」。詩歌的首段，作者就用極其華美的筆調給讀者創造出一個極具中國審美傳統的超凡脫俗的荷花圖。尤其作者看著那「抱霞搖玉的仙花」的「軀體」而想到她之靈魂的描寫，作者用互文見義的方法，

將其喻為「千葉寶座上的如來」，「丈餘紅瓣中的太乙」和「五老峰前的詩人」以及「洞庭湖畔的騷客」；與此同時，詩人又將她們即「荷錢」的「可敬」和「可愛」之處歸之為「向上的虔誠」和「圓滿的個性」。因為詩人太鍾愛紅荷的「向上」和「圓滿」，所以他不僅告誡「花魂」「須提防著，/ 不要讓菱芡藻荇底勢力 / 吞食了澤國的版圖」，而且，更敦促「花魂」「要將崎嶇的動底煙波，/ 織成燦爛的靜底繡錦」。因為祇有這樣，才能聚集起「高蹈的鸕鶿」和「熱情的鴛鴦」光臨以創造更為美好的未來。該詩語言高雅，意境華美，尤其構思巧妙，想像豐富。作者寫詩「寄呈實秋」諸友，其實正是表現他之如「花魂」般清純高潔的思想情趣和美好情操。因此，我們才說這是一首從內容到形式都追求唯美的詩篇。

以上我們所介紹均是聞一多唯美藝術追求和其高尚情操相結合的作品。其實，在聞一多《紅燭》詩集中，有許多是通過景物和景色描寫表現他之唯美追求並和其愛國思想相結合。《孤雁篇》中的《秋色》和《憶菊》以及《色彩》等就是典型的例篇。我們從聞一多給梁實秋的信中可知，《秋色》是聞一多當年和其留美同學錢宗堡同游傑克孫公園後有感而寫。就在這首著名寫景詩中，聞一多筆墨酣暢地描寫公園裡各種各樣的景色如紫色的澗水，金色的水波，朱砂色的楓葉，棕黃色的橡葉，紅色的栗葉，白、黑、花等各色的鴿子以及穿著各色彩衣的孩童等等，為我們描繪出一個五彩斑斕的世界。然而，作者在此卻絕對不是為寫景而寫景。因為，他在望著那「黃金笑在槐樹上」，「赤金笑在橡樹上」以及「白金笑在柏松皮上」而羨煞「陵陽公樣的瑞錦，/ 土耳其底地毯，/ 巴黎聖母院底薔薇窗」和「福·安格尼克底天使畫」都不及這色彩鮮明時，他所想到的卻「是黃浦江上林立的帆檣」，「是百寶玲瓏的祥雲」，「是紫禁城裡的宮闕——/ 黃的琉璃瓦，/ 綠的琉璃瓦」；甚至是「樓上起樓，閣外架閣……」就連那「小鳥唱著銀聲的歌兒，」也像「是殿角的風鈴底共鳴」。在此，聞一多所看都和中國的景象尤其文化聯繫起來，由此可見其揮之不去的愛國情愫。當然，也祇有在其「步行溪港間，藉草而坐」時，才會因「萬里悲秋常作客」而「對此茫茫，百感交集」，[3] 從而創作出這唯美的愛國詩篇。

　　《憶菊》是聞一多這種特徵的最著名代表作之一。我們充分肯定這首詩篇，並不在於聞一多極盡能事地在詩中用對比的方法描寫表現各種顏色和各種形式的菊花，而是他以浪漫的表達方式，創造出唯美的華美氛圍來歌頌祖國的菊花。然而他之歌頌菊花卻絕不是為歌頌花而寫，而是為了歌頌如花的祖國。在詩的最後，詩人充滿著豐富的想像這樣寫道：「請將我的字吹成一簇鮮花，／金底黃，玉底白，春釀底綠。秋山底紫，……然後又統統吹散，吹得落英繽紛，／彌漫了高天，鋪遍了大地」！就在這樣的氛圍和意境中，聞一多在詩的結尾說：「秋風啊！習習的秋風啊！／我要讚美我祖國底花！／我要讚美我如花的祖國」！

　　《憶菊》是聞一多初到美國之後所寫。這首詩的創作特點，是將寫花和歌頌自己的祖國緊密地結合在一起，尤其聞一多在詩之題目下特別注明「重陽節前一日作」對於我們理解這首詩的深刻內涵有著重大意義。在此，聞一多是借唐之王維「獨在異鄉為異客，每逢佳節倍思親」的那種孤寂落寞情懷來表現他思鄉的情感。祇是這裡要說的是，聞一多此時歌頌祖國的心情和一般意義上的歌頌祖國不同，他所以歌頌祖國，並不僅因是自己的祖國，而是因他有那種可敬愛的文化的國家。關於此，我們可在其《〈女神〉之地方色彩》中聞一多在研究郭沫若的愛國情感時和自己相比較的論證中得到答案。聞一多在此是將情緒的愛國和理智的愛國結合在一起，這才創作出了《憶菊》。其實，正是因為聞一多「理智」地熱愛自己的祖國，所以，他在詩中才以美國的所謂「薔薇」譏為「熱欲」而將「紫羅蘭」諷為「微賤」。這種認識雖然未免偏頗，然而正由於此，才更可看出聞一多熱愛自己祖國的文化。他在《〈女神〉之地方色彩》中批評郭沫若《女神》創作的歐化時就說：「我們更應了解我們東方的文化」，因為，「東方的文化是絕對底美的，是韻雅的」。他並且還說，「東方的文化而且又是人類所有的最徹底的文化」。聞一多對自己的祖國有著如此深厚的感情，這就不難理解其在異國他鄉譜寫出那麼多的思鄉愛國之曲。

　　其實，真正將浪漫、唯美和愛國相結合的最佳詩篇還不算《憶菊》，《太陽吟》才真是聞一多在《紅燭》詩集中這方面的最佳代表。

這首詩歌和《憶菊》包括《孤雁篇》中的《我是一個流囚》、《晴朝》、《記憶》等都是聞一多在飄零海外時創作的感時傷世的愛國思鄉之歌。這首詩歌，表現的是聞一多在舉目無親的異國他鄉，借太陽這一日夜忙碌穿梭於宇宙之間的形象，充分地展開浪漫的想像和神思，把個旅居海外游子的思鄉之情淋漓盡致地表現出來。其最大成功之處，並不僅在於具有宏偉開闊的意境和神奇瑰麗的色彩以及浪漫主義的表現如他自己所說即「跨在幻想底狂恣的翅膀上遨游，然後大著膽引嗓高歌，他一定能拮得更加開闊的藝術」。[4] 最重要的，是聞一多如在創作《憶菊》時一樣，同樣將他之愛國思鄉和熱愛祖國文化的思想感情相結合，這才創作出不同一般意義上的愛國詩篇。關於此，這從他於 1922 年 9 月 24 日給吳景超的信中可以找到答案。他說：「讓你先看完最近的兩首拙作（指隨信所寄的《晴朝》和《太陽吟》這兩首詩，筆者注），好知道我最近的心境。『不出國不知道想家的滋味』……我想你明年此日便知道這句話的真理」。他還說，「我想你讀完這兩首詩，當不致誤會以為我想的是狹義的『家』。不是！我所想的是中國的山川，中國的草木，中國的鳥獸，中國的屋宇——中國的人」。所以如此，這又是因為「現實的生活時時刻刻把我從詩境拉到塵境來」[5] 的緣故。現實的「塵境」如何？這在他給父母親的信中可以找到答案。他說：「在國時不知思家之真滋味，出國始覺得也，而在美國為尤甚」。他說雖然當時的「美國政府與我親善」，然而「彼之人民柞我特甚」。甚至「彼稱黃、黑、紅種人為雜色人，蠻夷也，狗彘也」。聞一多感嘆說：「嗚呼，我堂堂華冑，有五千年之政教、禮俗、文學、美術，除不嫻製造機械以為殺人掠財之用，我有何者多後於彼哉，而竟為彼所藐視、蹂躪，是可忍孰不可忍」！[6] 引用至此，我們自然就會更加深刻地理解聞一多這些詩篇的愛國深意。

以上我們是從愛國的角度論證聞一多詩作的浪漫和唯美。其實，在聞一多的諸多創作中，也有許多表現愛情的浪漫詩篇。聞一多的愛情詩有兩類，一種是為寫詩而寫的愛情詩，一種是為思念妻子而寫的愛情詩。我們在此介紹的是後者。聞一多寫給妻子的愛情詩共有 42 篇，均收入在《紅燭》詩集的《紅豆篇》中。在此，聞一多借用唐之王維寄贈朋友詩之題目來寫給他的妻子作為總題。因為這是旅居海外的游子寫給朝思暮想的妻子之詩，所以大

都具有真摯浪漫的情感。最具浪漫情感的，當數《紅豆》之「九」。該詩這樣寫道：「愛人啊！／將我作經線，／你作緯線，／命運織就了我們的婚姻之錦；／但是一幀回文錦哦！／橫看是相思，直看是相思，／順看是相思，／倒看是相思，／斜看正看都是相思，／怎樣看也看不出團圓二字」。

我們要理解這首詩，首先需要明白聞一多在此借用的這個典故即「相傳晉時秦州刺史竇滔流放在外，其妻蘇惠思念不已，織錦作『回文旋圖詩』寄贈夫君」的故事。「明人康萬民撰有《璇璣圖詩讀法》，專敘原圖是如何組句成詩的。據稱圖上共有八百餘音，縱橫往復皆成章句，所以『得詩四千二百六首』」。[7] 因此，「回文也叫回環」，這是寫詩的一種表現方法，其「運用詞序回環往復的語句，表現兩種事物或情理的相互關係。有些回文刻意追求文字次序形式上的回繞，使同一語句順讀倒讀均可，如舊時的回文詩『池蓮照曉月，幔錦拂朝風』。回復讀之則為『風朝拂錦幔，月曉照蓮池』」。（王融《春游回文詩》）。[8] 在此，聞一多借用古代蘇惠思夫織錦的典故，從而表達遠隔重洋的他之思婦之情，這就是他之詩句不僅順讀是思念，倒讀是思念，而且橫讀豎讀都是思念的緣故。簡練的詩句，表達的卻是聞一多浪漫和真摯的情懷！

「情感」是聞一多創作所重視的一個質素。情感的真摯當然是這首詩的重要特點。由於受西方文論家奈爾孫的影響，聞一多在其《〈冬夜〉評論》中，就把「情感」當作「最有分析比量的價值」。當然，由於後來聞一多遠隔重洋在美國留學受到民族歧視改變了這種觀點認為愛國思鄉詩同樣具有真摯的情感，但我們卻不能因此否定他之這種原來的理念。因此，如果我們結合聞一多的文藝思想讀這首詩，就不難理解他在當時思念妻子的那種真摯感情。尤其當用浪漫主義創作方法表現的時候，就更給我們讀者留下咀嚼不已的回味空間。

聞一多在其 24 歲之前創作《紅燭》詩集的作品時，不僅是他青春的浪漫期，同時亦是他極端唯美主義的追求期。他給梁實秋和吳景超等人的信函中，就不止一次地談到崇拜西方的濟慈和東方的義山。那時候，他一心撲在文學事業上並欲在純文學上顯身手，雖然他認為「相信了純藝術主義不是

叫我們作個 egoist（個人主義者，筆者注）」而要「學習薛雷增高我們的 humansympathy（同情心，筆者注），」並且還「要替人們 consciously（自覺地，筆者注）盡點力」，然而他卻又說「我的詩若能有所補益於人類，那是我的無心的動作（因為我主張的是純藝術的藝術）」。[9] 我們當然肯定聞一多具有高尚的同情心。雖然如此，然而當時的他認為，同情心是一回事，藝術創作又是一回事。同時他還認為「鑒賞藝術非和現實隔絕不可」。[10] 他的這些觀點，就都貫穿於其《紅燭》詩集的創作中，從而表現出追求形式以及華美的風格。尤其在自然美景的描寫中，聞一多更突出了詩畫統一的特色。雖然他在後來的《先拉飛主義》中關於茶杯「我們叫它作茶杯，是因為它那盛茶的功用」和關於「畫家注意的祇是那物象的形狀，色彩等等，它的名字是不是茶杯，他不管」以及「一個畫家怎麼才能把那物象表現出來，叫看畫的人也祇感到形狀色彩的美，而不認作茶杯」的論述極力反對拉斐爾前派的詩中有畫和畫中有詩即藝術的混亂，然而他之這樣論證的目的，卻是在「彼時」反對藝術的功利性。我們論證至此，就更可深刻地理解聞一多《紅燭》詩集的唯美特色。

其實，追求唯美並不妨礙表現華美的思想。關於此，聞一多在其詩學理論中就有表述，而且，他的《紅燭》詩集創作亦可證明。就以我們前邊所舉詩例而言，他在《劍匣》中就表現了為藝術而獻身的理想，在《李白之死》中就表現了追求高潔的情操，在《秋色》之觀望中又想到了祖國的宮闕，在《憶菊》中更不忘贊頌那「如花的祖國」……這些詩如此，就更不用說《太陽吟》的抒寫更是表現他之愛國的情感。即使他的思婦愛情詩，雖然表現的是他當時相思的「痛」和「癢」之內容，但有時也帶有對封建禮教的強烈控訴，當然，更體現出個性解放的思想。因此，從這意義說，聞一多的《紅燭》詩集之詩，確實是從他之「建在現實的人生底基石上」[11] 的生命裡流淌出來的至情至性的創作。文學的魅力在於文學是人學，人學在於表現人情人性之美之常。當此時，我們終當明白《紅燭》詩集在其初版時因作者當時嶄露頭角而無多大反響，然在後來的文學史上卻有重要地位的原因。

▌第二節 格律追求和現實表現的《死水》詩集

1922 年 2 月 2 日，在美留學的聞一多向尚在國內的梁實秋詢問《紅燭》詩集是否付印時，他說不想拿其「真名出去，但用一個別號『屠龍居士』」。不僅如此，而且他還說「以後一切著作──創作與批評──擬都署此別號」。就在這同一封信裡，聞一多請梁實秋給他更正《紅燭》詩集署名的同時，又要求梁實秋「在《荷花池畔》裡凡用到原名處，也都更正或用 T·L」。甚至，為了「不要國人從何處印證『屠龍居士』」就「是聞某」，他還「擬將《春之首章》內『琉璃寶塔……』一節刪去」，為的是「滅絕從《〈草兒〉評論》中印證底機會」。[12]

聞一多出版《紅燭》詩集欲署名「屠龍居士」，這正是他在美國追求藝術極端唯美的表現。「屠龍」語出於《莊子·列御寇》：「朱汗漫學屠龍於支離益，殫千金之家，三年技成」。[13]聞一多借用此典故作為署名，表明他之追求者是高超的創作技巧。雖然不知何種原因《紅燭》詩集出版時使用的還是真名，然而聞一多追求高超創作技巧的雄心大志卻沒有改變。這就是，他不僅在《紅燭》詩集出版後又創作出技巧更為嫻熟的詩篇，而且，又在其歸國後的 1926 年挑選《紅燭》詩集部分之詩以及《紅燭》詩集以後的佳作命名為《屠龍集》準備出版。祇是，這《屠龍集》尚未問世，卻遭到朱湘《聞君一多的詩》過於嚴厲的酷評。

1926 年正是聞一多勇於挑釁打出招牌追求詩歌的「三美」時期，因此，他在因朱湘畢竟戳中其部分要害並和朱湘「賭氣」而擱淺《屠龍集》出版的同時，又精選了《紅燭》詩集以後創作的 28 首新詩並於 1928 年以具有象徵內涵之《死水》的名字出版。雖然這時聞一多的詩作已由留美前後的浪漫表現轉為現實追求，即使詩集的名稱也可能程度不同地是因朱湘此前的攻訐而由《屠龍集》改為《死水》。然而，《死水》詩集中「屠龍」追求的情愫卻有增無減，這就是表現在詩集中並影響後世的詩之格律「三美」即音樂美、繪畫美和建築美的表現。

中國古代，詩和歌在很大程度上不分。這即歌為詩，詩能詠。

所以如此，正在於詩的音節具有一種強烈的節奏。聞一多在其《律詩底研究》中就說：「律詩之整齊之質，於其組織音節中兼見之，此均齊之組織，美學家謂之節奏」。詩，就是在此節奏裡，體現出一種強烈的音樂性。雖然「詩底價值是以其情感的質素定的」，[14] 然而「詩的所以能激發情感」，卻「完全在它的節奏」。聞一多並且還說，「節奏便是格律」。[15] 這就說明，情感是詩歌創作的目的，而節奏則是表現其情感的方法。正因為此，聞一多才在《詩的格律》中將音樂美擺在詩之格律的首位。

　　節奏是詩歌具有音樂性的最重要因素，而「音尺」則是聞一多借鑑歐美詩作的結果。我們請看其代表作《死水》的節奏：這是 / 一溝 / 絕望的 / 死水，清風 / 吹不起 / 半點 / 漪淪。不如 / 多扔些 / 破銅 / 爛鐵，爽性 / 潑你的 / 剩菜 / 殘羹。聞一多認為，這《死水》的「每一行都是用三個『二字尺』和一個『三字尺』構成的，所以每行的字數也是一樣多」。[16] 雖然聞一多的本意是從建築美的角度論說，然而其同樣可從音樂美的角度理解詩歌的節奏。這就是，「音尺」的一致形成了字數的一致。雖然字數一致並不必然節奏一致，但「音尺」一致所形成的節奏一致必然會使詩歌讀起來具有音樂性。《死水》之詩就是明證。在「音尺」的規範方面，當然不止《死水》一詩，其他諸如《夜歌》、《洗衣歌》等詩同樣有著「音尺」的規範性。當然，在其他詩之某些句子裡，如此規範的也很多。如《罪過》之：老頭兒 / 和擔子 / 摔一交，滿地是 / 紅杏兒 / 白櫻桃。在此，每個詩句都是三個「音尺」，每個「音尺」又都是「三字尺」。這比《死水》詩更具規範的「音尺」和節奏，因此讀起來就更具音樂性。雖然如此，然而在《死水》詩集中，還有更規範的詩句如《洗衣歌》之：年去年來一滴思鄉的淚，/ 半夜三更一盞洗衣的燈就極具對仗性。

　　以上具有規範「音尺」和節奏之詩頗像律詩的格式，其實聞詩並不盡然。在《死水》詩集裡，更多的詩句則具有參差不齊的多變「音尺」如《發現》之：我來了，我喊一聲，迸著血淚，/「這不是我的中華，不對，不對！」/ 我來了，因為我聽見你叫我；/ 鞭著時間的罡風，擎一把火，/ 我來了，那知道是一場空喜。從表面看，這些詩句的「音尺」和節奏似乎有些紊亂而不如此前的詩句規整，然而，由於其有著內在的節奏，因此讀起來仍然具有極強的音樂性。

　　以上我們是從節奏的角度分析。其實《死水》詩集之詩具有音樂性並不僅表現在節奏方面，同時還表現在詩句的重複所表現出的回環往復方面。這樣的詩就有諸如《你莫怨我》、《忘掉她》、《我要回來》和《洗衣歌》等。《你莫怨我》和《我要回來》都是在段之首句和段之尾句重複著同樣的詩句，在抑揚頓挫中更能加強詩歌的情感作用。又如《忘掉她》之：忘掉她，像一朵忘掉的花，——/ 那朝霞在花瓣上，/ 那花心的一縷香——/ 忘掉她，像一朵忘掉的花！這首詩與其說作者借鑑了美國詩人狄絲黛爾《讓她被忘掉》的格式，倒毋寧說繼承了中國古代民歌的表現方法，特別是詩之疊句的反覆出現猶如音樂之和聲，回腸蕩氣的旋律就更加強了詩之音樂感。

　　該詩就是在這一詠三嘆的敘述中，從而使其音樂美達到聲情並茂的程度並感染著讀者。

　　聞一多的《死水》詩集具有音樂美，除其節奏和疊句的因素外，還有用韻的特色。韻是詩歌的最主要特徵。雖然新詩並不一定押韻，然而押韻必能給其增添音樂的美感。其實早在《紅燭》詩集時期的 1922 年，聞一多在給吳景超的信中就說：「現在我極喜用韻」。這是因為，「本來中國韻極寬；用韻不是難事，並不足以妨礙詞義」。那麼，「既是這樣，能多用韻的時候，我們何必不用呢」？他還進一步說：「用韻能幫助音節，完成藝術；不用正同藏金於室而自甘凍餓，不亦愚乎」？在此需要說明的是，就在聞一多給吳景超寫這封信的時候，其實正是他剛創作《太陽吟》之後。就在這同一封信裡，聞一多還向吳景超夸口他之「《太陽吟》十二節，自首至尾皆為一韻」也「並不覺吃力」，他甚至還要吳景超們也「可以試試」。[17]《紅燭》詩集時期的聞一多寫詩尚且如此，《死水》詩集時期的聞一多寫詩用韻就更不在話下。請看《一句話》之用韻：有一句話說出就是禍，/ 有一句話能點得著火。/ 別看五千年沒有說破，/ 你猜得透火山的緘默？/ 說不定是突然著了魔，/ 突然青天裡一個霹靂 / 爆一聲：/「咱們的中國」！這是該詩的第一段，從頭到尾一韻到底；該詩的第二段亦是如此，讀起來一氣呵成，從而構成強烈的氣勢。當然，像這樣一韻到底的詩在《死水》詩集中畢竟並不多見，更多的則是那些首聯押韻並在此後偶句押韻的形式如《你莫怨我》、《也許：葬歌》和《黃昏》等詩。請看《也許：葬歌》的韻式：也許你真是哭得太累，/

也許，也許你要睡一睡，／那麼叫夜鶯不要咳嗽，／蛙不要號，蝙蝠不要飛。／不許陽光撥你的眼簾，／不許清風刷上你的眉，／無論誰都不能驚醒你，／撐一傘松蔭庇護你睡。這首詩的用韻特點就是首聯押韻，以後皆為偶句押韻，包括另段也是如此，而不再前兩句押韻。

雖然《死水》詩集中這種押韻形式的詩很多，然而其畢竟是新詩，因此當用韻影響到詩人情感的抒發時，聞一多則非常靈活而絕不為韻所束縛。每在這時，聞一多就進行換韻。如《你看》之韻式：你看太陽像眠後的春蠶一樣，／鎮日吐不盡黃絲似的光芒；／你看負喧的紅襟在電桿樹上，／酣眠的錦鴨泊在老柳根旁。／⋯⋯⋯⋯你聽聽那枝頭頌春的梅花雀，／你得揩乾眼淚，和他一衹歌。／朋友，鄉愁最是個無情的惡魔，／他能教你眼前的春光變作沙漠。／你看春風解放了冰鎖的寒溪，／半溪白齒琮琮的漱著漣漪，／細草又織就了釉釉的綠意，／白楊枝上招展著麼小的銀旗。⋯⋯⋯這首詩一共五段，除前兩段是一韻到底外，以後的每一段都是一段一換韻並且一韻到底。我們可稱該詩為暗中換韻式。

還有一種暗中換韻的形式如《什麼夢》：一排雁字倉皇的渡過天河，／寒雁的哀呼從她心裡穿過，／「人啊，人啊」她嘆道，／「你在那裡，在那裡叫著我？」／黃昏擁著恐怖，直向她進逼，／一團劇痛沉澱在她的心裡，／「天啊，天啊」她叫道，／「這到底，到底是什麼意義」？我們所以稱這種韻式為暗中換韻，這是因為，本來首段的韻式為「一韻到底」或「三行韻」式，即以後者《什麼夢》而論，首聯押韻並且第四行和首聯兩句都押韻，如果以後每段都是偶句押韻的話，那麼第二段的第一行即可和前者不再押韻，而由第二段的第二行和第一段的第一、第二和第四行押韻。然而，該詩第二段的第二行沒有如此，卻和此段的第一行押韻並且該段的第四行和該段的第一、第二行都押韻。該詩在其後的兩段中，押韻的特點都是如此。並且，換韻後的下段又構成一個新韻腳的「三行韻」式。

這種暗中換韻的方式，同樣可以表現在一首詩的每兩句一換韻上。如《口供》即是：我不騙你，我不是什麼詩人，／縱然我愛的是白石的堅貞，／青松和大海，鴉背馱著夕陽，／黃昏裡織滿了蝙蝠的翅膀。／你知道我愛英雄，還

愛高山，／我愛一幅國旗在空中招展，／自從鵝黃到古銅色的菊花。／記著我的糧食是一壺苦茶。在此，詩歌雖然換韻很多，但由於是暗中換韻，所以我們閱讀的時候，不僅不覺得換韻的拗口，相反倒能感到韻腳多變的旋律美。

在聞一多《死水》詩集中，還有一種特殊的韻式如《忘掉她》：忘掉她，像一朵忘掉掉的花，──／那朝霞在花瓣上，／那花心的一縷香──／忘掉她，像一朵忘掉的花！／忘掉她，像一朵忘掉的花！／像春風裡一出夢，／像夢裡的一聲鐘，／忘掉她，像一朵忘掉的花！這首詩的韻式特點是，全詩共七段之每段的首句和尾句的韻腳都重複著同一個「花」字，並且首句和尾句的內容完全一樣即重複著同一詩句。各段所不同的，是在每段的中間兩句都押同一韻腹然而卻和首尾兩句的韻腹不同如以上例段。這種韻式，學術界稱之為「抱韻」。[18]

在聞一多的《死水》詩集中，偶爾還運用雙聲疊韻的詞語以增添詩歌的節律美。雙聲是指漢語中兩個音節即兩個字的聲母相同，疊韻是指漢語中兩個音節即兩個字的韻母相同。雙聲和疊韻要求音節中的某些音素有規律地重複、回旋，如《死水》詩集中的「消息」、「喧囂」、「咆哮」（《心跳》）和「隱雨」、「交加」、「蹉跎」（《淚雨》）等即是。雖然也許這些雙聲疊韻之詞並非聞一多刻意而為之，因為新詩並不必然要求如此，然而詩中有了這些雙聲疊韻之詞，畢竟為其語音增添了和諧悅耳的音樂美。

規律的「音尺」安排構成了詩歌的節奏感，讀起來抑揚頓挫；疊句和副歌形式的運用構成了詩歌的旋律感，讀起來回環往復；多變的韻腳以及雙聲疊韻的駕馭構成了詩歌的節律感，讀起來朗朗上口。所有這些，就共同構成聞一多《死水》詩集之詩的音樂美感。

聞一多在創作《死水》詩集前後，正是他倡導詩之格律「三美」的時候。因此，在其《死水》詩集中，毫無疑問地具有繪畫美。

這首先表現為優美詞藻的運用。如寫自己志向追求之《口供》中那堅貞的「白石」以及「青松和大海」，還有「鴉背馱著夕陽」，「黃昏裡織滿了蝙蝠的翅膀」，「國旗在風中招展」，包括「鵝黃到古銅色的菊花」等，該詩就在這一連串優美的詞語中，表現著詩人的愛國之情和高潔品格。另如情

詩《收回》中為表現「我們的愛」而施行的「一掬溫存，幾朵吻」，還要「留心那幾炷笑」，更有那「拾起來，戴上」「那斑爛的殘瓣」行為，所有這些，都極具感情色彩。在此，聞一多還運用通感的表現方法，就連「一串心跳」，也是「珊瑚色的」，就更莫說讓「你戴著愛的圓光」。尤其詩之最後即「我們再走，管他是地獄，是天堂」一句，就更表現出詩人對於愛情的堅貞和執著。當然，最富繪畫美的要屬《死水》一詩。就在這被公認為聞一多的代表詩作中，詩人將「翡翠」、「桃花」、「羅綺」、「雲霞」、「綠酒」等極富色彩的詞藻運用於詩中。然而作者如此之目的，不是為了寫美而是為了表現其醜。又因為詩人具有「屠龍」般駕馭詩藝的高超技能，因此他越用優美的詞語，就越能將光怪陸離的醜惡表現得淋漓盡致並從中體現出作者對舊世界的憎惡之情。

雖然聞一多在其《詩的格律》「三美」中祇談到「詞藻」，然而聞一多《死水》詩集之繪畫美遠不僅祇表現在詞藻方面。在聞一多創作《死水》詩集之前的諸多詩學理論文章中，還談到詞藻以外的其他內容如《先拉飛主義》中所說：「從來那一首好詩裡沒有畫，那一幅好畫裡沒有詩」？當然，聞一多根本目的是說「恭維王摩詰的人，不過承認他符合了兩個起碼的條件」。雖然《先拉飛主義》這篇詩論的主旨表面是批評先拉飛派「不曾辨清他的藝術的性質」[19] 而極力反對詩畫的機械挪借，然而其癥結卻在於聞一多是以其藝術的審美追求去批評羅瑟蒂借藝術以達到其道德追求之目的。聞一多當時正處於極端唯美主義的追求時期，因此他所強調的是藝術的美感而不是內容的表現。所以，聞一多在此反對詩畫藝術的相混，為的是反對藝術的功利而求其純美。其實，聞一多的《死水》詩集就有很多具有繪畫的因素。《死水》一詩所具有的語言美以及通過語言美所表現出來的圖畫美自不必說，請看《荒村》的繪畫美特色：蝦蟆蹲在甑上，水瓢裡開白蓮；/ 桌椅闆凳在田裡堰裡飄著；/ 蜘蛛的繩橋從東屋往西屋牽？/ 門框裡嵌棺材，窗櫺裡鑲石塊！/……/ 鐮刀讓它銹著快銹成了泥，/ 拋著整個的魚網在灰堆裡爛。除此之外，還有那：玫瑰開不完，荷葉長成了傘；/ 秧針這樣尖，湖水這樣綠，/ 天這樣青，鳥聲像露珠樣圓。雖然如此，然而卻：豬在大路上游，鴨往豬群裡攢，/ 雄雞踏翻了芍藥，牛吃了菜——

　　以上我們所摘錄的圖畫裡，既有自然風景，更有社會風景。就是在這兩種風景裡，形成鮮明的對比，把個幾百里村民因戰爭逃難致使田園荒蕪的慘景展現給讀者。詩人在此將視覺藝術的繪畫即寫意和聽覺藝術的詩歌即抒情緊密結合，連續說出了「這景象是多麼古怪多麼慘」！「天呀，這樣的村莊都留不住他們」！「這樣一個桃園，瞧不見人煙」！從而真正達到詩中有畫和畫中有詩的效果。

　　再如《春光》的畫境詩意描寫：靜得像入定了的一般，那天竹，/那天竹上密葉遮不住的珊瑚；/那碧桃；在朝暾裡運氣的麻雀。/春光從一張張的綠葉上爬過。/驀地一道陽光晃過我的眼前，/我眼睛裡飛出了萬衹的金箭，/我耳邊又謠傳著翅膀的摩聲，/彷彿有一群天使在空中羅巡……這不僅是詩，而且更是畫。而且，是在畫境裡努力顯示出詩意。然而，正如同《荒村》畫境的描寫不是為寫景而寫景一樣，《春光》亦同樣如此。而如果認為《荒村》是直接借景抒情的話，那麼《春光》則不然，其是以自然春光的風景作陪襯，在極度斑斕美景的渲染中，如同其「倒頂式」[20]的結構一樣，在 180 度的大轉彎中，將社會底層人們的悲慘遭際表現得淋漓盡致。

　　聞一多《死水》詩集的繪畫美還有一個重要特點，這就是通過其優美的畫面，從而創造出一個生動而又感性的藝術形象。《死水》詩的繪畫美是借「美處顯醜」表現當時軍閥社會的骯髒齷齪；《一個觀念》詩的繪畫美是借一連串的比喻表現詩人志趣的堅定；《口供》詩的繪畫美是借諸多意象表現詩人的追求；《黃昏》詩的繪畫美是借「黑牛」這個喻體將「黃昏」這個本體形象化，通過其由黃昏再到早上的日月輪回，與其說歌詠的是死亡意識，毋寧說表現的是新生希望，蘊藉的哲理給讀者留下廣闊的想像空間。

　　聞一多不僅在其《死水》詩集時期重視詩歌的繪畫美，其實，早在《紅燭》時期就是如此。他在《〈女神〉之地方色彩》中論及詩歌的色彩時就說：「一樣的顏色畫不成一幅完全的畫，因為色彩是繪畫的一樣要素」。1922 年 12 月 1 日，他於美國給梁實秋的信中又說「充滿濃麗的東方色彩」的佛萊琪之詩喚醒了他「色彩的感覺」並創作了一篇關於「色彩的研究」名《秋林》（後來發表時命名為《色彩》，筆者注）。正是為了解決這問題，他在此前的《〈冬

夜〉評論》中也有論述，說「在詩底藝術，我們所用以解決這個問題的工具是文字，好像在繪畫中是油彩和帆布」。因此，聞一多在其《死水》詩集中，更運用文字的多樣色彩，努力實踐他之「三美」追求之一的繪畫美，創作出屬於他獨特風格的詩作並流傳於後世。

在聞一多《死水》詩集的「三美」實踐中，雖然毫無疑問他是同等重視並同樣作出巨大成就，然而，在讀者的印象中，還是在「建築美」方面的影響最大。雖然他的「建築美」實踐不能簡單地認為就是「豆腐乾詩」創作，然而一提起「豆腐乾詩」的倡導和實踐，恐怕沒有人不想到聞一多。這種情況的原因，主要是因「五四」新詩雖然打破了舊格律的束縛，然而詩的節奏尤其內在節奏和詩的繪畫美，卻不能不繼續保留著。這樣，聞一多給人留下的印象，似乎就是「豆腐乾詩」代表者。其實這並不冤枉聞一多，他在《詩的格律》中論證「建築美」之「音尺」時，就以被認為「豆腐乾詩」的《死水》詩作為論據。

在《死水》詩集中，具有《死水》詩之「豆腐乾詩」相同形式的最為多數。若按全集排版的順序（以下皆然），依次有《狼狽》，《你看》，《也許：葬歌》，《淚雨》，《死水》，《黃昏》，《夜歌》和《祈禱》等。有學者又將此類稱為「高層立體形」。[21] 和以上諸詩每個節段都是四行的典型「豆腐乾詩」形式有所不同，或每個節段在四行以上，或全詩不分節段從上到下貫通到底，這樣的詩有《「你指著太陽起誓」》，《心跳》，《一個觀念》，《發現》，《荒村》，《罪過》，《天安門》和《飛毛腿》等，這類詩包括前者共 16 首，我們可將此統歸為一類。

除「豆腐乾詩」式的「高層立體形」外，還有被稱為「倒頂式」[22] 的詩之排行特點表現為「頭重腳輕」式的兩段，首段行數多而末段祇有兩句收尾如《口供》和《春光》兩首。請看《口供》如下：

我不騙你，我不是什麼詩人，

縱然我愛的是白石的堅貞，

青松和大海，鴉背馱著夕陽，

黃昏裡織滿了蝙蝠的翅膀。

你知道我愛英雄，還愛高山，

我愛一幅國旗在風中招展，

自從鵝黃到古銅色的菊花。

記著我的糧食是一壺苦茶！

可是還有一個我，你怕不怕？──

蒼蠅似的思想，垃圾桶裡爬。

還有一種形式每段均四行，或前兩行並齊第三行退後兩字排列，最後一行又和前兩行並齊如《什麼夢》之格式；或在每段的四行中，凡偶數行均在奇數行下退後一字排列如《大鼓師》之格式如下：

我掛上一面豹皮的大鼓，我敲著它游遍了一個世界，

我唱過了形形色色的歌兒，

我也聽飽了喝不完的彩。

除此，《末日》和《聞一多先生的書桌》也和《大鼓師》的形式完全相同。這種情況，有學者稱為「參差行式」。[23]

在《死水》詩集裡，還有兩種形式如《收回》和《一句話》。前者全詩共三段前兩段每段四行如「豆腐乾詩」形式，最後一段七行前四行表現為「豆腐乾詩」形式而後三行則表現為「參差行式」。請直觀前者第三段如下：

可憐今天苦了你──心渴望著心──

那時候該讓你拾，拾一個痛快，

拾起我們今天損失了的黃金。

那斑斕的殘瓣，都是我們的愛，

拾起來，戴上。

你戴著愛的圓光，

我們再走，管他是地獄，是天堂！

後者如《一句話》我們在論及「音樂美」時已列舉如上，不再重複。這兩種形式，我們根據內容的表達方法，姑且將其叫做「結尾爆發式」。

還有一種被叫做「菱形」[24] 的如《你莫怨我》和《我要回來》二首。這兩詩都是每段均為五行，中間三行相對較長，段之首行和尾行相對較短且都居中排列，請直觀前者如下：

你莫怨我！

這原來不算什麼，

人生是萍水相逢，

讓他萍水樣錯過。

你莫怨我！

我們再看後者如下：

我要回來，

乘你的拳頭像蘭花未放，

乘你的柔髮和柔絲一樣，

乘你的眼睛裡燃著靈光，

我要回來。

聞一多《死水》詩集詩行排列的第六種形式詩作，是被叫做「夾心形」[25] 的《忘掉她》。該詩於此前已從「音樂美」角度論及，我們再從詩行排列表現的形式展示如下：

忘掉她，像一朵忘掉的花，──

那朝霞在花瓣上，

那花心的一縷香──

忘掉她，像一朵忘掉的花！

忘掉她，像一朵忘掉的花！

像春風裡一出夢，

像夢裡的一聲鐘，

忘掉她，像一朵忘掉的花！

最後一種表現格式的詩，是被公認為「副歌形」的《洗衣歌》。這首詩的特點是，在詩的首尾兩段，均有一內容相同的「副歌」如下：

（一件，兩件，三件，）

洗衣要洗乾淨！

（四件，五件，六件，）

熨衣要熨得平！

「副歌」描寫的是洗衣熨衣的情景，因為前後反覆，所以能增強詩的真實感並能給人留下想像的空間。

總體上說，聞一多的《死水》詩集大致有以上七種「建築」形式，每一種「建築」形式都有其獨特的「節的勻稱和句的均齊」特點。雖然如此，但聞一多《死水》詩集的「建築美」絕不是機械地講究形式，而是真正「層出不窮」地「相體裁衣」，達到其所認為的「精神與形體調和的美」。聞一多在其《詩的格律》中針對新格律詩和舊律詩的不同，就說「這種精神與形體調和的美，在那印版式的律詩裡找得出來嗎？在那雜亂無章，參差不齊，信手拈來的自由詩裡找得出來嗎」？

確實如此，《死水》詩集的格式是由聞一多自己的意匠隨時構造。這種意匠構造的結果，除給讀者以多種形式的美感外，更重要的是，不僅促成了音節即節奏的調和，從而使之更富於音樂的美感，而且還在寓意的表達方面，起著更為重要的作用如「高層立體形」能使讀者在一氣呵成的抑揚頓挫旋律中，強化感情的衝動；「倒頂式」是借「頭重腳輕」之詩行視覺上的反差，更兼在內容表達方面的 180 度轉彎，讓讀者從「險處見奇」，能夠給人以回味無窮的審美體驗；「結尾爆發式」尤其《一句話》在內容方面是先極力鋪

墊，然後在強烈的抑壓之時，再由抒情主人公銀瓶乍裂的一聲吶喊，從而達到契合讀者的審美期盼之目的；「參差行式」有規律地讓詩句前後交錯，其目的是為了使所表達的內容更加清晰；「菱形」是讓其「建築」形態和詩之表述的核心內容「人生是萍水相逢」相結合，能夠給讀者留下想像的空間；「夾心形」是將詩之表達的中心內容夾在段之首尾兩行詩的中間，雖題名為《忘掉她》，然而卻又揮之不去地達到始終駐留心間的效果；「副歌形」之《洗衣歌》不僅能深化詩的意境，給人留下想像的空間，而且更能突出作者對民族歧視的痛恨和蔑視之情。由此可以看出，聞一多《死水》詩集之「建築美」，完全沒有固定格式的規範要求，真正是打破了固定的形式但卻得到許多變異的形式。而這，正符合他在《詩的格律》中所說「新詩的格式是根據內容的精神製造成的」，因此是他《詩的格律》最理想的具體實踐。

作為新詩的格律論者，聞一多「三美」追求的動機也是他要「納詩於藝術之軌」的具體實踐。他在《〈冬夜〉評論》中就說：「一切的藝術應該以自然作原料，而參以人工，一以修飾自然的粗率相，二以滲漬人性，使之更接近於吾人，然後易於把捉而契合之。」他更在其《詩的格律》中認為：「格律就是 form（指形式，筆者注）。試問取消了 form，還有沒有藝術」？

聞一多「三美」尤其「建築」理論的張揚和創作實踐的基礎是「均齊」和「渾括」。關於此，我們可在其《律詩底研究》中找到答案。就在這篇文學史研究的論文中，聞一多極盡能事地肯定中國古代律詩的優點。正是基於對中國古代詩學傳統的熱愛卻又畢竟因為已經進入新的文學時期，為了新詩審美藝術的提高並針對著當時詩壇「瓦缶雷鳴」的現象，聞一多這才和當時的「新月」同人提出新詩格律化的主張並親身實踐。

但無論如何，聞一多詩之格律化的主張和創作實踐不可避免地要被當時的人們認為是「退化」。關於此，他除了在其《詩的格律》中進行反駁外，而且還在其《〈現代英國詩人〉序》中作過辯解。他說：「我們這時代是一個事事以翻臉不認古人為標準的時代。這樣我們便叫作適應時代精神」。為了證明此觀點，他論證說，「牆頭的一層磚和牆角的一層，論質料，不見得有什麼區別，然而碰巧砌在頂上的便有了資格瞧不起那墊底的。何等的無恥！

如果再說正因墊底的磚是平平穩穩的砌著的，我們偏不那樣，要豎著，要側著，甚至要歪著砌，那自然是更可笑了。所謂藝術的宮殿現在確乎是有一種怪現象；豎著、側著、歪著的磚處處都是。這建築物的前途，你去猜想罷」。

他更進一步說：「認清了這一點」，他覺得費鑒照當時所編之「現代的英國詩才值得一談」。並且認為作者「所論列的八家」即「哈代，白裡基斯，郝思曼，梅奈爾，夏芝，梅士斐，白魯克，德拉邁爾，沒有一個不是跟著傳統的步伐走的」。尤其「梅士斐的態度，在八人中，可說最合乎現代的意義，不料他用來表現這態度的工具，卻回到了十四世紀的喬塞」。就在這篇序言裡，聞一多甚至認為「詩人與詩人之間不拘現代和古代，祇有個性與個性的差別，而個性的差別又是有限度的，所以除了這有限的差別以外，古代與現代的作品之間，不會還有——也實在沒有過分的懸殊」。聞一多此文寫於1931年發表於1933年，由此可見，對古詩格律優秀遺產的尊崇和繼承，是聞一多直至他學者時期揮之不去的情結。

毫無疑問，聞一多的《死水》詩集無論在唯美還是在格律的追求方面都達到極端。然而無論追求唯美還是格律都不妨礙他表現現實，這從後來聞一多給臧克家那封關於在《死水》詩中藏著「火」的信中就可看出。雖然這是聞一多在文藝思想轉變後的憤激之詞，但畢竟其追求詩藝是真，有火也是真。雖然他在《〈冬夜〉評論》中批評俞平伯詩之「情感也不摯」是因為「太忘不掉這人間世」，然而聞一多《死水》詩集也似有著「太忘不掉這人間世」之嫌，但是聞一多的《死水》詩集卻又如他在其《泰果爾批評》中所說是其「建在現實的人生底基石上」運用形象表現其「至情至性」的作品。因為，「文學是生命的表現，便是形而上的詩也不外此例」。《死水》詩集之作，就是聞一多這張留聲機的片子於留美回國前後在苦難的大地上發出的驚天叫響。《死水》，《春光》，《心跳》，《一個觀念》，《發現》，《一句話》，《荒村》，《天安門》，《飛毛腿》和《洗衣歌》等諸詩，都是他對現實體驗感受的反映。

聞一多追求詩之格律，雖和他深厚的古典文化素養有關，同時又和他之與生俱來的「方正」性格有關。正因為此，他才能在其涉世漸深之後，擯棄

浪漫而轉向現實。他的這種性格及其表現，亦為他後來轉變為「鬥士」的「現身說法」並「殺身成仁」作了最好鋪墊。雖然，他在這時仍屬於唯美追求者。

▌第三節 唯美、頹廢和愛國相統一的《死水》詩

在以往的聞一多《死水》詩評論中，有認為表現了唯美的追求，有認為表現了頹廢的內容，當然，更多尤其在新中國成立後，迴避其他而無不認為表現了愛國主義的思想。就在這些評論中，雖然肯定者最為多見，然而否定者也自然有之。研究者往往各執一端，然卻祇看到該詩「金銀盾」的一面而未免偏頗。當然，20 世紀 90 年代以來，很多專家在掙脫「極左」文藝思想的束縛後，大多能夠給其實事求是的評價。筆者則綜合各家之論，認為聞一多的《死水》詩是唯美、頹廢和愛國的統一。

首先，《死水》詩使聞一多追求唯美理論的實踐達到了極致。

體現在《死水》詩中的唯美特徵就是聞一多在《詩的格律》中所說的「音樂美」，「繪畫美」和「建築美」。「音樂美」表現在《死水》詩中主要是音節和韻腳的和諧。聞一多倡導新詩的格律就以此詩為據，說「這首詩從第一行」即「這是 | 一溝 | 絕望的 | 死水起，以後每一行都用三個『二字尺』和一個『三字尺』構成」，「所以每行的字數也是一樣多」。因此，他認為該詩是他「第一次在音節上最滿意的試驗」。[26] 除此之外，在《死水》中還有押韻和諧富於變化的韻腳，這才讀起來具有音樂的美感。又因為聞一多在美留學是學習繪畫，所以他特別重視色彩的運用。即使表現在文學創作方面，也很講究美麗詞藻的選擇以達到詩之視覺形象的美感。表現在《死水》詩中，就是運用諸如「綠酒」、「翡翠」、「桃花」、「雲霞」、「珍珠」和「羅綺」等極富美麗色彩的詞藻以美襯醜，這就是「繪畫美」。所謂「建築美」，就是「節的勻稱和句的均齊」。表現在《死水》中就是該詩一共五節每節都是四行，每行均為九字，整個詩篇就像一座整齊的建築一樣。「『音樂美』訴諸聽覺，『繪畫美』和『建築美』訴諸視覺，《死水》忠實地體現了聞一多視聽覺全能感應的詩美觀念，」因此，堪稱「現代格律詩的典範之作」。[27]

　　雖然如此，但《死水》詩的情感表達，卻是頹廢的。首先，該詩的題目「死水」就給人以頹廢的感覺。接著如詩之第一句「這是一溝絕望的死水」之「死水」何以讓人「絕望」？作者的回答是，就連「清風」也「吹不起半點漪淪」。如果說首節的後兩句「不如多扔些破銅爛鐵，/ 爽性潑你的剩菜殘羹」還不至頹廢到頂點，那麼該詩最後一節的最後兩句即「不如讓給醜惡來開墾，看他造出個什麼世界」則使頹廢達到極致。祇是需要說明的是，「頹廢」在此並非沒落而祇是詩人的一種情緒。當然，這種情緒不是奮進型。畢竟，當時的詩人實在看不到光明的前景。在《死水》詩中，作者的頹廢情緒突出表現在兩個方面。首先是以醜襯美。如在《死水》詩中，聞一多於短短的篇幅中用一連串的意象如破銅、爛鐵、油膩、死水、白沫等來反襯翡翠，桃花、羅綺、雲霞、綠酒、珍珠等一系列美好意象，從而使客觀事物意象的真醜化為藝術形象的真美。這，就留給讀者以充分思考的空間。其次，是詩人反語的運用。這突出地表現在該詩的結尾兩句。我們認為，作者在這兩句中所表現的情緒確實複雜。因為，當時的詩人真想讓「醜惡來開墾」那「死水」實在未必。當然，朱自清後來在《〈聞一多全集〉序》中所說的「這不是『惡之花』的贊頌，而是索性讓『醜惡』早些『惡貫滿盈』」雖然不錯，但緊接著的後一句即「絕望裡才有希望」就未必完全正確。因為，這明顯是朱自清在聞一多成為民主「鬥士」而犧牲後的贊譽之詞。雖然聞一多於 1943 年 11 月 25 日給臧克家的信中極力說其《死水》蘊藏著憤火這也不錯，但是，那時的聞一多也早由極端唯美主義的追求者轉變為文藝功利主義即人民性的鼓動者。並且，詩人也是頂著當時的「別人」所「說《死水》的作者祇長於技巧」而不承認「是殺蠱的蕓香」的壓力而對臧克家的辯解，是為否認《死水》詩祇重技巧而走向另一極端。很明顯，這封關於否認《死水》詩技巧的信和在《詩的格律》中極力肯定《死水》詩格律技巧的言辭自相矛盾。即便他的「希望」是寄寓在這種「絕望」之中，也仍然是在無奈中體現出的頹廢情緒。當然，我們並不因此而否認在聞一多蘊藏著的地火裡，能夠窺見他的憤激。

　　聞一多在《死水》詩裡具有頹廢的情緒，還可從聞一多受西方唯美大師波特萊爾和艾略特的影響裡找到根據。聞一多在美留學時，就深受法國現代主義詩人波特萊爾和英國現代主義詩人艾略特創作的影響，尤其波特萊爾在

《惡之花》中用絢麗多彩的語言表現醜陋不堪的的生活畫面為聞一多的《死水》詩所借鑑。如果認為《惡之花》是波特萊爾對他所生活的那個隱暗社會全部恨的發洩，那麼，《死水》詩同樣是聞一多對當時軍閥統治下破敗不堪腐朽世界的詛咒，全面而真實地表現了那個社會的本質。同樣，如果艾略特的《荒原》揭露的是現代西方世界的沒落腐朽並表現出一戰後迷茫一代的悲觀情緒，那麼，聞一多之《死水》詩在這方面的表現和揭露實在有過之而無不及。尤其艾略特在《荒原》中所描寫的象徵著生命活力之水的喪失，就更為聞一多所借鑑。因此，我們才說聞一多和波特萊爾以及艾略特的頹廢情緒一脈相承。當然，聞一多這種頹廢情緒雖然受到西方文學的影響但卻並非刻意模仿而具現實基礎，雖然其頹廢情緒表現的是聞一多面對腐朽的無奈，但卻又是表現其至情至性的佳作。

正因為聞一多的《死水》詩是表現其至情至性的作品，因此，我們才說該詩表現了作家的愛國主義思想。我之所以這樣說，有以下兩個論據。這就是，在發表《死水》詩即 1926 年 4 月 15 日前之 4 月 1 日的《晨報·詩鐫》創刊號上，聞一多發表了他的詩論《文藝與愛國：紀念三月十八》。就在這篇為紀念「三一八」慘案抨擊北洋軍閥政府血腥鎮壓學生運動而寫的詩論裡，詩人首先承認《詩鐫》的創刊就和愛國具有密切關係。他不僅大聲疾呼「希望愛自由、愛正義、愛理想的熱血要流在天安門，流在鐵獅子胡同，但是也要流在筆尖，流在紙上」。而且，更欣賞「陸游一個七十衰翁要『淚灑龍床請北征』，拜倫要戰死在疆場上」。因此，他才認為「詩人應該是一張留聲機的片子，鋼針一碰著他就響」。他說，「這就是所謂偉大的同情心」即「藝術的真源」。聞一多的《死水》詩就是他在發表這一宏論兩周後發表的。當然，我們並不能據此就說《死水》詩是創作於這篇詩論之後。雖然學界對該詩的寫作時間尚無定論，但是，我們至少可以肯定，《死水》詩是創作於這之前的一個時期。

如果孤證不足以服人，我們還可從聞一多另一詩論裡找到相同的根據。就在他留美期間發表於 1923 年 12 月 3 日《時事新報文學》上的《泰果爾批評》中，聞一多為了批評泰果爾的詩歌祇重哲理卻沒有把捉到現實的缺憾，他說「文學是生命的表現，便是形而上的詩也不外此例」。因此，他認為「普遍

性是文學底要質而生活中的經驗是最普遍的東西，所以文學底宮殿必須建在生命底基石上」。如果「形而上的詩人若沒有將現實好好地把握住」，那麼，「他的詩人的資格恐怕要自行剝奪」。因此，他為了批評泰果爾「祇用宗教來訓釋人生」，就更強調「文學底宮殿必須建在現實的人生底基石上」。《死水》之詩，就是聞一多建立在現實的人生底基石上的留聲機音響。如果再結合他於留美時常所說的話即「詩人主要的天賦是『愛』，愛他的祖國，愛他的人民」，[28] 我們就更應該承認《死水》和作者其他詩作一樣是表現其愛國主義內容的作品。

　　雖然如此，但聞一多《死水》詩的愛國思想不是他在作品中直接表現出來而是運用象徵的手法讓人在一系列的意象中感悟出這種內容。關於象徵，聞一多在《說魚》中認為其實就是「隱」。這就是，作家在其表層的文面中，隱藏著沒有明說的內容而讓讀者咀嚼並從中悟出作者所要說。當然，因為讀者的經歷和文化修養乃至情趣不同，因此，對具有象徵含義的同一作品有時就會作出不同的闡釋。在《死水》詩中，其象徵表現為兩個層面，一個層面是意象象徵，另一層面則是整體象徵，而整體象徵又是通過其意象象徵表現出來。而且，從篇名到全詩的所有意象，幾乎都具隱喻性。「死水」意象就象徵著舊中國腐朽頹敗和民不聊生的社會現實。全詩充滿了聞一多對舊社會的憎恨、憤怒和尖銳的嘲諷。詩句如「清風吹不起半點漪淪」在極具隱幽深邃的含意裡，指的是無論如何也難動搖舊中國的腐朽根基；另如「破銅爛鐵」和「剩菜殘羹」以及「鐵罐」和「桃花」等意象都能引起我們的豐富聯想並讓我們從中找到客觀對應物。在此，詩人把醜惡現實包含在藝術美之中，從而達到最高的審美真實。特別在最後兩句即「不如讓給醜惡來開墾，看他造出個什麼世界」的反語裡，更蘊藏著讓人咀嚼不盡的象徵含義。這才真是「死水」下的巖漿噴湧，技巧中的激情勃發。而在沒有爆發的火山裡，確實讓我們從中窺出詩人憋悶的憤火。這，就是詩人在整體象徵中所表現出的愛國情感。

　　聞一多《死水》詩的象徵表現同樣在西方現代主義作家那裡找到借鑑。波特萊爾就是用象徵的手法在《惡之花》中探索人類邪惡的根源並從而表現其對當時工業社會物欲橫流的蔑視；同樣，艾略特也在《荒原》中用象徵手

法通過第一次世界大戰後的劫後餘燼和死亡隱影的描寫象徵人們空虛和荒蕪的心靈如同「荒原」。當然，聞一多也還影響於偏重醜陋表現手法描寫的美國詩人布朗寧和偏重色彩描寫的詩人佛萊琪。所有這些作家，他們都對當時的社會現實深感絕望並對未來充滿懷疑，因而悲憤至極又陷入到絕望。於是，這種絕望和消極的頹廢心理就在文學中表現出來。然而，他們畢竟不甘沉淪，為了超脫現實，這才追求並借助藝術，創造出與之相仿的悲慘世界。聞一多受他們影響，特別當他留學回國後看到軍閥混戰和民不聊生的噩夢般景象，這就創作出《發現》、《荒村》、《罪過》、《飛毛腿》和《死水》等極具現實主義內容的詩篇。《死水》一詩，就是聞一多借鑑西方諸多現代主義大師的技巧，用象徵方法表現出自己強烈的愛國主義情感和對不合理社會的強烈詛咒及憤恨。

《死水》詩所以具有這麼神奇的魅力，筆者認為並不僅因以上原因尤其是該詩的「三美」特徵，而且還典型地體現在聞一多詩論所強調的「濃麗繁密而且具體的意象」和「情感」以及「幻想」[29] 等最重要的質素方面。如在《死水》詩之「清風」、「漪淪」、「破銅爛鐵」、「剩菜殘羹」、「翡翠」、「鐵罐」、「桃花」、「油膩」、「羅綺」、「霉菌」、「雲霞」、「綠酒」、「珍珠」、「白沫」、「小珠」、「大珠」、「花蚊」、「青蛙」等一系列濃麗繁密而具體意象中展開的作者的豐富想像，譬如「死水」是「絕望」的，即使「清風」也「吹不起半點漪淪」；又如「鐵罐」上要「銹出幾瓣桃花」；「霉菌」還「給他蒸出些雲霞」。所有這些，都真實而又形象地將那醜陋不堪的世界呈現在我們眼前。作家的憎惡深沉地貫注在這些充滿幻想的奇特意象中，從而使之成為獨特的這一個。關於詩人幻想和情感的奇特，尤其體現在詩的結尾兩句。因為，最後兩句是詩人在此前鋪排濃麗繁密而具體的意象之後，迸發出既出人意料又在情理之中的情感，從而達到預期的主題表現和審美效果。聞一多在強調主觀情緒客觀化和理性節制感情放縱的同時又終於憋悶不住情感的爆發，這種審美追求和與之相悖之藝術表現的深刻矛盾性，更讓我們從中窺視出詩人蘊藏在《死水》詩中的滿腔憤火。

綜上所述，聞一多的《死水》詩所以在新格律詩乃至新詩中具有至高地位，是因為詩人接受了多種影響和借鑑，是在追求審美表現之「三美」格律

的同時，在情緒表現上是現代主義的，在方法表現上是象徵主義的，在藝術追求上則是唯美主義的，而更重要的，在內容表現上是現實主義的。他不僅縱向繼承中國古典詩詞傳統取其精髓學習李商隱和韓昌黎，而且更橫向借鑑西方波特萊爾，艾略特，濟慈和王爾德以及愛倫坡等表現方式進行創作，從而使《死水》詩在揭露現實社會黑暗和醜惡的同時，不僅內容新奇怪誕，更重要的是將嗅覺、聽覺和視覺等相溝通並使客觀事物意象的「醜」化為藝術形象之美，並通過其明晰的結構，精煉的用字，整齊的格律和鏗鏘的音韻，在憎恨那噩夢般現實並進行強烈詛咒的同時，於「死水」中劇烈湧動出熾熱的愛國情感。這種至情至性的表現，真正是集古今中外詩歌藝術之大成。這樣，我們就不能簡單地認為《死水》是現代格律詩的典範之作，而是在其格律即「三美」的背後，藏掖著更為深層的意蘊和多重原因，是在聞一多深厚藝術功力的基礎上，建立在「現實的人生底基石上的生命表現」。因此，我們才能明白當時那些雖然也追求並具有所謂「三美」但卻缺乏藝術功力的詩作為何終被文學史遺忘。

▍第四節 「詩境」與「塵境」相交織的愛恨結晶

在聞一多全部詩作中，有相當數量屬於愛國內容的範疇。如《紅燭》詩集之「孤雁篇」中的《晴朝》、《太陽吟》和《憶菊》諸詩，《死水》詩集中的《洗衣歌》、《一個觀念》和《發現》諸詩以及《集外詩》集中的《醒呀！》、《長城下之哀歌》和《我是中國人》諸詩等。所有這些包括其他愛國詩篇，都是「詩境」與「塵境」交織中的愛恨結晶，各從不同角度表現出詩人不同時期的真摯愛國情感。

所謂「詩境」，就是聞一多從事詩歌創作的理想追求及創作衝動和從事詩歌創作的藝術氛圍。這表現為兩個方面。其一是作為留學美國青年學子的聞一多，他不僅在出國前就已進行新詩創作，而且，在其出國後的當時更執著於新詩創作。就在他剛到美國一月後「致梁實秋、吳景超」和「致梁實秋」的兩封信中，就抄寄了當時創作的《火柴》，《玄思》，《我是一個流囚》，《太平洋舟中見一明星感賦》和《寄懷實秋》，《晚秋》以及《笑》[30]等詩篇。

所有這些詩作，都表現出當時聞一多詩歌創作的藝術功力；其二是聞一多當時在美國留學所處的藝術氛圍即美術館的壯麗輝煌，戲園電影演出的健康內容，還有那高雅的音樂和舞蹈，都絕非中國所能比。所有這些，竟使剛一到此的聞一多就羨慕甚至驚詫不已。「美國人審美底程度是比我們高多了」。他說，「講到這裡令我起疑問了，何以機械與藝術兩個絕不相容的東西能夠同時發達到這種地步呢」？疑問的結果不能不使他驚嘆並再發疑問，「我們東方人這幾千年來機械沒有弄好，藝術也沒有弄好，我們的精力到底花到哪裡去了呢」？[31] 就在這樣的藝術氛圍並在其感嘆的背景下，聞一多於學習美術的同時，又選修了英美詩等課程。當時美國意象派詩人羅威爾、佛萊琦等人的創作尤其給他以很大影響。正所以此，他於留美當年 9 月 29 日在「致梁實秋、吳景超」的信中談及清華文學社創辦刊物之事時才說「景超所陳三條理由（一、與文學社以刺激，二、散布文學空氣於清華，三、與國內文壇交換意見）我以為比較地還甚微瑣。我的宗旨不僅與國內文壇交換意見，徑直要領袖一種之文學潮流或派別」。[32] 聞一多正是有著這種極端唯美主義追求的志向，所以他在此同一信裡，又給他們寄去了修改後的《紅燭》詩集中的數首即《紅燭〈序詩〉》，《深夜底淚》，《美與愛》，《遊戲之禍》，《春寒》，《幻中之邂逅》，《春之首章》，《春之末章》等詩。而且，在隨後的不久，他又創作出被稱為熱愛祖國文化的唯美佳作《憶菊》，《秋色》，《色彩》等詩。這，就是聞一多當時在「詩境」追求中的結果。

然而，「詩境」也和「塵境」緊密地交織在一起。這可從他「致吳景超」信即「現實的生活時時刻刻把我從詩境拉到塵境來」[33] 之語中找到答案。聞一多在其信中所說的「塵境」，當然有著豐富的內容，但最主要的，則是現實生活中他所遭受的民族歧視以及他在遭受民族歧視後雖然悲憤但卻無奈的複雜心情。就在聞一多留學當年的農曆 11 月 28 日，他在寫給父母親的信中言之急切提前回國的心情時就說：「美利堅非我能久留之地也。一個有思想之中國青年留居美國之滋味，非筆墨所能形容。俟後年年底我歸家度歲時當與家人圍爐絮談，痛哭流涕，以洩餘之積憤」。他還說，「我乃有國之民，我有五千年之歷史與文化，我有何不若彼美人者？將謂吾國人不能制殺人之槍炮遂不若彼之光明磊落乎？總之，彼之賤視我國人者一言難盡」。於是，

聞一多不無憤激地說，「我歸國後，吾寧提倡中日之親善以抗彼美人，不言中美親善以御日也」。[34] 既遭受民族歧視又不甘忍受屈辱因之而表現出強烈的仇恨和反抗心理，這，就是聞一多留學當時所處的「塵境」以及他在這種「塵境」中的真實感情。

既羨慕西方文明的先進藝術，同時又因遭受民族歧視而痛恨西方文明。聞一多的這種矛盾心理，在他給清華校友的多次信中表述得十分清楚。我們自不必說《太陽吟》是聞一多在這種「詩境」和「塵境」相交織的情況下創作出來並被公認是聞一多最具特色的愛國思鄉詩篇，因為就在這詩作中，作者在舉目無親的異國他鄉借助太陽這一形象在浪漫想像中創造出神奇瑰麗的色彩和宏偉開闊的意境並展開神思，抒盡了留學海外游子思念祖國、思念家鄉的真切情感。就單說和《太陽吟》同時創作的《晴朝》，也和《太陽吟》一樣，同屬愛國的詩篇。祇是，《太陽吟》的表達方式是借早上「樓角新升的太陽」所鉤起的思緒直接抒發詩人思念祖國的纏綿情懷，而《晴朝》則是詩人借其早上所看到的各種景象，間接而曲折地表達游子思鄉的感情。因為《太陽吟》屬於直接抒情，所以將感情寄予太陽的詩人把早上的「太陽」景象寫得那樣輝煌大氣；但是屬於間接抒情的《晴朝》則不然，詩人聞一多卻把本來具有朝氣的早上景象寫得那樣灰暗。如詩中的「晴朝」在作家眼中是「遲笨」的，不僅「比年還現（按即應為「嫌」字，筆者注）長得多」，而且，還「像條懶洋洋的凍蛇」，從詩人的「窗前爬過」。其他意象如「煙雲」，「朱樓」，「汽車」，「榆樹」等都是死一樣的沉寂而絕沒有半點生氣。這其實並非大自然本身的原因，因為即使再美麗的「晴朝」，對於遠隔重洋「獨在異鄉為異客」更因遭受民族歧視而正在思鄉的聞一多來說，都祇能是「感時花濺淚，恨別鳥驚心」。因此，作為「孤雁」的聞一多，其時的表現或感觸就祇能是「天涯涕淚一身遙」。正所以此，雖然「一切的都向朝日微笑」，然而詩人的「淚珠兒卻先滾出來了」；雖然「皎皎的白日」正「將照遍了朱樓底四面」，然而「永遠照不進的」，卻是「游子底漆黑的心窩坎」。在此，《晴朝》和《太陽吟》的意向和思想感情合而為一，互為表裡，互為補充，其本應美麗景象的《晴朝》在詩人筆下所顯示的灰暗以及《太陽吟》意象在詩人

筆下所顯示的輝煌而形成的巨大反差,在表現詩人真切感人愛國情思的同時,其酣暢淋漓而又細膩的抒情,更給讀者帶來巨大的美感享受。

聞一多留學美國時的愛國詩作,常常表現為對於祖國山水草木和悠久文化熱愛的內容。如作者在《秋色》詩之「色彩」的觀賞中關於「紫禁城裡的宮闕——/ 黃的琉璃瓦」和「綠的琉璃瓦」以及「樓上起樓,閣外架閣」的描寫,還有把潔閣森公園「小鳥唱著銀聲的歌兒」也當作「是殿角的風鈴底共鳴」(聞一多 1923 年 2 月 2 日給梁實秋信要求將「共」字改為「和」字,但出版《紅燭》時仍是「共」字),甚至,連「這些樹」也都「不是樹了」而變為「金碧輝煌的帝京」的想像;另外《憶菊》一詩,作者特別注明「重陽節前一日作」,這是暗借唐代詩人王維「獨在異鄉為異客,每逢佳節倍思親」詩句抒發身在他鄉的游子對於祖國山水草木和文化的熱愛以及對於祖國的思念。他將菊花比作「我們祖國之秋底傑作」,又因為是「四千年華胄底名花」,所以,當詩人一想起她,就難免不想起自己的家鄉,想起自己的祖國。因此,詩人這才「我要讚美我祖國底花,/ 我要讚美我如花的祖國」。當然,《太陽吟》也是借天上太陽的奔波不息抒發旅居海外游子無所依歸時對於祖國的思念,尤其借象徵中國文化的典故如「六龍驂駕」,象徵中國的威嚴歷史如「北京的宮柳」,象徵中國的博大如「山川」等,抒發對於具有悠久歷史祖國的自豪感。

所有這些,就形成聞一多愛國詩的獨具特色。

在聞一多詩作中,也有許多表現中國古典文化意象或典故標誌的如「紅燭」(《紅燭〈序詩〉》),「翡翠,藍珩玉,紫石英」和「盤龍,對鳳,天馬,芝草,玉蓮」(《劍匣》),「太華玉井底神裔」,「雛鳳底律呂」,「抱霞搖玉的鮮花」,「千葉寶座上的如來」,「丈餘紅瓣中的太乙」,「五老峰前的詩人」和「洞庭湖前的騷客」(《紅荷之魂》)

以及「嫦娥」(《美與愛》)等;在其所引古典詩句作為題記的詩篇中,除《孤雁篇》所引杜甫之「天涯涕淚一身遙」外,另外還有《紅燭〈序詩〉》所引李商隱之「蠟炬成灰淚始乾」,《李白之死》所引李白之「我本楚狂人,鳳歌笑孔丘」,《雨夜篇》所引黃庭堅之「千林風雨鶯求友」,《青春篇》

所引陸游之「柳暗花明又一村」等。所有這些意象所表達出的文化內涵，也構成聞一多詩歌不同於當時其他詩人創作的獨特景觀。

聞一多詩作所以表現出如此特點，當然源於他對中國悠久古典文化精華的熱愛。他在批評郭沫若的《女神》缺乏地方色彩時就說：「現在的新詩中有的是『德謨克拉西』，有的是泰果爾，亞坡羅，有的是『心弦』『洗禮』等洋名詞。但是，我們的中國在那裡？我們四千年的華胄在那裡？那裡是我們的大江，黃河，昆侖，泰山，洞庭，西子？又那裡是我們的《三百篇》，《楚騷》，李，杜，蘇，陸」？確實如此。在「五四」新文化運動的推動下，當時的作家們在反對封建舊文化的同時，有的竟忘記繼承中國優秀文化的傳統，這就形成被聞一多在《〈女神〉之地方色彩》中所認為的「一種歐化的狂癖」。郭沫若就是如此，而且被聞一多在他之這篇文章中批評「《女神》中底西洋的事物名詞處處都是，數都不知從那裡數起」。雖然郭沫若的詩中並不乏中國名詞和意象，但是那意象，聞一多卻認為「《鳳凰涅槃》底鳳凰是天方國底『菲尼克斯』」卻「並非中華的鳳凰」。就連郭沫若觀畫也是「Millet 底 Shepherdess」（米勒的《牧羊女》，筆者注），贊像也「是 Becthoven（貝多芬，筆者注）底像」，而「他所羨慕的工人是炭坑裡的工人」卻並非聞一多所認為的應該是中國的「人力車夫」。聞一多甚至認為郭沫若即使「聽到雞聲」，其也並「不想著笙簧底律呂而想著 Orchestra（管弦樂隊，筆者注）底音樂」。聞一多還說，即使「地球自轉公轉」，這在郭沫若看來也「好像一個跳舞著的女郎」，而「太陽又『同那月桂冠兒一樣』」。尤其郭沫若在「心思分馳時，他又『好像個受著磔刑的耶穌』」，並且，在其胸中的，又「像個黑奴」。

聞一多在此指責郭沫若《女神》中運用諸多的洋名詞，其「本意是要指出《女神》底作者對於中國，祇看見他的壞處，看不見他的好處」。聞一多在承認郭沫若「並不是不愛中國」的同時，又認為郭沫若太「不愛中國的文化」。他解釋說，「我個人同《女神》底作者底態度不同之處是在：我愛中國固因他是我的祖國，而尤因他是有他那種可敬愛的文化的國家；《女神》之作者愛中國，祇因他是他的祖國，因為是他的祖國，便有那種不能吸引他的敬愛的文化，他還是愛他」。聞一多將他和郭沫若的這種差異，叫做「情

緒愛國」和「理智愛國」。因為「愛祖國是情緒底事，愛文化是理智底事」。所以，聞一多說「一般所提倡的愛國專有情緒的愛就夠了」，因為「沒有理智的愛並不足以詬病一個愛國之士」。然而聞一多卻說他「現在討論的另是一個問題，是理智上愛國之文化底問題。（或精辯之，這種不當稱愛慕而當稱鑒賞）」。這又是因為，聞一多不僅「時時刻刻想著我是個中國人」，而且，他更認為「東方底文化是絕對地美的，是韻雅的」，還有就是「東方的文化而且又是人類所有的最徹底的文化」。[35] 從歷史的眼光看，雖然聞一多所論證的他和郭沫若對於祖國愛之深和如何愛的不同尤其聞一多關於郭沫若對中國傳統文化隔膜的批評也失之客觀，然而這讓我們看到的卻是他對祖國優秀傳統文化熱愛的執著。也許肯定正是這緣故，朱自清從 1935 年至 1947 年一而再，再而三，三而四地肯定聞一多「是當時新詩作家中唯一的愛國詩人」。並且「對這批評」，聞一多生前也「覺得很正確」。[36] 我們說，這種正確的原因，正是聞一多理智愛國和郭沫若情緒愛國的差異。如果不從這個意義上解釋，我們就無法理解郭沫若《爐中煤》的愛國情感。

聞一多熱愛祖國優秀傳統文化的原因，源於他「世家望族，書香門第」教養的熏染，再兼之 10 年清華古典文化的教育，就更使他牢固了揮之不去的熱愛祖國優秀傳統文化的情結。尤其在美國遭受民族歧視所激起的逆反心理，就更使滿腔熱血的聞一多愈加熱愛自己的祖國和自己祖國的優秀傳統文化。愛國思鄉的詩歌，就是在這樣的背景和心態下創作出來。當然，這種創作，也是發誓定在詩壇作出成就的聞一多的追求。他在一次給其駟弟的信中就說：「我將乘此多作些愛國思鄉的詩，這種作品若處於至性至情，價值甚高，恐怕比那些無病呻吟的情詩又高些」。[37] 確實如此，聞一多的思鄉詩除此前所論及者外，還有《秋深了》、《秋之末日》和《長城下之哀歌》等。前者借「秋」之逝去春夏的「榮華」所灑下的「黃金雨」表達詩人對「祖國」，對「家庭」，對「母校」以及對「故人」的無盡情思；《秋之末日》則是借對「秋」之蕭殺氣氛中諸意象的反問，用暗喻的修辭手法象徵漂泊海外游子雖「落魄」但卻頑強不屈的複雜心理。當然，聞一多的愛國詩並不僅僅簡單地表現在對於祖國的思念方面，而是將其思念祖國和其熱愛祖國的悠久歷史相結合，這也是他之詩歌的一大特色。如果說前兩首詩都是靠借景進行抒情，那麼，《長

城下之哀歌》則是借象徵中華民族意識和文化精神之「長城」的衰敗，表達聞一多「悲慟已逝的東方文化」[38] 情結。在詩中，聞一多將長城作為「五千年文化底紀念碑」和「偉大的民族底偉大的標幟」的同時，又把其稱作「是舊中華底墓碑」，就連他自己，也當作「是這幕中的一個孤鬼」。因為，雖然長城「頭枕滄海，尾踢昆侖」，然而他「何曾隔閡了匈奴，吐蕃」？並且「又何曾障阻了遼，金，元，滿」？雖然中華文明經常敗落於「可汗」或「單於」之手，然而聞一多畢竟不是狹隘的民族主義者，他站在歷史的高度，認為那「昨日的敵人還是我們的同族」。因此，我們就「何須追憶得昨日的辛酸」！更何況，那「昨日的辛酸怎比得今朝的劫數」？而這「今朝的劫數」，就是那「鋼筋鐵骨，嚼火漱霧的怪物」即現代交通工具火車「運輸著罪孽，散播著戰爭」的帝國主義列強侵略。面對著某些國人「抱著金子從礦坑裡爬上來，/ 給吃人的大王們獻壽謝恩」的萎靡精神或者說奴顏婢膝，聞一多也像魯迅那樣表現出「哀其不幸，怒其不爭」的態度進行譴責。尤其想像著在那「鉛鐵的天空裡盤飛」的「大雕」，面對著殘酷無情戰爭中竭澤而漁的經濟掠奪，更面對著「中華最末次的滅亡」，聞一多痛不欲生地叫著「鴻荒的遠祖——神農，黃帝」和「先秦的聖哲——老聃，宣尼」的名字，還有那屈原，伯牙，荊軻以及「二十四史裡一切的英靈」，都「起來呀，起來呀，請都興起，——」為了不讓那「神州成了惡鳥底世界」，詩人即聞一多寧願把長城去「撞倒」。因為，其認為「這墮落的假中華不是」他「的家」。昔日的榮華和今天的衰敗所形成的巨大反差，尤其同長城一起衰落而經不起侵蝕之中國文化的衰敗更讓極具民族自尊和民族自強的聞一多痛不欲生。因為，當時的聞一多就認為：「我國前途之危險不獨政治，經濟有被人征服之慮，且有文化被人征服之禍患」。而且，聞一多更認為，「文化之征服甚於他方面之征服千百倍之」。[39] 所以，聞一多認為「技術無妨西化，甚至可以盡量的西化，但本質和精神卻要自己的」。這就是他所說的「民族的本位精神存在於其中」之內涵。因為，「一個作家非有這種情懷，絕不足為他的文化的代言者，而一個人除非是他的文化的代言者，又不足稱為一個作家」。[40] 聞一多的這些言辭，固然有著「保守」之嫌，然而他之堅守中國優秀傳統文化同民族命運相結合進行考察的方法，尤其讓我們從《長城下之哀歌》的悲劇審美價值中，不僅看到一個

不屈的心靈在詩中跳動，而且更讓我們在那特殊背景中，深刻認識到堅守民族優秀傳統文化對於民族生存的重要意義。

由於對民族優秀傳統文化的堅守當然更因對民族歧視的反抗，聞一多詩作的愛國內容還表現為對於殖民剝削者的痛恨方面。同是在美留學時期創作的《洗衣歌》，也是表現他愛國思想的名篇。該詩通過華人終年替人洗衣卻備受歧視的悲慘遭遇，不僅表現出華人飄零異國的血淚生活，而且，更通過此表現出聞一多對於民族歧視和殖民剝削的痛恨。在此，詩人不是簡單地同情華人洗衣的艱難和遭受的凌辱，而是將自己和洗衣者融為一體，親身地感受著洗衣者所遭受的凌辱並從中表現出他鮮明的民族意識和民主思想。尤其詩人在駁斥「你說洗衣的買賣太下賤」時將他們的牧師告訴我之「耶穌的爸爸做木匠出身」的反諷，就一把將西方所信奉的最高宗教權威拉到地上，這不啻是給西方文明一記響亮耳光。

如同《洗衣歌》所塑造的那個在複雜情感中的倔犟形象，面對著民族歧視和民族壓迫，聞一多又以桀驁不屈的民族精神和氣節，寫下了《我是中國人》。他在詩中自豪地宣布：「我是中國人，我是支那人，／我是黃帝底神明血胤」。聞一多不僅沒有因為自己是黃種人遭受白眼備受歧視而自卑，相反，卻為自己屬於被人賤視的「支那人」而驕傲。這還是因為，他對於自己的祖國不僅有著一種有生俱來的本能感情，而且，更是因為對於祖國尤其對於祖國傳統文化有著一種更理性更深摯的熱愛。這就如同他在《〈女神〉之地方色彩》中論述自己所以愛國的原因，不僅讓人明白他之愛之深，而且，更讓人明白他之如何愛之深。因此，他在詩中盛贊中國歷史的偉大悠久，民族文化的博大精深，民族精神的不屈不撓，民族性格的不畏強暴還有象徵民族最高統治「堯舜的心」之仁慈等……在這裡，詩人以第一人稱的寫作手法，集中國歷史所有智慧和榮耀於一體，夸耀於殖民者之前：「偉大的民族！偉大的民族！／我是東方文化底鼻祖；／我的生命是世界底生命」。因為，「我是中國人，我是支那人」！為自己祖國的歷史和文化而自豪和驕傲，這就是聞一多當時所昭示於人的文化態度。當然，正是因為熱愛自己祖國文化的原因，聞一多才具有一顆《愛國的心》：「我心頭有一幅旌旆，／沒有風時自然搖擺；／我這幅抖顫的心旌，／上面有五樣的色彩。／這心腹裡海棠葉形，／

是中華版圖底縮本；／誰能偷去伊的版圖？／誰能偷得去我的心」？雖然該詩很短祇有八句，然而在較短的詩行中，詩人將像海棠葉片似的心臟比喻為祖國的版圖，這就又形象地暗喻祖國就在詩人心中。儘管這首詩之「五色旗」的表現帶有「國家主義」傾向，然而歷史的侷限絲毫也不影響該詩的思想內涵和美學價值。相反，正是有了這首詩，正是有了這顆「愛國的心」，就更讓我們能夠找到他之所有愛國詩的創作基礎或者說依據。

由於有著一顆這樣「愛國的心」，聞一多面對著帝國的民族歧視和民族壓迫乃至侵略創作出了《醒呀！》和《七子之歌》。《七子之歌》是將在清朝時被諸帝國列強搶奪走的澳門、香港、臺灣、威海衛、廣州灣（即現在湛江，筆者注）、九龍和旅順大連等比作離開母親的7個兒子，表現的是「兒子」控訴被強盜欺侮蹂躪的痛苦。尤其在每「歌」的結尾，作者在諸多「控訴」的鋪陳之後，以退後三字錯行的特殊形式重複著「母親！我要回來，母親」之撕心裂肺地呼喊著要回到母親懷抱的那種真摯情感更催人淚下。此真乃「讀《出師表》不感動者，不忠；讀《陳情表》不下淚者，不孝；古人言之屢也，餘讀《七子之歌》，信口悲鳴一闋復一闋，不知清淚之盈眶。」就連「讀《出師表》、《陳情表》時，固未有如是之感動也」。[41] 如果認為《七子之歌》的內容僅祇控訴了帝國主義列強的侵略罪惡以及「兒子」要求回歸的強烈願望，那麼，《醒呀！》則表現出遭受這種罪惡侵略飽受摧殘蹂躪下「中華民族爭自由求獨立的迫切呼號的精神」。[42] 該詩運用戲劇的表現方式，分別以「眾」及漢，滿，蒙，回，藏等人民的口吻，對著世界大舞臺，發出了覺醒後那種響徹寰宇的獅吼：「醒呀！請扯破了夢魘的網羅。／神州給虎豹豺狼糟蹋了。／醒了罷！醒了罷！威武的神獅！／聽我們在五色旗下哀號」。我們說，聞一多的這種因「歷年旅外受盡帝國主義的閒氣而喊出的不平的呼聲」，在當時「五卅」背景下發表並在讀者中所產生的重大影響，就正應了聞一多之「在同胞中激起一些敵愾，把激昂的民氣變得更加激昂」[43] 的效果。

對於民族英雄的歌頌，也是聞一多「在同胞中激起一些敵愾，把激昂的民氣變得更加激昂」的原因。就在以上這幾首詩歌創作的同時，聞一多還於1925年春創作了長詩《南海之神——中山先生頌》。詩人充分發揮詩歌創作想像的優勢並以誇張的手法，極盡鋪陳之能事，將孫中山贊譽為「赤縣神州」

的「聖人」，這個「聖人」就像「洪爐中的一條火龍」一樣揮起「第二個盤古底神斧」。就這樣，「五千年的金龍寶殿一掃而空一一／前五千年底盤踞地禪讓給後五千年了」。「於是中華的聖人」不僅「創作了一個新紀元」，而且，他更「轉斡了四萬萬生靈底命運」！但這首詩的內容並不僅衹歌頌孫中山扭轉乾坤的偉大，更重要的是詩人寫出了「聖人」偉大的源泉或動力即「莊嚴」來自「巍峨的五嶽」，「堅韌」來自「瞿塘灩澦的石壁」，「毅力」來自「奔流萬里，百折不回的揚子江」，「度量」來自「浩蕩的太平洋」，「洞察的眼光」來自「九天的雷霆」等。總之，是「造物者…把創造的全能交付給他」。雖然孫中山帶領人民推翻了幾千年的封建帝制，但是，「聖人」即孫中山這種偉大的源泉或動力，實際上還是來自中華民族的歷史文化。這樣，孫中山「紀元之創造」的功績也就和中華民族的歷史文化結合起來。這樣寫作的現實意義，並不僅衹表現出孫中山所以偉大，更重要的是，聞一多在那個民族歧視，民族壓迫的環境中創作，尤其在中國當時處於內憂外患、風雨飄搖狀況下的「五卅」後發表，這就和《醒呀！》、《七子之歌》的創作和發表一樣，英雄的壯舉和功績就更達到了聞一多之「在同胞中激起一些敵愾，把激昂的民氣變得更加激昂」的效果。

雖然如此，但聞一多留學出國時和留學歸國後對於祖國的感情卻不相同。由於聞一多熱愛自己的祖國尤其熱愛自己本民族的歷史文化，更兼當時涉世未深的他之與生俱來的理想主義特性，因此當他在異域民族歧視的氛圍中親眼目睹並親身遭受了民族歧視的屈辱後，游子想「家」的思想便隨之產生。衹有在這時，未曾深入過社會底層的他才把祖國想像得那樣美好。於是，這才出現了諸如《太陽吟》、《憶菊》和《秋色》等詩那種借景抒情並以情染色和以色喻情，將思念一己之家和祖國大家融為一體的創作。他在異國他鄉朝思暮想著生他養他的那塊熱土，於是，便以情詩的形式寫出過真摯感人並象徵回到祖國懷抱的《我要回來》。而當他真的《回來了》時，「真是說不出的悲喜交集」。因為，詩人「又投入了祖國的慈懷」。其最初看到的，更全是那「船邊飛著簸谷似的浪花」和「天上飄來仙鶴般的雲彩」等等。雖然這是屬於詩人歸國之時初得感觸的愛之切情感，然而正是因為作者有著這種按捺不住的澎湃激情，才會有他歸國之後深入觀察並《發現》「這是一溝絕

望」《死水》的恨之深情感。「我來了，我喊一聲，迸著血淚，/『這不是我的中華，不對！不對！』」（《發現》）因為，處於內憂外患，軍閥混戰，鬼蜮橫行的 20 世紀 20 年代中期的中國，整個社會就是「一溝絕望的死水」。《死水》之詩的深意在於聞一多以其強烈的正義感對於噩夢般的現實進行強烈詛咒並表現出熾熱的愛國情感。聞一多太摯愛這塊生他養他的土地，所以他認為「這是一溝絕望的死水，/ 這裡斷不是美的所在」。尤其他之「不如讓給醜惡來開墾，/ 看他造出個什麼世界」的憤激之辭，更讓我們體會到聞一多那種火山爆發般的愛恨情感。這才使我們如當年的陳夢家先生一樣從其《死水》中看出其「火」。[44] 正是從這個意義分析，我們認為《死水》屬於典型的「詩境」和「塵境」相交織的愛恨結晶。

我們都很清楚的一個情況是，聞一多的熱愛祖國和其熱愛人民是緊密結合在一起的。他把人民的命運和祖國的命運結合在一起，尤其在他後期，面對著腐朽的國民黨政權當道而人民遭殃時，他認為「祇有土地和主權都屬於人民時，才講得上國家」。因此他說「祇有『人民至上』，才是正確的口號」。[45] 正所以此，聞一多非常關心人民的疾苦。《荒村》是用一連串寄情於景的白描式繪畫，寫當時軍閥混戰之後數百里「這樣一個桃源，瞧不見一個人煙」的現實，從而表現軍閥戰爭帶給人民流離失所的痛苦。《罪過》通過寫某老漢一大早進城賣水果被摔跤撒了一地的故事，表現當時社會的殘酷無情。該詩的深意並非簡單寫老漢摔一跤後爬起來在哆嗦中「拾起來又掉了，/ 滿地是白杏紅櫻桃」的慘狀，而是表現他在摔一跤後，「回頭一家人怎麼吃飯」的結局。更何況，通過老漢的自責，又使我們想像到老漢家中養活著一個長期臥病在床抑或殘疾，甚至是因挑擔買賣摔傷致殘的兒子。現實如此的不公，這究竟是誰的「罪過」？《天安門》通過寫一位洋車夫向一位坐車「先生」訴說夜晚天安門拉車「遇鬼」的故事，從而表現出當時的天安門就是軍閥殺害學生的屠場。雖然洋車夫並不明白「學生們」「有的喝，有的吃」並且「還開會」的深意何在，但他卻深知「趕明日北京滿城都是鬼」的更加恐怖。正是從洋車夫的這句話中，讓我們體味到當時撒向遍地的都是冤。和前者《罪過》主人公一味自責但卻不明「窮」之原因，《天安門》主人公「事理」不辨卻又迷信不同，《飛毛腿》的主人公雖然窮得所穿破棉襖都可能是其老婆

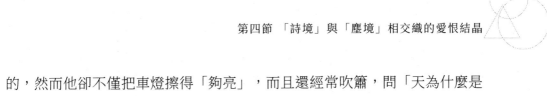

的，然而他卻不僅把車燈擦得「夠亮」，而且還經常吹簫，問「天為什麼是藍的」以及「曹操有多少人馬」？就是這個感情豐富且年輕力壯的人力車夫，他的結局是什麼呢？作者在詩的結尾作了交代：「嗐！那天河裡漂著飛毛腿的屍首……」，因為，「飛毛腿那老婆死得太不是時候」。在此，雖然作者沒有交代「飛毛腿」老婆的死因，然而通過詩人前面的鋪墊，我們就可知道他們二人的死，亦如老捨筆下的「祥子」，郁達夫筆下的「人力車夫」，都是在那個教人生存不得的社會給逼死。

如果認為這幾首詩表現的都是單純的「塵境」，那麼，《春光》則實實在在表現的是「詩境」和「塵境」的交織。這是因為，作者在該詩前八句即第一段把個春光裡的景色描寫得那樣美好：在天竹「靜得像入定了的一般」時，「珊瑚」在「那天竹上密葉遮不住的」地方，「麻雀」「在朝暾裡運氣」，「春光從一張張的綠葉上爬過」。不僅「驀地一道陽光晃過我的眼前」，使「我眼睛裡飛出了萬支的金箭」，而且，那耳邊還「謠傳著翅膀的摩聲」，更使人「彷彿有一群天使在空中邏巡……」的感覺。這美妙的「詩境」簡直能把讀者帶入那天堂般的世界。然而，正當我們讀詩迷醉於這夢畫般的境界時，突然映入我們眼簾的是其後兩行也是該詩的最後一段即：「忽地深巷裡迸出了一聲清籟：/『可憐可憐我這瞎子，老爺太太！』」在這似乎凝固了的雲蒸霞蔚的明媚春光以及明媚春光中的萬般和平景象中，突然爆出「瞎子」那出人意料但卻石破天驚的「清籟」。我們說，在此頭重腳輕的結構中，詩人構思的深意即刻就從這「詩景」和「塵境」的巨大審美反差中表現出來。於是，這首包括此前諸詩，就形象而又完整地將當時人民的疾苦，民族的災難和社會的黑暗表現出來。衹是需要說明的是，《春光》之「詩境」和「塵境」的交織，和此前所分析的思鄉之詩創作背景的差異表現為，前者是聞一多在「詩境」的追求中被迫掉入到「塵境」中，他是欲進入「詩境」但又不能進入「詩境」中，最終進入「詩境」後抒發的是一己痛苦並以之表現愛恨。而《春光》的創作則不然，雖然聞一多當時也是在「詩境」即極端唯美主義追求的大背景下進行創作，但他那時卻是自覺地將「詩境」即詩意和「塵境」即現實的表現相結合，從而表現他關心人民疾苦以及悲天憫人的情懷。聞一多創作的這種進步表現為，除了表現自己的愛恨外，更有對於當時黑暗社會的譴責。

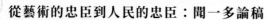

　　聞一多所以如此熱愛自己的祖國，熱愛自己的人民，我們可在他《一個觀念》中，找到更為明確的我們此前分析過的答案，這就是那「五千多年的記憶」的文化如同「一道金光」和「一股火」之「絢縵的長虹」和「橫暴的威靈」將詩人「降服」。正是這原因，為了「抱得緊」「那樣美麗」且「那樣的橫蠻」被征服了的「你」，聞一多才為自己的祖國《祈禱》：「請告訴我誰是中國人，／啟示我，如何把記憶抱緊；／請告訴我這民族的偉大，／輕輕的告訴我，不要喧嘩！」這，就是聞一多一顆赤誠的愛國之心。正是有著這顆赤誠的心，所以聞一多面對著軍閥混戰，民不聊生和餓殍遍地的局面，雖然「受哺的小兒啼呷在母親的懷裡」，並且「鼾聲報導」著她「大兒康健的消息」，但是她在這「靜夜」裡還是忍不住「心跳」。（《心跳》）因為，詩人早已《發現》他之留學美國歸來時「鞭著時間的罡風，擎一把火」遇到的卻「是噩夢掛著懸崖」，更「那知道是一場空喜」。於是，詩人「追問青天，逼迫八面的風」，並且「拳頭擂著大地的赤胸」，但卻「總問不出消息」。儘管詩人呼喊著「嘔出一顆心來」，但還是沒有任何效果。就在這樣的情況下，作為一個極具良知的知識分子，聞一多發出了「誰稀罕你這牆內尺方的和平」的叫聲。因為，在他的心理世界中，「還有更遼闊的邊境」。這就是，聞一多更為關心的是詩中所描寫的「四鄰的呻吟」，「寡婦孤兒抖顫的身影」，「戰壕裡的痙攣，瘋人咬著病榻」和其他「各種慘劇在生活的磨子下」。就在面對「一陣炮聲」和「死神在咆哮」禁不住「心跳」的情況下，聞一多喊出了「幾千年沒有說破」的《一句話》之「咱們的中國」。在封建社會裡，「莫談國事」成為大多數人絕對遵奉的信條。當然，面對著封建壓迫和封建剝削，也不乏登高而呼，揭竿而起的抗暴起義英雄。因此，聞一多才說「有一句話說出就是禍」，並且「有一句話能點得著火」。雖然「別看五千年沒有說破」，然而，誰都能「猜得透火山的緘默」。正是在人民的心中人人都有一座即將爆發的火山，所以就有可能「突然青天裡一個霹靂／爆一聲：／『咱們的中國』」。我們說，《一句話》這首詩的關鍵詞即核心就是「咱們的中國」。聞一多在此向人昭示的，這個「中國」，就是「咱們的」。因此，這個昭示所蘊含的豐富潛臺詞就更令我們深思。當分析至此，就不能不使我們聯想到聞一多此時已經脫離了《死水》詩創作那種無可奈何的憤激情緒，因

此就可認為他也已由單純的憤激情緒轉向較為理性的理想境界。這就是，他盼望著有一個真正屬於人民的「咱們的中國」！雖然當時的社會距離這個真正屬於人民之「咱們的中國」實現的道路還很遠，但是「你不信鐵樹開花也可，/那麼有一句話你聽著」，聞一多在詩中又說，「等火山忍不住了緘默」，你可「不要發抖，伸舌頭，頓腳」。這就說明，當時的聞一多對於真正屬於人民的「咱們的中國」確實具有堅定的信念。雖然，這個真正屬於人民的「咱們的中國」究竟什麼狀況，聞一多還非常模糊。但是我們從此卻可看出，聞一多此時已經由原來的愛文化之國轉變為愛現實的理想之國。而且這種信念，愈到後來，也就表現得愈明顯，甚至由書齋而走向十字街頭轉變為民主「鬥士」。

「文學是生命底表現，便是形而上的詩也不外此例」。這是聞一多在其前期詩論《泰果爾批評》中認為「泰果爾底文藝底最大的缺憾是沒有把握到現實」時所說。又因為「普遍性是文學底要質而生活中的經驗是最普遍的東西，所以文學底宮殿必須建在生命底基石上」。因此，聞一多就總是用詩（也可以說是他當時的一個工具）去傳達自己對於人生的體驗。尤其面對著北洋軍閥殘酷鎮壓學生的「三·一八」流血事件，聞一多的滿腔愛國激情確實流在筆尖並且流在了紙上。這就是他不僅寫出記述以上文字的《文藝與愛國：紀念三月十八》這篇文藝時評，而且，他還與此同時，寫出鼓舞人們鬥志和必勝信念的《唁詞：紀念三月十八日的慘劇》：「這最末的哀痛請也不要吝惜，（這一陣可礰碎了你們的心！）但是這哀痛的波動卻沒有完，他要在四萬萬顆心上永遠翻騰」。雖然聞一多在此所問「哀痛」「礰碎」的可是「你們的心」，其實「哀痛」「礰碎」的卻正是他的心。

我們當然知道，前期的聞一多屬於極端唯美主義追求的詩人。而極端唯美主義追求的最大特點，就是現在所謂的「純詩」表現。聞一多當時就是欲鑽進真正的「詩境」，「徑直要領袖一種」極端唯美主義的「文學潮流或派別」。因此，他在《莪默伽亞謨之絕句》中就說「讀詩底目的在求得審美的快感」，所以「鑒賞藝術非和現實界隔開不可」。他更在給梁實秋的信中說他「的詩若能有所補益於人類，那是」他「無心的動作」。因為他說其所「主張的是純藝術的藝術」。[46] 他在批評俞平伯的《冬夜》之「情感也不摯」時

就認為作者「太忘不掉這人間世」。[47] 雖然如此，但由於文學是人學的緣故，又因為聞一多具有愛國的思想、高尚的人格、正義的行為和純粹的良心等，聞一多不得不一次又一次地從「詩境」掉進「塵境」中去。於是，作為性情中人的聞一多，在「詩境」和「塵境」的交織中，這就猶如「一張留聲機的片子，鋼針一碰著他就響」。[48] 然而「這留聲機片子」至情至性的創作，就使雖然始終沒有放棄過極端唯美主義追求的前期聞一多終究不能成為極端的唯美詩人。相反，他因不僅熱愛具有悠久歷史文化的祖國和在苦難大地上掙扎而生存的勤勞善良人民，而且，還對祖國的未來產生了美好的憧憬。也許，正是這原因，能讓我們更深刻地理解朱自清先生不止一次所說的聞一多是抗戰前幾乎唯一愛國詩人的贊譽。

▌第五節 暗示方法下多義理解之美與愛的絕唱

在聞一多所有詩作中，寫於 1930 年底的《奇蹟》可謂一個奇蹟。我之這樣說，因為這是徐志摩認為聞一多在「三年不鳴」的情況下，又「一鳴驚人」的佳作。並且，公認達到了其詩歌創作藝術的高峰。雖然聞一多自己曾說「本意是一道商籟，卻鬧成這樣松懈的一件東西，也算不得『無韻詩』，」然而他還是非常「高興，得意」。因為，是這首詩的問世，使他「已經證明了這點靈機雖荒了許久沒有運用，但還沒有生銹」。他並且還說：「寫完了這首，不用說，還想寫」。而且，「說不定第二個『叫春』的時機快到了」。[49] 雖然他的這個理想並沒有實現。

從聞一多給朋友朱湘和饒孟侃的信之這些話中，我們可以看出聞一多對這首詩是多麼的喜歡；並且，無論其對這首詩的喜歡程度，抑或由「三年不鳴」到「一鳴驚人」讓文壇詩友羨慕夸贊不已，這都是一個奇蹟。然而，作為奇蹟，這首《奇蹟》詩之內涵究竟為何？「因為情感的隱匿和表現的獨特」，因此，它曾「成為新詩中一個難以破解的『謎』」。[50] 這樣，在《奇蹟》發表後直至 20 世紀的 90 年代，還眾說紛紜，莫衷一是。這從另一方面講，仍然是一個奇蹟。

孫玉石先生在其《聞一多〈奇蹟〉本事及解讀》中說「這首詩隱含的旨意，很長時間裡不被認識」完全正確。聞一多當年在將此詩寄給《詩刊》後，徐志摩雖然手捧《奇蹟》喜極若狂並認為是他所擠「多公」而得，但也祇字未提該詩的內涵。後來，當《奇蹟》於 1931 年 9 月發表《新月詩刊》時，「聞一多的學生陳夢家在他所寫的序言裡」，也「祇字未談及此詩的旨意」。孫玉石先生還說：「稍後發表的蘇雪林的評論（指蘇雪林於 1934 年 1 月 1 日發表於《現代》雜誌上的《論聞一多的詩》，筆者注）」，是「把它作為詩人對於尋求藝術美的結晶和創造藝術美的忠誠的體認」。

　　在此需要說明的是，蘇雪林對於《奇蹟》的認識，不是對其直接的評論，而是作為評價《死水》詩集之論據而進行分析的。她在《論聞一多的詩》之結尾中這樣說：「《死水》之所以成為一部標準的詩歌絕不是偶然的」。她說：「聞氏有長詩一首名曰《奇蹟》發表於《新月詩刊》創刊號」。蘇雪林並且把聞一多《奇蹟》的第一段摘錄如下：

　　我要的本不是火齊的紅，或半夜裡

　　桃花潭水的黑，也不是琵琶的幽怨，

　　薔薇的香；我不曾真心愛過文豹的矜嚴，

　　我要的婉孌也不是任何白鴿所有的。

　　我要的本不是這些，而是這些的結晶，

　　比這一切更神奇得萬倍的一個奇蹟！

　　在此，蘇雪林解釋說：「《紅燭》的美好像就是火齊的紅薔薇的香等等而《死水》則是這些東西的結晶了。作者所要求的『奇蹟』在《死水》裡是果然尋到了。然而這又談何容易啊，經過了『雷劈』『火山的燒』『全地獄的罡風亂撲』，他才攀登著『帝庭』在『半啟的金扉』後看見一個頭戴圓光的『你』出現。假如作者沒有那樣對藝術的忠心，奇蹟那會輕易臨到他呢」。[51] 這，便是蘇雪林對《奇蹟》的解讀。

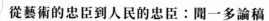

除以上孫玉石介紹的蘇雪林研究以外，應該說，新中國成立後較早對聞一多《奇蹟》題旨進行闡釋的，應該是李廣田先生。他於 1950 年代在其《〈聞一多選集〉序》中說：這「『三年不鳴，一鳴驚人』的奇蹟，實際上卻祇是一種幻滅的表現罷了」。[52] 遺憾的是，那幻滅的內容是什麼？論者卻沒有說明。

第三種觀點是聞一多在西南聯大的學生季鎮淮先生認為《奇蹟》「這首詩滿不是聞一多再張格律派的旗幟，而是他脫離詩人園地的告白」，並且以「可也不妨明說，祇要你——祇要奇蹟露一面，我馬上就拋棄平凡，……我祇要一個明白的字，捨利子似地閃著寶光；我要的是整個的，正面的美。……」作論據，認為當時的聞一多正在「拋棄虛幻的理想即奇蹟的追求，切實地走向平凡——目前的現實生活即學術研究」。[53] 在此，研究者將聞一多追求的「奇蹟」當作「拋棄虛幻的理想」，這不僅缺乏論據，而且，也明顯和作者對於「奇蹟」的追求意願相矛盾。

作為聞一多在青島時期的學生，臧克家更直截了當地說「《奇蹟》也不易讀懂」。他說：「在這首長詩中，詩人用了『火齊的紅』，『半夜裡桃花潭水的黑』，『琵琶的幽怨』，『薔薇的香』，『文豹的矜嚴』，……這樣許許多多美妙的比喻，奇特的想像，去映襯，去千呼萬喚，最後才喚出：

我聽見閶闔的戶樞惝然一響，紫霄上

傳來一片衣裙的綷縩——那便是奇蹟——

半啟的金扉中，一個戴著圓光的你！」

至此，臧克家接著說：「這個『你』是誰？大費疑猜」。他並且還說：「這篇《奇蹟》是他教我時候寫的，當時我讀不懂，但也沒問他」。直到「現在，我一連讀了幾遍，我看聞先生寫的是他認為的『美的化身』。像是以女性為代表。這與《紅燭》裡的《紅豆篇》所追求，所熱情歌頌的對愛人的愛情，似有相通之處，但又決然不同」。二者不同的原因，臧克家在下文中說得非常明白，這就是：「一抽象，一具體。一現實，一象徵」。

應該說，臧克家在此已經承認是愛情詩，還是說到點子上。儘管他說是其「個人的猜想」，並且「也不一定猜得對」。[54] 這，可以認為是對《奇蹟》題旨認識的第四種觀點。

第五種觀點是同樣作為聞一多學生的王康對這篇詩作是這樣理解的：「這首詩充滿悵惘、憧憬、企慕、豔羨、曲達圓妙的辭句，似乎在向那些關心的朋友傾訴著自己的心情」。為了證明自己的觀點，王康又摘引了一段《奇蹟》的詩句如下：

我要的本不是這些，而是這些的結晶，

比這一切更神奇得萬倍的一個奇蹟！

可是，這靈魂是真餓得慌，我又不能

讓他缺著供養，那麼，即便是秕糠，

你也得募化不是？天知道，我不是

甘心如此，我並非倔強，亦不是愚蠢，

我是等你不及，等不及奇蹟的來臨！

王康接著說：「他也表白了自己真心的希望，宣稱過要把世界『讓給醜惡來開墾』，也曾很欣賞莊子那種病態的『以醜為美的興趣』」。不過，王康在此不是批判聞一多的過去，而是肯定他的「現在」。因此，他接著又說：「現在」，聞一多「不這樣了」。於是，王康又摘引聞一多《奇蹟》的詩句如下：

我也不再去鞭撻著「醜」，逼他要

那分兒背面的意義；實在我早厭惡了

這些勾當，這附會也委實是太費解了。

我衹要一個明白的字，捨利子似地閃著

寶光；我要的是整個的，正面的美。

　　王康之引詩的意思顯然是說聞一多這時已經不再是《死水》時期的他了。因此，他說這是聞一多「獻給詩壇的告別辭」。並且，又摘引其詩句如下：

　　我等，我不抱怨，祇靜候著一個奇蹟的來臨。

　　王康說，聞一多「決心毫不抱怨地等待著，那怕『雷來劈我，火山來燒，全地獄翻起來撲我』，他也不怕，『不管等到多少輪回以後』，他也願意『等著』」！

　　要真正理解一個作品，讀者當然要和作者創作時的背景相聯繫，以便能夠知道作者當時的心境。王康就是這樣分析聞一多這篇詩作的。然而，王康所聯繫的並不是聞一多創作該詩的本事，而是聞一多創作的時代背景。他說：「一九三〇年的冬天，國民黨內部爭權奪利的蔣、閻（錫山）、馮（玉祥）之戰剛告結束，連天的烽火，遍地的炮聲，令人心有餘悸。黃昏時呼嘯的風暴過去了，月光從雲端重新露出，照著澄靜的海面，斜映在溫馨的窗欄上。古書的紙香一陣陣的襲來，靜夜裡鐘擺搖來了一片閒適，這一剎那，真像是一剎那的永恆——一陣異香，最神祕的肅靜，（日，月，一切星球的旋動早被喝住，時間也止步了）最渾圓的和平⋯⋯」

　　於是，王康說：「這是『奇蹟』！擱筆三年的聞一多，似乎也懷著像杜甫那種『語不驚人死不休』的氣派，就在這神祕的靜夜裡，擁抱著莊子所熱忱愛慕的『道』，寫出了他的《奇蹟》」。[55]

　　作為第六種觀點的劉桓和金輝則認為，《奇蹟》「無論從內容上、還是從藝術上都極為重要的一首長詩」。他說：「這是在《紅燭》、《死水》詩集以外的一篇浪漫主義色彩濃厚的力作」。並且，「由於採取了浪漫主義的象徵手法，詩比較不易理解」。雖然如此，但論者又說，「仔細揣摩，還是可以透過那些象徵性的語言、火一樣熾熱的感情，找到蘊藉深厚的內核，看到詩人那顆激烈跳動著的心」。

　　這「蘊藉深厚的內核」和「詩人那顆激烈跳動著的心」之內容是什麼？作者因為研究界「關於《奇蹟》中的『奇蹟』究竟指的是什麼」以及「眾說紛紜，不盡一致」的情況，便「於 1984 年 3 月初訪問了聞一多先生的弟弟

聞家駟教授」。其所得到的回答是：「聞一多所要求的『奇蹟』，是詩人浪漫主義愛情高度的體現」。應該說，聞家駟說《奇蹟》是一首愛情詩，已經非常清楚。然而當時可能尚不知聞一多創作該詩本事的劉桓和金輝他們還是不理解該詩的確指內容或者說「理解不深」。

正因為如此，論者才急著尋找正確答案，並且也「真」的找到了。這就是他們在論文中所說的在「回青島後適逢聞一多雕像落成不久，在同年 4 月 27 日早上，忽然發現在雕像前放著一束鮮花」。並且，「這束鮮花，不像是從市場上買的，也不像是從野外採來的」，而「很像是精心從花盆裡剪裁的」並且「鮮豔不俗」。他們問當時周圍的人，誰也不知是何人何時送來。最後還是傳達同志說，那是一位約 60 歲左右的老太太於拂曉前送來。那麼，這個「她是誰呢」？她「與聞一多是什麼關係」？這些問題使他們一直得不到解決。無獨有偶，「1985 年 4 月 27 日，又同樣送來一束鮮花」。雖然他們也曾設法去追尋過這位老太太，但卻終未如願。正是「帶著這些複雜的問題」，他們「又認真閱讀了聞一多先生的長詩《奇蹟》」，最後，這才「認為《奇蹟》中的『奇蹟』就像詩中所寫的那樣」如下：

……

我要的本不是這些，而是這些的結晶，

比這一切更神奇得萬倍的一個奇蹟！

……

——我等，我不抱怨，祇靜候著

一個奇蹟的來臨。……

我聽見閶闔的戶樞春然一響，紫霄上

傳來一片衣裙的綷縩——那便是奇蹟——

據此，論者認為聞一多所「寫的彷彿是抽象的愛情」，並且認為

「這也可能就是聞一多先生在《奇蹟》中所要說的『奇蹟』」。[56]

新時期較早作聞一多長篇研究之一的劉烜先生在其《聞一多評傳》中論及《奇蹟》一詩時，他首先摘引如下一段即：

我要的本不是火齊的紅，或半夜裡

桃花潭水的黑，也不是琵琶的幽怨，

薔薇的香；我不曾真心愛過文豹的矜嚴，

我要的婉孌也不是任何白鴿所有的。

我要的本不是這些，而是這些的結晶，

比這一切更神奇得萬倍的一個奇蹟！

在此基礎上，劉先生認為這「奇蹟」「似乎是關於愛情和人生的一種理想」。他說：「因為沒有追求到這種理想，祇能『把藜藿當作膏粱』，祇能去『鞭撻著「醜」』，就是說在『平凡』中生活」。不過，劉先生又說：「可是，『奇蹟』什麼時候來，也可能是『一剎那的永恆』，生命結束的邊界上才會到來。這是表明詩人始終不渝地執著地追求『奇蹟』」即：

我聽見閶闔的戶樞春然一響，紫霄上

傳來一片衣裙的綷縩——那便是奇蹟——

半啟的金扉中，一個戴著圓光的你！

劉先生最後的結論是：「這首詩寫得深沉含蓄，似乎是關於理想的愛情的哲理性的詩」。在此，他雖然認為「這首詩裡所包含的詩人的現實的感受十分深刻，有高度概括力」，[57] 但我認為，他還是沒有真正說出該詩的內涵。這，亦可當作第七種觀點。

作為第八種觀點的代表，俞兆平不僅不同意李廣田的觀點，而且，他也不同意季鎮淮的觀點。在其《聞一多美學思想論稿》中，他說「寫於一九三一年，被徐志摩稱為『三年不鳴，一鳴驚人』的《奇蹟》一詩，並非像某些同志分析的那樣：『祇是一種幻滅的表現罷了』，或者『是他脫離詩人園地的告白……拋棄虛幻的理想即奇蹟的追求，切實地走向平凡——目前

現實生活即學術研究』。而是聞一多對自己多年來所受的唯美主義藝術觀影響的總的回顧與清算，是他對新的理想境界的尋覓與探求」。

為了證明自己的觀點，他引用該詩的較長一段如下：

一樹蟬鳴，一壺濁酒，算得了什麼；

縱提到煙巒，曙壑，或更璀璨的星空，

也祇是平凡，最無所謂的平凡，犯得著

驚喜的得主意，喊著最動人的名兒，

恨不得黃金鑄字，給妝在一祇歌裡？

我也說但為一闋鶯歌便噙不住眼淚，

那未免太支離，太玄了，簡直不值當。

誰曉得，我可不能不那樣：這心是真

餓得慌，我不得不節省點，把藜藿當作膏梁。

可也不妨明說，祇要你——

祇要奇蹟露一面，我馬上就放棄平凡，

我再不瞅著一張霜葉夢想春花的豔，

再不浪費這靈魂的膂力，剝開頑石

來誅求白玉的溫潤；給我一個奇蹟，

我也不再去鞭撻著「醜」，逼他要

那分兒背面的意義；實在我早厭惡了

那勾當，那附會也委實是太費解了。

俞先生接著這引詩說，聞一多「經過三年的沉默、反思與內省，他意識到蟬鳴、濁酒、煙巒、曙壑、或是白玉的溫潤，春花的豔，這類如同《劍匣》一詩中所著力描繪的風花雪月的物象，在強鄰交逼，國勢衰微，民生蒙難之

際，不應該成為詩作的主要表現對象」。他還說：「在《文藝與愛國》一文中，他曾斥責過見紅葉落地，便眼淚滔滔的詩人，現在，他對往昔的自己『為一闋鶯歌便噙不住眼淚』，也感到慚愧了。但他並不一概貶斥自己所走過的路，他認為出現這種偏誤是有原因的，即是一直尋找不到『比這一切更神奇得萬倍的一個奇蹟』！」俞兆平說，「這種『奇蹟』的內涵究竟是什麼呢？其中當然包含著他的人生與政治理想，但從詩中所述的：『我祇要一個明白的字，捨利子似的閃著寶光；我要的是整個的，正面的美』，以及聯繫詩句的前後內容來看，似乎又更應該指藝術上美的理想。由於這種美的理想的質的規定性是那麼不明確，所以他顯得那樣超然：『半啟的金扉中，一個戴著圓光的你』！這便是當時聞一多所能給它的形象的描述了。『奇蹟』是那樣的飄渺，但『五四』之後的十年中，他的靈魂、他的心『是真餓得慌』，而『又不能讓他缺著供養』，因此，即便是『糟糠』、『藜藿』，他都得去『募化』，『權當膏粱』，他認為這便是自己走上唯美主義歧路的原因所在」。

俞先生認為，在這裡，「詩人如實的、準確的自我剖析觸發了他心靈深處的激烈搏鬥」即如下的詩句：

我並非倔強，亦不是愚蠢，我不會看見

團扇，悟不起扇後那天仙似的人面。

那麼

我等著，不管得等到多少輪回以後——

既然當初許下心願時，也不知道是多少

輪回以前——我等，我不抱怨，祇靜候著

一個奇蹟的來臨。 總不能沒有那一天，

讓雷來劈我，火山來燒，全地獄翻起來

撲我，⋯⋯害怕嗎？你放心，反正罡風吹不熄靈

魂的燈，情願蛻殼化成灰燼，

不礙事：因為那——那便是我的一剎那，

一剎那的永恆

俞兆平說，聞一多當時「渴望著有那麼一天，雷火交加，地覆天翻，在熊熊的烈火中，『蛻殼化成灰燼』；而『靈魂的燈』在狂肆的罡風中，卻愈增明亮。他的靈魂和最神聖的美便在這煉獄之火、在這軀殼的灰燼上獲得新生！他終於看到、迎來了『戴著圓光』的奇蹟」。

這經歷，俞先生說就如同「阿·托爾斯泰關於舊知識分子思想改造艱巨性的『在清水裡泡三次，在血水裡浴三次，在鹼水裡煮三次』的著名題記」。他並且認為，聞一多「其後的發展道路便充分證實了這一點」。

俞兆平又說：「當然，他在《奇蹟》中的追求與郭沫若的『鳳凰涅槃』式相似，詩中的理想雖是朦朧的、不確定性的，但由於所否定的對象是明確的，他所肯定、所向往的目標便不難推測了」。因此，「從這一點上看，《奇蹟》一詩在聞一多美學思想的發展歷程中具有特殊的、重要的意義，它預示著聞一多從中期向後期轉化、前進的開始。正是出於這個原因，聞一多對《奇蹟》一詩的重視並不亞於《死水》，他所編的《現代詩鈔》，在自選的九首詩歌中，《奇蹟》是作為壓卷之作的，其原因除了發表時間的順序外，詩的內容上的考慮也是一個主要的因素。相應之下，國內的聞一多研究界卻多是忽略了它，甚而給以錯誤的詮釋，我們有責任拭去歷史蒙上的塵霧，還它本來面目」。[58]

還有一種觀點的代表即唐鴻棣先生在承認《奇蹟》「寫得神祕、隱晦」的前提下，他「以為此詩是詩人對自己以往的生活道路、思想道路的形象描述，對未來的一種企待」。[59]

在其《詩人聞一多的世界》之《從紅燭到火炬》一章中，他說該詩「隱晦、蘊藉地凝聚了和寄托了自己複雜的情思」。因此，詩在開頭才作如下寫：

我要的本不是火齊的紅，或半夜裡

桃花潭水的黑，也不是琵琶的幽怨，

薔薇的香；我不曾真心愛過文豹的矜嚴，

我要的婉孌也不是任何白鴿所有的。

唐先生說：「詩人原來所要的不是一種刀光劍影的流血鬥爭，或者是那種凝滯汙黑、深不可測；也不是個人情感上的苦或甜，藝術生涯中的幽怨或馨香。詩人也並未抱過潔身自好的棲棲處世態度，並不想做個狷介之士；也並未想從文靜、平和中得到『婉孌』」。因為，聞一多所：

要的本不是這些，而是這些的結晶，

比這一切更神奇得萬倍的一個奇蹟！

唐鴻棣說：「學術界有的人認為」這個「奇蹟」是「指藝術的創造力，寫詩的情思，有的認為是詩人的豔遇，再一次愛情的來臨」。而他認為「雖然『詩不達沽』，但對詩的詮解總要顧及詩人的全人、詩作的社會時代背景及詩人的思想情況，而不能隨心所欲，穿鑿附會」。因此，他說「指『奇蹟』為詩人的藝術創造力的再度爆發，或可為一說，而指『奇蹟』為詩人的一次豔遇，實屬荒謬」。在唐鴻棣看來，「顧及聞一多的總體思想和第二次國內革命戰爭時期的思想狀況，顧及全詩的含義，以為這個『奇蹟』是指一種希望的出現，說具體就是詩人早年在詩《園內》中寫到的『文武的千官，戎狄的臣僖，/ 群在崔嵬的紫宸殿下，/ 膜拜著文獻之王』的一個發展，一個新的民主、文明的中國的出現，是詩人多少年來為之努力過、奮鬥過並還渴求著的美的理想，美的希望」。

這又是因為，在「大革命失敗後，到三十年代初，中國社會躍進黑暗的深淵，詩人的理想、希望更屬渺茫，但他盼著希望之光，盼著奇蹟出現。由於詩人向外發展的路——以自己的實際努力去實現希望——走不通，而自己在精神上的追求是如此的不滿足，如此的急迫，因此，詩人繼續這樣寫」如下：

可是，這靈魂是真餓得慌，我又不能

讓他缺著供養，那麼，即便是秕糠，

你也得募化不是？天知道，我不是

甘心如此，我並非倔強，亦不是愚蠢，

我是等你不及，等不及奇蹟的來臨！

……

誰曉得，我可不能不那樣：這心是真

俄得慌，我不得不節省點，把藜藿當作膏梁。

唐鴻棣說：「聞一多其實是不願鑽進故紙堆裡，去做一個學者，但又不能不向內走。空虛出來後，總得有別的來充實它。因而，儘管自己其實是不願的，也得去幹。即便是糟糠，也得募化來。『把藜藿權當作膏梁』」。他認為：「詩人在這裡委婉、曲折、含蓄地表述了『不能向內走』的那種被迫的痛苦的情思」。

雖然如此，唐鴻棣又說：「但詩人並不就此滿足於此，停滯於此，他還是憧憬著，等候著，並且，『不管等到多少輪回以後』」。這就是詩之：

……我等，我不抱怨，祇靜候著

一個奇蹟的來臨。……

唐鴻棣並且認為，在聞一多「從給饒孟侃的信和《奇蹟》這首詩的內容，足可窺見中國傳統文化思想對聞一多的影響之深」。[60]

第十種觀點的代表蘇志宏則認為，在聞一多的《奇蹟》包括《答辯》中，詩人「拒絕向世俗間『掛彩的榮華』，『錦袍的莊嚴』和頭頂的『圓光』低頭，將傳統文人追求的『火齊的紅』、『桃花潭水的黑』、『琵琶的幽怨』、『薔薇的香』、『文豹的矜嚴』統統踩在腳下，以『等不及』的心靈饑渴，企盼著『奇蹟』的降臨：『那便是我的一剎那，/ 一剎那的永恆：——陣異香，最神祕的 / 肅靜，（日，月，一切星球的旋動早被喝住，時間也止步了，）最渾圓的和平……我聽見間閶闔的戶樞春然一響，紫霄上 / 傳來一片衣裙的綷縩——那便是奇蹟——/ 半啟的金扉中，一個戴著圓光的你』！」他認為這正是「表現詩人時期的聞一多對現實的失望與徬徨，希冀在『雍容衝雅』『溫柔敦厚』的詩心翱翔裡，拉開與現實的距離，保持一方心靈與文化的淨

土，追求個性自由和文化獨立的理想，這樣一種複雜的時代心緒」。然而，「這一具有時代特徵的心緒，卻是在如此典雅華貴的詞語鋪陳中得以表現出來的」。而這，正「是聞一多文化人格的重要特色」。[61]

作為第十一種觀點的代表，梁錫華則在《介紹聞一多佚詩（代序）》中說：《奇蹟》之「詩本身很富象徵意味。詩人在詩中多少表明了，他以往懷抱的唯美主義，不過是他所追求的高大人生目標的一面，而他所尋索的是『整個的，正面的美』，或者說是美的全部結晶。這個美不單指藝術，也可以指人生的萬千姿態。他苦心等候，耐心探求，經過『雷劈』，『火山的燒』，『全地獄的罡風亂撲』，至終乃得詣『帝庭』，在『半啟的金扉』後獲見美之大成——『一個頭戴圓光的「你」』」。[62]

和前人的觀點不同，江錫銓在《建國前聞一多研究述評》中論及聞詩內容時，認為《奇蹟》所表現的是「人生哲理」。並且是同聞一多其他「新詩作品中對祖國前途的憂慮、對民族命運的思索、對人民苦難的深切同情，從那些華美、整齊、鏗鏘的詩行裡昇華出來」。[63] 遺憾的是，作為第十二種觀點代表的江錫銓並沒有論證這哲理是什麼。

王瑞在其《火山下奔突的巖漿：論聞一多詩歌獨特的情緒抒寫》中在引用聞一多之「嚴格來講，祇有男女戀愛的情感，是最烈的情感，所以是最高最真的情感」後說，「將愛提升到生命的本質意義予以把握，這是聞一多超越同時代詩人之處」。他認為「最能體現這一精神的當數長詩《奇蹟》」並論證說，「詩作開篇用火的紅、潭水的黑、琵琶的幽怨、薔薇的香、文豹的矜嚴、白鴿的婉孌來襯托夢寐以求的『奇蹟』的品格，抽象的、非實在性事物的羅列擺脫了生存實在的拘圄，直接將詩思提升到形而上的視闕；接著，他將原本形而上的靈魂具象化、擬人化，用『餓』來比擬其空虛，將『蟬鳴』、『濁酒』、『煙巒』、『曙壑』、『星空』、『鶯歌』比作權且充當心的食物的『黎霍』，又殷勤致辭：『祇要你——/ 祇要奇蹟一露面，我馬上就放棄平凡，/ 我再不瞅著一張霜葉夢想春花的豔，/ 再不浪費這靈魂的膂力，剝開頑石 / 來謀求白玉的溫潤；給我一個奇蹟，/ 我也不再去鞭撻著『醜』，逼他要 / 那分兒背面的意義』。他說：「這種以實寓虛的筆法與上文兩相映照、

虛實相生。在這裡，『奇蹟』顯然具有象徵意義，既可以看作心目中愛人形象的理想化，也可以理解為對人生理想狀態的描畫。若將其看作愛情詩，那麼無疑這是聞一多對愛情形而上思考的形象把捉」。並說：「無怪乎劉烜認為聞一多的愛情詩『不是對實際愛情生活的瑣屑的描摹，不是經驗的，而是理想的，哲理性的，也可以說，是關於愛情的頌歌』。」[64] 很明顯，王瑞的觀點既和前者有相通之處，也有不同之處，這可作為第十三種觀點。

作為第十四種觀點的李怡則說「《奇蹟》是聞一多沉默三年之後，對自己的詩歌創作生涯的一次深刻的真誠的總結。就詩論詩，作品顯然比較隱晦難懂，但晦澀卻不是詩人有意為之，而是他在觀察、表達自己內心的細微律動時必然遇到的『語言的困境』，如果我們把《奇蹟》放回到聞一多的詩歌世界中去，結合它的實際創作經歷及人生追求來解讀，那麼還是不難破譯的」。

那麼，《奇蹟》寫的是什麼呢？李怡認為：「開頭的四句便是詩人對自己創作歷程的總結」。他說：「藝術創作經歷是複雜的、豐富的，很難用幾句話就概括清楚，所以聞一多借用了一系列象徵性的意象，試圖通過象徵的多義來包孕歷史現象的豐富。『火齊的紅』似詩人所表現的那些噴薄的激情，諸如《太陽吟》、《憶菊》等詩的意境；『桃花潭水的黑』似詩人那幽深的思考，諸如《死水》、《長城下之哀歌》等詩的意境；『琵琶的幽怨』似詩人那被壓抑的怨憤，諸如《孤雁》、《夜歌》、《末日》之類詩的意境；『薔薇的香』則代表詩人那溫馨的充滿柔情的追求，諸如《貢臣》、《國手》等；『文豹的矜嚴』是他在詩人所表現的嚴肅方正，而『婉孌』的純潔美麗則是他的人生、藝術理想。以上幾個意象，可以說已經生動地傳達了聞一多在此之前的詩歌創作的主要趨向，包括其個性氣質與藝術境界，經過此時此刻的掂量，詩人坦率地指出，『我要的本不是這些』，而是『比這一切更神奇得萬倍的一個奇蹟』！也就是說，那過去的創作大多不是『奇蹟』下的產品，同詩人想像中的『奇蹟』所催生的佳境比起來，實在不堪卒讀！那麼，它們究竟又是怎樣創作出來的呢？聞一多回顧說，那都是因為靈魂餓得慌的饑不擇食，『即便是秕糠，/ 你也得募化不是？』竟然把我們文學史家們評價為傑作的東西喻作『秕糠』，足以讓後人驚嘆不已，但也的確反映了詩人對他的過去

的不滿。」他還說：「詩人進一步補充說：『一樹蟬鳴，一壺濁酒，算得了什麼，/ 縱提到煙巒，曙壑，或更璀璨的星空，/ 也祇是平凡，最無所謂的平凡』，」論者接著又說，在「這裡，蟬鳴、濁酒、煙巒、曙壑以及璀璨的星空都是聞一多『即景抒懷』的主要意象，是他靈感的觸發點，但是今天，他卻明確地意識到，這都不是他所追求的詩歌藝術的佳境，不是『奇蹟』，而是『最無所謂的平凡』，是『把藜藿當作膏粱』，對於他在《死水》時期著名的『以醜為美』的追求，他也作了這樣的抨擊：『我也不再去鞭撻著「醜」，逼他要 / 那分兒背面的意義；實在我早厭惡了 / 這些勾當，這附會也委實是太費解了』」。

　　「聞一多理解的『奇蹟』是個什麼樣子呢」？李怡說：「它是單純的，透明的，拋棄了一切的偽飾，一切的造作，以其自身的純正散發著無窮的魅力：『我祇要一個明白的字，/ 捨利子似地閃著 / 寶光，我要的是整個的，正面的美』。」論者認為「必須看到」的是，「在中國現代詩人中，聞一多是相當坦誠、很少矯揉造作的，他這裡所追求的『明白』和『正面』是藝術取向上的，也就是說，詩人似乎感到，在他的藝術衝動——藝術傳達——藝術形象之間，還沒有達到那種『奇蹟』憑附時的順暢與融洽，它們多有曲折、別扭及至梗阻，靈感與體驗、體驗與語言之間的隔閡也未能完全消除」。論者還說：「從這個意義上講，聞一多期待『奇蹟』的痛苦實際上又代表了二十世紀許多作家共同的痛苦，即如何在藝術衝動與語言形式上互相通融，進行暢快的對話，怎樣運用這笨拙的僵化語言去捕捉那閃爍不定的藝術靈感」。[65]

　　和前述一些論者觀點有所隱晦不同，最後我們要介紹的第十五種觀點則直接認為《奇蹟》是一首愛情詩。在此，我們先介紹劉志權的分析。他說：「其實自認為『詩興淤塞』的聞一多能夠突然靈思泉湧，還有別的原因在」。這就是，「與聞一多朝夕共處的梁實秋認為『實際是一多在這個時候在情感上吹起了一點漣漪，情形並不太嚴重，因為在情感剛剛生出一個蓓蕾的時候就把它掐死了，但是在內心裡當然是有一番折騰，寫出詩來仍然是那樣回腸蕩氣』」。

劉志權還說：「這彷彿又是在美國紐約上演的一段故事，很可能是實情，在他情感的水面上吹起漣漪的據說是中文系的講師方令孺。但我們既然深信聞一多的個性，現在當然無須也無法臆測當年情形。詩人，尤其是聞一多這樣理智與情感並重的詩人，這不太大的情感的漣漪不足以亂他心性，卻可以使它延伸到更為深廣而複雜的思索，他在這首詩中所投入的思考絕不再限於單純的情感方面」。

劉志權接著說，當時「聞一多的思想正介於詩人與學者之間，社會於書齋之間，青年的意氣與中年的沉默之間，許多情感的映射使這首詩包含了若干可能指向，內涵極為豐滿。我們每每試圖從這面鏡子尋覓聞一多當年思想轉變的痕跡，但最終我們還是徒勞地發現，我們孜孜尋找到的其實祇是我們自己的影子，詩人真正的思想依舊在這座迷宮的深處顯得那樣縹緲遙遠，不可捉摸」。[66] 從劉志權的這些分析裡，我們可以看出，他雖然承認該詩表現的屬於愛情內容，但也並不否認該詩內涵的複雜性。

以上觀點，真可謂眾說紛紜、莫衷一是。但我之這樣說，並非承認沒有觀點一致的論者。相反，隨著時間推移並逐漸排除「極左」隱影的干擾而使聞一多創作該詩的本事相繼披露，從上世紀 90 年代中期至今，研究界基本眾口一詞地認為該詩表現的是聞一多對愛情的追求。商金林和孫永麗之《愛與美的絕唱：〈奇蹟〉評析》、孫玉石之《聞一多〈奇蹟〉本事及解讀》和王桂妹之《隱抑之美：談〈奇蹟〉的情感抒瀉方式》等都明確認為《奇蹟》是表現愛情的佳作。當然，這也並不妨礙其是愛情詩的同時，還能令讀者體會出其他含義。

祇是在此需要說明的是，聞一多這首《奇蹟》的創作，有著複雜的原因。首先在徐志摩認為，這首詩是在他的催促下誕生的。這，當然不無道理。因為，當年的徐志摩正在創辦《詩刊》。為了能夠組到理想的詩稿，他給當時和聞一多同在青島的梁實秋寫信說：「一多非得幫忙」不可，因為「近年新詩，多公影響最著，且盡有佳者」，而且，「多公不當過於韜晦，《詩刊》始業，焉可無多，即四行一首，亦在必得」。此時，徐志摩在「乞為轉白」之下又說：「多詩不到，刊即不發」。當時，徐志摩還埋怨「多公奈何以一人而失眾望」？

他同時又給梁實秋說：「兄在左右，並希持鞭以策之」。在徐志摩認為，祇要聞一多認真去做，就一定能寫出好的詩來。因為，他認為聞一多「況本非弩，特懶惰耳，」而祇要「稍一振躍」，就足可「行見長空萬里也」。[67]

也許是在這種情況下，再兼之沈從文於《新月》三卷二號中發表了《論聞一多的〈死水〉》並給予高度評價，使聞一多異常興奮；還因為聞一多的學生陳夢家和方瑋德的新作也使他歡欣鼓舞，同時亦因他的門徒恐怕已經成了他的勁敵和畏友的緣故；就是「這一歡喜，這一急」，他於是「花了四天工夫，曠了兩堂課」。[68] 就這樣，這篇讓徐志摩催促不已的詩就寫了出來。

徐志摩收到該詩後當然高興。他在 1930 年 12 月 19 日給梁實秋的信中說：「十多日來，無日不盼青島來的青鳥，今早從南京歸來，居然盼到了，……一多竟然也出了《奇蹟》，這一半是我的神通之效」。[69]

徐志摩作如是說，然而梁實秋卻認為徐志摩「誤會了」。他說這首詩的寫作「實際上是一多在這個時候」於「情感上吹起了一點漣漪」，但是「情形並不太嚴重，因為在情感剛剛生出一個蓓蕾的時候就把它掐死了」。雖然如此，但是聞一多「在內心裡當然是有一番折騰，寫出詩來仍然是那樣的回腸蕩氣」。[70] 梁實秋所說聞一多這在「情感上吹起了一點漣漪」的，聞黎明認為「大概是先生與中文系講師方令孺之間的關係」。[71]

方令孺女士是中國現代文學史上新月派後期詩人兼散文家。她早年曾接受封建婚姻並與丈夫前往美國留學，後因感情殊異又不得不於 1929 年回國並出離婆家單獨謀生。1930 年春，她先於聞一多來到當時的國立青島大學任教。當聞一多在是年秋季亦到該校任教後，因方令孺女士遇到問題經常去向聞一多請教，因此聞一多就經常教她一些寫詩的方法。這種情況，在聞一多給朱湘和饒孟侃的同一封信裡，就有說明。他說：「此地有位方令孺女士，方瑋德的姑母，能做詩，有東西，有東西，祇嫌手腕粗糙點，可是我有辦法，我可以指給她一個門徑」。在此，我們從聞一多的這段話中，就能看到當時他們兩人的關係。而恰在那時候，當時的校長楊振聲曾倡議聞一多等朋友於周末聚飲，於是「聞一多提議請方令孺加入，湊成酒中八仙之數。於是猜拳行令，觥籌交錯，樂此而不疲者凡兩年」。[72] 不管聞一多當時對方令孺是否

有另種感情，然而他既教方令孺寫詩，同時又和她飲酒，其關係非同一般可想而知。因此，這也自然「引起某些好事者的流言」。[73]

作為聞一多的嫡孫，聞黎明的判斷應該正確。如果我們再和聞家駟對《奇蹟》題旨的認識即該詩是「詩人浪漫主義愛情高度的體現」相結合，那麼，就更應該承認《奇蹟》是一首愛情詩。

現在，就讓我們完整地閱讀一下這首《奇蹟》的文本，以品味聞一多當年那對愛情的執著追求吧：

奇蹟

我要的本不是火齊的紅，或半夜裡

桃花潭水的黑，也不是琵琶的幽怨，

薔薇的香；我不曾真心愛過文豹的矜嚴，

我要的婉孌也不是任何白鴿所有的。

我要的本不是這些，而是這些的結晶，

比這一切更神奇得萬倍的一個奇蹟！

可是，這靈魂是真餓得慌，我又不能

讓他缺著供養，那麼，即便是秕糠，

你也得募化不是？天知道，我不是

甘心如此，我並非倔強，亦不是愚蠢，

我是等你不及，等不及奇蹟的來臨！

我不敢讓靈魂缺著供養。誰不知道

一樹蟬鳴，一壺濁酒，算得了什麼；

縱提到煙巒，曙壑，或更璀璨的星空，

也祇是平凡，最無所謂的平凡，犯得著

驚喜得沒主意，喊著最動人的名兒，

恨不得黃金鑄字，給妝在一祇歌裡？

我也說但為一闋鶯歌便嚥不住眼淚，

那未免太支離，太玄了，簡直不值當。

誰曉得，我可不能不那樣：這心是真

餓得慌，我不得不節省點，把藜藋當作膏粱。

可也不妨明說，祇要你——

祇要奇蹟露一面，我馬上就放棄平凡，

我再不瞅著一張霜葉夢想春花的豔，

再不浪費這靈魂的膂力，剝開頑石

來誅求白玉的溫潤；給我一個奇蹟，

我也不再去鞭撻著「醜」，逼他要

那分兒背面的意義；實在我早厭惡了

那勾當，這附會也委實是太費解了。

我祇要一個明白的字，捨利子似地閃著

寶光；我要的是整個的，正面的美。

我並非倔強，亦不是愚蠢，我不會看見

團扇，悟不起扇後那天仙似的人面。

那麼

我等著，不管等到多少輪回以後——

既然當初許下心願時，也不知道是多少

輪回以前——我等，我不抱怨，祇靜候著

一個奇蹟的來臨。 總不能沒有那一天，

讓雷來劈我，火山來燒，全地獄翻起來

撲我，……害怕嗎？你放心，反正罡風吹不熄靈

魂的風，情願蛻殼化成灰燼，

不礙事：因為那，——那便是我的一剎那，

一剎那的永恆：——一陣異香，最神祕的

肅靜，（日，月，一切星球的旋動早被

喝住，時間也止步了，）最渾圓的和平……

我聽見閶闔的戶樞壽然一響，紫霄上

傳來一片衣裙的綷縩——那便是奇蹟——

半啟的金扉中，一個戴著圓光的你！

既然明白了該詩創作的本事並根據其文本內容，那麼承認其為愛情詩就毋庸置疑。如果誰還認為這不足以說明《奇蹟》是愛情詩，那麼，我們再將商金林於 1996 年 4 月在北京大學召開的「聞一多學術研討會」上提交的《聞一多佚詩〈憑藉〉》論文和《奇蹟》作參照，就不容再作任何質疑。《憑藉》是梁實秋在臺北皇冠出版社 1984 年 8 月出版的《看雲集》中披露的一首聞一多佚詩。該詩署名「沙蕾」。梁實秋說：「我再在這裡發表一多從未刊布的詩」。他說，「這首詩是他在青島時一陣情感激動下寫出來的。他不肯署真名，要我轉寄給《詩刊》發表。我告訴他筆跡是瞞不了人的。他於是也不堅持發表，原稿留在我處」。全詩如下：

「你憑藉什麼來和我相愛？」

假使一旦你這樣提出質問來，

我將答得很從容——我是不慌張的，

「憑著妒忌，至大無倫的妒忌！」

真的，你喝茶時，我會仇視那杯子，

每次你說到那片雲彩多美，每次，

你不知道我的心便在那裡惡罵：

「怎麼？難道我還不如它？」

商金林在其論文中說：「《憑藉》和《奇蹟》挨得很近；就內容和情調而言，《憑藉》和《奇蹟》非常相似」。他並且還說：「《憑藉》的發現，不僅修正了《奇蹟》是聞一多的『絕筆』的『定論』，也為解讀《奇蹟》這首比較隱晦難懂的詩提供了一個全新的思路」。[74] 正是商先生這種發現和研究，因之，他才和孫永麗女士共同撰寫了《愛與美的絕唱：〈奇蹟〉評析》並發表於 1998 年出版的《聞一多研究集刊》第 2 輯。這可以說是新時期以來以論文形式較早論證《奇蹟》為愛情詩的研究文章。這之後，才又有了孫玉石先生的《聞一多〈奇蹟〉本事及解讀》和王桂妹的《隱抑之美：談〈奇蹟〉的情感抒瀉方式》等深刻分析的佳作。

有趣的是，因為過去眾多研究者對《奇蹟》題旨認識的不同，因此，他們對《奇蹟》中有關詩句的理解也迥然不同。最典型者如對「火齊的紅」之理解的迥異。唐鴻棣認為「火齊的紅」是「一種刀光劍影的流血鬥爭」；蘇志宏認為是「傳統文人」的一種「追求」，這似可理解為一種榮耀；王瑞乾脆說就是「火的紅」；李怡則說正「似詩人所表現的那些噴薄的激情」；[75]商金林、孫永麗則認為「火齊的紅」是「火紅的熱烈」；[76]孫玉石說「火齊的紅」大體上「象徵了愛的熱烈」。[77]和以上諸多研究者觀點不同，王桂妹則對「火齊的紅」做出了自己的獨特解釋。她說：「在一些《奇蹟》的解讀中，一般都把『火齊的紅』直接解釋為火的紅」，然而她「認為『火齊（音計）』」則「應該理解為『寶石』」。她之這樣說，其根據是辭海釋詞「《文選·左思〈吳都賦〉》中有：『火齊如雲母，重沓而可開，色黃赤似金，出日南』。又班固：《西都賦》：『翡翠火齊，流耀含英』。李善注引《韻集》：『玫瑰，火齊珠也』。」[78]

　　至此，我們是否從這眾多的闡釋中，無需再作自己的解釋，就可辨別出孰是孰非？如果將其理解為「愛的熱烈」或「傳統文人的追求」等或可作為其本義的引申亦不能武斷地認為「似是而非」，然而將其詮釋為「刀光劍影的流血鬥爭」則毫無根據這應該就是所謂「穿鑿附會」。對一個詞語的解釋竟有如此之多，對該詩有那麼多的解讀也就並不奇怪。

　　當現在清楚地明白了該詩的基本題旨後，我們也就不會像某些研究者那樣再追問詩中的某些詞句如「團扇」以及「扇後那天仙似的人面」究竟是一種象徵抑或是確指？還有那「真餓得慌」的「靈魂」是什麼？「募化」的「秕糠」又是什麼？那「當作膏粱」的「藜藿」又是什麼？那「桃花潭水的黑」、「琵琶的幽怨」、「薔薇的香」和「文豹的矜嚴」以及「白鴿」的「婉變」，包括「比這一切更神奇得萬倍的一個奇蹟」即「結晶」和於追求中在「最渾圓的和平」中出現的「一個戴著圓光的你」又是什麼？所有這些，都應在確認該詩為情感追求的前提下迎刃而解。

　　那麼，《奇蹟》在過去為什麼會有那麼多的誤讀呢？這可能有大致以下方面的原因：

　　首先，是《奇蹟》詩之文字所具有的不明了性以及暗示性。正因為該詩是表現情感內容的，所以，聞一多在寫作的時候，用了祇有抒情主體即他自己或接受客體即其所追求的對象才明白的暗示性語言。聞一多在寫給陳夢家的《論〈悔與回〉》中就說：「詩的文字哪能丟掉暗示性呢」？這，或許就是針對他剛寫就的《奇蹟》有感而發。關於此，聞一多後來在其《文學的歷史動向》中也說：「詩這東西的長處就在它有無限度的彈性，變得出無窮的花樣，裝得進無限的內容」。詩歌的本身形式和其詩句的暗示性，這就決定了評論家對該詩作出不同內涵的詮釋。從另一方面，這又如臧克家所說：「一篇頂好的詩，彷彿是一個最大的『函數』」。因為，「一篇詩不拘死在一個意義上，叫每個讀者憑著自己的才智去領悟出一個境界來」。他說：「被領悟的可能性越大，這詩的價值也就越高」。[79] 臧克家先生的這些話，正印證了聞一多《奇蹟》被研究者多義理解的原因，同時也能印證該詩藝術的精湛。

　　暗示所以能有多種解讀方式，就在於文本自身和讀者審讀的齟齬或契合。這時候，作者的創作本意並不是讀者理解的最主要矛盾，而讀者的經歷和接受則成為主要矛盾。何以如此，就因為作者是暗示的。這樣，即使讀者不能理解題旨也很正常。然而若知其本事，其神祕色彩也就自然消失。

　　其次，就是研究者不清楚作者創作該詩的本事，因此就祇能面對著《奇蹟》這個「金銀盾」而憑藉著自己的「經驗」去臆猜其內涵。於是，這就導致了莫衷一是的詮釋。甚至，因評論者對該詩題旨內涵的預定，從而又導致對某些詩句的誤讀。從邏輯上講，這正猶如循環論證的錯誤。

　　第三，讀者可能雖明知作者創作該詩的本事亦知其題旨如聞家駟或臧克家等，但卻為諸多原因而不願明確承認是愛情詩，尤其不願承認聞一多是有感而發有所確指的愛情詩。這原因，從聞家駟來說，可能因為聞一多是自己的胞兄，因而不願向研究界披露該詩的本事；從臧克家來說，可能因為聞一多是自己最敬愛的老師，又因為在那「特殊」年代，如果承認其是一首有所確指的愛情詩，恐怕有損聞一多形象。這種情況，包括其他研究者對該詩在內容分析方面的拔高，亦不無關係。

　　最後，我們再看聞一多這首表現他情感的《奇蹟》「有沒有得到一絲『回響』呢」？孫玉石先生對此也作了深入研究，並認為如果「重讀方令孺的兩首作品」，就「不妨可能看出一點似乎相關的訊息」。他說：「在發表《奇蹟》的同期《詩刊》上面，發表了方令孺的一篇詩作題為《詩一首》」。孫先生還說：「按照發表時間，此詩寫作當與《奇蹟》同時」。現錄全詩如下：

愛，祇把我當一塊石頭，

不要再獻給我：

百合花的溫柔，

香火的熱，長河一道的淚流。

愛，那山岡上一匹小犢，

臨著白的世界；

不要說它愚碌，

它祗默然

嚴守著它的靜穆。

孫先生說：「這裡，『愛』被當成一種情感的代表」。方令孺「在與『愛』作坦誠的獨白」。而且，「她寫了對於真誠的愛的婉拒，也寫了對於純潔的愛的靜穆的堅守」。孫先生說，方令孺在此「似乎是一種自語，又似乎是一種回答」。在此幾個月後，方令孺女士又發表了《靈奇》。雖然孫玉石認為該詩與《詩一首》都「似乎是一個回答」，然而卻又「與《詩一首》中的『我』的『嚴守著靜穆』稍有不同的是，這裡更突現了來自外部『神聖的寒風』在個人內心情感中的壓力」。而這壓力，當然和方令孺女士「所處的社會氛圍和自己的身世有關」。孫先生最後說：「超越孤立的文本，與可能的『反向』對讀，這樣，對於聞一多《奇蹟》情感爆發的深刻內涵及詩人抑制情感『漣漪』的理性精神，或許會獲得一種穿過藝術形象超越時空的抽象性而更加走近和觸摸當時具體歷史情境的把握」。[80]

從以上多種角度的介紹和分析，我們可以看出，聞一多的《奇蹟》確是一首愛情詩當毫無疑問。然而我們這樣說，卻又不能簡單認為這首詩就是聞一多對方令孺女士的愛情追求。他所以寫這首詩，其實祗能理解為向對方情感的表白，是一種在精神方面的靈與靈的相通。我們應該堅信聞一多那具有紳士情懷的君子道德情操。雖然當時他和方令孺女士的密切關係導致一些流言，然而當流言到來之時他讓「夫人攜諸子來青島」的事實，就使當時的「流言便不辟自滅」。[81] 這，便是最好的證明。

當我們研究至此時，聞一多創作這首《奇蹟》的內涵所指應該無疑。但是，「朦朧詩」本來就是魔方有時會讓人迷亂。正因為此，目前學界對這首詩又有新的認識。2010年5月20日《齊魯晚報》刊載聞黎明在山東大學的演講說：「最近，有美國學者金介甫，在考證聞一多《奇蹟》這首詩時，提出一個新的看法，認為詩中所寫的不是方令孺，而是俞珊——後來接任楊振聲的山大校長趙太侔的夫人」。

第六節 「做」詩的藝術追求和千錘百鍊的實踐

聞一多寫詩特別講究「做」，這個「做」，其實就是加工提煉。他認為「藝術家喜給自己難題作，如同數學家解決數學的問題，都是同自己為難以取樂」。[82] 並且還認為，「詩能感人正在一種『龍文百斛鼎，筆力可獨扛』之處」的強烈力量，甚至「有時一個字便可帶出」。他並且舉例說「東坡底『欲把笙歌暖鋒鏑』底『暖』字直能嚇煞人」。這種效果，聞一多又引用濟慈之「不是使讀者心滿意足，是要他氣都喘不出」以解釋。詩歌當然重在抒情，聞一多雖然「首重幻象，情感」，其次才是「聲與色」[83] 的要求，不過他認為「厚載情感的語言」當是實現「藝術化」[84] 的根本。因此，在用詞的準確尤其「精益求精」和華麗方面，他特別看重。聞一多雖然並「不相信沒有得著詩的靈感者就可以從揉煉字句中作出好詩來」，但是他堅信「選擇是創造藝術底程序中最緊要的一層手續」，因為，「自然的不都是美的；美不是現成的」。因此，「沒有選擇便沒有藝術，因為那樣便無以鑒別美醜」。[85]

聞一多這樣說，寫詩也就這樣做。「落一字沉吟半晌，寫成後又反覆加工」。他自己就說，「我看過一次舊作就想改他一次，不知幾時改得完」。[86] 我們從聞一多的這句話裡，即可認識到他之寫詩的認真程度。雖然現在我們已經不能更多地知道聞一多當年寫詩過程中如何進行推敲和修改的情況，但是我們卻能從當年他給其詩友的信中觀察到這些內容的某些蛛絲馬跡。就在這封給其詩友的信中，聞一多還說「背面鈔的《紅燭》數首，改的不像樣，太對不起」。他並且解釋這原因就是「我看過一次舊作就想改他一次」。同在這封信中，聞一多在其《春之首章》和《春之末章》的抄詩之後，還談到了將原本長短不稱的「《首章》五節，《末章》十一節………

平均布置一下，割長補短，使之形式上恰成兩朵姊妹花」。[87] 雖然如此，但聞一多還是並不滿意。這兩首詩無論在《清華周刊》發表時還是後來收入《紅燭》詩集時，他都又作了節段增刪乃至文字增刪的改動。我們知道，聞一多所寫的《李白之死》這首長詩，因為涉及諸多典故而為了讀者理解方便的緣故，聞一多在其詩後有十一處加「注」以說明。然而一般情況下，作者寫詩是不能加「注」的。因為，詩應靠詩本身說明問題，而不能靠「注」

給讀者以解釋。聞一多當然明白這個道理，因此，當他後來給吳景超寫信並請吳景超和梁實秋為其斟酌刪削《紅燭》詩集時，特別告之請將此前寄上的「《李白之死》後之注請統統刪去」，並且說他「覺得把那些東西都注出來似乎小氣得很」。[88] 我們現在看到《紅燭》詩集中的《李白之死》，除了小序是他此後又再給梁實秋的信中所作改動外，其餘內容都是聞一多這封信中的定稿。就在給梁實秋的這封信中，聞一多還請其將《秋色》中「殿角風鈴底共鳴」詩句之「共」字改為「和」[89] 字。我們說，聞一多將作為副詞的「共」字改成作為動詞的「和」字，這就把該詩給寫真了，也更寫活了。雖然如此，但是遺憾的是，這首詩在收入《紅燭》詩集中時，卻仍是「殿角的風鈴底共鳴」。這大概是梁實秋沒有給他改動的原因。在書信中研討詩之修改，聞一多當時除和詩友聯絡外，還在「致家人」[90] 的信中也涉及過這樣的內容。《園內》的修改，就是明證。

如果認為在聞一多的書信中得不到關於他詩之修改的更多觀照，那麼，我們可從《聞一多全集》卷1之「詩」中，找到他寫詩字斟句酌進行推敲和反覆修改的更多依據。根據筆者統計，在《聞一多全集》卷1「詩」之《紅燭》詩集，《死水》詩集，《真我集》和《集外詩》以及《紅燭〈序詩〉》在內包括《紅燭》集和《真我集》重複詩之總共173首中，在發表後收入《紅燭》詩集和《死水》詩集或發表後雖未收入詩集但又在他刊發表時又作改動者，就有48首。在這所有改動的詩作中，既有小動的，也有大改的；既有改動個別字詞的，也有改動個別詩句的；既有增刪詩之節段的，也有改變詩之排列形式的；既有改變題目的，也有改動小序的；雖一首詩改動次數少者多，但一首詩多次改動者亦有。

除了我們此前所介紹的《秋色》詩句「殿角的風鈴底共鳴」之「共」字改為「和」字屬於典型的字詞小改外，其他還有諸如《火柴》詩在發表時寫「火柴頭」為「紅嘴的小歌童」，而在收入《紅燭》詩集時又改為「櫻桃豔嘴的小歌童」。這樣，後者的喻寫與描寫和前者的實寫相比，不僅形象，而且更給人留下想像的空間。在《我是一個流囚》之詩中，詩人為了更準確地表現作為「流囚」的自己在睡夢或者在想像中煎熬的心靈所遭受的痛苦，於是，就將發表時「被激憤的檀闈催窘了」的「哀蕩淫熱的笙歌」之「螺旋似地捶

著我的心房」一句在收入《紅燭》詩集時改為「螺旋似地捶進我的心房」。雖僅一字之改，但由於前者「捶著」屬於進行時狀態而後者「捶進」屬於完成時狀態，因此就更增強了抒情主人公的痛苦感。再如《「你指著太陽起誓」》詩之發表時「你指著太陽起誓，叫天邊的鳧雁 / 說你的忠貞」句之「鳧雁」在後來編入《現代詩鈔》時又改為「寒雁」。此也一字之差，然而這不僅糾正了前者「鳧」之用字的錯誤（鳧通浮字，因此鳧雁即為浮雁實為水鳥的意思，筆者注），而且後者之「寒雁」除表現出詩中抒情主人公的悲苦背景外，同時更加重了詩之抒情主人公的感情色彩。

　　聞一多發表後收入專集時又作字詞改動的詩歌很多。如《太陽吟》在《紅燭》詩集中的「同時又是球西半底智光」句，在初發表時則為「誰不知又同時是球西半底智光」；雖然《發現》發表後收入《死水》詩集時並無改動，但聞一多後來收入《現代詩鈔》時又將「我來了，不知道是一場空喜」一句，改作為「我來了，那知道是一場空喜」；還有，《愛國的心》初發表於《現代評論》時的「這心臟底海棠葉形」句，在隨後發表於《大江季刊》時又改作為「這心腹裡海棠葉形」。如果不作比較進行分析，我們誰也不會對前者有什麼疑義，相反，倒會肯定前者用詞的準確。因為，在前者之詩句中，用作名詞的「心臟」實寫更清楚明白。雖然後者詩句之「心腹裡」三字亦屬實寫，然而在此實寫的詞語中，畢竟又增添了虛寫的因素。而此虛寫的作用，則使讀者想像到抒情主人公心胸的闊大以及闊大心胸中那「海棠葉形」就正「是中華版圖底縮本」（《愛國的心》詩句，筆者注）。詩之留給讀者咀嚼不已的空間，從而增強了詩之含蓄的分量。當然，《死水》詩之從「小珠笑一聲變成大珠」到修改為「小珠們笑聲變成大珠」所表現的意象，在原本就極具詩意的基礎上，更留給讀者以無盡的遐想。這種效果，正是詩歌所需要的。

　　以上我們所介紹衹是僅從某個字詞進行修改的典型。《洗衣歌》這首詩，則不僅從字詞方面進行修改，而且，更從多角度進行全方位並且不止一次改動。就目前資料能作為我們知曉《洗衣歌》基本定稿後又進行修改的蛛絲馬跡但卻無從知其具體修改內容的證據，是聞一多 1925 年 3 月於美國寫給梁實秋的信之內容即「《洗衣曲》前函雲字句有當修改處，得暇請詳細告訴我」。[91] 雖然從聞一多後來的書信以及《全集》中找不到關於他於何處根據梁實秋

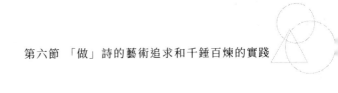

的意見修改該詩的訊息，但筆者認為，以聞一多一絲不苟的認真態度，他一定會得到梁實秋的意見並對《洗衣歌》進行修改。現在可資找到聞一多對《洗衣歌》修改的具體證據，應該是聞一多發表於 1925 年 7 月 11 日《現代評論》上《洗衣曲》之「幹這種買賣唯獨有唐人不成」和發表於同年 7 月 15 日《大江季刊》上《洗衣曲》之「這種的買賣唐人搶不贏」的區別。雖然發至《現代評論》上的《洗衣曲》較早於發至《大江季刊》上的《洗衣曲》，但是我們應該認為前者是對後者的修改。因為，聞一多原本是將該詩交由《大江季刊》刊發的，但是由於他之歸國時正值「五卅」慘案發生，「而《大江》出版又還有些日子」，然而為了希望這些詩「可以在同胞中激起一些敵愾，把激昂的民氣變得更加激昂」，於是，聞一多就將這些詩篇寄至《現代評論》「找一條捷徑」提前「發表了」。[92] 我們所引這段話雖然是聞一多 1925 年 6 月 27 日發於《現代評論》的《醒呀！》之跋，但是，聞一多在作說明的時候，說的是「這些詩」而不是這首詩。而在隨後 7 月 15 日和《洗衣歌》同時發於《大江季刊》的就有《長城下之哀歌》，《我是中國人》，《愛國的心》等四首，應該都包括「這些」之中。也許，原詩句「這種的買賣唐人搶不贏」可能更符合生活的真實。

因為，當時的中國留學生為生活所迫可能確實都想在業餘時間打工掙錢以補生活之用，這就出現了「這種的買賣唐人搶不贏」的事實。然而生活真實表現的結果，顯然表現不出後者即「幹這種買賣唯獨有唐人不成」的那種質疑時詩人和洗衣者融為一體的憤怒情緒。1928 年，聞一多將這首收入《死水》詩集時，又把該句修改為「肯下賤的祇有唐人不成」？這一改，除了仍然能夠表現出抒情主人公即洗衣者爆發的憤怒外，同時，此句的「下賤」不僅和上句即「你說洗衣的買賣太下賤」的「下賤」在內容上更具承上啟下的緊密性。而且，更間接地指出「下賤」的還有西方崇奉的最高宗教權威。因為，「你們的牧師他告訴我說，/ 耶穌的爸爸做木匠出身」，不管「你信不信」。

《洗衣歌》這首詩改動之處很多，但最能打動人心的，應該是第六節段。為便於比較，現同時摘錄如下：

原詩句：

年年洗衣三百有六十日，

看不見家鄉又上不了墳。

你們還要笑我是洗衣匠，

你們還要罵我是支那人。

好狠的心！好狠的心！

改詩句：

年去年來一滴思鄉的淚，

半夜三更一盞洗衣的燈。

下賤不下賤你們不要管，

看哪裡不乾淨哪裡不平。

問支那人，問支那人。

我們在此不需再逐行進行具體分析。但從總體說，聞一多的這一改，較之前相比，詩句更加精練了，內容更加集中了，情緒更加憤怒了；但更重要的是，抒情主人公的人格從中提升了。所有這些，當然都是聞一多加工提煉的結果。為更深刻表達主題並使之更具藝術性，聞一多還將該詩「副歌」之後的第一節段即「我洗得淨悲哀的濕手帕，／我洗得白罪惡的黑汗衣，／貪心的油膩和欲火的灰，／你們家裡一切的髒東西，／交給我洗，交給我洗」複製到該詩結尾的「副歌」之前。這種由原詩七之節段增加至八之節段內容重複的結果，就突出了民歌復沓的特色。而這種民歌復沓特色的表現方式在提升該詩藝術效果的同時，更能增強讀者和作者感同身受的憤怒情感。

《洗衣歌》修改的又一內容，是不僅將原詩名《洗衣曲》改為《洗衣歌》增強了情感的厚重感，而且，還又修改了原詩的小序。1925 年 7 月 11 日和 15 日，先後刊發於《現代評論》和《大江季刊》的詩之小序是這樣的：「美國華僑十之八九以洗衣為生，外人至有疑支那乃舉國洗衣匠者。國人旅外之受人輕視，言之心痛，愛假洗衣匠口吻作曲以鳴不平」。1928 年，該詩在收

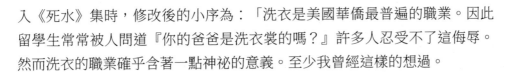

入《死水》集時，修改後的小序為：「洗衣是美國華僑最普遍的職業。因此留學生常常被人問道『你的爸爸是洗衣裳的嗎？』許多人忍受不了這侮辱。然而洗衣的職業確乎含著一點神祕的意義。至少我曾經這樣的想過。

作洗衣歌」。後來，聞一多又在他的《選詩訂正本》中，刪去原小序後面的四十二字。[93] 這樣，聞一多最後改定的《洗衣歌》詩之小序就簡練成為祇有 34 字但卻不失其精髓的「洗衣是美國華僑最普遍的職業。因此留學生常常被人問道『你的爸爸是洗衣裳的嗎？』」。小序雖短，但抒情主人公在詩中所表現的憤激情緒卻有了根據。當然，這種結果也許會減少原小序之「洗衣的職業確乎含著一點神祕的意義」所能帶給讀者的聯想即詩人利用象徵表現手法所體現的洗衣工即留學生品行的高潔和資本家靈魂的骯髒等內容，但是，詩歌創作畢竟屬於形象思維，其涵義要靠形象表現而不能靠說明點撥。

和《洗衣歌》的多次修改一樣，《園內》一詩也曾作過多次改動。1923年 7 月 20 日，聞一多在《致家人》的信中，又將當年 3 月 16 日定稿並且已經發於此前 4 月 23 日出版的《清華十二周年紀念號·清華生活》上的《園內》做了第三次的多處修改。聞一多在信中尤其叮囑其胞弟聞家駟在給創造社成仿吾「抄錄時望注意標點、分行等事為妥」。[94] 雖然聞一多好像有意讓創造社刊物重發的這首三改稿《園內》後來並沒有在任何刊物發表，但我們從聞一多一次又一次千錘百煉的改詩過程，看到他之一絲不苟的精神。

由於聞一多執著於藝術的追求，所以不管詩之發表與否，祇要發現有不妥之處，他就進行修改。在他的詩作中，曾做過較大修改的，就有諸如原發於《清華周刊》後收入《紅燭》詩集的《風波》，《春之首章》和《春之末章》；原發於《時事新報·學燈》後收入《死水》詩集的《什麼夢？》，原發於《晨報副刊·文學旬刊》後收入《死水》詩集的《大鼓師》，原發於《晨報副刊》後收入《死水》詩集的《狼狽》，原發於《晨報副鐫》後收入《死水》詩集的《天安門》，還有，原發於《晨報副刊》後收入《死水》詩集時又作大改的《末日》，並在編入《現代詩鈔》時，又做了改動；原發於《清華周刊·文藝增刊》上的《寄懷實秋》在收入《紅燭》詩集時，增加了詩之最後的三行；而原發於《清華周刊·文藝增刊》上的《你看》在收入《紅燭》詩集時，則刪去了詩之後邊

的三行。另外，《真我集》中的《月亮和人》在收入《紅燭》詩集時，不僅詩之段落內容作了較大改動，而且，就連題目也改為《睡者》。

當然，聞一多詩之修改題目者，還有諸如原發於《清華周刊》的《夜來之客》後收入《紅燭》詩集時改題名為《幻中之邂逅》，原發於《清華周刊·雙四節特刊》的《進貢者》後收入《紅燭》詩集時改題名為《貢臣》，原發於《清華周刊雙四節特刊》的《深夜的淚》後收入《紅燭》詩集時改題名為《深夜底淚》；還有，原發於《清華周刊·文藝增刊》的《太平洋舟中見一明星感賦》收入《紅燭》詩集時，刪去了「感賦」二字；另外，也有聞一多在給詩友梁實秋信中提到的《秋林》長詩之一節收入《紅燭》詩集時題名為《色彩》；另有《也許》發於《清華周刊·文藝增刊》時原名《薤露詞》，收入《死水》詩集時，不僅改動了題名，而且，副標題也由原來「為一個苦命的夭折少女而作」改為「葬歌」。還有《憶菊》詩，在初發表《清華周刊·文藝增刊》時僅袛題目，而後收入《紅燭》詩集時，增添了副標題「重陽前一日作」的內容。標題不僅是文章立意的核心，是詩之內容的點睛之筆，而且有時亦須「詩化」使之更具詩意。如《夜來之客》改題名為《幻中之邂逅》便是如此。另如副標題的運用，當然是為詩之主題的表現所服務。《薤露詞》即《也許》這首詩，原本是聞一多為悼念夭亡之女立瑛而寫，但是由《薤露詞》之副標題「為一個苦命的夭折少女而作」到《也許》之改為「葬歌」所能帶給讀者的思考，前者僅僅是為某個苦命的夭折少女而作，而後者則不然，其可能會讓讀者理解為詩人寫給所有死者的「葬歌」。尤其詩之第三段通過地下和人間美醜的對比對於現實社會詛咒的描寫，就使題目修改後的詩之意義具有廣泛而深刻的社會性。同樣，《憶菊》之副標題「重陽前一日作」的增加，讀者就很自然地認為詩人的用意不僅僅單純是對「菊」的描寫和贊頌，而是把「菊」之描寫和思鄉的內涵結合在一起，從而能夠深化主題。

在聞一多的詩作中，也有發表後收入詩集時改變詩行排列形式的如《志願》和《末日》等。前者即《志願》在發表《清華周刊》時不分段，但收人《紅燭》詩集時，詩人在對某些詩行進行刪改的同時，又將全部詩行排列為四段從而使之更具節奏感。後者《末日》發表《晨報副刊》後收入《死水》詩集時，

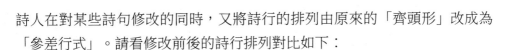

詩人在對某些詩句修改的同時，又將詩行的排列由原來的「齊頭形」改成為「參差行式」。請看修改前後的詩行排列對比如下：

修改前：

露水在罱筒裡哽咽著，

涼夜的黑舌頭舔著玻璃窗。

四圍的敗壁要退後走，

我一人填不滿偌大一間房。

修改後：

露水在筧筒裡哽咽著，

芭蕉的綠舌頭舔著玻璃窗。

四圍的敗壁往後退，

我一人填不滿偌大一間房。

以上兩段詩，我們暫且不論個別字之修改的意義，但看前者排列為段之每行詩的第一個字相齊，不突出也不縮進，屬於標準的傳統詩行排列法；而後者則排列為段之奇數詩行和偶數詩行前後交錯即第一、三行突前一個字，第二、四行則後縮一個字。從視覺即「建築美」的角度看，後者和前者相比的優點是較前更加整齊。因為，前者詩行排列的結果是，雖然整段每行詩的第一字排列得非常整齊，但是由於奇數詩行和偶數詩行的字數多少不同，所以就必然出現偶數詩行長於奇數詩行的結果。這樣，就給讀者以參差不齊的感覺；然而後者則不然。由於奇數詩行和偶數詩行前後交錯排列的原因從而使奇數詩行和偶數詩行相對排列整齊的緣故，這樣，就從視覺上給讀者以「建築」整齊的美感。

聞一多強調詩人「做詩」並親身千錘百煉地進行實踐，確實做出了成就。雖然如此，但他 1926 年精選《紅燭》詩集及其後作之詩編定的《屠龍集》卻遭到詩友朱湘的嚴厲批評。在《聞君一多的詩》中，朱湘以「寧可失之酷，

不可失之過響」[95] 的態度，對聞一多詩之用韻，用詞，乃至表現手法和美學認識等都作了嚴厲的批評。雖然朱湘的批評因其他緣故確實失之過酷，然而畢竟在某些方面有正確之處，因此，這才讓向來認真的聞一多放棄了《屠龍集》的出版而直到 1928 年才精選《紅燭》詩集之後創作的 28 首出版了《死水》詩集。而在《紅燭》詩集之後《死水》詩集之前創作發表但卻未收入《死水》詩集的，就還有諸如《愛國的心》，《我是中國人》以及《醒呀！》和《七子之歌》等 24 首。這些詩既在《死水》詩集出版前發表並且能夠收入《死水》詩集但卻又不收入《死水》詩集，亦同聞一多千錘百煉地「做」詩一樣，就更表現出他之那種追求詩藝完美和極致的理性精神。聞一多這種認真的「做詩」態度，其實又是一種人格的表現。並且，這種人格一直延續到他之後期更有所發展，直至發展到面對「手槍」拍案而起。

▍第七節 中西藝術結合的寧馨兒

我們應該充分肯定聞一多對中國傳統文化的縱向繼承，無論在其詩論或詩作裡，都貫注著中國傳統文化的血液。在他的詩作中，就經常出現古典詩詞中常見的意象；在其詩論中，更經常出現關於中國文化的闡述。尤其他對祖國忠貞和對人民熱愛以及為之殉身不恤的情懷，更讓我們感動。雖然如此，但我們承認了其是一位愛國詩人，卻不能無視事實而否認他對西方文藝理論尤其西方唯美主義理論的接受和借鑑。事實上，聞一多——當然指其早期——博采了西方唯美主義之眾長。正因為他縱向繼承橫向借鑑豐富了自己的文藝思想和創作實踐，這才使他在中國現代文學史上，最終開闢了中國現代新詩的第二紀元而成為獨特的「這一個」。

聞一多對中國現代新詩的貢獻，應首推在形式創新方面對西方唯美主義的借鑑。他在《泰果爾批評》中就引用佩特的話說「抒情詩至少從藝術上講來是最高尚最完美的詩體，因為我們不能使其形式與內容分離而不影響內容之本身」。為了說明形式的重要性，他在《詩的格律》認為「格律就是 form 的意思」。為什麼作詩要講格律即形式呢？聞一多解釋說：「遊戲的趣味是要在一種規定的條律之內出奇致勝」，因而，「做詩的趣味也是一樣的」。

他還說,「假如詩可以不要格律」,那麼,「做詩豈不比下棋,打球,打麻將還容易些嗎」?他同時又引用 Bissperry 的話說「差不多沒有詩人承認他們真正給格律縛束住了」,因為,「他們樂意帶著腳鐐跳舞,並且要帶別個詩人的腳鐐」。就在這樣的思想指導下,他才果敢地提出詩之「三美」說。

聞一多的這種理論,除受以上所涉及的西方唯美主義理論家影響之外,同時還可看出是受戈狄埃《藝術》之「形式越難駕馭,作品就越加漂亮」觀點的影響。但是,唯美主義雖強調形式,卻並非唯形式論,也是強調思想和形式的統一,內質與外形的熔合。這又正如唯美主義主要代表人物佩特所說之名言即「在詩和繪畫中,凡屬理想的模範都把全部結構所有的組成要素,融為一體,既不使題材或主題僅僅觸及理智,也不使形式單單訴諸耳和目;而是以形式和內質的契合,來打動『善於想像的思維』,產生獨特的、唯一的效果;必須是依靠這種契合的本領,每一思想、每一感情才能和它的類似物,它的象徵一同出現」。因此,我們說,聞一多認為美之關鍵在於形式的思想就和西方唯美主義論者相同。

聞一多這樣說,更是這樣做。他「強調詩的音樂美,除音節外,還有韻腳」。在用韻方面,更「創制了許多新詩韻式」如「隨韻到底式」,「雙迭韻式」,「雙交韻式」,「偶句用韻式」,「三行韻式」,「聯壁換韻式」和「抱韻式」等;而在「建築」方面,聞一多亦創造了許多新形式如「高層立體形」,「菱形」,「夾心形」,「參差形」,「倒頂式」,「齊頭形」和「副歌形」[96] 等。形式的多樣不僅有利於主題的表現和開掘,而且,更能夠給人以美的享受。

聞一多受濟慈「藝術純美」之思想的影響同樣明顯。這從他於一九二二年十一月二十六日給梁實秋的信說「我想我們以美為藝術之核心者定不能不崇拜東方之義山,西方之濟慈」中就可得到證明。聞一多所以寫出讚揚濟慈的《藝術底忠臣》,當然就是崇拜他的一種表現;而其尤為欣賞的是濟慈關於「美即是真」和「真即是美」的觀點。濟慈是十九世紀時期英國的唯美主義理論家和詩人。

　　他在一八一七年十一月二十二日「致柏萊」的信中，就說他「祇確信心靈的愛好是神聖的，想像是真實的」，以及「想像所攫取的美必然是真實的」，而「不論它以前存在過沒有」。因為，他認為他「們的激情與愛情一樣，在它們崇高的境界裡，都能創造出本質的美」。在這種「美真合一」思想指導下，濟慈認為「創造力是詩的北斗星」。這種情況，他說就「猶如幻想是船上的帆，想像力是船上的舵」。正因為此，所以他說，「對於一位大詩人來說，美感是壓倒其他一切的考慮」。而對於詩，濟慈的原則首先是「應當以美妙的誇張奪人，而不是以古怪離奇自炫；應當使讀者覺得這是他自己的最崇高思想的表達，好像就幾乎是自己的一種回憶」。其次，他認為「詩所指點的美，絕不可半道而止，使讀者屏息以待，而不是心滿意足」。他還說，「形象的產生，發展和下落，應當像太陽一樣，來得自然，滿照頭上，然後堂皇卻又清醒地下降，把人們逗留在黃昏的富麗景色中」。[97] 濟慈這種對藝術追求的執著精神，確實使聞一多崇拜得五體投地。因此，他就高聲唱道：「詩人底詩人啊！ / 滿朝底冠蓋祇算得 / 些藝術底名臣， / 祇有你一人是個忠臣。」聞一多在吟唱濟慈「美即是真」和「真即美」的同時，並認為他「『鞠躬盡瘁，死而後已』，真個做了藝術底殉身者」。[98]

　　讚揚藝術的忠臣，其實就是立志要做藝術的忠臣。我們看聞一多的詩——尤其是早期的，明顯就有追隨濟慈的印記。如濟慈寫出了《夜鶯頌》、《秋頌》和《希臘古甕頌》等唯美詩篇，聞一多也寫出了《憶菊》、《秋色》和《劍匣》等和濟慈風格相似的佳作。另外，聞一多的敘事長詩《李白之死》無論其思想內容還是藝術形式乃至風格，都類似濟慈的長詩《安狄米恩》。在這首詩中，作者沒有著重抒發對李白命運的同情，也沒有表現對社會現實的強烈憤慨，而是將李白之死寫得那樣飄逸，那樣淒美。這並非聞一多冷酷，而正是他純真心靈的體現。從此也可看出他受濟慈「美即是真」和「真即是美」的影響，是他將其喜愛的一切事物都給美化了。這樣，聞一多那追求藝術純美的紳士情懷，就通過該詩之感情的抒發而淋漓盡致地表現出來。尤其《憶菊》一詩，作者運用美至極致的意象，運用多種修辭手法，極寫菊花的華貴和高雅如「鑲著金邊的絳色雞爪菊； / 粉紅色的碎瓣的繡球菊」！而那「懶慵慵的江西臘」，如同「倒掛著一餅蜂窩似的黃心」，他則認為「彷彿是朵紫的

向日葵」。還有那，「長瓣抱心，密瓣平頂的菊花」，尤其是那「柔豔的尖瓣攢蕊的白菊」，他又認為「如同美人底＊著的手爪」，而「拳心裡」則「攫著一撮兒金栗」。這是多麼絕妙美極的意象！詩人用華麗的詞藻，為我們描繪出一幅絕美而又真實的圖畫。如果誰認為這還不具強烈的藝術感染力，那麼，詩人在此一系列鋪墊後的想像如「請將我的字吹成一簇鮮花，/ 金底黃，玉底白，春釀底綠，秋山底紫，……

然後又統統吹散，吹得落英繽紛」，直至「彌漫了高天」並「鋪遍了大地」等詩句，則無論如何不能否認其創造的意境及其所具的魅力。因為，詩人的心象即豐富情感從中而出。就在這樣的優美意境中，聞一多在「我要讚美我祖國底花」和「我要讚美我如花的祖國」之高唱聲中結束詩篇，這就使作家的情思和其所創造的意境達到了渾然一體。作者就是在這種氛圍裡，不僅使詩作達到「藝術純美」的程度，而且也使詩作的主題得到提升。這，正體現了濟慈美真合一的藝術思想。

聞一多在其追求藝術達到極致即「詩的格律」期，王爾德的「生活摹仿藝術」說對他影響最大，因為那時候他要「藝術化」。西方唯美主義大師王爾德對其「生活對藝術的摹仿遠遠多過於藝術對生活的摹仿」之解釋是，「其所以如此，不僅由於生活的摹仿本能，而且由於這一事實」即「生活的有意識的目的在於尋求表現，而藝術就為生活提供了一些美的形式」。王爾德認為，「通過這些形式，生活就可以實現它的那種活動力」。他還說，「這是一個從來未被提出的理論」但卻「十分有益」，是「在藝術史上投了一道嶄新之光」。由此，他才「推論出，外部的自然也摹仿藝術」。因此，他最後的結論是「謊言 [即藝術]……乃是藝術的本來目的」。[99] 正所以此，王爾德才堅持「為藝術而藝術」的理論。聞一多亦是如此。雖然聞一多無論在1921 年於清華演講時還是後來他於美國給梁實秋和吳景超的信中都將其說成是「藝術為藝術」，說法儘管不完全相同，但其實質卻完全一樣。這種情況我們此前已經分析，即當時的聞一多從事藝術是為了藝術，亦即「為藝術而藝術」。他之給吳景超的信中說他的「作品若是有所補益於人類，那是」他「無心的動作」的聲明，其實正是王爾德們「為藝術而藝術」理論之花的果實。正是在王爾德唯美理論的影響下，聞一多才在《詩的格律》中認為王爾德「自

然的終點便是藝術的起點」之語「說得很對」並堅持認為藝術美要高於自然美。因為，他認為自然界之美是偶然的並不具有普遍性。這樣，如要創造藝術之美，就要加工提煉，就要「做」，就要「選擇」。從「選擇」開始，詩人就要有鑒別美醜的能力，才能發現生活中的美。他在《〈女神〉之地方色彩》中就指出：「選擇是創造藝術底程序中最緊要的一層手續，自然的不都是美的；美不是現成的。其實沒有選擇便沒有藝術，因為那樣便無以鑒別美醜」。就是在這觀念的氛圍裡，聞一多所創作的《死水》等詩，就和他的詩論一樣，在「新詩的歷史裡」掀起了「一個軒然大波」。

在此需要說明的是，聞一多雖然推崇西方唯美主義，但他卻堅決反對「完全的西洋詩」。他在《〈女神〉之地方色彩》中針對郭沫若那「歐化的狂癖」所作的議論就很值得我們回味。他說：「我要時時刻刻想著我是個中國人，我要做新詩，但是中國的新詩，我並不要做個西洋人說中國話，也不要人們誤會我的作品是翻譯的西文詩」。在論證新詩縱向繼承和橫向借鑑的辯證關係時，他說既「不要作純粹的本地詩，但還要保存本地的色彩」；並且，也「不要做純粹的外洋詩，但又要盡量地吸收外洋詩底長處」。因為，「他要做中西藝術結婚後產生的寧馨兒」。為要達到這個目的，他還說，「我們的新詩人若時時不忘我們的『今時』同我們的『此地』，我們自會有了自創力，我們的作品自既不同於今日以前的舊藝術，又不同於中國以外的洋藝術」。他認為「這個然後才是我們翹望默禱的新藝術」。因此，我們在承認聞一多從西方唯美主義吸取有益養分的同時，更要承認其和西方唯美主義的差異。

如同西方唯美論者勃蘭兌斯在《十九世紀文學主流》中認為濟慈「所採取的形式是一種濃墨重彩的感覺主義」一樣，聞一多在接受濟慈「藝術純美」理論的同時，也接受了濟慈的「感覺」思想。在《泰果爾批評》中，他就認為「泰果爾……沒有把握住現實」的原因「是祇感到靈性的美；而不賞識官覺的美」。因此，他重視詩歌創作時的感覺並認為「熾烈的幻象」便是「奇異的感覺」。而如果不然，寫出的就祇能是「不能喚起讀者底幻象的『麻木不仁』的作品」。[100] 在《〈冬夜〉評論》中，聞一多又將「幻想」和「情感」列為詩之「內的質素」，因此「最有分析比量底價值」。所以他堅決反對那些「弱於感覺完全缺乏想像力」，以致使詩「很少秾麗繁密而且具體的意象」

的作品。正所以此，他在接受佩特強調剎那間感受的同時，又在其「真摯」之上要求「驚心動魄」說「詩人胸中底感觸，雖到發酵底時候，也不可能輕易放出，必使他熱度膨脹，自己爆裂了」，以致「流火噴石，興雲致雨，如同火山一樣……才有驚心動魄的作品」。[101]

聞一多的這種理論，都是既源於西方唯美論者卻又不完全同於西方唯美論者。還是此前我們所談到的《死水》詩，就是聞一多「感覺」的名篇。當然，《死水》詩所以和艾略特的《荒原》一樣能成為聞一多詩歌創作的里程碑，其關鍵還在於《死水》詩囊括並實踐了西方唯美主義的全部特徵，注重形式，注重色彩，注重感覺，注重想像……當然，還有「頹廢」的成分，明顯地受到波特萊爾《惡之花》和艾略特《荒原》的影響。被西方譽為「現代詩歌里程碑」的《荒原》所再現的是「一戰」後西方資本主義的危機。詩人將整個歐洲大陸看成是一片「荒原」，並在極其廣闊的歷史跨度上展開荒原的精神內涵即荒涼，腐敗，黑暗，如地獄般的描寫，從而使之《荒原》成為物質和精神世界毀滅的象徵。也許其實正是受啟發於此，聞一多之「這是一溝絕望的死水」也是他《死水》詩反覆吟詠的主旋律。正是因為在「死水」處找不到「美的所在」，因此才使聞一多在詩的結尾爆發出「不如讓給醜惡來開墾，／看它造出個什麼世界」的憤怒呼喊。當然，聞一多《死水》詩之視覺聽覺全能感應的詩美體現，也影響於波特萊爾的《惡之花》。波特萊爾的《惡之花》是在愛倫坡的影響下創作的。該詩想像豐富。其在揭露現實社會黑暗和醜惡的同時，將嗅覺、聽覺和視覺等相溝通的特徵，以及明晰的結構，精練的用字，整齊的格律，鏗鏘的音韻和象徵的表現方法，尤其是以惡入詩的特點，都為聞一多的《死水》所借鑑。

當然，聞一多畢竟和波特萊爾等不同。唯美主義產生於十九世紀中葉的歐洲，這時，自由資本主義已逐漸向壟斷資本主義過渡，資產階級知識分子的理想逐漸破滅，處境日趨艱難，於是不少人選擇了逃避現實，醉情於藝術形式美的特殊感覺，滿足於所謂「死緩期」的每一剎那的美感享受。而聞一多作為一個並不純粹的理想主義者，在當時黑暗的社會現實中，他所重視的美不再是自我獨立存在和空幻飄渺的美之境界，而是對醜的忍耐與在忍耐中的反抗所體現出來的那種精神力量，他把這種精神力量視為美的最高體現。

當這種美轉化為一種語言的形式，便成了他的新格律詩的詩學主張。但是，他之《死水》詩的主題並非「惡之花」的贊頌，而是對當時舊中國的強烈詛咒和憎恨那噩夢般的現實。其在「死水」下劇烈湧動著的熾烈的愛國情感和他《紅燭》詩集中的作品一樣，都是描寫其「至情至性」的佳篇。雖然他作詩講究形式，但他是針對著當時瓦釜雷鳴的詩壇流弊，要「納詩於藝術之軌」。[102] 他在《詩的格律》中就說「新詩的格式是相體裁衣」，其「格式是根據內容的精神造成的」，即「可以由我們自己的意匠來隨時構造」。據此，我們就既不能認為他是故意復古，更不能說他是刻意求洋。雖然他在《詩的格律》這篇詩論中有追從王爾德顛倒藝術和生活的關係之嫌，但是，他所接受的並非王爾德文藝思想的全部，而是其強調藝術對人類意識和人類生活反作用的合理成分，並不是逃避現實和鑽進藝術的死胡同。這亦正如魯迅先生所提倡的「拿來」主張，汲取的是精華，捨棄的是糟粕。即使他所借鑑的西方「感覺」藝術，也是以愛國主義思想作根基和紅線，是在中國的土壤中成長。

以他筆下所具有的中國民族特色和中國古典詩詞相聯繫的意象如《紅豆》類似於王維的《相思》，《太陽吟》格調如同金昌緒的《春怨》，《憶菊》意象借鑑於陶淵明的《採菊東籬下》，《紅燭》更是影響於李商隱的《無題》詩。因此，我們完全可以這樣說，在聞一多的詩論和詩作裡，古今中外的特色都在其中熔鑄著。如果我們認為李廣田所說聞一多的詩「是唯美主義和愛國主義的結合」[103] 還不全面的話，那麼，胡喬木所說「要在中國現代詩人中，找出像他這樣聯著中國古代詩，西洋詩和中國現代各派詩的人，並不是容易的」[104] 這個結論，確實是正確的概括。聞一多在那群星燦爛的年代，以其超人的膽識和卓越的才華，在中國詩壇上放射出迥異的光輝。

▌第八節 詩作詩論及雜文與人格之多維一體的方正和圓滿

作為學者的聞一多在針對其研究對象進行分析時，總多將其文和其人相結合。如對屈原、杜甫、孟浩然、莊子、陸游等人的研究即是，他把其文都

當作詩家人格的表現。其實，我們研究聞一多，如果採用這種方法，就更能看出無論其詩作詩論乃至雜文，均是其人格的體現。

對人格內容的最權威定義包括如下幾個方面：一，人的性格、氣質、能力等特徵的總和；二，人的道德品質；三，人的能作為權利、義務的主體的資格等。[105] 如果從第一個角度進行分析，那麼，我們認為聞一多的人格在性格方面最突出的特點就是率真。在氣質方面最突出的特點就是具有詩性。在能力方面最突出的特點就是超人；如果從第二個角度進行分析，那麼，我們認為聞一多的人格在道德品質方面最突出的特點就是完美和具有正義感；如果從第三個角度進行分析，那麼，我們認為聞一多的人格在人的能作為權利、義務的主體的資格方面最突出的特點就是不僅凡事具有理想抱負，而且義不容辭且具有獻身精神。以上三個角度的分析雖然根據不同，但其各個方面，卻都共同地蘊含著聞一多的方正人格：正義、求真、求善、求美，凡事追求完美和極致。

聞一多的代表作《死水》詩就典型地體現出其方正的人格特徵。該詩每段 4 行每行 9 個字，共 20 行 5 段，屬於典型的新詩格律化形式。我們所以這樣說，並非將該詩的所謂「豆腐塊」形式和其人格作機械地類比，而是認為聞一多所以創作如此格律的新詩，更在於他對當時新詩過分自由化「瓦釜雷鳴」現象的反撥。他極其痛恨「『始作俑者』的胡（指胡適，筆者注）先生」等不僅在「創作界作俑」，而且，還「要在批評界作俑」。[106] 正所以此，很早就欲「徑直要領袖一種之文學潮流或派別」[107] 且認為「要打出招牌，非挑釁不可」，「要一鳴驚人則當挑戰」[108] 的聞一多才極具針對性地於留學歸國後寫出《詩的格律》這篇挑戰性的詩學論文提出詩的「三美」主張尤其強調「建築美」內容並身體力行地親自率眾實踐。由是可以看出，聞一多之《詩的格律》更是其方正人格的真正體現。

聞一多提出新詩格律化的主張並親身實踐，源於他對秩序的認同。聞一多出身一個世家望族的書香門第之家，從小接受儒家經典的教育，他自己就承認「全家兄弟在家塾時輒皆留心中文，先後相襲，遂成家風，此實最可寶貴」。[109] 因此，當時的聞一多不同於其他的新詩人和新詩論家，他對新文

學理論的吸納，都是有所批評有所選擇而非全盤接受。不僅如此，相反，他還對於舊的文學傳統有所保留。這在其前期《律詩底研究》中就可看出。就在這篇文學史研究論文裡，聞一多在其第三章《組織》中解釋「律詩」，說「有句底組織，有章底組織。格律矩範悉求工整，此律詩之名之所由起也」。除此，他還在其第五章《作用》中，詳細地分析了「短練底作用」（第一節），「緊湊底作用」（第二節），「整齊底作用」（第三節），「精嚴底作用」（第四節）等。在第六章《辨質》中，聞一多更認為若「窺得中國詩底真精神」，就須「要把律詩底性質懂清」。律詩，不僅「是中國詩獨有之題材，」而且，還「能代表中國藝術底特質」；另外，它也「兼有古詩、絕句、樂府的作用」。就在該章「中詩獨有的體制」中，聞一多不僅分析其藝術即「格律音節」之「異於別種體制者」的獨特之處，而且，更肯定其體格是最藝術的，「是純粹的中國藝術底代表」。這又是因為，「首首律詩裡有個中國式的人格在」。這個「中國式的人格」，就是聞一多在其後所分析的「均齊」、「渾括」、「蘊藉」和「圓滿」等。在「均齊」這節中，聞一多說「若如西人所說建築美是文化底子宮，那麼詩定是文化底胚胎」。他認為，「中國藝術中最大的一個特質是均齊，而這個特質在其建築與詩中尤為顯著」。所以，「中國底這兩種藝術底美可說就是均齊底美──即中國式的美」。聞一多甚至還認為，「中國的倫理觀念也不出均齊底範圍」，「均齊是中國的哲學、倫理、藝術底天然的色彩，而律詩則為這個原質底結晶」，因此，「其足以代表中華民族者一也」。在「圓滿」一節中，聞一多這樣說，「圓滿底感覺是美底必要條件。圓滿則覺穩固，穩固則生永久底感覺，然後安心生而快感起也」。他說，「凡律詩之組織，音節（在目為『圓滿』，在耳為節奏，此亦阿爾敦之論），無不合圓滿之義者」。更難能可貴的是，聞一多又將此「圓滿」看做是「我國民族性之表現」。他說，「我國地大物博，獨據一洲。在形式上東南環海，西北枕山，成一天然的單位；在物產上，動植礦產備具，不須仰給於人而自贍飽」。雖然聞一多承認這給國人帶來程度不同的保守，然「我國又嘗自稱『中國』，以為天下文化盡在於此；四境之外，無美無善，不足論也」。然「律詩之各部分之名稱曰首，曰尾，曰頸聯，曰腹聯，又曰韻腳，曰詩眼，曰篇脈。是則古人默此之為一完全之動物」。因此，聞一多總結說，「蓋最

圓滿之詩體莫律詩若。無論以具體的格式論，或以抽象的意味論，律詩於質則為一天然的單位，於數則為『百分之百』（hundredper-cent），於形則為三百六十度之圓形，於義則為理想，…………。此其所以能代表吾中華民族者四也」。[110]

如果孤立地看，我們就會認為聞一多以上的文學思想趨於保守。然而祇要我們通讀全篇，就會發現，聞一多的理論都是有感而發。這有感而發的原因，就是當時的詩作詩論者們完全拋棄了中華文化傳統的精華而一味地盲目全盤西化。他說：「文學誠當因時代而變體；且處此二十世紀，文學尤當含有世界底氣味；固今之參借西法以改革詩體者，吾不得不許為卓見。但改來改去，你總是改革」，卻不是要你「擯棄中詩而代以西詩。所以當改者則改之，其當存之中國藝術之特質則不可沒」。聞一多感嘆說，「今之新詩體格氣味日西，如《女神》之藝術吾誠當見之五體投地；然謂為輸入西方藝術以為創倡中國新詩之資料則不可，認為正式的新體中國詩，則未敢附和」。因為，聞一多認為「郭君特西人而中語耳。不知者或將疑其作為譯品」。因此，聞一多為當時的新詩者諸如郭沫若們計，呼吁「當細讀律詩，取其不見於西詩中之原質，即中國藝術之特質，以熔入其作品中，然後吾必其結果必更大有可觀者」。[111] 由是看來，在聞一多之方正性格並追求圓滿的過程中，是對新詩的規範化提出了更高要求。

因為聞一多「的志願遠大的很」，並且深知其「對於文學批評的意見頗有獨立價值」，[112] 終於，他於 1926 年毫不猶豫地打出招牌進行挑釁寫出了極具詩學價值和文學史意義的《詩的格律》。就在這篇論文中，聞一多追求格律的原因，還是為了「圓滿」。這是過去的研究者所忽視的現象。他說：「自然界的格律不圓滿的時候多，所以必須藝術來補充它」。同時還引用西方唯美主義大師王爾德之語「自然的終點便是藝術的起點」以解釋。聞一多雖然也相信「自然界裡面也可以發現出美來」，但他認為「不過那是偶然的事」。而「偶然在言語裡發現了一點類似詩的節奏，便說言語就是詩，便要打破詩的音節，要它變得和言語一樣——這真是詩的自殺政策」。聞一多甚至以其《死水》詩之「音節」特點作論據，說「這首詩從第一行」以至「以後每一行都是用三個『二字尺』和一個『三字尺』構成」，並且認為這首詩是他「第

一次在音節上最滿意的試驗」。而且，他還斷言，從此以後「新詩不久定要走進一個新的建設的時期」。而且，「無論如何，我們應該承認這在新詩的歷史裡是一個軒然大波」。而「這個大波的蕩動是進步還是退化？」聞一多則自信地說「不久也就自然有了定論」。[113]

　　文如其人。我們在此從聞一多《詩的格律》極具挑釁的言辭裡，確實看到聞一多的性格特徵即方正和追求圓滿，同時也看到他之一絲不苟的嚴謹和科學精神。當然，能夠體現聞一多人格特徵的並不僅限於《詩的格律》，聞一多的其他詩學論文如《戲劇的歧途》和《先拉飛主義》以及此前的《〈冬夜〉評論》，《莪默伽亞謨之絕句》，《〈女神〉之地方色彩》，《泰果爾批評》和《文藝與愛國——紀念三月十八》等都體現著聞一多的方正人格：追求藝術的完美和極致。尤其在《文藝與愛國——紀念三月十八》這篇文藝時評中，就更體現出他的人格特徵。他首先用反問的語氣肯定文藝與愛國運動之間的密切關係。而後，又引用西方德林克瓦特語之「愛國精神在文學裡」，「可以說是與四季之無窮感興，與美的逝滅，與死的逼近，與對婦人的愛，是一種同等重要的題目」。因此，聞一多這才說「他希望愛自由，愛正義，愛理想的熱血」不僅「要流在天安門，流在鐵獅子胡同」，而且「也要流在筆尖，流在紙上」。就在他追求唯美主義達到極端的當時，他希望詩人超脫藝術致命傷的理性，而要求「詩人應該是一張留聲機的片子，鋼針一碰著他就響」。並認為「詩人若做到了這個地步，便包羅萬有，與宇宙契合了。換句話說，這就是所謂偉大的同情心——藝術的真源」。雖然如此，但聞一多依然認為不夠，於是他說，「也許有時僅僅一點文字上的表現還不夠，那便非要現身說法不可」。而這現身的「說法」，就是「陸游一個七十衰翁要『淚灑龍床請北征』，拜倫要戰死在疆場上」。所以，聞一多認為「拜倫最完美，最偉大的一首詩也便是這一死」。而「我們若得著死難者的熱情的一部分，便可以在文藝上大成功；若得著死難者的熱情的全部，便可以追他們的蹤跡，殺身成仁」。[114]

　　我們在此應該說明的是，聞一多此一時期本是追求唯美主義反對文學創作的功利性，然而，當「現實的生活時時刻刻把」他「從詩境拉到塵境來」[115]的時候，他卻又不反對文學的社會功利性並極力強調文學和愛國相結合。這

表面看來雖然屬於文藝觀問題，其實，卻和其人格緊密相連。並且，這種人格越到後來，就表現得越鮮明。他所崇尚的「陸游一個七十衰翁要『淚灑龍床請北征』，拜倫要戰死在疆場上」以及「拜倫最完美，最偉大的一首詩也便是這一死」之精神，最終成就他完成了生命的一首最壯美詩篇。而他之「我們若得著死難者的熱情的一部分，便可以在文藝上大成功；若得著死難者的熱情的全部，便可以追他們的蹤跡，殺身成仁」這句名言，則成為他在文學創作和生命歷程的真實寫照。不僅愛國主義的精神始終貫穿在其詩作中，而且，他更是蘸著自己的鮮紅熱血，用生命寫就了自己氣貫長空的燦爛詩篇。

愛國主義的思想始終表現在聞一多的詩作中。這種內容，又常常表現為對於祖國山水草木和悠久文化的熱愛。這裡且不說《秋色》詩中作者在「色彩」的觀賞中關於「紫禁城裡的宮闕——黃的琉璃瓦」和「綠的琉璃瓦」以及「樓上起樓，閣外架閣」的描寫，還有把潔閣森公園「小鳥唱著銀聲的歌兒」也當作「是殿角的風鈴底共鳴（聞一多曾改為「和鳴」，筆者注）」，甚至，連「這些樹」也都「不是樹了」而變為「金碧輝煌的帝京」的想像；也不說《憶菊》詩中作者特別注明「重陽節前一日作」暗借唐代詩人王維「獨在異鄉為異客，/ 每逢佳節倍思親」詩句抒發身在他鄉的游子對於祖國山水草木和文化的熱愛以及對於祖國的思念，他將菊花比作「我們祖國之秋底傑作」，又因為其是「四千年華胄底名花」，所以，當詩人一想起她，就難免不想起自己的家鄉，想起自己的祖國。因此，詩人才「我要讚美我祖國底花，/ 我要讚美我如花的祖國」之詩人高潔人格的自然表現；就單說詩人在《太陽吟》中借天上太陽的奔波不息抒發旅居海外游子無所依托時對於祖國的思念，尤其借象徵中國文化的典故如「六龍驂駕」，象徵中國的威嚴歷史如「北京的宮柳」，象徵中國的博大如「山川」等，抒發對於具有悠久歷史祖國的自豪感，所有這些，都可以使我們看到詩人一顆跳動著的火熱赤誠之心。雖然有讀者會誤認聞一多寫這些詩是在想其狹義的家？但我們祇要讀過聞一多當年作此詩後寫給清華好友吳景超的信，就可知道聞一多在詩中所表現的真實含義。我們從聞一多那情真意切的話語，分明看到他熱愛祖國及熱愛祖國文化的人格。

聞一多詩作中的愛國內容遠不止對於祖國的思念這些方面。同樣是在美國留學時期創作的《洗衣歌》，也是表現他愛國思想的名篇。該詩通過華人終年替人洗衣卻備受歧視的悲慘遭遇，不僅表現了華人飄零異國的血淚生活，而且，更通過此表現出聞一多對於民族歧視的痛恨。在此，詩人不是簡單地同情華人洗衣的艱難和所遭受的凌辱，而是將自己和洗衣者融為一體，親身地感受著洗衣者所遭受的凌辱並從中表現出他鮮明的民族意識和民主思想。

《死水》詩是聞一多留美歸國後的作品。該詩表現在軍閥混戰、鬼蜮橫行當時的整個中國社會就「是一溝絕望的死水」。我們所以認為該詩體現了聞一多的「方正」人格，這當然可從很多方面分析。首先該詩的形式屬於高層方塊式，其次典型地體現了聞一多當時格律化的唯美追求，然而更重要的，還須從內容的角度進行考察，這就是聞一多以其強烈的正義感通過對噩夢般的現實所進行的強烈詛咒所表現出來的熾熱的愛國情感。正是聞一多當年這「火」的爆發，卻讓現在的我們看出其人格的「方正」。當然，能夠體現聞一多愛國思想和內容以及方正性格特徵的詩很多，諸如《春光》、《心跳》、《發現》、《祈禱》、《罪過》、《天安門》、《七子之歌》、《長城下之哀歌》和《我是中國人》等等。我們可以不對這些詩的具體內容和特點進行分析，但是我們必須知道，當我們讀這些詩的時候，詩人即聞一多的形象就在這些詩中呈現於我們的眼前。這就猶如聞一多在《屈原問題》中說他「每逢讀到這篇奇文（指《離騷》，筆者注），總彷彿看見一個粉墨登場的神采奕奕，瀟灑出眾的美男子，扮演著一個什麼名正則，字靈均的『神仙中人』說話，（毋寧是唱歌。）但說著說著，優伶丟掉了他劇中人的身分，說出自己的心事來，於是個人的身世，國家的命運，變成哀怨和憤怒，火漿似的噴向聽眾，炙灼著，燃燒著千百人的心」。聞一多接著說，「這時大概他自己也不知道是在演戲，還是罵街吧」！[116] 跳出劇中人的身分，訴說自己的情思和怨憤，這《離騷》帶給聞一多的感受，同樣是我們讀聞詩的感受。作家的人格全在詩中表現出來。由是我們可知：聞一多其詩，就是聞一多其人；聞一多其人，就是聞一多其詩。文如其人，言為心聲。這樣看來，聞一多在其詩論中孜孜以求的價值追尋和在其詩作中諸多情感的表現，都是其主體意識的客觀外化。

聞一多雖然經歷了由詩人到學者再到「鬥士」的轉變，然而，他的堅持正義，追求真理的操守卻始終沒變。如果聞一多前期「藝術為藝術」欲「一鳴驚人」要「打出招牌」並「進行挑釁」對詩壇「瓦缶雷鳴」現象進行反撥實現其年輕人的理想抱負是為求得圓滿，那麼，其後期轉變為「藝術為人民」的藝術觀尤其轉變為民主「鬥士」不斷求索的精神歷程，同樣是因為其方正人格以求得圓滿，祇不過是由對藝術的關心轉向對人民和民族命運的關心而已。這樣，聞一多就不僅強調詩之「鼓的聲律」，而且，他還強調「鼓的情緒」。祇有在這時，他才認為田間《人民底舞》「是鞍之戰中晉解張用他那流著鮮血的手，搶過主帥手中的槌來播出的鼓聲，是彌衡那噴著怒火的『漁陽摻撾』，甚至是，如詩人 Rob-ertLindsey（按即羅伯特·林賽，筆者注）在《剛果》中，劇作家 Eu-geneO』Neil（按即尤金·尼奧爾，筆者注）在《瓊斯皇帝》中所描寫的，那非洲土人的原始的鼓，瘋狂，野蠻，爆炸著生命的熱和力」。聞一多所以如此肯定詩之「鼓」的情緒和聲律，這不僅由於現實生活時時刻刻把他從詩境拉到塵境的緣故，更因為此時他認為這「鼓」聲，能「鼓舞你愛，鼓動你恨，鼓勵你活著」。[117] 我們說，祇有在那民族生死存亡的關鍵時刻，聞一多才會拋棄「藝術為藝術」的觀念而主張「藝術為人民」。因此，他在這時開始反對陶淵明的逃避社會，反對謝靈運的玩弄文字，而尤其讚賞杜甫「筆觸到廣大的社會與人群」並「為了這個社會與人群而同其歡樂，同其悲苦」以及「為社會與人群而振呼」。更讚賞「詩人從個人的圈子走出來，從小我而走向大我」。因此，他在這時的詩美追求就不僅要「效率」還更要「價值」；而且，尤其「要詩成為『負責的宣傳』」。[118] 在文藝作品如何反映民主主義內容的問題上，聞一多更認為「一個文藝家應該同時是一個中國人」。因為，就當時的「情形看來，恐怕做一個中國人比作一個文藝家更重要」。聞一多在此所說的「中國人，」[119] 其實就是文藝家的「良知」。

　　聞一多當然是最具「良知」且性格「喜歡走極端」[120] 的詩論家。正所以此，他才會由一個執著追求藝術的詩人和潛心於研究學問的學者轉變為民主「鬥士」。因此，當他面對著腐朽的國民黨政權當道而人民遭殃卻又在「人們聽慣了那個響亮的口號」即「國家至上」時，他憤怒地發問：「國家究竟

是什麼」？他的回答是，「假如國家不能替人民謀一點利益，便失去了它的意義」。聞一多又進一步說，「老實說，國家有時候是特權階級用以鞏固並擴大他們的特權的機構。假如根本沒有人民，就用不著土地，也就用不著主權」。

因此，「祇有土地和主權都屬於人民時，才講得上國家」。又因為當時的情況是八年抗戰不僅使「老百姓的負擔加重」，而且「農民的生活尤其慘」，雖然「國家所損失的已經取償於人民，萬一一塊塊的土地和人民賴以生存的物資連同人民一塊兒丟給敵人」，但這卻「於國家似乎也無關痛癢」，所以，聞一多以斬釘截鐵地口氣說，「今天祇有『人民至上』，才是正確的口號」。[121]

正因為要堅持「人民至上」這個信念，所以，聞一多此時一改人們對於屈原「愛國詩人」的傳統認識而認為屬於「人民的詩人」。而使聞一多認為屈原是「人民的詩人」的理由，「最使屈原成為人民熱愛與崇敬的對象的」，則「是他的『行義』」而「不是他的『文采』」。之所以此，聞一多說「如果對於當時那在暴風雨前窒息得奄奄待斃的楚國人民，屈原的《離騷》喚醒了他們的反抗情緒，那麼，屈原的死，更把那反抗的情緒提高到爆炸的邊沿，祇等秦國的大軍一來，就用那潰退和叛變的方式，來向他們萬惡的統治者，實行報復性的反擊」。在此，聞一多和傳統歷史觀點不同的是，他認為楚國是「亡於農民革命」，而不是「亡於秦兵」。所以，聞一多之「歷史決定了暴風雨的時代必然要來到，屈原一再的給這時代執行了『催生』的任務」，並且，「屈原的言，行，無一不是於人民相配合」[122] 等觀點，實際上就是他以屈原的行為作楷模並作人民的代言人，向著當時的專制腐朽政權攻擊。

《獸·人·鬼》就是聞一多針對當時發生於昆明的國民黨鎮壓學生的「一二·一」慘案而寫的一篇討伐檄文。面對著劊子手們的「獸行，或超獸行」，聞一多義憤填膺，指出在此「獸行」面前無須「用人類的義憤和它生氣」而要記得「人獸是不兩立」並且堅信「最後勝利必屬於人」。[123] 如果誰認為聞一多如此抨擊國民黨「獸行」還不足以表現其「方正」人格，那麼請看他在《八年的回憶與感想》中對於蔣介石的指責。他說署名蔣介石為作者的「《中國

之命運》一書的出版」，對於他「是一個很重要的關鍵」。因為，聞一多說他「簡直被那裡面的義和團精神嚇了一跳」，而且「我們的英明領袖原來是這樣想法的嗎」？因為「五四」給聞一多的「影響太深」，所以，《中國之命運》所提倡的「倫理」和「忠孝」等觀念「公開的向『五四』宣戰」，他「是無論如何受不了的」。[124] 敢於在當時的情況下向蔣介石發出質問，這就不難讓我們理解他之後來敢於面對國民黨的手槍卻拍案而起的行為。

聞一多《在魯迅追悼會上的講話》說：「取著一種戰鬥反抗的態度，使我們一想到他，不先想到他的文章而先想到他的人格的……是韓愈」。他說「唐朝的韓愈跟現代的魯迅都是除了文章以外還要顧及到國家民族永久的前途，他們不勸人做好事，而是罵人叫人家不敢做壞事」。聞一多將這種行為稱作是「文人的態度」。[125] 作為詩人，學者乃至「鬥士」的文人，聞一多和韓愈魯迅一樣，都是讓我們在一想到他時，使我們首先想到他的不是詩人，學者，而是具有崇高人格魅力的戰鬥「文人」。

誠然，正如「金銀盾」具有兩面性一樣，聞一多的人格亦具有複雜性。比方說他主張正義，所以他肯定屈原，並認為屈原的價值在其「行義」而不在「文采」；他熱愛人民並關心他們的疾苦，所以他肯定杜甫，和杜甫一樣把「筆觸到廣大的社會與人群，」並且「為了這個社會與人群而同其歡樂，同其悲苦」敢為「社會與人群而振呼」；他關心國家的前途和命運，於是也和魯迅一樣「勇敢、堅決地做他自己認為應做的事」，所以他肯定魯迅並和魯迅一樣「在文化戰線上打著大旗衝鋒陷陣」；[126] 他追求詩美但卻「不能適應環境」，[127] 所以他肯定莊子的超脫和飄逸。當然，聞一多肯定莊子的方面和原因很多。雖然他於後來從「莊子禮贊轉而為屈原頌揚」[128] 之文學審美乃至世界觀都發生了變化，但我們還是不能輕易否定他之對於莊子的崇拜。因為，他之前期的尊崇莊子，正是建立在人格高潔的基石上。尤其他因「不能適應環境」在「向外發展的路既走不通」而「不能不轉向內走」[129] 由詩人轉為學者時，他在這時崇尚莊子的其實屬於「紳士」型人格特徵。而此，又是源於「達則兼濟天下，窮則獨善其身」的中國傳統思想。所以，他才在這一時期鑽進故紙堆而潛心研究學術並接受了莊子。我們說，聞一多對於莊子的接受，是任一具有像他那樣經歷且具有高潔人格文人的必然選擇。

當然，聞一多最終還是從「莊子禮贊轉而為屈原頌揚」。然而他之鑽進去原本是要「刳其腸肚」的言說雖然誇大，但他鑽進去之後刳了其腸肚卻是事實。而且，在其刳了腸肚後最終又由其「紳士」轉變而為「鬥士」。這種情況的原因是，外部表現為社會「逼得我們沒有路走」，[130] 聞一多當時尚且過著「四千元一擔的米價和八口之家」[131] 的日子，就更可想像全國百姓所遭受的生靈塗炭。因此，這就不能不讓始終執著認為「詩人主要的天賦是『愛』，愛他的祖國，愛他的人民」[132] 的聞一多「拿出人性中最後最神聖的一張牌」並讓他「那在人性的幽暗角落裡蟄伏了數千年的獸性跳出來反噬他一口」。[133] 於是，這才終於有了聞一多由「紳士」到「鬥士」的轉變。而正因為有了聞一多由「紳士」到「鬥士」的轉變，這才最終導致他之率真的「詩性」與「詩情」大發走上十字街頭，並且有了他那最後一次講演的慷慨激昂以及最後一次講演罷的慘烈悲壯。他之「前腳跨出大門，後腳就不準備再跨進大門」[134] 的吶喊，集中代表了當時先進知識分子的聲音。聞一多以其生命之花，譜寫了人類歷史上最壯美的詩篇。他之用這生命所寫之詩，就更加凸顯其方正人格並使其方正人格獲得最大圓滿。

　　祇是我們還要說明的是，聞一多最終由其「紳士」轉變為「鬥士」的歷程，並非政治家的政治表現而是堅持正義、尋求真理的知識分子的自覺行為，完全是他高潔人格和純真情感的選擇。正是聞一多最終選擇了與時代擁抱，因此這才使他用生命創造了中國「新詩格律」（專指生命之花）的「絕唱」。雖然他的這一生命「絕唱」源於其方正人格，然而其方正人格的「絕唱」卻又使其詩作詩論乃至雜文的品位得到彰顯。正如聞一多所讚賞韓愈和魯迅「取著一種戰鬥反抗的態度……除了文章以外還要顧及到國家民族永久的前途」，因此這才使我們「不先想到他的文章而先想到他的人格」一樣，聞一多以其寶貴生命創作的「詩篇」，就更使我們看到其人格的崇高。

註釋

[1] 聞一多，李白之死 [A]，聞一多全集卷 1 詩 [M]10，武漢，湖北人民出版社，1994

[2] 李白，贈孟浩然 [A]，聞一多全集卷 1 詩 [M]10，武漢，湖北人民出版社，1994

[3] 聞一多，致梁實秋 [A]，聞一多全集卷 12 書信 [M]103，武漢，湖北人民出版社，1994

[4] 聞一多，《冬夜》評論 [A]，聞一多全集卷 2 文藝評論 [M]70，武漢，湖北人民出版社，1994

[5] 聞一多，致吳景超 [A]，聞一多全集卷 12 書信 [M]78，武漢，湖北人民出版社，1994

[6] 聞一多，致父母 [A]，聞一多全集卷 12 書信 [M]50，武漢，湖北人民出版社，1994

[7] 李怡，《紅豆》欣賞 [A]，王富仁主編聞一多名作欣賞 [C]282，北京，中國和平出版社出版，1993

[8] 辭海 [M]1747，上海，上海辭書出版社，1979

[9] 聞一多，致梁實秋 [A]，聞一多全集卷 12 書信 [M]159，武漢，湖北人民出版社，1994

[10] 聞一多，莪默伽亞諶之絕句 [A]，聞一多全集卷 2 文藝評論 [M]104，武漢，湖北人民出版社，1994

[11] 聞一多，泰果爾批評 [A]，聞一多全集卷 2 文藝評論 [M]128，武漢，湖北人民出版社，1994

[12] 聞一多，致梁實秋 [A]，聞一多全集卷 12 書信 [M]141，武漢，湖北人民出版社，1993

[13] 參見唐鴻棣著詩人聞一多的世界 [M]64，上海，學林出版社，1996

[14] 聞一多，《冬夜》評論 [A]，聞一多全集卷 2 文藝評論 [M]92，武漢，湖北人民出版社，1993

[15] 聞一多，詩的格律 [A]，聞一多全集卷 2 文藝評論 [M]139，武漢，湖北人民出版社，1993

[16] 聞一多，詩的格律 [A]，聞一多全集卷 2 文藝評論》[M]144，武漢，湖北人民出版社，1993

[17] 聞一多，致吳景超 [A]，聞一多全集卷 12 書信 [M]78，武漢，湖北人民出版社，1993

[18] 參見唐鴻棣著詩人聞一多的世界 [M]111，上海，學林出版社，1996

[19] 聞一多，先拉飛主義 [A]，聞一多全集卷 2 文藝評論 [M]162，武漢，湖北人民出版社，1993

[20] 參見唐鴻棣著詩人聞一多的世界 [M]119，上海，學林出版社，1996

[21] 參見唐鴻棣著詩人聞一多的世界 [M]117，上海，學林出版社，1996

[22] 參見唐鴻棣著詩人聞一多的世界 [M]120，上海，學林出版社，1996

[23] 參見唐鴻棣著詩人聞一多的世界 [M]118，上海，學林出版社，1996

[24] 參見唐鴻棣著詩人聞一多的世界 [M]117，上海，學林出版社，1996

[25] 參見唐鴻棣著詩人聞一多的世界 [M]118，上海，學林出版社，1996

[26] 聞一多，詩的格律 [A]，聞一多全集卷 2 文藝評論 [M]144，武漢，湖北人民出版社，1993

[27] 曹萬生，《死水》的詩人情感和藝術特色 [A]，黃步青、徐家貴主編中國現代文學自學指導 [C]103，成都，四川省社會科學院出版社，1987

[28] 聞一多，季鎮淮著聞一多先生年譜 [A] 聞一多全集卷 12 附錄 [M]481，武漢，湖北人民出版社，1993

[29] 聞一多，《冬夜》評論 [A]，聞一多全集卷 2 文藝評論 [M]69-76，武漢，湖北人民出版社，1993

[30] 聞一多，致梁實秋、吳景超 [A]，聞一多全集卷 12 書信 [M]63，70，武漢，湖北人民出版社，1993

[31] 聞一多，致吳景超、翟毅富、顧毓琇、梁實秋 [A]，聞一多全集卷 12 書信 [M]52，武漢，湖北人民出版社，1993

[32] 聞一多，致梁實秋、吳景超 [A]，聞一多全集卷 12 書信 [M]80，武漢，湖北人民出版社，1993

[33] 聞一多，致吳景超 [A]，聞一多全集卷 12 書信 [M]77，武漢，湖北人民出版社，1993

[34] 聞一多，致父母 [A]，聞一多全集卷 12 書信 [M]138，武漢，湖北人民出版社，1993

[35] 聞一多，《女神》之地方色彩 [A]，聞一多全集卷 2 文藝評論 [M]123，武漢，湖北人民出版社，1993

[36] 朱自清，聞一多與中國新詩 [A]，朱自清全集卷 4[M]466，南京，江蘇教育出版社，1990，（另見卷 4 之 374 頁，卷 2 之 357 頁，卷 3 之 119 頁）

[37] 聞一多，致聞家駟 [A]，聞一多全集卷 12 書信 [M]162，武漢，湖北人民出版社，1993

[38] 聞一多，致梁實秋 [A]，聞一多全集卷 12 書信 [M]149，武漢，湖北人民出版社，1993

[39] 聞一多，致梁實秋 [A]，聞一多全集卷 12 書信 [M]215，武漢，湖北人民出版社，1993

[40] 聞一多，悼瑋德 [A]，聞一多全集卷 2 文藝評論 [M]186，武漢，湖北人民出版社，1993

[41] 吳嚷，《七子之歌》附識 [A]，清華周刊 [J]，1925 年第 30 卷第 11 期和 12 期合刊

[42] 民治，三首愛國詩 [A]，長虹月刊 [J]，1925 年 2 期

[43] 聞一多，《醒呀》跋 [A]，聞一多全集卷 1 詩 [M]221，武漢，湖北人民出版社，1993

[44] 聞一多，致臧克家 [A]，聞一多全集卷 12 書信 [M]381，武漢，湖北人民出版社，1993

[45] 聞一多，人民的世紀 [A]，聞一多全集卷 2 雜文 [M]407，武漢，湖北人民出版社，1993

[46] 聞一多，致梁實秋 [A]，聞一多全集卷 12 書信 [M]159，武漢，湖北人民出版社，1993

[47] 聞一多,《冬夜》評論 [A],聞一多全集卷 2 文藝評論 [M]93,武漢,湖北人民出版社,1993

[48] 聞一多,文藝與愛國:紀念三月十八 [A],聞一多全集卷 2 文藝評論 [M]133,武漢,湖北人民出版社,1993

[49] 聞一多,致朱湘、饒孟侃 [A],聞一多全集卷 12 書信 [M]253,武漢,湖北人民出版社,1993

[50] 孫玉石,聞一多《奇蹟》本事及解讀 [A],北華大學學報 [J],2000 年 1 期

[51] 蘇雪林,論聞一多的詩 [A],許毓峰等編聞一多研究資料 [C]526,太原,北嶽出版社,1986

[52] 李廣田,《聞一多選集》序 [A],許毓峰等編聞一多研究資料 [C]360,太原,北嶽出版社,1986

[53] 季鎮淮,聞一多先生事略 [A],許毓峰等編聞一多研究資料 [C]38,太原,北嶽出版社,1986

[54] 臧克家,聞一多先生詩創作的藝術特色 [A],許毓峰等編聞一多研究資料 [C]578,太原,北嶽出版社,1986

[55] 王康,聞一多傳 [M]135-136,武漢,湖北人民出版社,1979

[56] 劉桓、金輝,聞一多在青島史實考略 [A],季鎮淮主編聞一多研究四十年 [C]393,北京,清華大學出版社,1988

[57] 劉桓,聞一多評傳 [M]136,北京,北京大學出版社,1983

[58] 俞兆平,聞一多美學思想論稿 [M]57—61,上海,上海文藝出版社,1988

[59] 唐鴻棣,詩人聞一多的世界 [M]88,上海,學林出版社,1996

[60] 唐鴻棣,詩人聞一多的世界 [M]24—26,上海,學林出版社,1996

[61] 蘇志宏,聞一多新論 [M]74,北京,中央編譯出版社,1999

[62] 梁錫華,介紹聞一多俠詩(代序)[M],許毓峰等編聞一多研究資料 [C]745,太原,北嶽出版社,1986

[63] 江錫銓,建國前聞一多研究述評 [A],許毓峰等編聞一多研究資料 [C]810,太原,北嶽出版社,1986

[64] 王瑞,火山下奔突的巖漿:論聞一多詩歌獨特的情緒抒寫 [A],李少雲、袁千正主編聞一多研究集刊 9 輯 [C]314,武漢,武漢出版社,2004

[65] 李怡,《奇蹟》欣賞 [A],王富仁主編聞一多名作欣賞 [C]604—606,北京,中國和平出版社,1993

[66] 劉志權，聞一多傳 [M]142—144，北京，團結出版社，1999

[67] 徐志摩，致梁實秋 [A]，徐志摩全集卷 6 書信 [M]415，天津，天津人民出版社，2005

[68] 聞一多，致朱湘、饒孟侃 [A]，聞一多全集卷 12 書信 [M]253，武漢，湖北人民出版社，1993

[69] 徐志摩，致梁實秋 [A]，徐志摩全集卷 6 書信 [M]416，天津人民出版社，2005

[70] 梁實秋，談聞一多 [M]87，臺北，臺灣傳記出版社，1967

[71] 聞黎明，聞一多年譜長編 [M]394，武漢，湖北人民出版社，1994

[72] 梁實秋，方令孺其人 [A]，聞黎明著聞一多年譜長編 [M]400，武漢，湖北人民出版社，1994

[73] 林斯德，致聞黎明 [A]，聞黎明著聞一多年譜長編 [M]420，武漢，湖北人民出版社，1994

[74] 商金林，聞一多俠詩《憑藉》[A]，聞黎明主編聞一多研究動態第 1-50 期合訂本 [C]26，北京，中國現代文化學會聞一多研究會，2004

[75] 李怡，《奇蹟》欣賞 [A]，王富仁主編聞一多名作欣賞 [C]605，北京，中國和平出版社，1993

[76] 商金林、孫永麗，愛與美的絕唱《奇蹟》評析 [A]，李少雲、袁千正主編聞一多研究集刊 2 輯 [C]163，武漢，武漢出版社，1998

[77] 孫玉石，聞一多《奇蹟》本事及解讀 [A]，北華大學學報 [J]，2000 年 1 期

[78] 王桂妹，隱抑之美：談《奇蹟》的情感抒瀉方式 [A]，名作欣賞 [J]，2005 年 2 期

[79] 臧克家，回憶聞一多先生 [A]，臧克家文集卷 4[M]129，濟南，山東文藝出版社，1994

[80] 孫玉石，聞一多《奇蹟》本事及解讀 [A]，北華大學學報 [J]，2000 年 1 期

[81] 林斯德，致聞黎明 [A]，聞黎明著聞一多年譜長編 [M]420，武漢，湖北人民出版社，1994

[82] 聞一多，《冬夜》評論 [A]，聞一多全集卷 2 文藝評論 [M]73，武漢，湖北人民出版社，1993

[83] 聞一多，評本學年《周刊》裡的新詩 [A]，聞一多全集卷 2 文藝評論 [M]50-40，湖北人民出版社，1993

[84] 聞一多，《冬夜》評論 [A]，聞一多全集卷 2 文藝評論 [M]64，武漢，湖北人民出版社，1993

[85] 聞一多，《女神》之地方色彩 [A]，聞一多全集卷 2 文藝評論 [M]120，武漢，湖北人民出版社，1993

[86] 聞一多，劉烜著聞一多評傳 [M]168，北京，北京大學出版社，1983

[87] 聞一多，致梁實秋、吳景超 [A]，聞一多全集卷 12 書信 [M]83-92，武漢，湖北人民出版社，1993

[88] 聞一多，致吳景超 [A]，聞一多全集卷 12 書信 [M]133，武漢，湖北人民出版社，1993

[89] 聞一多，致梁實秋 [A]，聞一多全集卷 12 書信 [M]141，武漢，湖北人民出版社，1993

[90] 聞一多，致家人 [A]，聞一多全集卷 12 書信 [M]183，武漢，湖北人民出版社，1993

[91] 聞一多，致梁實秋 [A]，聞一多全集卷 12 書信 [M]216，武漢，湖北人民出版社，1993

[92] 聞一多，《醒呀！》跋 [A]，聞一多全集卷 1 詩 [M]221，武漢，湖北人民出版社，1993

[93] 朱自清等編《聞一多全集》四卷本丁集 28—30，開明書店，1948。後劉烜在 1983 年於北京大學出版社出版的《聞一多評傳》168 頁中，認為聞一多對《洗衣歌》小序最後 42 字的刪改，是後來編輯《現代詩鈔》時進行並收入其中。因為朱自清等於 1948 年編輯的四卷本《聞一多全集》中沒有收入《現代詩鈔》，就衹有查 1993 年由孫黨伯先生等主編的 12 卷本《聞一多全集》中的《現代詩鈔》，但是發現其中並沒有收入《洗衣歌》。從 2006 年夏季至 2007 年 3 月，筆者先後電話或電子郵件以及信函請教了學界前輩孫黨伯先生、劉烜先生、錢谷融先生、陸耀東先生、吳宏聰先生和聞一多次子韋英先生、聞一多摘孫聞黎明先生等 10 多位專家。筆者根據吳宏聰等先生的意見，認為嚴謹的朱自清雖然沒有在全集中說清楚《選詩仃正本》情況，但他絕不會杜撰「事實」。因此，我們認為其所說的《選詩仃正本》很可能是聞一多未曾出版的詩作仃正本。遺憾的是，這個仃正本如同《屠龍集》一樣遺失了。因為，據韋英先生講，他們於中華人民共和國建立後，將聞一多的所有遺稿捐獻給了國家圖書館；而據孫黨伯先生講，他們在編揮 12 卷本《聞一多全集》時，未曾在北京國家圖書館提供的影印件中發現聞一多的《選詩仃正本》手稿。也正因為此，在孫黨伯和裒賽正先生所編的 12 卷本《聞一多全集》中，《洗衣歌》的小序並不是刪掉 42 字的那個。

[94] 聞一多，致家人 [A]，聞一多全集卷 12 書信 [M]181，武漢，湖北人民出版社，1993

[95] 朱湘，聞君一多的詩 [A]，許毓峰等編聞一多研究資料 [C]527，太原，北嶽文藝出版社，1986

[96] 唐鴻棣，詩人聞一多的世界 [M]108-122，上海，學林出版社，1996

[97] 濟慈，致柏萊等人信 [A]，伍蠡甫編西方文論選下卷 [C]60-64，上海，上海譯文出版社，1979

[98] 聞一多，藝術底忠臣 [A] 聞一多全集卷 1 詩 [M]71-72，武漢，湖北人民出版社，1993

[99] 王爾德，謊言的衰朽 [A]，伍蠡甫編西方文論選下卷 [C]113-117，上海，上海譯文出版社，1979

[100] 聞一多，評本學年《周刊》裡的新詩 [A]，聞一多全集卷 2 文藝評論 [M]50，武漢，湖北人民出版社，1993

[101] 聞一多，評本學年《周刊》裡的新詩 [A]，聞一多全集卷 2 文藝評論 [M]47，武漢，湖北人民出版社，1993

[102] 聞一多，致梁實秋、熊佛西 [A]，聞一多全集卷 12 書信 [M]233，武漢，湖北人民出版社，1993

[103] 李廣田，《聞一多選集》序 [A]，聞一多紀念文集 [C]121，北京，三聯書店，1980

[104] 胡喬木，哀聞一多先生 [A]，解放日報 [N]，延安，1946 年 7 月 15 日

[105] 中國社會科學院語言研究所詞典編輯室編現代漢語詞典 [M]960，北京，商務印書館，1983

[106] 聞一多，致吳景超、梁實秋 [A]，聞一多全集卷 12 書信 [M]96，武漢，湖北人民出版社，1993

[107] 聞一多，致吳景超、梁實秋 [A]，聞一多全集卷 12 書信 [M]80，武漢，湖北人民出版社，1993

[108] 聞一多，致梁實秋 [A]，聞一多全集卷 12 書信 [M]215，武漢，湖北人民出版社，1993

[109] 聞一多，致聞家駟 [A]，聞一多全集卷 12 書信 [M]184，武漢，湖北人民出版社，1993

[110] 聞一多，律詩底研究 [A]，聞一多全集卷 10 文學史編 [M]164，武漢，湖北人民出版社，1993

[111] 聞一多，律詩底研究 [A]，聞一多全集卷 10 文學史編 [M]166，武漢，湖北人民出版社，1993

[112] 聞一多，致吳景超、梁實秋 [A]，聞一多全集卷 12 書信 [M]80，武漢，湖北人民出版社，1993

[113] 聞一多，詩的格律 [A]，聞一多全集卷 2 文藝評論 [M]144，武漢，湖北人民出版社，1993

[114] 聞一多，文藝與愛國：紀念三月十八 [A]，聞一多全集卷 2 文藝評論 [M]134，武漢，湖北人民出版社，1993

[115] 聞一多，致吳景超 [A]，聞一多全集卷 12 書信 [M]78，武漢，湖北人民出版社，1993

[116] 聞一多，屈原問題 [A]，聞一多全集卷 5 楚辭編 [M]25，武漢，湖北人民出版社，1993

[117] 聞一多，時代的鼓手 [A]，聞一多全集卷 2 文藝評論 [M]201，武漢，湖北人民出版社，1993

[118] 聞一多，詩與批評 [A]，聞一多全集卷 2 文藝評論 [M]222，武漢，湖北人民出版社，1993

[119] 聞一多，論文藝的民主問題 [A]，聞一多全集卷 2 文藝評論 [M]225，武漢，湖北人民出版社，1993

[120] 聞一多，論文藝的民主問題 [A]，聞一多全集卷 2 文藝評論 [M]227，武漢，湖北人民出版社，1993

[121] 聞一多，人民的世紀 [A]，聞一多全集卷 2 雜文 [M]408，武漢，湖北人民出版社，1993

[122] 聞一多，人民的詩人：屈原 [A]，聞一多全集卷 5 楚辭編 [M]29，武漢，湖北人民出版社，1993

[123] 聞一多，獸·人·鬼 [A]，聞一多全集卷 2 雜文 [M]425，武漢，湖北人民出版社，1993

[124] 聞一多，八年的回憶與感想 [A]，聞一多全集卷 2 雜文 [M]431，武漢，湖北人民出版社，1993

[125] 聞一多，在魯迅追悼會上的講話 [A]，聞一多全集卷 2 雜文 [M]350，武漢，湖北人民出版社，1993

[126] 聞一多，在魯迅逝世八周年紀念會上的講話 [A]，聞一多全集卷 2 雜文 [M]425，武漢，湖北人民出版社，1993

[127] 聞一多，致饒孟侃 [A]，聞一多全集卷 12 書信 [M]265，武漢，湖北人民出版社，1993

[128] 郭沫若，《聞一多全集》序 [A]，聞一多全集卷 12 附錄 [M]439，武漢，湖北人民出版社，1993

[129] 聞一多，致饒孟侃 [A]，聞一多全集卷 12 書信 [M]265，武漢，湖北人民出版社，1993

[130] 聞一多，《西南采風錄》序 [A]，聞一多全集卷 2 文藝評論 [M]195，武漢，湖北人民出版社，1993

[131] 聞一多，致臧克家 [A]，聞一多全集卷 12 書信 [M]380，武漢，湖北人民出版社，1993

[132] 聞一多，季鎮淮著聞一多先生年譜 [A]，聞一多全集卷 12 附錄 [M]481，武漢，湖北人民出版社，1993

[133] 聞一多，《西南采風錄》序 [A]，聞一多全集卷 2 文藝評論 [M]196，武漢，湖北人民出版社，1993

[134] 聞一多，最後一次的講演 [A]，聞一多全集卷 2 雜文 [M]451，武漢，湖北人民出版社，1993

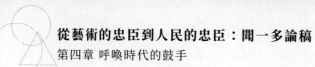

第四章 呼喚時代的鼓手

▌第一節 聞一多后期文藝思想的轉變及其原因

在中國現代文學史上，聞一多這個最具風格特點的詩人和文藝理論家在其早期，視文學如終生的事業，並以其遠大的志向，不僅創作出大量獨具「唯美主義」特色的詩歌作品，而且，還寫出相當數量的「唯美主義」文藝批評文章，這就使我們從他倡導新詩格律化的主張裡，窺見他追求藝術美之極致的執著。然而到了後期即在抗戰勝利前後的西南聯大時，聞一多逐漸徹底摒棄了「唯美主義」的價值取向，毅然站在人民的立場上呼喚「時代的鼓手」，[1] 號召文藝工作者「為人民服務和向人民學習」[2] 以創作出無愧於時代和人民的作品。從崇拜西方濟慈誓做藝術的忠臣到認識了人民並呼吁「詩人不應該對現實冷淡旁觀」，而「應該站在人民的前面，喊出人民所要喊的，領導人民向前走」，[3] 現實生活的這部大書終於使他轉變。雖然仍是詩人，但他已經不再用筆，而是用自己的言行和生命抒寫詩章並迸發出迥異的光輝。

聞一多後期文藝思想轉變的最顯著標誌，是他隨著那「不是混著好玩」生活歲月的流逝「知道」並親身體驗「生活的嚴重」[4] 後於 1943 年寫出的《時代的鼓手》這篇詩論。就在這篇詩論中，聞一多根據田間的《多一些》那激越人心的鼓點式詩句說，「這裡沒有『弦外之音』，沒有『繞梁三日』的餘韻，沒有半音，沒有玩任何『花頭』」，有的「衹是一句句樸質、乾脆、真誠的話」。而且是「多麼有斤兩的話」。因此，他認為田間之「多一顆糧食，/ 就多一顆消滅敵人的槍彈！/……多一些！/ 多一些！/ 多點糧食，/ 就多點勝利」那「簡短而堅實的句子，就是一聲聲的『鼓點』」，雖然「單調」，但卻「響亮而沉重」，因此能「打入你耳中，打在你心上」。聞一多又說田間《人民底舞》之「他們底 / 仇恨的 / 力，/ 他們底 / 仇恨的 / 血，/ 他們底 / 仇恨的 / 歌，/ 握在 / 手裡……」還有那「聳起的 / 筋骨，/ 凸出的 / 皮肉」，更「挑負著 /——種族的 / 瘋狂」和「種族的 / 咆哮」這樣的詩句，「便不衹鼓的聲律」，同時，「還有鼓的情緒」。他激動地說「這是鞍之戰中晉解張用他那流著鮮血的手，搶過主帥手中的槌來播出的鼓聲，是彌衡那噴著怒火的『漁陽摻撾』，甚至

是，如詩人 Rob-ertlindser 在《剛果》中，劇作家 Eugenoneil 在《瓊斯皇帝》中所描寫的，那非洲土人的原始的鼓」，雖然「瘋狂，野蠻」，但卻「爆炸著生命的熱與力」。一反此前的美學追求，聞一多對田間的詩評價如此之高，是他認為田間「所成就的那點，卻是詩的先決條件──那便是生活欲」，而且是「積極的，絕對的生活欲」。因為，在那民族危難的最緊急時刻，「它擺脫了一切詩藝的傳統手法，不排解，也不粉飾，不撫慰，也不麻醉」，更「不是那捧著你在幻想中上升的迷魂音樂」。而「祇是一片沈著的鼓聲，鼓舞你愛，鼓動你恨，鼓勵你活著，用最高限度的熱與力活著」。正因為此，所以他說，「當這民族歷史行程的大拐彎中，我們得一鼓作氣來渡過危機，完成大業」。因此，在那「需要鼓手的時代」，他才「期待著更多的『時代的鼓手』出現」。[5]

　　時代不僅使聞一多警醒，也使聞一多覺悟。作為「殺蠱的蕓香」，[6] 聞一多這時徹底扭轉「藝術為藝術」的文藝觀而堅持「藝術為人生」。那時的他認為，詩和歌「祇有和勞動人民相結合，才能夠…健康」並且「有生命力」，因此，他號召要「把詩歌還給勞動人民」。[7] 正所以此，當 1944 年 10 月西南聯大學生創辦的兩個壁報在展開「為人生而藝術」還是「為藝術而藝術」的辯論時，他站在最廣大的進步師生一邊，認為進步作家應該站在時代的前列，敲起時代的戰鼓，鼓舞人民向前進。就在抗戰勝利前後，他寫出了《文學的歷史方向》、《詩與批評》、《〈三盤鼓〉序》、《艾青和田間》、《戰後的文藝道路》、《論文藝的民主問題》等文藝為人民服務之根本思想的論文。在《詩與批評》這篇詩論中，他特別強調要重視詩的社會作用。和其早期《莪默伽亞謨之絕句》及《詩的格律》中的觀點完全相反，他堅決反對歷史上存在著的那種「祇求感受舒適」並且「祇吟味於詞句的安排，驚喜於韻律的美妙，完全折服於文字與技巧中」的現象，認為「僅止於欣賞，僅止於享受」和「為念詩而念詩」的態度「其實這是不可能的事」。他說，「在文字與技巧的魅力上，你並不祇享受於那份藝術的功力，你會被征服於不知不覺中，你會不知不覺的為詩人所影響，所迷惑」。因此，他說「詩是社會的產物」，並且「若不是於社會有用的工具社會是不要他的」。就在這種觀念指導下，聞一多堅決反對陶淵明的閒情逸致。他說，「陶淵明時代有多少人

過極端苦難的日子，但他不管，他為他自己寫下他閒逸的詩篇」。他並且還說「謝靈運一樣忘記社會，為自己的愉悅而玩弄文字」。而「當我們想起那時別人的苦難，想著那幅流民圖」，他詛咒說，「我們實實在在覺得陶淵明謝靈運之流是多麼無心肝、多麼該死」！與對陶淵明的態度完全不同，聞一多不僅極力夸贊杜甫，認為其「筆觸到廣大的社會與人群」，並「為了這個社會與人群而同其歡樂，同其悲苦，」也「為社會與人群而振呼」。而且，他更夸贊白居易，說「白居易不單是把筆濡染著社會，而且他為當前的事物提出他的主張與見解」。最重要的，聞一多認為白居易這個「詩人從個人的圈子走出來，從小我而走向大我……」。和他當年崇拜李商隱時相反，這時候他因杜甫的詩搏大而稱其為「第一等的詩人」，而「李義山祇是二等詩人」。雖然聞一多此時仍認為「陶淵明的詩是美的」，但他又說其「詩裡的資源是類乎珍寶一樣的東西，美麗而不有用」，因此，他說陶淵明也「應在杜甫之下」。至此，聞一多的詩學觀和其「極端唯美主義」時代完全不同。因此，他才認為詩的「社會價值是重要的」。他說，「我們要詩成為『負責的宣傳』，就非得著重價值不可，因為價值實在是被『忽視』了」。他還說，「我以為不久的將來，我們的社會一定會發展成為社會屬於個人，個人為了社會的」。因為，「詩是與時代同其呼息的，所以，我們時代不單要用效率論來批評詩，而更重要的是以價值論詩了」，他說，這是「因為，加在我們身上的將是一個新時代」。

就因為「加在我們身上的將是一個新時代，」所以聞一多說，「詩人應該走到人民群眾中去」，還「要理解人民的痛苦，做時代的『鼓手』，喊出真正的人民的呼聲」。他還說，如果詩人的「感受祇是個人的休戚，如果他的感情祇是無病呻吟，那他將糟蹋了自己，也浪費了別人的時間，欺騙了別人的同情」。他在這時候又自我檢討說，「過去我說過，詩是不負責任的宣傳，簡直是胡說」！他憤怒地反駁說，「祇有飽食終日無所事事的人，才有這樣的閒情！事實上，也沒有這樣的事情」！因為，祇要「你說了話，你發表了東西，你就會這樣那樣地影響別人」。他還說，「如果說，他是出於無心和幼稚，咱們也得和他大喝一聲」。他還語重心長地對當時「新詩社」的同學說：「咱們的『新詩社』，應該負起這個責任」。因為，「『新詩社』是寫詩的

團體，但它應該不同於過去和現在那些自命不凡的人組織的團體」。聞一多並且現身說法舉例說「像從前的『新月派』，它也名曰『新』，其實腐朽透了」。而「我們的『新詩社』」，「不僅要寫形式上是新的詩，更要寫內容也是新的詩，不僅要做新詩，」而且「更要做新的詩人」。[8] 正是為了要做新的詩人，聞一多這年創作了擱筆十五年之久的《八教授頌》。該詩完全掙脫其早先創設的格律束縛，而以擂鼓的聲音和樓梯式的節奏和鏗鏘，以「藥石」的效力，鞭撻了當時正統學者們的愚昧即「替死的拉住活的」開倒車。這，正標誌著他「要和教授階級算帳」[9] 的心聲，成為他在詩歌創作里程上的最後一記絕響。

覺醒了的聞一多因為要詩和人民相結合，因此，他在後期特別推崇屈原並認為其不僅是愛國詩人，因為那樣定性他認為不足以說明屈原思想的高度而顯得太狹隘，而應該稱之「人民的詩人」才能將其崇高表達出來。屈原如此，聞一多也是如此。這正如郭沫若對其所評價：「就這樣，聞一多先生由莊子禮贊變而為屈原頌揚，而他自己也就由絕端個人主義的玄學思想蛻變出來，確切地獲得了人民意識。這人民意識的獲得也就保證了《新月》詩人的聞一多成為了人民詩人的聞一多」。[10] 正是聞一多取得了屈原般的人民意識，因此，其在後期才堅定不移地號召文藝工作者「不要忘記西南的人民，尤其是那些少數民族，是今天受苦難最深的中國農民，也是代表最優良的農民品質的中國農民」。[11] 他還說，「目前我們需要嶄新的文藝形式和內容，我們要讓文藝回到群眾那裡去，去為他們服務」。[12]

如果 1938 年在湘黔滇旅行團三千里長途跋涉中關於農村破敗和人民流離失所現象的所見所聞還祇讓聞一多象牙塔之夢剛剛驚醒，那麼，1942 年因太平洋戰爭爆發所導致的香港局勢垂危使大批滯留香港的文化名人因飛機少而無法脫險然而孔祥熙卻不僅用飛機搶運其財物，甚至連洋狗也搭載飛機的醜行，則讓聞一多清醒地看到統治者的腐朽。更兼之，其在昆明的居住地司家營這部教科書也使聞一多耳聞目睹了國民黨軍隊的腐敗。就在日本侵略者即將完蛋時，國民黨軍隊竟又出現大潰退。面對此，聞一多就不能不為祖國和人民的命運憂思！更何況，由於物價飛漲，作為教授的他為了養家糊口，也不得不掛牌治印而充當「手工業勞動者」。然而就在這時候，蔣介石鼓吹

其「一個黨，一個主義，一個領袖」的《中國之命運》卻出版了。對此，聞一多後來在《八年的回憶與感想》中寫道：「《中國之命運》一書的出版，在我一個人是一個很重要的關鍵」。他說，「我簡直被那裡面的義和團精神嚇了一跳」，難道說「我們的英明領袖原來是這樣想法的嗎」？他並且說，「『五四』給我的影響太深，《中國之命運》公開的向『五四』宣戰，我是無論如何受不了的」。至此，他對當時的國民黨及其政權徹底失望。恰就在這時期即 1944 年暑假，昆明的共產黨組織開始和聞一多接觸了。從此，在他的眼前，就出現了一片新天地。緊接著，他於這年 9 月，由吳晗和羅隆基介紹，加入了「民盟」並積極地參加各種組織活動。就是在這之前後，他不僅寫出「要和教授階級算帳」的《八教授頌》，而且也寫出要加強「藥石性的猛和鞭策性的力」的《〈三盤鼓〉序》以及作為「藥石」和「鞭策」的《一個白日夢》和《真的屈原》等文章。是黨的光輝馬列的火，使聞一多樹立了新的歷史觀，從而真正認識了人民，明白了人民是真正創造世界歷史的動力。從此之後，聞一多不僅關心文藝的進步，而且，更關心政治的進步。「從不問政治到問政治，從無黨派到有黨派，這一轉變，從客觀環境說，是時代的逼迫，從主觀認識說，是思想的覺悟」。聞一多的轉變在其《民盟的性質與作風》中，作了最準確的說明。

總之，聞一多由其前期追求「極端唯美主義」誓做「藝術的忠臣」，到其後期關注生活和現實成為「人民的詩人」，他走過一段漫長而曲折的道路。在這漫長而曲折的道路上，他和其他作家如魯迅等人一樣，也曾徬徨並探索過，但最終經過煉獄的考驗，這才使他真正成為「人民的忠臣」。但無論其前期的追求藝術性還是後期的追求人民性，都是他那個特定的時代和環境所造成。因此，我們從聞一多文藝思想的嬗變，即可看出「社會存在」對「社會意識」決定的重要。因此，那些片面過分贊譽聞一多前期美學觀念而絕無談及後期文藝思想的現象，我們就應否定。當然，我們絕不能也如「極左」時期那樣一個「極端」走向另一個「極端」。我們重視並追求文藝的人民性，當然不能否定其應有的藝術價值。相反，我們倒是應該承認，作為文藝，越是具有藝術性，就越能深刻地表現本應有的思想內容。這種觀點，即使聞一多最後也仍然堅持。

▌第二節 聞一多對屈原死之認識的轉變及其原因

在中國文學史上，不唯不同時期不同境遇的文學史家對屈原有著不同的評價如兩漢時期的屈原闡釋，即使同一個人在不同的階段也會對其有著不同的認識如聞一多就是。這是一個很有意義的課題，值得我們進行深入研究。

1935 年，聞一多在其《讀騷雜記》中將歷來關於屈原自盡動機的解釋分為三說即「班固《離騷序》」之「忿懟不容，沉江而死」的「泄忿說」；「《漁父》的作者」之「寧赴常流而葬於魚腹中耳，又安能以皓皓之白而蒙世之溫蠖乎」的「潔身」說；還有「東漢以來」所「漸漸注重屈原忠的方面」，而且「直到近人王樹坍提出尸諫二字」所達到「這派意見的極峰」之「憂國」說。聞一多認為，「三說之中，泄忿最合事實，潔身也不悖情理」，唯「憂國則最不可信」。然而為何「偏是憂國說流傳最久，勢力最大」，聞一多認為這是「歷史人物的偶像化」緣故。他說，「一個歷史人物的偶像化的程度，往往是與時間成正比的」，而且，「時間愈久，偶像化的程度愈深，而去事實也愈遠」。他甚至認為，「在今天，我們習聞的屈原，已經變得和《離騷》的作者不能並立了」。因為，「你若認定《離騷》，是這位屈原作的，你便永遠讀不懂《離騷》」。而「你若能平心靜氣的把《離騷》讀懂了，又感覺《離騷》不像是這位屈原作的」。他說，這是因為「被你自己的偶像崇拜的熱誠欺騙了」。為了證明屈原之死並非「憂國」，聞一多引用東漢班固《離騷序》說「屈原露才揚已，競乎危國群小之間，以離讒，然數責懷王，怨椒蘭，愁神苦思，強非其人，忿懟不容，沉江而死，亦貶絜狂狷景行之士」。他說，「這才真是《離騷》的作者」。祇是，卻「去後世所謂忠君愛國的屈原是多麼遼遠」！因此，聞一多認為，「說屈原是為愛國而自殺的，說他的死是尸諫，不簡直是夢囈嗎」？

就在《讀騷雜記》這篇論文中，聞一多不僅以「泄忿」說來反駁「憂國」說，而且，還以「潔身」說來反駁「憂國」說。聞一多認為：「一種價值觀念的發生，必有它的背景」。他說，祇有「混亂的戰國末年的《漁父》的作者才特別看出，屈原的狷潔」，又祇有「大一統的帝王下的順民才特別要把屈原擬想成一個忠臣」。在此，聞一多又摘引《莊子·刻意篇》之語作為論據

進行論證說，「刻意尚意，離世異侜，高論怨誹，為亢而已矣，此山谷之士，非（誹）世之人，枯槁赴淵者之所好也」。聞一多將此作為屈原「潔身」之死的解釋並認為「是合乎情的」。所以如此，他說這是因為與屈原的「時代風氣正相合」，而後來「帝王專制時代」之「忠的觀念」，又「絕不是戰國時屈原所能有」。為了說明此觀點，聞一多還將也是楚人的伍子胥為報家仇對待其君其國的作法以反證。應該說，這種論證倒也自圓其說。

聞一多強調認為「忠臣的屈原是帝王專制時代的產物」。因此，「若拿這個觀念讀《離騷》」，則「永遠談不通」。而「後世所以能把屈原解成一個忠臣」，他又將此「歸咎於史公」。因為，司馬遷的「《史記·屈原列傳》若不教屈原死在頃襄王的時代，則後人便無法從懷王客死於秦和屈原自殺兩件事之間看出因果關係來，因而便說屈原是為憂國而死」。從此，我們即可看出聞一多真是贊成王懋竑之「屈原死在懷王入秦以前的」觀點。因為，雖然這「訂正了一個史實的錯誤」即屈原並非死於頃襄王時代「本身的意義甚小」，然而，「因這件史實的修正」，使「我們對於屈原的人格（即忠君愛國，筆者注）的認識也得加以修正，才是關係重大」。聞一多論證說，「懷王喪身辱國，屈原既沒有見著，則其自殺的基因確是個人的遭遇不幸所釀成」。因此，「說他是受了宗社傾危的刺激而沉江」，就「毫無根據」。[13]

如果前期聞一多對於屈原認識的著眼點還祇是停留在高潔人格意義的分析上，那麼，他在 10 年後即 1944 年 12 月所寫的《屈原問題：敬質孫次舟先生》這篇文章裡，雖然首肯「屈原最突出的品性，無寧是孤高與激烈」，但已不是重點論證的內容。他說：「我不相信《離騷》是什麼絕命書，我每逢讀到這篇奇文，總彷彿看見一個粉墨登場的神采奕奕，瀟灑出眾的美男子，扮演著一個什麼名正則，字靈均的『神仙中人』說話，（毋寧是唱歌。）但說著說著，優伶丟掉了他劇中人的身分，說出自己的心事來，於是個人的身世，國家的命運，變成哀怨和憤怒，火漿似的噴向聽眾，炙灼著，燃燒著千百人的心——」聞一多猜測說，「這時大概他自己也不知道是在演戲，還是罵街吧」！並接著又總結說，「從來藝術就是教育，但藝術效果之高，教育意義之大，在中國歷史上，這還是破天荒第一次」。至此，聞一多一改過去堅決反對的觀點，終於肯定了屈原的「憂國」。

這裡需要說明的是，聞一多這篇文章是他針對孫次舟於當年在成都國民黨《中央日報》上發表的《屈原是「文學弄臣」的發疑：兼答屈原崇拜者》提出的「屈原是文學弄臣」的觀點而寫。雖然聞一多並不否認「屈原是文學弄臣」，然而他在接過孫次舟觀點的同時，卻說屈原這個「文學弄臣」是個「孤高激烈」品性的文化「奴隸」。雖然「一個孤高激烈的奴隸，絕不是一個好的奴隸」，但正所以此，才「名士愛他，腐儒恨他」。因此，「一個不好的奴隸，正是一個好的『人』」。聞一多並且說他在「孫次舟先生的第二篇文章（按即《屈原討論的最後申辯》，筆者注）裡領教過他的『火氣』哲學」，而且「十分欽佩」。因此，雖然「屈原是個文學弄臣」，但這「並不妨礙他是個政治家」。聞一多說，「也許正因為屈原是一個『博聞強志……嫻於辭令』的漂亮弄臣，才符合了那『出則接遇賓客，應對諸侯』的漂亮外交家的資格」。他還引用屈原《離騷》中「說操筑於傅巖兮，武丁用而不疑，呂望之鼓刀兮，遭周文而得，寧戚之謳歌兮，齊桓聞以該輔」等詩句以說明「奴隸群中卻不斷的站起了輝煌的人物」。儘管屈原這個「文化奴隸，站起來又被人擠倒」，但是，由「文化奴隸……要變作一個政治家，到頭雖然失敗，畢竟也算翻了一次身」。更何況，屈原的功績畢竟最重要。這，「就是在戰國時代進步的藝術效果之基礎上，恢復了《詩經》時代的教育意義」。聞一多還說，「從奴隸制度的糞土中不但茁生了文學藝術，而且這文學藝術裡面還包含了作為一切偉大文學藝術真實內容的教育意義」。因此他認為，屈原這個文化「奴隸不但站起來做了『人』」，而且，還「做了人的導師」。祇有在這時，他才同意西漢劉安之《離騷》堪「與日月爭光」的觀點。

聞一多既肯定屈原是「反抗的奴隸……掙脫枷鎖」而「變成了人」，因此，「對奴隸……祇當同情」的他，則「對有反抗性的奴隸，尤當尊敬」。正所以此，他在分析屈原這個人物的歷史意義時，就根據蘇聯革命作家高爾基從兩方面考察藝術家的觀點即「一方面是作為『他自己的時代之子』，一方面就是作為『一個為爭取人類解放而具有全世界歷史意義的鬥爭的參加者』」。因此，聞一多要我們注意的是「在思想上，存在著兩個屈原」即「一個是『竭忠盡智，以事其君』的集體精神的屈原，一個是『露才揚己，怨懟沉江』的個人精神的屈原」。他說，「在前一方面，屈原是『他自己的時代之子』」，

而「在後一方面，他是『一個為爭取人類解放……的鬥爭的參加者』」。為何如此定義？聞一多解釋說，屈原的「時代不允許他除了個人搏鬥的形式外任何鬥爭的形式，而在這種鬥爭形式的最後階段中，除了懷沙自沉，他也不可能有更兇猛的武器』」。雖然如此，「然而他確乎鬥爭過了」，因此，「他是『一個為爭取人類解放而具有全世界歷史意義的鬥爭的參加者』」。聞一多還特別強調，他「是特別從這一方面上著眼崇拜」[14] 屈原的。

　　從以上分析我們可以看出，聞一多在其後期所認為的屈原「憂國」，並非封建時代「忠君」和「愛國」的結合，而是賦予更為崇高的內涵。據劉烜《聞一多評傳》說，聞一多在昆明西南聯大和朋友辯論屈原究竟是「愛國的詩人」還是「人民的詩人」時，「認為光用愛國主義」尚「不足以表達屈原思想的高度」，而「應該用『人民的詩人』才能把屈原的崇高表述出來」。因為，「歷史是人民創造的；『人民的』才是偉大的」。據此，劉先生說「聞一多對人民的忠誠和對屈原的最強烈的熱愛在這裡聯繫在一起了」。[15] 如果聞一多在《屈原問題》中對此觀點言猶未盡的話，那麼，他在半年後即 1945 年 6 月發表於《詩與散文》特刊上的《人民的詩人：屈原》則對這種觀點作了進一步的闡釋。他說，第一，屈原「作為宮廷弄臣的卑賤的伶官……身分」，使他「屬於廣大人民群中的」一個；第二，「屈原最主要的作品」即《離騷》和《九歌》是用「人民的藝術形式」所寫成；第三，「在內容上，《離騷》……用人民的形式，喊出了人民的憤怒」。因此，其「成功不僅是藝術的，而且是政治的」。並且，「它的政治的成功，甚至超過了藝術的成功」。第四，最重要並且「最使屈原成為人民熱愛與崇敬的對象的，是他的『行義』」而「不是他的『文采』」。而如果「屈原的《離騷》喚醒了」當時「那在暴風雨前窒息得奄奄待斃的楚國人民」的「反抗情緒」，那麼「屈原的死」則「更把那反抗情緒提高到爆炸的邊沿」，並且就「祇等秦國的大軍一來，就用那潰退和叛變的方式，來向他們萬惡的統治者，實行報復性的反擊」。聞一多認為，因為「歷史決定了暴風雨的時代必然要來到」，而屈原又「一再地給這時代執行了『催生』的任務」，因此，「屈原的言行，無一不是與人民相配合」。為了更深入地論證屈原是「人民的詩人」，聞一多這才將歷史上的某些詩人和他相比較說，「儘管陶淵明歌頌過農村，農民不要他，李太白歌頌

過酒肆，小市民不要他，因為他們既不屬於人民，也不是為著人民的」。雖然「杜甫是真心為著人民的，然而人民聽不懂他的話」。雖然「屈原…沒有寫人民的生活，訴人民的痛苦，然而實質的等於領導了一次人民革命，替人民報了一次仇」。因此，他才說「屈原是中國歷史上唯一有充分條件稱為人民詩人的人」。正因為此，所以聞一多在該文的開篇就說「古今沒有第二個詩人像屈原那樣曾經被人民熱愛的」。並認為屈原與端午的結合是他被人民熱愛的象徵標誌。聞一多說，「端午這個節日，遠在屈原出世以前，已經存在，而它變為屈原的紀念日，又遠在屈原死去以後」，這才「足以證明屈原是一個真正的人民詩人」。他還說，「唯其中國人民願意把他們這樣一個重要的節日轉讓給屈原」，這才「足見屈原的人格，在他們生活中，起著如何重大的作用」。同時，「也唯其遠在屈原死後，中國人民還要把他的名字，嵌進一個原來與他無關的節日裡，才足見人民的生活裡，是如何的不能缺少他。」聞一多同時還斷定，「端午是一個人民的節日，屈原與端午的結合，便證明了過去屈原是與人民結合著的，也保證了未來屈原與人民還要永遠結合著」。[16]

　　從以上我們所介紹聞一多對屈原認識的變化軌跡看，前者顯然是學術性研究，而後者則主要是政治性評價。在此，我們且不研究聞一多對屈原前後認識的正確與否，我們需要分析的是，聞一多何以會對屈原有如此前後截然不同的認識？如果按照蘇志宏的觀點，聞一多這是由其先前之「詩人的態度」轉變而為「文人的態度」。[17] 所謂「詩人的態度」，即聞一多所講的「超然」的「藝術態度」即「難得」的「冷靜」態度；而所謂「文人的態度」即「求活」的「人生態度」，是「熱情的常態」。[18] 正是聞一多在其前期具有冷靜的超然的藝術態度，更兼之他在莊子研究的過程中接受了「獨善其身」的思想，因此，他才在司馬遷《史記·屈原列傳》中看出屈原的「潔身」之死，並將他關於端午來歷的考證再結合班固之《離騷序》，同時又認為屈原之死是因為「泄忿」。二者說法雖然差異，其實質卻是相同。因此，這才使聞一多根據戰國那個特定的時代內涵即「帝王專制時代的忠的觀念，絕不是戰國時屈原所能有」而堅決反對屈原死於「憂國」之說。但是，由於後來抗日「戰爭激起的對民族、國家、群體性等現實價值的需求」，這才「又使得關於屈

原個性裡的反叛性和獨立性,具有了現實意義」。這,就是「聞一多屈原評價的維度由否定『憂國』說到肯定『憂國』說,由維護人格尊嚴的潔身自好,向『爭取人類解放』的『人民的詩人』轉化的」[19] 根本原因。祇是,在蘇先生的最後結論裡,論者在說明「學術性研究具有自身不可替代的獨立價值」[20] 時,又引用了「陳思和在《「五四」與當代》一文指出」的「把學術的最高目的確立在『救國』,之上,自然導致學術自身價值的失落,或降為次要……」[21] 的論證。這種認識,顯然和劉烜先生之「聞一多對屈原的認識」,是「隨著他的思想發展,研究不斷深入」而「不斷前進的」[22] 觀點不同。雖然後者對聞一多採取充分肯定的態度而前者則似乎不然。但是,二者對聞一多關於屈原認識轉變原因的看法卻完全相同。這也正如聞一多早期所闡述的「從《卜居》、《漁父》的作者到西漢人對屈原」之「最突出的品性無寧是孤高和激烈」的觀點和班固對屈原「露才揚已,怨懟沉江」的批評之「不合經義」,「這裡語氣雖有些不滿,認識依然是正確的」[23] 一樣,是一個問題兩個視角的分析。

　　聞一多從反對屈原死於「憂國」之說到肯定屈原死於「憂國」,還有一個具體背景,這就是國民黨為了消除郭沫若大型歷史劇《屈原》之愛國精神在廣大人民群眾中的影響,當時重慶的一個官辦出版社企圖以稿酬從優的幌子引誘聞一多寫一本屈原為弄臣內容的傳記而被他「婉詞拒絕」後,不料,國民黨的這個觀點卻由孫次舟於 1944 年在成都的「詩人節」即屈原紀念會上提出了。尤其當他遭到當時文藝界強烈反對後在其第二篇文章即《屈原討論的最後申辯》之附白中不僅說「昔聞一多先生亦有類似之說……」,而且,還說「聞一多先生大作如寫成,定勝拙文遠甚」[24] 企圖「硬拖人下水」。[25] 在這樣的情況下,聞一多終於寫出了《屈原問題:敬質孫次舟先生》並立場堅定,旗幟鮮明地一改自己 10 多年前的觀點而肯定屈原的功績和積極影響。這,當然給孫次舟乃至國民黨反動派以致命打擊。祇是,我們從聞一多這一學術觀點的變化或者說思想觀念的變化裡,無論如何不能否認學術研究——當然指社會科學,不可能不打上時代政治的烙印。事實證明,如果時代的矛盾越尖銳,或者說危機越突出,那麼,影響於學術研究的烙印也就越突出或者說越明顯。

　　導致聞一多對屈原研究具有前後不同認識的還有一個重要原因，這就是屈原的內容太豐富亦如曹雪芹的《紅樓夢》一樣，不僅使具有不同經歷、不同思想、不同情趣的人從中看出不同的內容，而且，也會使同一個人在不同時期即使情趣相同但也會因其他原因而從中看出不同的內容。更何況，雖然聞一多認為司馬遷的《史記·屈原列傳》是一本糊塗帳，但因為司馬遷對於屈原的認識亦是一個矛盾的統一體即司馬遷認為屈原的「憂國」和「潔身」緊密結合著，因此，這才使早期的聞一多根據自己的經歷和情趣祇看到屈原這個「金銀盾」的一面。

　　祇是這裡仍需指出的是，聞一多前期認為屈原的「泄忿」說又和班固的屈原「泄忿」說不同。聞一多所認為的屈原「泄忿」說是在「潔身」的意義上進行闡述的，是肯定的態度；而班固卻是站在正統的立場上對屈原進行闡釋並持反對的態度。但這彷彿是歪打正著，使聞一多和班固等人在不同的立場上看出屈原問題的同一個癥結。同樣，聞一多後期認為屈原的「憂國」亦和東漢以來以王逸為源頭的忠君愛國的「憂國」說不同。東漢以來，《宗經辯騷》的傳統觀點對屈原所進行的詮釋都和大一統帝王下的忠君觀念相結合，那時的「『屈原』已經不是一種真實的生命存在，而是漢儒托以言志的一種象徵性『興象』」。[26] 然而聞一多卻不然。他從反對屈原死於「憂國」說到肯定屈原之「憂國」說的這一歷程，說明他確實擺脫名門望族出身的士大夫階層侷限，跳出屈原「忠君」和「愛國」認識為一體的窠臼，而站到人民的立場上為人民鼓與呼。儘管他的「人民的詩人」論也是一種「興象」，並不一定科學或者說準確，但我們卻從中可以看出他熱愛人民的赤誠之心。

　　我們最後需要指出的還有，雖然聞一多後期一改反對屈原的「憂國」說到肯定屈原的「憂國」，然而他卻仍然堅持屈原之「潔身」說的觀點。這不僅在他的《屈原問題》裡首肯，而且，更有專論此觀點的《端節的歷史教育》。就在這篇文章裡，聞一多在考證「端午」的真正歷史淵源後並且肯定了「以前人的困難是怎樣求生，現在生大概不成問題，問題在怎樣生得光榮」後說，「光榮感是個良心問題，然而要曉得良心是隨罪惡而生的」，因「時代一入戰國，人們造下的罪孽想是太多了，屈原的良心擔負不起，於是不能生得光榮，便毋寧死」。這就是屈原投汩羅自盡的原因。聞一多說，「僅僅求生的

時代早過去了，端午這節日也早失去了意義」。因為，「從越國到今天，應該是怎樣求生得光榮的時代」，而「如果我們還要讓這節日存在，就得給他裝進一個我們時代所需要的意義」。這意義的事實，就是關於端午是紀念屈原之死的傳統。聞一多認為，就「為這意義著想，哪有比屈原的死更適當的象徵」。因此他無比佩服地說端午節起於紀念屈原「那無上的智慧」並認為端午「以求生始，以爭取生得光榮的死終，這謊中有無限的真」！[27] 在此，聞一多雖然沒有議論屈原的「潔身」二字，但是，他之「不著一字，盡得風流」的效果，我們應該充分肯定。

聞一多這篇文章發表於 1943 年，和《屈原問題》以及《人民的詩人：屈原》所論述的內容相比，雖然那「抗日戰爭的歷史背景使得諸如『人的尊嚴』之類形上價值的討論失卻了昇華的契機」而「變得不合時宜」，但是，王康認為，在當時國民黨或「公開投敵，當了漢奸」而「賣國求榮」時，「是苟且偷生，還是寧死不屈」？這「是事關民族命運前途」，是「對每一個中國人提出的問題」。因此，「聞一多的借題發揮」，其「寓意是十分深沉的」。在此，他是「借屈原的遭際，指出生死意義的問題」。[28] 既然聞一多連論文的題目都以「教育」作中心詞，那麼，我們就該承認，他在這篇文章裡也跟著「撒的謊」，就不僅美麗，而且崇高。這，又不能不使我們看出聞一多對屈原認識轉變的過程，其實質卻是一脈相承。這即是說，聞一多後期肯定屈原的「憂國」，仍然是以肯定屈原的「潔身」為前提。如此，就使我們看到後期的聞一多對於這個問題的認識更為全面而非主觀！

▌第三節 聞一多對莊子及道家認識的轉變和原因

眾所周知，聞一多在其學者前期對於莊子的崇奉達到無以復加的境地。他在 1929 年 11 月發表在《新月》刊物上的《莊子》研究中就認為，雖然莊子在其當時的戰國時期寂寞，但是「一到魏晉之間，莊子的聲勢忽然浩大起來」，更「像魔術似的，莊子忽然占據了那全時代的身心」，以致使當時「他們的生活，思想，文藝，──整個文明的核心是莊子」。「尤其是《莊子》，竟是清談家的靈感的泉源。從此以後，中國人的文化上永遠留著莊子的烙

印」。因此，不僅「他的書成了經典」，而且他還「屢次榮膺帝王的尊封」。聞一多說，「至於歷代文人學者對他的崇奉，更不用提」。雖然「別的聖賢」聞一多說「我們也崇拜，但那像對莊子那樣傾倒，醉心，發狂」？

聞一多對於莊子傾倒，醉心和發狂的是什麼？如果觀其聞一多前期的學術論文《莊子》研究，我們就可知道，這包括兩大內容即對於人生哲學方面和對於文學方面。

對於人生哲學方面的，首先表現為莊子具有獨立人格而不願去做統治者的「犧牲」。聞一多不僅舉例「據說楚威王遣過兩位大夫來聘他為相，他發一大篇議論，吩咐他們走了。《史記》又說他做過一晌……多半是為了糊口計」的漆園吏，而且，還更對楚王的使者講：「子獨不見郊祭之犧牛乎？養食之數歲，衣以文繡，以入太廟，當是時也，雖欲為孤豚，其可得乎」？在此，聞一多所崇奉的，正是莊子之蔑視那披錦衣繡的奴隸抑或權貴的獨立精神。更何況，一旦作了犧牲，再後悔卻也莫及。其次，莊子因不願為官為宦，更不願為官為宦「破癰潰座」或「治其痔」而得俸祿。所以，「無為」的思想便貫穿於他的一生。聞一多說：「惠子屢次攻擊莊子『無用』。那真是全不懂莊子而又懂透了莊子。莊子誠然是無用，但是他要『用』做什麼」？因為，「山木自寇也；膏火自煎也；桂可食，故伐之；漆可用，故割之；人皆知有用之用，而莫知無用之用也」。聞一多在引用《莊子·人間世》這段話後說：「這樣看來，王公大人們不能器重莊子，正合莊子的心願。他『學無所不窺』，他『屬書離辭，指事類情』，正因犯著有用的嫌疑，所以更不能不掩藏、避諱，裝出那『其臥徐徐，其覺於於，一以己為馬，一以己為牛』的一副假癡假駿的樣子」。莊子所以如此，聞一多認為他這是在「以求自救」。再次，聞一多所崇奉者，是莊子的「瀟灑」和「放達」。他就認為，《莊子》中「那些似真似假的材料，雖不好坐實為莊子的信史，卻滿足以代表他的性情與思想」，至少，「起碼都算得畫家所謂『得其神似』」。聞一多說，「《齊物論》裡『莊周夢為蝴蝶』的談話，恰恰反映著一個瀟灑的莊子」。如果認為莊子妻死他卻反而「箕踞鼓盆而歌」還不足以「影射著一個放達的莊子」，聞一多接著又摘引了「莊子將死，弟子欲厚葬之」時莊子的那段宏論：「吾以天地為棺槨，日月為連璧，星辰為珠璣，萬物為貨送。吾葬具豈不備邪？

何以加此」？而當弟子說恐被鷹鳥食之時，莊子則說：「在上為烏鳶食，在下為螻蟻食，奪彼與此，何其偏也」！誠然，正如聞一多所說，莊子是不要「用」。雖然如此，但是我們卻絕不能認為莊子就真的無用。其實，聞一多當時所崇奉莊子的，就正是他之「無用」之「用」。雖然「莊子說他要『處乎材與不材之間』，他怕的是名，一心要逃名」，並且「他幾乎要達到目的，永遠湮沒了」。但是聞一多又說：「我們記得，韓康徒然要想賣藥的生活中埋名，不曉得名早落在人間，並且恰巧要被一個尋常的女子當面給他說破」。據此，聞一多感嘆說：「求名之難那有逃名難呢？莊周也要逃名；暫時的名可算給他逃過了，可是暫時的沉寂畢竟祇為那永久的赫烜作了張本」。莊子畢生寂寞，他身後也長期埋沒於秦漢。然而到了魏晉之間，他的聲勢卻忽然浩大起來。並且「談哲學以老、莊並稱，談文學以莊、屈並稱」。在那時，莊子一躍而成為哲學和文學一身二任的大家。

對於文學方面的，這首先表現為其將哲學和文學緊密地交織在一起。「莊子是一位哲學家，然而侵入了文學的聖域」。聞一多認為，莊子「思想的本身便是一首絕妙的詩」。雖然「有大智慧的人們都會認識道的存在，信仰道的實有」，然而，卻絕「不像莊子那樣熱忱的愛慕它」，而是「從哲學又跨進了一步，到了文學的封域」。尤其莊子「那嬰兒哭著要捉月亮似的天真，那神祕的悵惘，聖睿的憧憬，無邊無際的企慕，無涯岸的豔羨，便使他成為最真實的詩人」。更何況，《莊子》「那裡邊充滿了和煦的、郁蒸的、焚灼的各種溫度的情緒」。因此，聞一多便說：「文學是要和哲學不分彼此，才莊嚴，才偉大」。因為，「哲學的起點便是文學的核心」。而《莊子》，不僅最典型地表現為哲學與文學交織在一起，而且更以文學的形式承載起哲學的仁子。其次，是《莊子》厚載情感的濃郁的文學抒情。聞一多認為：「莊子的著述，與其說是哲學，毋寧說是客中思鄉的哀呼；他運用思想，與其說是尋求真理，毋寧說是眺望故鄉，咀嚼舊夢。他說：『危言日出，和以天倪，因以曼衍，所以窮年』。一種客中百無聊賴的情緒完全流露了」。聞一多在說過「是詩便少不了那一個哀豔的『情』字」之後又說，「《三百篇》是勞人思婦的情；屈、宋是仁人志士的情；莊子的情可難說了，祇超人才載得住他那神聖的客愁。所以莊子是開闢以來最古怪最偉大的一個情種」。再次，

是《莊子》內容和形式高度統一的外形和本質皆詩的藝術成就。「南華的文辭是千真萬確的文學」，聞一多雖然這樣說，但是他更認為《莊子》的「文字不僅是表現思想的工具，似乎也是一種目的」。因為，「讀《莊子》，本分不出那是思想的美，那是文字的美。那思想與文字，外形與本質的極端的調和，那種不可捉摸的渾圓的機體，便是文章家的極致；祇那一點，便足注定莊子在文學中的地位」。在具體分析《莊子》文字和內容的渾然一體後，又因為聞一多認為其「外形同本質都是詩」，所以，他就從審美的視角闡發《莊子》的藝術成就即「你正在驚異那思想的奇警，在那躊躇的當兒，忽然又發覺一件事，你問那精微奧妙的思想何以竟有那樣湊巧的曲達圓妙的詞句來表現它，你更驚異；再定神一看，又不知道那是思想那是文字了，也許什麼也不是，而是經過化合作用的第三件東西，於是你尤其驚異」。而「這應接不暇的驚異，便使你加倍的愉快，樂不可支。這境界，無論如何，在莊子以前，絕對找不到，以後，遇著的機會確實也不多」。聞一多在文學方面崇奉莊子的內容很多，除以上外，他還稱贊「莊子又是一位寫生的妙手。他的觀察力往往勝過旁人百倍」。諸如形容馬之「喜則交頸相靡，怒則分背相踶」；寫「風」，不祇寫其「表象」，而且更寫其「自身」；更有「雋永的諧趣」和「奇肆的想像」之「那兩種質素在文藝作品中所占的位置」，就使他的「寓言」超過了晏子和孟子的價值；當然，還有為聞一多所稱道的，就是「代表中國藝術中極高古、極純粹的境界」的莊子「文中之支離疏」所表現出的詩中有畫的「文學中這種境界」，莊子為開創者；當然，更有不容我們所忽視的，即莊子這位寫作表現的多面能手，不僅有「病態」的美，還有「健全」的美。而且，他之「健全」之美，不僅在於形體，更在於精神。

聞一多學者前期所以禮贊莊子，其原因當然在於他們之間有許多契合因素。就人生哲學方面說，這即莊子的「無為」和逃避契合了聞一多當時作為知識分子那種飄逸的獨立人格精神。更兼旅美期間遭受的民族歧視所激起的強烈義憤和思想情感，歸國後在軍閥黑暗統治下遭受排擠時對社會的認識，《詩鐫》解體後「格律詩」倡導的衰退尤其對於文學界宗派紛爭的無奈，還因為擇業而顛沛流離在轉徙時所感受的世態炎涼……由於「羈旅中的生活…是那般齷齪、逼仄、孤淒、煩悶」？所以，聞一多這才和莊子的「悲歌

可以當泣，遠望可以當歸」產生共鳴。莊子「苦的是不能忘情於他的故鄉」。
聞一多說，「縱使故鄉是在時間以前，空間以外的一個縹緲極了的『無何有
之鄉』」，但是，「誰能不追憶，不悵望」？[29] 莊子的逃避和「無為」，豈
不就是道家「窮則獨善其身」這種思想的表現！而聞一多因當時多處碰壁，
在不能適應環境的情況下，他才痛苦地由詩人轉向學術研究而躲進象牙之塔
去瀟灑和放達。其實，聞一多所崇奉的莊子「逃名」，恐怕也有那「酒香不
怕巷子深」的至理名言參在其中。

就文學方面說，其一當是聞一多對莊子及其著作浪漫主義的崇奉。雖然
此前的詩人聞一多創作已由浪漫主義為主轉向現實主義為主，但是，他卻從
沒有放棄過對浪漫主義的追求，而且，我們更不能忘記聞一多此前在藝術上
的兼容並包。他在留美時給梁實秋的信中就說：「祇要是個藝術家，以思想
為骨髓也可，以情感為骨髓亦無不可；以衝淡為風格也可，以濃麗為風格亦
無不可」。因為，「我們不應忽視不與我們同調的作品」。[30] 這雖然是從思
想和風格角度論述，但是同樣適應於創作方法的內容。其二是聞一多對於《莊
子》情感和想像的認同。雖然情感並非文學更不能認為就是詩，因為他們當
然還有藝術的提煉。然而聞一多對於文學尤其詩，他首先推重的就是情感。
這在他早期的《〈冬夜〉評論》中就有論述。其次，當然也有想像。雖然聞
一多在《〈冬夜〉評論》中是把「想像」當作「幻象」和「幻想」進行論證，
但是由於前者是作品的，後者是作者的，又因為作品中的「幻象」就是作家
想像的具體化，因此，當想像落實到文學的意象上時，就是「幻象」的表現。
第三，關於作家創作時的觀察力，關於形式和語言運用之「筆力」，關於文
學和哲學的關係以及詩歌的審美愉悅作用等，除《〈冬夜〉評論》外，聞一
多在其此前的《莪默伽亞謨之絕句》，《泰果爾批評》和《先拉飛主義》等
詩論中，均有不同程度的肯定性論述。還有，聞一多對於《莊子》「病態之美」
和「健全之美」肯定的內容，其實就是他《死水》和《憶菊》等詩的實驗。

正如聞一多後來即 1945 年發表在《中原》刊物上的《屈原問題》中所
說「每逢讀到這篇奇文（即《離騷》，筆者注），總彷彿看見一個粉墨登場
的神采奕奕。瀟灑出眾的美男子，扮演著一個什麼名正則，字靈均的『神仙
中人』說話，（毋寧是唱歌。）」[31] 一樣，他讀《莊子》，看到的也是一個

鮮活的莊子形象。其實，我們讀聞一多的《莊子》研究，又何嘗沒有看到如同莊子一樣具有人格獨立瀟灑超脫飄逸的論者形象？我們完全可以這樣說，莊子在聞一多那裡遇到了知音。因此，聞一多在《莊子》研究中所禮贊的，其實就是當時的他自己，表現的也是他自己的追求。

　　但是令誰也想不到的是，在相隔十幾年之後的 20 世紀 40 年代中期，聞一多對莊子及「道家」的認識發生了根本性轉變。這在他的《新文藝和文學遺產》，《戰後的文藝道路》以及《關於儒道土匪》等文章或演講中就有論證。尤其發表於 1944 年 7 月的《關於儒·道·土匪》這篇雜文，聞一多受英國學者韋爾斯《人類的命運》之「在大部分中國人的靈魂裡，鬥爭著一個儒家，一個道家，一個土匪」觀點的影響，他不僅批判儒家思想和行為，而且更批判道家思想和行為。當然，聞一多在接受韋爾斯觀點的同時，更有所突破。他說：「假如將『儒家，道家，土匪』，改為『儒家，道家，墨家』，或『偷兒，騙子，土匪』，這不但沒有損害韋氏的原意，而且也許加強了它」。聞一多說，因為這樣「可以使那些比韋氏更熟悉中國歷史和文化的人，感著更順理成章點，因此也更樂於接受」。

　　聞一多在這篇雜文中說明「偷兒」和「土匪」分別代表「巧取」和「豪奪」後，就論證道家之「無為而無不為」的實質則是「騙子」。他說，「無為而無不為」就等於說是「無所不取，無所不奪」。又因為看去「像是一無所取，一無所奪」，所以「這不是騙子是什麼」？其次，聞一多更批判了道家的逃避。他說「道家因根本否認秩序而逃掉，這對於儒家，倒因為減少了一個掣肘的而更覺方便，所以道家的遁世實際是幫助了儒家的成功」。對於道家在長期的封建社會中所以能夠存在，聞一多說「因為道家消極地幫了儒家的忙，所以儒家之反對道家，祇是口頭的，表面的」而決「不像他對於墨家那樣的真心的深惡痛絕」。就「因為儒家的得勢」以及儒家「對於道墨兩家態度的不同，所以在上層階級的士大夫中，道家能夠存在」而墨家卻不能。再次，聞一多認為道家的實質就是儒家。他說，被統治者視為搗亂分子的墨家被打下去了，這時上面祇剩了儒家與道家，因為「他們本來不是絕對不相容的，現在更可以合作了」。那「合作的方案」，聞一多認為就「很簡單」。他根據自己對《易經》之「肥遯，無不利」的解釋，說「那便是一個儒家作了幾任

『官』，撈得肥肥的，然後撒開腿就跑，跑到一所別墅或山莊裡，變成一個什麼居士，便是道家」。聞一多說「這當然是對己最有利的辦法」。因為這「甚至還用不著什麼實際的『遁』，祇要心理上念頭一轉，就身在宦海中也還是遁，所謂『身在魏闕，心在江湖』和『大隱隱朝市』者，是儒道合作中更高一層的境界」。就「在這種合作中，權利來了，他以儒的名分來承受」，而「義務來了，他又以道的資格說，本來我是什麼也不管的。」聞一多說，「儒道交融的妙用，真不是筆墨所能形容」。所以，「稱他們為偷兒和騙子，能算冤屈嗎」？在此，聞一多將儒道兩家捆綁在一起進行批判，其分析實在高超深刻。最後，聞一多認為，「講起窮兇極惡的程度來，土匪不如偷兒，偷兒不如騙子，那便是說墨不如儒，儒不如道」。道家最窮兇極惡，原因何在？聞一多對此也作了分析。他在引用「成者為王，敗者為寇」和「竊鉤者誅，竊國者侯」之後說，「這些古語中所謂王侯如果也包括了『不事王侯，高尚其事』的道家，便更能夠代表中國的文化精神」。聞一多說就因為「事實上成語中沒有罵到道家」，因此這「正表示著道家手段的高妙」。尤其當時的聞一多認為儒、道和土匪這「三者之中，其實土匪最老實，所以也最好防備」時，然而「如今不但在國內，偷兒騙子在儒道的旗幟下」，正「天天剿匪」，更有甚者，就「連國外的人士也隨聲附和的口誅筆伐」，聞一多認為「這實在欠公允」。[32] 很明顯，聞一多在此不是簡單地分析評價儒道墨三家，而是針對當時反動政權鎮壓人民的行徑進行抨擊。他於此時剖析儒道兩家都是中國文化的一種病根，這正所謂「醉翁之意不在酒，在乎山水之間也」。

聞一多對莊子及道家認識的轉變並非空穴來風。為了揭出中國文化的病根，聞一多在寫《關於儒·道·土匪》之前兩年的 1942 年就開始重新研究莊子。他在手抄《莊子》並匯集各家注釋的同時，更常常批注自己的觀點。我們在他一份研究道家思想的提綱中，就可看出他對道家批判態度的端倪：

道——遠離人事，不合實用

主人不需要，準被遺棄

不得不獨立。比較富於獨立性

不合作——為我（拔一毛為天下不為也）

無為——無所為

倒轉話題——以無為本

無為——一切不活動，——靜

無（無有）——一切不存在——虛

在此之後，聞一多筆鋒一轉，接著寫道：

忠順亦被棄（喪家之犬，揮之不去）

反叛亦投降（終南捷徑）召之即來

皆奴性

最後的結論是：

中國文藝出道家——楊朱為我，不合作

個人主義

過時

進一步為人民，否則停留在個人主義即是反動，革命對象 [33]

其實，就在聞一多發表《關於儒·道·土匪》之前即 1944 年 5 月 8 日他在西南聯大禮堂演講《新文藝和文學遺產》的多種記錄版本中，就不僅多次直接批判莊子「逃避現實，走人象牙塔去」，而且更有直接批判莊子及其後繼者的「莊子輩」逃避現實躲進象牙塔的言辭，他甚至更說「外莊內儒的隱士……等人居心叵測」。就因為莊子及其所屬的道家「往塔裡鑽」，所以，這更讓當時的聞一多認為最反動的儒家、法家和外莊內儒的隱士們「越發活動自由」而讓人覺得「現在的『民之主』還不如舊時的『君之主』好」，以致不僅出現了政治上的所謂「獻九鼎」，而且還出現了聞一多認為文學上早被批倒的所謂「文學遺產」和「明清小品」的死文學、貴族文學和山林文學等。因此，聞一多歸納說，即使「五四以後，莊子派出了象牙塔，想抬出孔子出臺，搬舊塔之瓦堆砌新塔」，但這實際上仍是「換湯不換藥」。[34]

聞一多這種對於莊子及道家認識的轉變，源於他人生態度和政治態度的轉變。由於現實生活的嚴酷，社會存在決定社會意識的原因，就在國難當頭官僚貪腐人民遭殃無路可走的情況下，更兼他自己也淪落為「手工業勞動者」，連像莊子的那種「自救」都做不到，在被逼到絕境時，他便發出那人性中最原始也最真實的怒吼，這就使聞一多由先前的詩人和學者身分轉變為「鬥士」。於是，強烈的社會責任感，終於使聞一多不再清高而從象牙之塔走向十字街頭。這樣，就自然讓聞一多由對莊子禮讚轉向屈原頌揚即如郭沫若所說「由極端個人主義的玄學思想蛻變出來，確切地獲得了人民意識」。[35]雖然郭沫若關於聞一多前期「極端個人主義的玄學」的認知未必符合實際，但是關於聞一多後期「人民意識」獲得的評價卻完全正確，這就使聞一多徹底完成了由紳士型知識分子到精英型知識分子的轉變。

在此我們需要補充的是，針對有學者根據聞一多《關於儒·道·土匪》是在特定歷史文化背景上著重從社會秩序、道德倫理角度入手分析儒、道、墨三家思想對中國社會的影響，但通篇並沒有涉及文藝情況認為聞一多「對莊子本人並無反感」[36]的言說，筆者的觀點是，聞一多在《關於儒·道·土匪》中沒有涉及莊子文藝情況並不說明他在當時對莊子本人至少在某些方面就無反感。因為，當聞一多在該文中批判道家「無為而無不為」這行為的實質就是「無所不取，無所不奪」時，他不可能不聯想到這言行所從導源的莊子。我的這種根據是，聞一多在發表於 1941 年 1 月之《道教的精神》中分析作為「渣滓」的道教「實質是巫術的宗教」時，就是以其大膽猜想認為其來源於「古道教」的糟粕。第二，雖然聞一多這篇文章祇批判道家並沒有直接點名批判莊子，但那是因為在一篇文章中因為角度不同因此不可能包容更多內容。但在這同一時期中，聞一多就有我們此前所征引的他關於莊子及其「莊子輩」躲進象牙塔的嚴厲批評。更何況，雖然聞一多批判後來的道家行為並不就是批判莊子，但是聞一多此時期在多次批判後來之道家行為的同時，就像他在《關於儒·道·土匪》中將儒家和道家捆綁在一起批判一樣，也是將道家和莊子捆綁在一起進行批判。第三，聞一多在其後期沒有專論莊子的文學也不能認為他就仍然崇奉《莊子》尤其像其前期那樣狂熱地崇奉《莊子》。這因為莊子的文學是表現其思想的。既然對莊子的人生態度否定了，那麼，

當然至少就會程度不同地否定承載其內容的文學價值。而且，我們如果根據聞一多的道家研究提綱要點之一即「中國文藝出道家」再結合他在這一時期讚揚田間呼喚時代的鼓手等觀點就可知道，聞一多在批判莊子及道家人生觀的同時，肯定會程度不同地也否定其作為載體的文學。其實，我們根據聞一多演講於 1943 年 12 月發表於 1944 年 9 月的《詩與批評》中對「祇吟味於詞句的安排，驚喜於韻律的美妙」並「完全折服於文字與技巧中」之現象的批判而強調詩歌的社會「價值」並因為「你念李義山⋯你會中毒」因為李義山和陶淵明的詩都是「類乎珍寶一樣的東西」但雖「美麗而不有用」而將他前期所最喜歡的李義山等列為二等詩人的情況，[37] 我們就可推知聞一多對於莊子文學價值的認識也會發生變化。而且，尚永亮先生根據聞一多《關於儒·道·土匪》中儒道交融後對於權力接受和義務推辭的批判認為聞一多「若非對莊子及其代表的道家哲學有著深入鑽研而又反戈一擊，是難以道出這種論斷」的「原始察終」說得好：「熟讀《莊子》（聞一多的《莊子》研究，筆者注）的人都知道，這一儒道交融的形象實早已作為原型存在於莊子筆下那位一身而二任的『支離疏』中」。[38] 如果再做深入推論，我們從聞一多 1945 年 11 月 23 日所做《戰後文藝的道路》演講之「當藝術家作為消閒的工具時是消極的罪惡」[39] 這句話中，也可猜想到當時聞一多對於《莊子》的態度。這最重要的原因，則是聞一多這時期的文藝觀發生了根本變化即從「藝術為藝術」轉變為「藝術為人民」。其實，就在這演講記錄的另一版本中，聞一多更說莊子雖然「主觀無你我（主奴）」但卻「無損於客觀的你我（主奴）之存在」，因為「莊周究非蝴蝶」。仍在這次講演中，聞一多在歸納諸多歷史人物及現象後不僅說「道儒更無區別」，更認為包括「逃亡、開小差」的莊周等人，都在歷史上「祇是沒有一個真要做主人的奴隸」。[40] 當然，聞一多雖然在其後期對於莊子及其道家的認識有了轉變，但是，在不同的文章或者演講過程中，其對莊子的批判態度卻有所不同而都沒有其在《關於儒·道·土匪》中的措辭嚴厲。也許，這是聞一多對於莊子情感割捨不斷的原因。當然，我們雖然肯定聞一多在其後期對於莊子文學的價值取向發生了變化，但是，我們並不否認他依然肯定《莊子》的藝術表現功力。因為，聞一多即使後期也並沒

有否定文學的「效率」，祇不過將其擺在第二位而已。這在他的《詩與批評》中同樣就有論證。

在此我們還要說明的是，雖然聞一多經歷了由其學者前期對莊子的禮贊到其後期對莊子的揚棄並根據有關學者簡單厚此薄彼的情況，我們卻又不能這樣簡單地認同。因為，無論聞一多學者前期對於莊子的肯定還是後期對於莊子的揚棄，都祇是肯定或者否定其「金銀盾」的一面。這是因為，莊子本身也是一個比「金銀盾」更為複雜的存在。因此，他的哲學就有多種闡釋的可能。如他的「無為」哲學，一方面表現出知識分子不願做統治者「犧牲」的高潔品格，另一方面則表現出面對社會責任時的逃避，然其旁觀的結果卻又不同程度地幫助了「儒家」的統治。由於聞一多留美前後的社會經歷尤其不能適應環境的感受，這就使出身世家望族的他必然禮贊莊子而不與汙濁社會同流合汙。然而後期的聞一多由於現實的嚴酷，當他努力在象牙之塔中無論如何也尋找不到知識分子的價值並欲清高和逃避而不能的情況下，這才使他重新研究莊子並鑽進去刳其腸肚而對汙濁現實進行反抗並真正擊中要害。雖然如此，但後期聞一多對於莊子揚棄的卻並非全部而是消極逃避現實的內容。但無論是對莊子及道家的肯定還是否定，聞一多始終承繼的都是莊子人格獨立和精神自由思想的發展並達到極致。即使他之後期對於莊子及道家的批判，使其由紳士階層而跨入精英行列亦同然。這就讓我們看出聞一多不同時期的追求和表現，更不同程度地體現著莊子某些方面的操守。而其不同時期對莊子認識的差異，無論肯定還是否定，都祇是性情中人的聞一多之多重複雜存在中「金銀盾」表現的一面。尤其聞一多後期藝術觀特別是人生價值觀的轉變，使他鐵肩擔道義，勇敢地承擔起對未來社會的責任乃至「前腳跨出大門，後腳就不準備再跨進大門」[41] 的膽識和慷慨犧牲最終使他生命之詩和詩之生命的永垂不朽，卻還是源自莊子的「真人」思想即聞一多於 1941 年 1 月在《中央日報·人文科學》上發表的《道教的精神》中所認為「人格化了的靈魂」。他說：「所謂『道』或『天』實即『靈魂』的代替字，靈魂是不生不滅的，是生命的本體，所以是真的」。他還說，「反過來這肉體的存在便是假的。真的是『天』，假的是『人』」。[42] 從這個意義上說，聞一多雖然失去了年輕的寶貴生命，但是有了這個「道」，他卻獲得了圓滿和永生。

從生命的真實和率真這個意義上說，聞一多前後期的所有表現，都是莊子思想在他自己身上的折射。這也正如聞一多無論前期抑或後期對莊子包括道家的認識，都是其所要表達的「興象」一樣。

▌第四節 聞一多和魯迅藝術態度及人格之比較

1944 年 10 月中旬，在昆明文協舉辦的紀念魯迅逝世 8 周年大會上，聞一多面對與會的昆明文藝界名流和青年學生，慷慨激昂地作了高度讚揚魯迅的講話。歸納其要點，主要有以下內容：1.「魯迅是經受得住時間考驗的一位光輝偉大的人物。因為他對中華民族的文化事業留下了寶貴的遺產」。所以，「他是中國歷史上最偉大的文學家」。2. 在回答為什麼有人恨魯迅這個問題，聞一多說魯迅「無所畏懼，本著有一分熱，發一分光的精神，他勇敢、堅決地做他自己認為應做的事，在文化戰線上打著大旗衝鋒陷陣」。3.「魯迅之所以偉大，之所以能寫出那麼多偉大的作品，和他這種高尚的人格是分不開的」。4. 所以，「學習魯迅，」就必須「先得學習他這種高尚的人格」。此時，聞一多完全站在黨和人民的立場上，充分肯定魯迅在中國文化戰線上做出的卓越貢獻。

不僅如此，聞一多在批判被其稱為「反動」和「無恥」兩種人的同時，還檢討了自己過去作為「京派」的「清高」並「向魯迅懺悔」。他說：「還有一種自命清高的人，就像我自己這樣的一批人。從前我們住在北平，我們有一些自稱『京派』的學者先生，看不起魯迅，說他是『海派』」。面對著諸多聽眾，聞一多在講罷「現在我向魯迅懺悔」後接著又說：「魯迅對，我們錯了」！他還解釋說：「當魯迅受苦受害的時候，我們都正在享福，當時我們如果都有魯迅那樣的骨頭，哪怕祇有一點，中國也不至於這樣」。他甚至說：「罵過魯迅或者看不起魯迅的人，應該好好想想，我們自命清高，實際上是做了幫閒幫兇」！並且，反動政府「如今，把國家弄到這步田地，實在感到痛心」！針對著當時別有用心的人「說什麼聞××在搞政治」以及「和搞政治的人來往」的攻擊，聞一多反問說「以為這樣就能把人嚇住，不敢搞了，不敢來往了」後則堅定地說：「可是時代不同了，我們有了魯迅這樣的

好榜樣，還怕什麼」？他並且還說：「紀念魯迅，我想正是這樣」。[43]此時，曾經自認「京派」者的聞一多在經歷諸多動亂和磨難以後，終於改變文藝觀乃至世界觀而完全站在被其過去指為「海派」者的立場上讚揚魯迅。祇有在這時，魯迅才會像太陽一樣，使聞一多終於沿著太陽系的既定軌道環繞運行。

中國現代文學史上的所謂「京派」主要是指 30 年代前期以沈從文、廢名（馮文炳）、蘆焚（師陀）、蕭乾、林徽因和朱光潛等為主活躍在北京的作家群。他們多以《現代評論》、《水星》、《駱駝草》和《大公報·文藝副刊》以及《文藝雜誌》等為陣地，發表一些遠離政治表現社會之常的田園牧歌式的純文學作品以表現他們的所謂「清高」。所謂真正的「海派」是指 30 年代前期以張資平、葉靈鳳和被左翼作家稱為「新感覺派」等並活躍在上海的諸作家。其利用上海發達的出版業帶給他們的機遇，發表一些關於男女多角戀愛內容的市井小說並表現出濃郁的甜俗之氣，以適應下層社會文化市民感官刺激的需要，大多是一種商業化的創作。

其實，從嚴格的意義說，聞一多應該屬於「新月」流派而不全屬於「京派」。聞一多當時所以將自己歸為「京派」，大概因為 1. 原來的「新月」作者群於 30 年代初期已經星散而流派已不復存在；；2. 聞一多 30 年代初正任教於「京派」的活動中心北京，況且在「清高」這個問題上，聞一多畢竟和「京派」同人有著相同之處，二者屬於交叉關係；；3. 聞一多將自己歸為「京派」的原因，更大癥結可能還在於 30 年代的「京派」重要人物如沈從文等當時也任教於昆明的西南聯大。說不定，沈從文等類人也可能參加了這次紀念會。然而沈從文們當時的觀點，不能否認仍然趨於「保守」。因此，在當時「『京派』人物聚集較多的地方，聞一多這種敢於公開承認錯誤，公開檢討自己思想的態度」，就不僅「是一個學者真誠的懺悔，是一位詩人覺悟的表現」，[44]而且，還可能具有針對性是有感而發。

當然，魯迅也絕非當時「京派」文人所指認的「海派」。雖然沈從文在《論『海派』》中認為「海派」是「『名士才情』與『商業競賣』相結合」並不錯，然而他之「感情主義的左傾，勇如獅子」，尤其「一看情形不對時，即可自首投降，且指認栽害友人，邀功牟利，也就是所謂海派」的評論就不無偏激

和擴大之嫌。沈從文的這種「一窩端」態度，不僅讓蘇汶於沈從文在發表《論「海派」》之前就給沈從文之《文學者的態度》以回擊，而且，魯迅更在其《「京派」與「海派」》一文中，在承認「海派」「是商的幫忙」同時，也「一窩端」地反擊說「『京派』是官的幫閒」。當然，魯迅對「京派」的概括也不正確。事實上，魯迅絕非如沈從文所指認之「感情主義的左傾，勇如獅子」等偏激之詞那樣，而誠如我們所肯定的是向著敵人衝鋒陷陣的「左翼」文化戰士。然而當時的聞一多，其所反對的卻正是「左翼」文學的提倡。

聞一多當年反對魯迅「左翼」文學的思想，除了可在他這次講話中得到證明外，我們還可在其 30 年代前期清華的一次課堂講解中找到證據。聞一多說：「藝術的成功，乃在藝術，而不可以人生標準去評價。故藝術態度屬於純感情，對人生無用」。因此，在談及「左翼」文學時，聞一多就說，「現在的普羅文學家，即代表藝術態度的反面，故成就不能太大」。[45] 據此，我們就可斷定，聞一多當時要罵魯迅為「海派」的，正是其所從事「左翼」文學的人生態度。這，也是聞一多從詩人一直延續至學者前期的文藝思想。當然，這種文藝思想他於其後很快就發生變化。

魯迅倡導並領潮流「左翼」文學，聞一多反對並嘲笑之，他們這種文藝思想的齟齬，首先在於二人對待藝術所取的態度不同。聞一多對待藝術所取的是「詩人的態度」，而魯迅對待藝術所取的則是「文人的態度」。關於「文人的態度」和「詩人的態度」這兩個概念的界定，我們似可先從聞一多已經轉變文藝觀後《在魯迅逝世追悼會上的講話》說起。他說，「魯迅先生死了，除了滿懷的悲痛之外，我們還須以文學史家的眼光來觀察他」。此時，聞一多將魯迅和「在中國文學史上的人物中，支配我們最久最深刻，取著一種戰鬥反抗的態度，使我們一想到他，不先想到他的文章而先想到他的人格的」韓愈進行比較。他說「唐朝的韓愈跟現代的魯迅都是除了文章以外還要顧及到國家民族永久的前途，他們不勸人做好事，而是罵人叫人家不敢做壞事」。對於此，聞一多認為魯迅和韓愈「他們的態度可以說是文人的態度而不是詩人的態度」。因此，聞一多認為魯迅和韓愈這種「文人」和那種「詩人」[46]的態度迥然不同。所以，被稱為並堪稱為新文化運動旗手的魯迅，其在前期進行文學創作就意在啟蒙。尤其 20 年代末由原來的進化論者轉變為階級論

者成為無產階級的文化戰士後，其所從事的當然更如聞一多所說是取「一種反抗的態度」並「勇敢、堅決地做他自己認為應做的事，在文化戰線上打著大旗衝鋒陷陣」。又「因為他對中華民族的文化事業留下了寶貴的遺產」，所以，他被當時已經轉變文藝思想的聞一多稱為「是中國歷史上最偉大的文學家。」這就是聞一多所認為者「文人的態度」。

關於什麼是「詩人的態度」這個概念，我們亦可從聞一多 30 年代前期清華的那次課堂講解中得到答案。他說「藝術是反人性的東西」。因為，「人有生命以後，生理、心理以及一切活動，無不是在求活」。而「人們對於一切外物之估價，均視其是否可以使人類繼續活下去。如果人無懼怕的本能，見汽車駛來而不躲避，以致被軋，其生命即被淘汰。但如隔窗而觀汽車開來，或看電影，見車來而不躲避，乃成為審美態度，超然態度，即藝術態度」。他還說，「又如海岸觀濤，以致出神，而浪頭突至，此時或由求生態度而躲避，或因出神而不知躲避，此即真正的審美態度」。[47] 對待藝術的審美態度，正是聞一多所認為的「詩人的態度」。聞一多在其前期所取的，正是這種極端追求藝術的「詩人的態度」。所以，他在其前期給朋友的信或是在其論文中，就不衹一次地論及這種「藝術態度」的內容如「我的詩若是有益於人類，那是我無心的動作（因為我主張的是純藝術的藝術）」。[48] 在論及俞平伯《冬夜》「的情感也不摯」是因為「太多教訓理論」時，聞一多就說「一言以蔽之，太忘不掉這人間世」。而「追究其根本錯誤，還是那『詩底進化的還原論』」。並說「他那謬誤的主義（即民眾藝術，筆者注）一天不改掉，雖有天才學力，他的成就還是疑問」。[49] 在《莪默伽亞謨之絕句》中，聞一多說「讀莪默就本來不應想到什麼哲學問題，或倫理問題」。更說「讀詩底目的在求得審美的快感」，「鑒賞藝術非和現實隔絕不可」。[50] 在論及「藝術的真源」時，聞一多說「理性鑄成的成見是藝術的致命傷；詩人應該能超脫這一點。詩人應該是一張留聲機的片子，鋼針一碰著他就響」。當然，「他自己不能決定什麼時候響，什麼時候不響」。因為，「他完全是被動的。他是不能自主，不能自救的」。[51] 在《先拉飛主義》這篇文藝論文中，聞一多在引用柏爾《藝術論》一段話說明「什麼是供應實用的物件，什麼是供應美感的物件」後自己舉例說，「譬如一衹茶杯，我們叫它做茶杯，是因為它那盛茶的功用；

但是畫家注意的祇是那物象的形狀，色彩等等，它的名字是不是茶杯，他不管」。因為，畫家解決問題的關鍵是「怎麼才能把那物象表現出來，叫看畫的人也祇感到形狀色彩的美，而不認作茶杯」。[52]

和聞一多前期追求唯美主義「藝術為藝術」不同，魯迅無論前期還是後期進行文學活動都是為人生並且要改良這人生。他在其《〈吶喊〉自序》中就說，因為「凡是愚弱的國民，即使體格如何健全，如何茁壯，也祇能做毫無意義的示眾的材料和看客，病死多少是不必以為不幸的」。所以，其「第一要著，是在改變他們的精神，而善於改變精神的」，他「那時以為當然要推文藝」，於是便就「提倡文藝運動」。因此，他為聽將令創作小說「聊以慰藉那在寂寞裡奔馳的猛士，使他不憚於前驅」而吶喊時，於是他便「往往不恤用了曲筆，在《藥》的瑜兒的墳上平空添上一個花環，在《明天》裡也不敘單四嫂子竟沒有做到看見兒子的夢」。[53] 尤其在他後期，作為弱勢政治中文學強勢的一分子，魯迅和其他「革命」文學倡導者們一起在關於文藝和政治關係這個問題的辯論中，和反對「左翼」文學的所謂「自由主義」創作的倡導者們進行了不妥協的論爭。他說：「生在有階級的社會裡而要做超階級的作家，生在戰鬥的時代而要離開戰鬥而獨立，生在現在而要做給與將來的作品，這樣的人，實在也是一個心造的幻影，在現實世界上是沒有的」。而「要做這樣的人，恰如用自己的手拔著頭髮，要離開地球一樣，他離不開，焦躁著，然而並非因為有人搖了搖頭，使他不敢拔了的緣故」。[54] 甚至，他更說林語堂等人所提倡的「幽默」，「是將屠戶的兇殘，使大家化為一笑，收場大吉」。[55] 並且在批評他們所提倡的「性靈」文學之小品文時進行比喻說，倘將「在方寸的象牙版上刻一篇《蘭亭序》」之藝術品「掛在萬里長城的牆頭，或供在雲崗的丈八佛像的足下，它就渺小得看不見了，即使熱心者竭力指點，也不過令觀者生一種滑稽之感。何況在風沙撲面，狼虎成群的時候，誰還有這許多閒功夫，來賞玩琥珀扇墜，翡翠戒指呢」。魯迅進一步說，讀者「他們即使要悅目，所要的也是聳立於風沙中的大建築，要堅固而偉大，不必怎樣精；即使要滿意，所要的也是匕首和投槍，要鋒利而切實，用不著什麼雅」。因此，魯迅認為，生存的小品文絕不能「靠著低訴或微吟，將粗獷的人心，磨得漸漸的平滑」。而應該「必須是匕首，是投槍，能和讀者一

同殺出一條生存的血路的東西」。雖然「它也能給人愉快和休息」。[56] 因此，魯迅這才極力肯定當時具有戰鬥作用的「左翼」文學。他在殷夫之《孩兒塔》序中就說，雖然「這《孩兒塔》的出世並非要和現在一般的詩人爭一日之長」，但是其卻「有別一種意義在」。而這「別一種意義」，魯迅則將其比為「這是東方的微光，是林中的響箭，是冬末的萌芽，是進軍的第一步，是對於前驅者的愛的大纛，也是對於摧殘者的憎的豐碑」。正因為此，所以「一切所謂圓熟簡練，靜穆幽遠之作，都無須來做比方，因為這詩屬於別一世界」。[57] 魯迅為什麼這樣重視文學的「功利」性呢？我們可在其另一段話中得到答案。他說：「現在是多麼切迫的時候，作者的任務，是在對於有害的事物，立刻給以反響或抗爭，是感應的神經，是攻守的手足」。雖然「潛心於他的鴻篇巨製，為未來的文化設想，固然是很好的，但為現在抗爭，卻也正是為現在和未來的戰鬥的作者，因為失掉了現在，也就沒有了未來」。[58] 而當時的年代，則也正如魯迅在其《小品文的危機》中所說那樣，恰如倡導「性靈」文學者想像著鑑賞者「一心看著《六朝文絜》，而忘記了自己是抱在黃河決口之後，淹得僅僅露出水面的樹梢頭」之慘狀。所有這些，都是魯迅所表現出的「文人的態度」。

　　聞一多和魯迅在對待藝術態度方面何以有此大差異？這不能不讓我們從其出身、經歷乃至年齡方面去找答案。我們知道，「從小康人家而墜入困頓」並從這途路中「看見世人的真面目」的作為家庭長子的魯迅，他小小年紀就被逼迫挑起家庭的重擔。因此，他之破落家庭所經歷的磨難就給其童年打下深刻的烙印。於南京求學後雖曾抱著醫學救國的夢想東渡日本留學，然而，卻因「幻燈」事件打破了他的醫學救國之夢。這不僅因為他在觀看「幻燈」時那些日本同學的「歡呼」使其感受到的民族歧視深深刺傷了他，而且，更重要的，是那些圍觀日本軍人砍殺中國人的體格健壯之中國看客的精神麻木，使他深深認識到要救中國，「其第一要著，是在改變他們的精神」。可以說，棄醫從文的人生抉擇，是魯迅直面現實的必然結果。當然，從文的道路非常曲折艱難並使他首戰失敗。這，在加重魯迅人生寂寞的同時，更增添了他的痛苦思索。尤其辛亥革命時期，當他以極其興奮的心情在家鄉歡呼這一勝利果實的到來並親身投入這一革命洪流中去之後，隨之而來的卻是袁世凱將革

命成果篡奪。而當南京失去作國都的資格後，他也不得不隨當時的教育部遷往北京謀生。再後來，國家便一天天陷入更加黑暗之中。這就使魯迅「見過辛亥革命，見過二次革命，見過袁世凱稱帝，張勳復辟」[59] 等。這，又不能不使魯迅在懷疑與頹唐中觀察和思考國家的前途。而這觀察和思考，客觀上就為其後來的創作尤其《吶喊》創造了基礎。新文化運動的發起激勵著魯迅並使他感到那封建的「鐵屋子」並非不可摧毀，於是，在對希望的追尋中，他遵奉著前驅者的「將令」，終於爆發出響徹寰宇的吶喊，以猛烈而徹底的革命精神寫出中國現代文學史上第一篇揭露封建社會「吃人」本質的白話小說《狂人日記》，從而宣告了新文學的誕生。魯迅的創作，是以其清醒的現實主義精神，把改造國民性，改造落後群眾的精神面貌作為出發點。這是因為，複雜而艱難的經歷使魯迅認識到，中國作為世界上最古老的國家，其封建思想的桎梏和專制主義比任何國家都更頑固，因此也更深重。據此，他便認為，中國「所謂古文明國者，悲涼之語耳，嘲諷之辭耳」。[60] 因此，我們說，魯迅的現實感和深邃的理性思考，必然使他注重於揭露國民的弱點及其根源，以喚起民眾的覺醒並從而推翻那「吃人」的宴席。尤其當魯迅經歷了1928 年關於革命文學論爭的煉獄考驗由其前期的祇相信進化論而轉變為階級論者後，他對國家前途和對人民命運的關注就使他堅定地站在「左翼」文藝運動立場上，利用文藝這個武器反對當時國民黨腐敗政權的獨裁和專制。這，也是聞一多《在魯迅追悼會上的講話》中以文學史家的眼光所肯定的魯迅之「文人的態度」。

然而魯迅時期的聞一多和魯迅相比，明顯不具有魯迅那樣豐富而又艱難的生活經歷，因此就不可能具有魯迅那樣深邃的認識能力，所以他不具有魯迅的那種韌性戰鬥精神。尤其他之「世家望族」出身的家庭影響以及從小飽讀詩書所受的儒家思想薰陶和 10 年美國化的清華教育，長期生活在無憂無慮的環境中，這就使他的氣質在儒家的「秩序」中偏重於情感而與唯美主義產生共鳴。即使留學美國時也很大程度地體驗到民族歧視，但卻畢竟不能和魯迅的感受相比。因為，聞一多在美國所體驗到的民族歧視，基本都屬於間接。在他所直接接觸的美國人中，大多都對其表現出友好。雖然他於美國歸來後中國到處是軍閥混戰，餓殍遍地，滿目瘡痍，然而他之大學教授的職業

侷限又決定他不能真正深入到底層而像魯迅那樣洞察社會的全部。因此，他就不可能像魯迅那樣憤世嫉俗。更兼之活動在其周圍的不是「新月」同人，就是「京派」知識分子，這樣，他在魯迅時期的審美觀念，就必然是「詩人的態度」即超然的審美態度。雖然，他在其唯美藝術的追求過程中，由於「現實的生活時時刻刻把」他「從詩境拉到塵境」[61]的緣故而不能使他成為真正的唯美主義者而逐漸轉變為追求功利。

文學審美觀念的差異必然導致他們創作特點的不同如魯迅既然抱著改造國民性思想，所以，他在進行創作時，就必然要挖掘人之靈魂，揭出病苦，以引起療救者的注意。他的創作態度是「哀其不幸，怒其不爭」。因此，其作品就必然充滿憂憤之情。他的小說《孔乙己》就具體批判了封建教育制度的罪惡。魯迅對於孔乙己形象的塑造，正如他自己所說是「採自病態社會的不幸的人們中」[62]的病苦一種，即當時研究國民性的啟蒙思想家們所認為的舊社會的一種病根；還有《藥》之將華小栓和夏瑜命運捆綁在一起的寫法，從而更表現出群眾的愚昧和革命者的悲哀；尤其《阿Q正傳》可以照出國民劣根性的鏡子般形象，所有這些，都具有振聾發聵的作用。我們說，這種通過靜觀默察而後深思熟慮才下筆所表現出的冷峻風格，祇有屆入中年的魯迅才能為之。

聞一多則不然。他之詩歌創作尤其《紅燭》雖然也以現實為基礎，但最根本者還是依靠想像。《李白篇》中的《李白之死》、《劍匣》、《西岸》；《雨夜篇》中的《雨夜》、《睡者》、《美與愛》；《青春篇》中的《春之首章》和《春之末章》、《藝術底忠臣》、《紅荷之魂》；《孤雁篇》中的《太陽吟》、《憶菊》和《色彩》等，所有以上詩歌，或表現高潔人品，或表現藝術追求，或追求理想光明、或探討人性、或思念祖國，或歌頌自然，無一不是浪漫主義的傑作，唯美的追求就體現在其中。雖然《死水》詩集是他留美歸國傾飲苦果後的創作，現實主義成分已經占為主導，然而在其創作中的唯美情愫卻依然不減。

且不說《死水》之詩使其唯美和頹廢達到極致，即如《春光》、《心跳》和《一個觀念》、《發現》以及《天安門》、《飛毛腿》等極具現實主義的詩作，

其藝術精神也全部灌注其中，就更莫說寫景抒情的《黃昏》尤其被公認為情詩的《什麼夢》和《你莫怨我》等詩。

如上所說，聞一多和魯迅既具有以上那麼多差異之處，因此他們就必不可避免地要分屬「新月」和「左翼」兩大陣營之中。尤其對藝術態度的認知既然不同，因此，其情趣追求也就自然不同。魯迅是將其熱藏於冷中，怒睜了雙眼表現出的是憂憤深廣；聞一多則是儒道結合，表現出的多是紳士情懷。再兼之魯迅當年曾涇渭分明毫不留情地或諷刺或批判過「新月」中人的胡適、徐志摩和梁實秋等人，雖然聞一多在其前期確實未曾和魯迅發生過正面衝突，然而其和「新月」同人基本共同具有的素養、學識、氣質乃至個性等，就使聞一多必然以所謂的「清高」自居而罵其所認為的魯迅「海派」作為。那麼，問題的關鍵是，聞一多何以會在魯迅逝世後轉變藝術觀而站在黨和人民的立場上高度讚揚魯迅在中華文化史上所作出的貢獻？他們的共同點又是什麼？答案祇有一個，這就是他們所共同具有的愛祖國愛人民的思想。

當然，聞一多和魯迅之愛國愛人民的具體表現又有所不同。魯迅的愛國表現是對封建糟粕進行猛烈批判以圖破舊迎新，無論他之前期小說還是雜文都是如此。而正因為愛之深，所以他恨之切，因此他將幾千年的中國封建歷史和封建禮教概括為「吃人」。他對人民的愛之表現也是如此，他是懷著「哀其不幸，怒其不爭」的大悲痛，對在「想做奴隸而不得的時代」和「暫時做穩了奴隸的時代」[63]中苟活的「阿Q」們進行批判和啟蒙。聞一多的愛國表現卻不然，他「愛中國固因他是」自己「的祖國，而尤因他是有他那種可敬愛的文化的國家」；而並非如郭沫若那樣「祇因他是他的祖國，因為是他的祖國，便有那種不能引他敬愛的文化，他還是愛他」。聞一多說，「愛祖國是情緒底事，愛文化是理智底事」。雖然「一般所提倡的愛國專有情緒的愛就夠了」，並且「沒有理智的愛並不足以詬病一個愛國之士」。然而聞一多的愛國，卻絕對「是理智上愛國之文化底問題」。他甚至把這種文化愛國情結叫做「不當稱愛慕而當稱鑒賞」。[64] 所以如此，這在於聞一多留學美國時深深地感到「彼之賤視吾國人者一言難盡」如「稱黃、黑、紅種人為雜色人，蠻夷也，狗彘也」而感到「美利加非我能久留之地」。因為，「一個有思想之中國青年留居美國之滋味，非筆墨所能形容」。他說：「我堂堂華胄，有

五千年之政教、禮俗、文學、美術」並且「我有五千年之歷史與文化，我有何不若彼美人者」？就是在這樣的背景下，聞一多果斷地說「耶穌我不復信仰矣」並大聲疾呼「『大哉孔子』，其真聖人乎」！[65] 在這種愛國心態下進行創作，於是就出現了《太陽吟》、《憶菊》、《洗衣歌》和《醒呀！》、《七子之歌》、《我是中國人》、《愛國的心》等詩。和魯迅愛國表現的特點不同一樣，聞一多愛人民的表現特點也和魯迅不同。他之愛人民是同情他們的悲慘遭遇，悲痛他們的苦難，因此聞一多更關心他們的生存環境及其生計生活問題如《春光》、《荒村》、《罪過》、《天安門》和《飛毛腿》等詩，其所表現的都是下層勞動人民的疾苦而不是批判其愚昧。

共同的愛祖國愛人民的精神，使無論魯迅還是聞一多都有著最無私的品格。因此，他們又都表現出光明磊落的高尚人格。在魯迅一生的過程中，他無論對人對事都是疾惡如仇，其是非分明的例子當然不勝枚舉。聞一多亦然。雖然他因其出身、教養、情趣尤其經歷和魯迅不同在其前期不能像魯迅那樣對封建歷史和當時的腐朽政權有著清醒的認識，因此也就不可能像魯迅那樣對封建制度和當時的腐朽政權進行深刻揭露和批判，然而當其後期在西南聯大於昆明親眼目睹到當時國民黨政權的腐敗和下層勞動人民在腐朽政權下的悲慘遭遇，尤其作為知識分子大學教授的他也親歷了腐敗政權下的艱難，這時，也祇有在這時，他的愛祖國愛人民的高尚品格才終於使他真正洞察到封建歷史尤其當時國民黨政權的腐朽和罪惡。於是，光明磊落的他，這才有了在魯迅逝世八周年紀念會上「向魯迅懺悔」並高度讚揚魯迅「在文化戰線上打著大旗衝鋒陷陣」的無畏精神以及決心以魯迅為榜樣進行戰鬥的擲地有聲的講話。我們說，聞一多以此講話為標誌，從而徹底完成了他由士大夫紳士型到魯迅之精英型的轉變。也就是聞一多所說之從「詩人的態度」到「文人的態度」的轉變。

祇是在此說明的是，聞一多在藝術觀轉變後對敵進行鬥爭所採取的方式也和魯迅不同。魯迅當年進行鬥爭所運用的方式是「韌性戰鬥」，採取的是「壕塹」策略；而聞一多採取的卻類似於「赤膊上陣」式的肉搏戰術。他們的這種差異，又正說明魯迅是文人的戰鬥，而聞一多則成為戰鬥的文人。聞一多這種激進鬥爭方式的原因，當然在於時代發展的變化及現實鬥爭的需要。

這正如魯迅在《〈且介亭雜文〉序言》中所說那樣，「現在是多麼切迫的時候，作者的任務，是在對於有害的事物，立刻給以反響或抗爭，是感應的神經，是攻守的手足」。尤其「為現在抗爭，卻也正是為現在和未來的戰鬥的作者，因為失掉了現在，也就沒有了未來」。在國家和人民最需要的時候，聞一多能夠挺身而出，這正表現出他作為知識分子的正義性。為了美好未來的現實鬥爭需要，雖然使聞一多這個民主「鬥士」遭遇了比魯迅遭遇國民黨通緝更為慘絕人寰的暗殺，然而聞一多的鮮血畢竟沒有白流，他的犧牲更使全國人民清晰地看清了當時國民黨政權的腐朽和罪惡。這也正如郭沫若在《〈聞一多全集〉序》中所說：「屈原由於他的死，把楚國人民反抗的情緒提高到了爆炸的邊沿，聞一多也由於他的死，把中國人民反抗的情緒提高到了爆炸的邊沿」。若果真如此，那麼我們說聞一多真是死得其所。毛澤東在其《新民主主義論》中評價「魯迅的骨頭是硬的，他沒有絲毫的奴顏媚骨，這是殖民地半殖民地最可寶貴的性格。魯迅是在文化戰線上，代表全民族的大多數，向著敵人衝鋒陷陣的最正確，最勇敢，最堅決，最忠實，最熱忱的空前的民族英雄。魯迅的方向，就是中華民族新文化的方向」。我們認為，毛澤東的這段話，就聞一多的後期表現來說，亦堪為當之。所以，毛澤東在《別了，司徒雷登》中就說：「聞一多拍案而起，橫眉怒對國民黨的手槍，寧可倒下去，不願屈服」。因此，「我們應當寫聞一多頌」，因為「他們表現了我們民族的英雄氣概」。這又正如郭沫若在《〈聞一多全集〉序》中所說：「替人民報仇者，人民必為之報仇；為人民催生者，革命亦必為之催生──催向永生的路上行進」。這種評價，表述的就是他們不怕犧牲所為之奮鬥終生的意義。

▌第五節 聞一多在「溫柔敦厚，詩之教也」之古訓裡嗅到的血腥

　　1944 年 11 月，聞一多為薛誠之的《三盤鼓》詩集作序。他不僅高度讚揚「誠之這象徵搏鬥姿態的『仙人掌』，這聲言『Forthewor-riedmany』（按即為了勞苦的多數，筆者注）詩集的問世，是負起了一種使命」並且他「相信也必能完成它的使命」。而且，還因為聞一多所說：「詩的女神良善得太久了」的緣故，以致使「她的身世和『小花生米』（按此即《小花生米》之詩，

筆者注）或那」薛誠之《三盤鼓》詩之「……靠著三盤鼓／到處摸索她們的生命線」詞句中「的三個，沒有兩樣」，因此，「她又像那」《五月的引力》詩之詞句即「懷私生子的孕婦，／孕育著／愛與恨的結晶，／交織著／愛戀和羞恥的心情」。聞一多說，雖然「她受盡了侮辱與欺騙」，然而「自己卻天天還在抱著『溫柔敦厚』的教條，做賢妻良母的夢」，而「這都是為了心腸太軟的緣故」。又因為「多數從事文藝的人們都是良善的，而做詩的朋友們心腸尤其軟」原因，聞一多說這雖然「是他們的好處，但如果被利用了，做了某種人『軟』化另一種人，以便加緊施行剝削的工具，那他們的好處便變成了罪惡」。為了「詩的女神」不被利用做某種人「軟」化另一種人以便加緊施行剝削的工具，甚或好處也變成罪惡，因此，他更憤世嫉俗地說其「在『溫柔敦厚，詩之教也』這句古訓裡嗅到了幾千年的血腥」。

我們首先承認，薛誠之的《三盤鼓》詩集確實「負起了一種使命」。因為，該詩集是以戰鬥的姿態呈獻在讀者面前。無論詩集原擬的命名《仙人掌》還是因為「仙人掌」名字及內容「刺眼」但為避免查禁而在出版時改為《三盤鼓》後仍然具有的諷刺和戰鬥意義就是證明。而聞一多所以「相信也必能完成它的使命」，就因為在薛誠之的詩中，既有聞一多所說的「藥石」，也有聞一多所說的「鞭策」。我們且不說詩集中表現農人辛勞並歌頌其功績的《麥田裡》，被強迫勞作但又滿懷希望之恨愛交織的《五月的引力》，在物價猛漲情況下靠沿街叫賣維持生計之女童悲慘命運的《小花生米》，雖然受盡羞辱流著眼淚但還要賠著笑臉表演「三盤」卻無處浮生的三個弱女子悲慘命運的《三盤鼓》，也不說象徵「團結一致的精神，打擊來犯的敵人」的《仙人掌》、表現人間冷暖的《晨興》以及人心向背的《心》和日帝罪惡的《夜襲》，就單說贊頌勞苦者革命鬥爭的《聲音》以及控訴靡爛世界紙醉金迷的《輪盤贊》、《南京路的人潮》和《跑狗》等詩篇，我們也相信薛誠之的《三盤鼓》詩集完成了聞一多所說的「使命」。

雖然如此，但聞一多給薛誠之的詩集寫序亦並非祇為寫序，同時還兼有其他更大的使命。這就是聞一多序中所說之在「從來中華民族生命的危殆，沒有甚於今天的」情況下，為了扭轉「多少人失掉掙扎的勇氣」這個事實，因此，在時代「正是需要藥石和鞭策的時候」，他更希望所有詩人包括薛誠

之「還要加強他的藥石性的猛和鞭策性的力」，而絕不能「天天還在抱著『溫柔敦厚』的教條，做賢妻良母的夢」。這是因為，他「在『溫柔敦厚，詩之教也』這句古訓裡嗅到了幾千年的血腥」。聞一多在既贊頌《三盤鼓》詩集藥石性的猛和鞭策性的力之同時，更強調他「在『溫柔敦厚，詩之教也』這句古訓裡嗅到了幾千年的血腥」，他所以如此，其目的就在於醫治中國儒家傳統文化的病根。關於此，從他序之落筆第一段的借題發揮就可看出端倪。聞一多從「誠之最近得過一次相當嚴重的病」並「在危險關頭，他幾乎失掉掙扎的勇氣」，以及「醫生的藥」和序者「在他榻前一番鞭策性的談話，幫他挽回了生機」並且「經過這番折磨，這番鍛煉」後，其身體「比病前更加健康」說起，然後，其筆鋒又一轉說，「就在這當兒，他準備已久的詩集快出版」並「要我說幾句話」，為了負起曾經老師的責任尤其社會的使命，從薛誠之生病的經過到聯想起醫治中國儒家傳統文化的病根，聞一多「便覺得這詩集的問世特別有意義」。[66] 於是，這才欣然為薛誠之的《三盤鼓》詩集寫序。

據薛誠之生前回憶，聞一多當年從家裡為其送序稿時給他說，截至當時，聞一多祇為三人的詩論或詩集作序，這就是費鑒照的《〈現代英國詩人〉序》，臧克家的《〈烙印〉序》和薛誠之的《〈三盤鼓〉序》。聞一多還給薛誠之說，他之序文中「這正是需要藥石和鞭策的時候。今天誠之這象徵搏鬥姿態的『仙人掌』，這聲言『Forthe-worrledmany』的詩集的問世，是負起了一種使命的……因為這裡有藥石，也有鞭策」這段話更代表他思想的變化，這就是「從注意形式及內容到注意思想性及適當的形式」。聞一多還語重心長地說他過去絕不會作出「我在『溫柔敦厚，詩之教也』這句古訓裡嗅到了幾千年的血腥」這種「沉重」的「判斷」。因為二十年前，他不僅「曾替『溫柔敦厚』擔心」，甚至「還怕它會絕跡」。[67] 確實如此，世家望族的出身，書香門第的薰陶，清華貴族學校的洗禮，留學美國遭受歧視因逆反心理所激起的對於祖國的更加摯愛，就必然使他鍾愛儒家之「溫柔敦厚，詩之教也」的傳統貴族文化。關於此，我們從聞一多此前一系列的詩論文章中就可找到證據如「作詩該當怎樣雍容衝雅，『溫柔敦厚』」；[68]「依孔子的見解，詩的靈魂是要『溫柔敦厚』……但是我怕……中國詩人一向的『溫柔敦厚』之風會要永遠

滅絕」。[69] 因為「我們這時代是一個事事以翻臉不認古人為標準的時代」。[70]
所以「做孔子的如今不但『聖人』『夫子』的徽號鬧掉了，連他自己的名號
也都給剝奪了，如今祇有人叫他做『老二』」。[71]「我愛中國固因他是我的
祖國，而尤因他是有他那種可敬愛的文化的國家……愛祖國是情緒底事，愛
文化是理智底事……東方底文化是絕對地美的，是韻雅的。東方的文化而且
又是人類所有的最徹底的文化。哦！我們不要被叫囂獷野的西人嚇倒了！『東
方的魂喲！雍容溫厚的東方的魂喲』」。[72] 詩論文章如是，在聞一多書信中，
這樣的內容也比比皆是如：「嗚呼，我堂堂華冑，有五千年之政教、禮俗、
文學、美術，除不嫻製造機械以為殺人掠財之用，我有何者多後於彼哉」。[73]
「我乃有國之民，我有五千年之歷史與文化，我有何不若彼美人者」？[74] 在
致吳景超和梁實秋信匯報他之「《園內》底大功告成」時，聞一多說從該「詩
中的故典同喻詞中」，就可看出他「復古底傾向日甚一日」。[75]「『大哉孔子』
其真聖人乎」！[76] 雖然如此，但聞一多經歷過長時間的磨難，終於轉變原來
的觀念並從「『溫柔敦厚，詩之教也』這句古訓裡嗅到了幾千年的血腥」後
就抨擊「詩之教也」的「溫柔敦厚」。他給薛誠之說：當前「這時代一個特
點是詩的題材注意農民、工人、兵士及貧苦的人民」而「遠非徐志摩等人輕
飄飄的描寫所能及」。聞一多在夸贊薛誠之《小花生米》、《算命瞎子》和
《仙人掌》等詩寫得動人並傾向好的同時，他還讓薛誠之將徐志摩的《乞丐》
和臧克家的《洋車夫》進行對照，說這樣就會發現其中的差別。[77] 聞一多和
薛誠之的這些談話，其實也是聞一多肩負起的使命。

　　雖然如此，但聞一多為薛誠之詩集寫序並非我們討論的核心，我們研究
的重點是聞一多嗅到了什麼樣的血腥並且何以會「在『溫柔敦厚，詩之教也』
這句古訓裡嗅到了幾千年的血腥」。關於前者，其實這在我們前引的序中就
有表現。這就是聞一多所說之「詩的女神」被利用並做了某種人「軟」化另
一種人，以便加緊施行剝削的工具，甚或好處也變成罪惡的內容。這種認識，
就如同俄國作家安特列夫通過《謾》的主人公在現實中發現了彌漫於宇宙的
「謾」看到人世間到處都是謊言、欺騙而沒有誠實；中國作家魯迅通過《狂
人日記》的主人公在寫滿「仁義道德」教科書的字縫中看到中國幾千年現實
中滿本都寫著的「吃人」兩字一樣，聞一多則在經歷了從詩人到學者再到「鬥

士」的發展變化後，以最靈敏的嗅覺，火眼金睛般地「在『溫柔敦厚，詩之教也』這句古訓裡嗅到了幾千年的血腥」。

聞一多所以能在「溫柔敦厚，詩之教也」這句古訓裡嗅到幾千年的血腥，這並非他一時的憤激之詞，而是長期鑽進「故紙堆」中刳其腸肚的結果。這在他的未刊手稿中，還有剖析批判儒家思想比這更深刻更犀利的一段如下：

$$
\left\{
\begin{array}{l}
\text{仁，孝（敬）}\\
\text{五倫，三綱}\\
\text{君臣（主權）支配五倫}\\
\text{父子（家庭關係）為支柱}
\end{array}
\right\}
\text{互相勾結，互為表裡}
$$

$$
\text{孝}\left\{
\begin{array}{l}
\text{仁，父子（恩）}\\
\text{敬，君臣（威）}
\end{array}
\right\}
\text{兩面刀——吃人禮教}
$$

①聞一多，劉烜著聞一多傳 [M]345，北京，北京大學出版社，1983

其實，就在為薛誠之詩集寫序的更早時期尤其當年，聞一多就經常在他演講或文章中表述類似內容。他在一次題目為《說儒》的報告中關於對「儒」的分析就很耐人玩味。他說「從字根上講，『儒』有『而』字，就是軟的，就是奴隸」。[78] 確實如此，因為「儒」乃「人」也；又因為「耳」在「雨」下並且「耳」是軟的，所以就會在「雨」的衝擊下搖擺服從。因此，聞一多這才認為「儒」就是奴隸並說「封建餘毒腐化了中國」而且「腐化便是封建勢力的同義語」。[79] 對此，聞一多有著超人的清醒認識。他說：「其實一個民族的『古』是在他們的血液裡，像中國這樣一個有悠久歷史的民族，要取消它的『古』的成分，並不太容易。難的倒是怎樣學習新的」。[80] 正所以此，他大聲疾呼道：「中國這些舊東西，我鑽了十幾年了，一個字一個字都『弄透了』。越弄，就越覺得要不得」。因此，聞一多就說他現在要和大家「『裡應外合』地把它打倒」。[81]

聞一多所以具有如此超人的清醒認識，這在於他有著非常敏銳的眼光。這就如同魯迅在《春末閒談》中將細腰蜂毒汁對小青蟲肉體的麻醉比喻為統

治者對人民精神的毒害，聞一多說「儒學就是用來維持封建社會的假秩序」，他們就是「要把整個社會弄得死闃不動」。雖然聞一多從小「就受《詩》雲子日的影響」，但是他卻說自己「愈讀中國書就愈覺得他是要不得」。因為，他後來「讀中國書是要戳破他的瘡疤，揭穿他的黑暗，而不是去捧他」。他還特別指出，他「念了幾十年的《經》書，愈念愈知道孔子的要不得」，其緣故就「因為那是封建社會底下的」，而「封建社會是病態的社會」。[82] 然而，腐朽的國民黨政府當時卻又不斷叫嚷著復古要「『尊孔讀經』」並「搞『獻九鼎』」和「『應帝王』」。因為「反封建的五四運動要打倒的孔家店，又死灰復燃」，更因「孔家店就是要我們好好兒當奴才，好好服從老爺們的反動統治」，所以，聞一多這才憤恨地說：「祇要想一想這幾年的生活，看一看政治的腐敗所給人民的痛苦，有良心的人應該作何感想」？因此，雖然這時聞一多依然「酷愛我們祖國的文化」，並且承認「我們的祖先確實創造了不少優秀的東西」，然而他更認為「其中有些精華，但也有許多糟粕」。最讓聞一多感到欣慰的，是他「總算認識了那些反動糟粕的毒害」，並且更認識到「這些貨色正是那些人要提倡的東西」。由此說明，聞一多是透過現實鏡像的折射，這才從「溫柔敦厚，詩之教也」的古訓中嗅到了幾千年的血腥。基於此，聞一多呼吁並願意和大家「聯合起來，把它一起拆穿」，並且願意堅定地「和大家裡應外合地徹底打倒孔家店，摧毀那些毒害我們民族的思想」。[83]

雖然有認為聞一多「有目的地鑽了進去，沒有忘失目的地又鑽了出來」，他這是「為了要批判歷史而研究歷史，為了要揚棄古代而鑽進古代裡去剜它的腸肚」[84] 之觀點並不全符合聞一多研究和轉變的全部歷程，因為聞一多鑽進去研究的初衷其實為的是吸收並發揚光大。但是，聞一多鑽進去後剜了其腸肚卻是事實。這種歪打正著的結果，一方面說明社會存在決定社會意識的作用，另一方面則表現出聞一多轉變歷程的艱難還有他追求的執著。但無論如何，社會的黑暗以及統治者的腐朽畢竟使他清醒地認清現實以及封建歷史「吃人」血腥的一面，這才使他在嚴酷的現實面前敢於大膽「開方」以根治那病入膏肓的社會。他給臧克家的信中就說：「經過十餘年故紙堆中的生活，我有了把握，看清了我們這民族，這文化的病症，我敢於開方了」。那「方

單的形式是什麼」？聞一多則說就是「一部文學史（詩的史），或一首詩（史的詩）」。磨難的生活遭遇使聞一多尤其「恨那故紙堆」，而「正因恨它」，就「更不能不弄個明白」，於是，他便決心要做「殺蠹的蕓香」[85] 並在《關於儒·道·土匪》中認為儒、道和墨家思想都是中國傳統文化的病根。為了醫治這文化的病根，他的「歷史課題甚至伸到歷史以前」以「研究神話」，並且其「文化課題超出了文化圈外」，又「研究以原始社會為對象的文化人類學」。「為了探求『這民族，這文化』的源頭」，又因為「這原始的文化是集體的力，也是集體的詩」，所以，這就正如朱自清所說，聞一多「也許要借這原始的集體的力給後代的散漫和萎靡來個對症下藥」。[86]

　　確實如此，在中華民族生命處於最危殆的時候，聞一多毅然拋棄他長期崇奉的「溫柔敦厚，詩之教也」信條，他的醫治方單也並不僅是「一部文學史（詩的史），或一首詩（史的詩）」，而是具有最野蠻和最原始的實際行動即聞一多所說之「如今人家逼得我們沒有路走，我們該拿出人性中最後最神聖的一張牌來，讓我們那在人性的幽暗角落裡蟄伏了數千年的獸性跳出來反噬他一口」。雖然聞一多必然地認為「這是原始，是野蠻」，但是他說「如今我們需要的正是它」。因為「我們文明得太久了」並且「如今是千載一時的機會，給我們試驗自己血中是否還有著那祇猙獰的動物」，否則，就「祇好自認是個精神上『天閹』的民族，休想在這地面上混下去」。[87] 我們從這擲地有聲的話語，確實窺見聞一多那由「貴族化」轉變為「野蠻化」並從而迸發出的「數千年的獸性」。

　　正是因為聞一多此時毅然揚棄了「溫柔敦厚，詩之教也」並爆發出「數千年的獸性」，所以，他在這一時期特別讚賞田間的詩作並呼喚時代的鼓手。他說因為「這是一個需要鼓手的時代」，並且「當這民族歷史行程的大拐彎中，我們得一鼓作氣來渡過危機，完成大業」。[88] 我們說，聞一多的這種詩學主張，就和《〈三盤鼓〉序》中的思想一脈相承。因此，就在聞一多為薛誠之詩集作序這一時期之前，他先後寫有文藝評論《新文藝和文學遺產》，《詩與批評》以及《論文藝的民主問題》等。尤其在《詩與批評》中，聞一多於強調詩歌美感效率的同時，更強調詩歌的社會價值。除此，聞一多此期之前還寫出思想批評和社會批評的雜文《復古的空氣》，《家族主義與民族

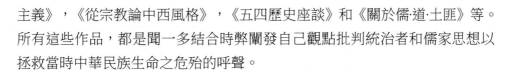

主義》，《從宗教論中西風格》，《五四歷史座談》和《關於儒·道·土匪》等。所有這些作品，都是聞一多結合時弊闡發自己觀點批判統治者和儒家思想以拯救當時中華民族生命之危殆的呼聲。

據薛誠之在《〈三盤鼓〉後記》中說，他之聲言「Fortheworriedma-ny」是為了反法國作家司湯達耳愛在其書上寫著「Forthehappyfew」（按即為了幸福的少數，筆者注）所具微妙心情的表達。正是因為薛誠之的這一創作主旨更兼他在詩中實際為那煩惱多數的吶喊以及對於醉生夢死者的抨擊，這才讓聞一多認為薛誠之的《三盤鼓》詩集有其好處而絕沒有罪惡。因為在他的詩中，有的是藥石和鞭策。雖然如此，但因為聞一多希望還要加強他的藥石性的猛和鞭策性的力，所以，他就不僅給薛誠之詩集寫序，而且，還為其評點、改詩和刪詩。聞一多和薛誠之交談並充分肯定《三盤鼓》詩集中「《小花生米》，《算命瞎子》，《仙人掌》寫得動人，《南京路的夏夜》也寫得奔放」的同時，除將其認為「含蓄不夠」的幾首詩給刪掉幾段外，更因作者僅在詩中「發思古之幽情」而沒有將筆鋒指向並「諷刺咒罵西太後」而將《頤和園》從詩集中刪除。聞一多這番教誨，就讓當年的薛誠之受益匪淺，以致幾十年後還感激不已。[89]

聞一多要別人「加強他的藥石性的猛和鞭策性的力」，他自己更是如此。為給勞苦的大多數肩負起一種使命並醫治中國儒家傳統文化的病根，聞一多在給薛誠之《三盤鼓》詩集作序之後，他又寫了文藝評論《五四與中國新文藝》，《艾青與田間》和《戰後文藝的道路》以及雜文《一個白日夢》，《什麼是儒家》，《五四運動的歷史法則》，《人民的世紀》，《獸·人·鬼》和《真的屈原》等直至《最後一次的講演》。所有這些文藝評論和雜文創作，他都將文藝批評、思想批評和社會批評結合在一起進行並發揮到極致。

最後需要說明的是，聞一多後期反對中國儒家傳統文化，我們亦不能據此認為中國儒家傳統文化就全都腐朽。其實，儒家傳統文化也是一個複雜的存在。其「君君臣臣」，「父父子子」的綱常固然是為封建統治者的宗法勢力所服務，其所倡導的「秩序」也是為了鞏固其統治基礎，但是，孔子的「仁者愛人」尤其孟子的民本思想，我們至今還應給予充分肯定。就儒家思想的

完整體系而言，我們應該說其既有「上」對「下」的責任，也有「下」對「上」的義務。雖然如此，但是幾乎歷代所有統治者都衹取「金銀盾」的一面即強調「下」對「上」的義務而不管「上」對「下」的責任，尤其當時的國民黨宗法家國統治更是如此。人民處在水深火熱之中，既沒有最基本的生活保障，更無本應有的民主權利，有的衹是被敲骨吸髓的剝削和奴化的精神教育。即使作為大學教授的聞一多，也不能擺脫這種遭遇的苦境。這就讓他在國難當頭透過現實的腐朽看到中國儒家傳統文化最虛偽和最醜惡殘忍的一面，並認清了當時黑暗現實的本質。正是有了這種對於現實本質洞察力的穿透認識，於是這才由其原來「『大哉孔子』其真聖人乎」崇尚中國儒家傳統文化轉變為因「在『溫柔敦厚，詩之教也』這句古訓裡嗅到幾千年的血腥」而批判中國儒家傳統文化，並聲稱自己「讀中國書是要戳破他的瘡疤」而志在摧毀那病入膏肓的封建精神堡壘乃至現實社會制度。

聞一多為薛誠之詩集寫序，其實我們亦應視作他作為「鬥士」戰鬥的一個組成部分。

▍第六節 聞一多兩個時期中文藝思想的階段性分析

關於聞一多文藝思想的分期，傳統觀點一般認為前後兩期。

前期表現為詩人和詩論家特徵的藝術為藝術，後期表現為「鬥士」和詩論家特徵的藝術為人民，而且涇渭分明。

新時期以降，學界對於聞一多文藝思想的分期有了新的認識。俞兆平曾就根據當時「已公布的聞一多詩、文、書札以及手稿等資料，以他對於藝術與社會、歷史關係的認識（即善的觀念）為基點分析」，認為聞一多的「美學思想大體上應分為前、中、後三個時期」。他說聞一多美學思想的前期在「一九二二年七月留學美國之前及稍後數月內」並認為「此數月前為前期和中期的交錯點」。這時期，「聞一多的美學觀是建立在樸素唯物主義的基礎上，其美學思想的主導面比較傾向於藝術的活動功利性；但在審美教育的問題上，卻帶有歷史唯心主義的色彩等」。從「一九二二年七月留學美國起，至一九三一年發表《奇蹟》一詩止」，是聞一多美學思想的第二個時期。「本

期內，聞一多在美的本質觀等比較抽象的美學理論問題上具有唯美主義傾向，但他同時又堅持藝術的社會功利性，強調藝術與生活、政治的聯繫等」。這種情況，就使「其二者糾合在一起，形成複雜的兩極性矛盾的統一體」。聞一多美學思想的最後一個時期，是從「一九三一年起至逝世」。俞先生說，在「本期內，聞一多的美學思想開始確立堅實的歷史唯物主義基礎，並能以辯證的思維方式分析藝術的社會功利性與藝術的美感性兩者之間的關係，逐步地與馬克思主義的科學的美學觀相結合」。[90] 俞兆平的這種「三分法（前、中、後期）取代通行的兩分法（前、後期）」觀點，曾被後來的聞一多研究者稱讚為一種新的認識和發現。因為，其不僅「凸現了聞一多美學思想發展的個性化特點」，而且，還為當時的研究工作帶來「商榷和爭論的活躍氣氛」。[91]

　　我們當然明白，對事物的認識總是因人或者因時而異。對於聞一多文藝思想的分期，也免不了這樣。在相隔 15 年（按俞兆平的學術觀點初發表於1985 年的《文藝論叢》22 期，筆者注）後的千禧年時，陳衛女士對聞一多文藝思想的分期又有新的認識和發現，並將「聞一多的新詩活動分為詩歌理論，評論建設及詩歌創作部分」，時間則從上世紀「20 年代初期持續到 40年代中期，大致分為五個時期」。她認為，聞一多文藝思想的第一個時期自 1913 年清華學習時期（按聞一多入清華學習實為 1912 年，筆者注）始至1922 年留學美國止。其標誌是 1921 年在《清華周刊》發表詩歌時評處女作《敬告落伍的詩家》，「鼓動同學們『要作詩，定得作新詩』」；第二個時期從聞一多留學美國開始，其標誌是 1923 年 6 月《〈女神〉之時代精神》和《〈女神〉之地方色彩》的發表；第三個時期也是陳衛所認為聞一多「詩學歷程」的「高漲期」從 1926 年開始，其標誌是「針對詩歌的自由化泛濫傾向，聞一多寫下了《詩的格律》」；第四個時期為聞一多「詩學歷史的調整期」，應為 20 年代末期至整個 30 年代，其標誌表現為聞一多與「新月」同人和學生中間所進行的學術研究和新詩評論；1933 年聞一多為臧克家所作的《〈烙印〉序》，陳衛認為「這篇文章意味著聞一多的詩學思想開始發生轉變」。聞一多文藝思想的第五個時期也是最後一個時期，她認為則是聞一

多「調整期過後的 40 年代」，其標誌表現為聞一多在這一時期所寫的《時代的鼓手》和《詩與批評》。[92]

在此，陳衛女士和俞兆平先生對於聞一多文藝思想分期在時間上的異同表現為，雖然一位將其分為 3 期，一位將其分為 5 期，但是，他們基本上都將聞一多文藝思想的第一時期確定在聞一多留學美國的初始階段之前。其次、陳衛女士所認為的聞一多「新詩活動的第二個時期」和「他詩學歷程的第三個時期」，實際上就是俞兆平先生所認為的聞一多美學思想的中期。所不同者，是俞兆平先生明確地將聞一多美學思想的第二時期定位止於他發表《奇蹟》的 1931 年，並且認為《奇蹟》是「預示著聞一多從中期向後期轉化、前進的開始」。[93] 而陳衛女士卻是將聞一多發表於 1933 年的《〈烙印〉序》當作「聞一多的詩學思想開始發生轉變」的開始。第三，在俞兆平先生所認為的聞一多美學思想後期，陳衛女士實際上是將其分為兩個時期，一個是她所認為的聞一多「詩學歷史的調整期」，一個是她所認為的聞一多詩學主張的第五時期即最後一個時期。

我們從陳衛女士和俞兆平先生對於聞一多文藝思想分期時間的異同可以看出，除了二人對於聞一多「後期」文藝思想轉變的界定即一個認為《奇蹟》「預示著聞一多從中期向後期轉化、前進的開始」而另一個則認為《〈烙印〉序》「這篇文章意味著聞一多的詩學思想開始發生轉變」有所不同外，他們的其他觀點實質上並沒有大的分歧，衹不過陳衛女士對於聞一多文藝思想的分期更細化而已。雖然如此，但我們必須指出的是，陳衛女士的「五分法」和俞兆平先生的「三分法」相比，有一個明顯的邏輯錯誤，這就是分期根據的混亂即沒有分期的統一標準而衹是流水帳似地敘述，而流水帳似地敘述是沒有意義的。當然，他們和傳統的聞一多文藝思想兩個時期的劃分相比，從時間基本一致這個角度來看，無論俞兆平先生的「三分法」或者陳衛女士的「五分法」都將聞一多文藝思想的第一時期界定在他留學美國的初期之前，就好像顯得正確。當然，從表面看來，陳衛女士更細化的「五分法」也顯得更為清楚。

　　雖然如此，但是這種細化的分法貌似清楚卻未必科學。因為，即使在陳衛女士的「五分法」中，聞一多文藝思想的表現也未必完全相同而有著極大的複雜性，就更莫說俞兆平先生的「三分法」。其實，在聞一多文藝思想的發展變化過程中，儘管無論前期還是後期的核心都貫穿著一個主軸，但因為聞一多文藝思想的表露往往是隨感性自由派批評而不是嚴謹的學院派全面闡述，更兼之他的性格喜歡走極端，因此，就即使在同一時期甚至同一時間，也曾不可避免地多次表現為「矛盾」抑或說複雜。從這個意義說，我們認為，無論「三分法」還是「五分法」，都不能真正地將聞一多文藝思想的分期整齊劃一。其實，從宏觀的角度看，傳統的「二分法」未必就不正確。但假若真要細分，當然還可以比俞兆平先生和陳衛女士更細化一些。但這已不是嚴格意義的聞一多文藝思想分期，而是聞一多文藝思想階段性表現的說明。我們認為，根據聞一多文藝活動歷程中唯美主義追求和表現與否的情況，其文藝思想應該表現為兩個時期共 6 個階段：第一時期包括初涉文壇時的「藝術改造社會」階段即俞兆平先生所說的樸素唯物主義階段（1921 年 11 月清華文學社成立之前），這和俞兆平先生觀點的差異是時間提前了一年；追求唯美主義的初始階段（1921 年 11 月清華文學社成立之後至留學美國之前的 1922 年 7 月），唯美主義追求的高漲階段（整個留學美國時期即 1922 年 7 月至 1925 年 6 月）和唯美主義表現的成熟階段（1925 年 6 月歸國之後至 1931 年《奇蹟》的發表）；第二時期包括文藝思想轉變前的漸變階段（1933 年 7 月《〈烙印〉序》的發表至 1943 年《時代的鼓手》發表）和轉變後最終的「藝術為人民」階段（1943 年《時代的鼓手》發表至 1946 年 7 月犧牲）。

　　要論證問題，首先當明確概念。在此需要說明的是，無論俞兆平先生筆下的聞一多的「美學思想」，抑或陳衛女士筆下的聞一多的「新詩批評」等，我們均將其「混為一談」視作聞一多文藝思想的表現而不當作偷換概念。根據這個理念，我們認為陳衛女士在其專著中說聞一多發表於 1921 年的《敬告落伍的詩家》「是聞一多有關詩歌的處女作」並不錯，但是，這卻不是聞一多最早表現其文藝思想的作品。從聞一多全部的文藝評論看，比這發表更早的作品還有 6 篇，其中最早之《建設的美術》就發表於 1919 年 11 月。如果我們再結合聞一多詩歌《真我集》約寫於「五四」後一二年間的情況以

及其他資料，那麼我們就可知道，聞一多從事新文藝活動的日期應該開始於 1918 年底。[94] 若果真如此，就在 1918 年底至 1922 年 7 月底聞一多留美前這三年多期間，俞先生之聞一多「美學思想的主導面比較傾向於藝術的活動功利性」就不完全正確。固然，聞一多在《建設的美術》和《徵求藝術專門的同業者底呼聲》以及《評本學年〈周刊〉裡的新詩》等文藝時評中表述過很多傾向於藝術的活動功利性觀點如《徵求藝術專門的同業者底呼聲》中「藝術確是改造社會底急務」，是「促進人類的友誼」，「抬高社會的程度」和「改造社會的根本辦法」，就連選擇職業，聞一多也希望以「社會的需要為標準」而不能以謀生的飯碗為標準；在《評本學年〈周刊〉裡的新詩》中，聞一多又說「詩底真價值在內的原素，不在外的原素」，他甚至罵「李商隱那樣墮落的詩家」說「狗嘴裡吐不出象牙來」等。雖然如此，但這並非聞一多所謂「前期文藝思想」的全部。聞一多前期文藝思想也是一個複雜的整體。除此之外，他也有唯美主義的追求，並且，我們認為他唯美主義的追求和思想形成至少在他清華學校學習的後期。這種觀點，不僅能夠在他《紅燭》詩集大多數作品中得到證明，而且，就在他的《〈冬夜〉評論》中也初露端倪，更在他的諸多書信中能夠得到證明。

《紅燭》中諸多詩作如《李白之死》，《劍匣》，《黃昏》，《美與愛》和《藝術底忠臣》等 40 多首詩均在聞一多留學美國之前創作並公認為唯美主義的佳作均為我們所熟悉不再分析，我們就單看聞一多於清華學習後期即 1922 年 5 月初之《〈冬夜〉評論》中文藝思想的表現。他在這篇詩評中雖然對俞平伯有所肯定，但那是「音節」的「凝煉，綿密」和「婉細」特色，屬於藝術表現的範疇。而論證最多的，還是批評，這就是俞平伯「所謂詩底進化的還原論」，聞一多認為這是「畸形的濫觴的民眾藝術」和「偽善的藝術」。他說詩要「藝術化」，「因為要『藝術化』才能產生出藝術」。雖然聞一多在這詩評中也看重「情感」，但他並不認為「情感」就是詩，因為這當然還有藝術的提煉。他所說的「一個『龍文百斛鼎，筆力可獨扛』底健將」，偏認那些「險隘的關頭為擺弄他的神技底最快意的地方」，這就是「藝術家喜給自己難題作，如同數學家解決數學的問題，都是同自己為難以取樂」。又因為聞一多認為用以解決詩底藝術「這個問題的工具是文字，好像在繪畫是

油彩和帆布，在音樂是某一種樂器一般」，所以聞一多就認為「真正的詩家，正如韓信囊沙背水，鄧艾縋兵入蜀，偏要從險處見奇」。這就「猶之乎鐵是打鐵的打的，轎是抬轎的抬的」一樣。聞一多又非常欣賞戴叔倫之「詩人之詞，如藍田日暖，良玉生煙」。因此，他說「作詩該當怎樣雍容衝雅『溫柔敦厚』」。又因為聞一多在此文中以真即美為文學情感的內核，因此他就有一流情感和二流情感之分並將「善」作為二流情感。由於聞一多堅信「文學本出於至情至性」，所以，他才堅決反對俞平伯那些「太忘不掉這人間世」的作品。這，實際上就是他後來系統闡述唯美主義理論的濫觴。但是，這種觀點卻為過去的論者所忽視。

如果認為《〈冬夜〉評論》的觀點並不足以證明聞一多當時已在追求唯美主義，我們當然還可從聞一多留學美國後之 1922 年 10 月 10 日寫給國內清華校友吳景超和梁實秋信之內容即「我們的『藝術為藝術』的主張，何嘗能代表文學社的全體呢」這句話得到證明。雖然也許有人認為這是聞一多在美國所說之語不能證明他們過去的文藝思想，但是我們必須清楚，聞一多這是剛從國內來到美國 3 個多月後的言說。而這三個多月的中間，在聞一多和國內清華校友的所有通信中，都未曾商量也不可能商量他們如何確立「藝術為藝術」的共同主張。這就說明，這種主張肯定是他們在清華時共有的觀點。那麼，他們這種主張是什麼時候確立的呢？我們知道，成立於 1921 年 11 月的清華文學社曾於當年 12 月召開了一次討論題目為「藝術為藝術呢，還是為人生」的常會，就在這次常會上，由聞一多主講並作了激烈的辯論。雖然根據現有資料顯示不出聞一多當時的觀點，但是，如果我們以此作前後對照，他們當時的唯美藝術追求便可想而知。還有，我們根據聞一多此前即 1922 年 9 月 29 日給梁實秋和吳景超的另一封信之內容即因「邇來復讀《三頁集》，而知郭沫若與吾人眼光終有分別，謂彼為主張極端唯美論者終不妥也」這句話，也可推知「極端唯美主義」是聞一多及其清華校友們早在國內時的追求。因為，郭沫若和我們觀點不同。而如果郭沫若和我們觀點相同，那麼郭沫若就是極端唯美主義論者。但是郭沫若不是極端唯美論者，所以，我們才是真正的極端唯美論者。關於此種觀點，筆者已在此前作過更詳細的論證。如此看來，在俞兆平先生和陳衛女士均所認定的聞一多文藝思想表現的第一時期，

實際上是為兩個階段。這樣，聞一多們追求唯美主義的時間，就至少可以追溯到他們成立清華文學社的 1921 年 11 月。雖然聞一多後來並不樂意以「主張」結合團體而樂意以興趣結合團體。[95] 而既然他們 1921 年就主張「藝術為藝術」，那麼，在此之後 1922 年 5 月初就已經寫好的《〈冬夜〉評論》，至少是聞一多唯美文藝主張的部分表達。這樣，在聞一多留學美國之前的這一時期，他的文藝思想就當然屬於初涉文壇時的藝術改造社會階段和追求唯美主義的初始階段。

我們既認為聞一多唯美主義追求的高漲階段在他留學美國時期，那就讓我們先看他在 1922 年 7 月底留學美國之後這段時間的藝術追求和著作吧。我們暫且不論他在這時期創作的《晴朝》，《憶菊》，《秋色》和《色彩》等詩的唯美表現，也不闡釋他在這時期信函中透露的理論觀點如 1922 年 9 月 29 日致梁實秋和吳景超之因「邇來復讀《三頁集》，而知郭沫若與吾人眼光終有分別，謂彼為主張極端唯美論者終不妥也」和「我的宗旨不僅與國內文壇交換意見，徑直要領袖一種之文學潮流或派別」即極端唯美主義；1922年 10 月 10 日致吳景超和梁實秋之「我們的『藝術為藝術』的主張」；1922年 12 月致梁實秋之「《憶菊》，《秋色》，《劍匣》具有最濃縟的作風。義山、濟慈的影響都在這裡」和「我想我們主張以美為藝術之核心者定不能不崇拜東方之義山，西方之濟慈」，並且，「那一天得著感興了，定要替這兩位詩人作篇比較的論文」；1923 年 2 月 2 日致梁實秋關於《紅燭》出版署名說「我現在想不拿我的真名出去，但用一個別號曰『屠龍居士』」；1923 年 3 月 22 日致梁實秋之「我的詩若能有所補益於人類，那是我的無心的動作（因為我主張的是純藝術的藝術）」為唯美追求的表現，就單看他寫成於 1923 年 2 月初發表於 1923 年 5 月《創造季刊》上的《莪默伽亞謨之絕句》之「讀詩的目的在求得審美的快感……鑒賞藝術非和現實界隔絕不可」這句話，我們就完全可以認定他是一個極端徹底的唯美主義論者。

雖然如此，但就在這一時期，聞一多的文藝思想卻又呈現出複雜性。我們且不論他表現在《太陽吟》中的熾熱愛國情感，也不說他書信中聲言「我的詩若能有所補益於人類，那是我的無心的動作（因為我主張的是純藝術的藝術）」的同時，他還說「我要替人們 Consciously（按即自覺地，

筆者注）盡點力」並且要「我們就學薛雷（按即雪萊，筆者注）增高我們的 Humansympathy（按即同情心，筆者注）」等，就單看他創作於 1922 年 11 月並分別發表於 1923 年 6 月 3 日和 6 月 10 日《創作周報》上的《〈女神〉之時代精神》和《〈女神〉之地方色彩》，也和他的唯美主義觀點相反對。

我們知道，聞一多對於郭沫若的才情非常感佩。他不僅在其短短的《〈冬夜〉評論》中連續 5 次提到郭沫若的名字並以其詩和俞平伯「其直如矢，其平如砥」的詩相比較認為郭詩的句法不僅「曲折精密」，而且「層出不窮」，詩句「不獨意象奇警，而且思想永遠耐人咀嚼」尤其更在其書信中多次談到對郭沫若「佩服得五體投地」。因此，他這才根據 19 世紀法國丹納《藝術哲學》的文學理論基礎即藝術和環境、種族以及時代的關係，寫出了《〈女神〉之時代精神》並從五個方面極力稱讚郭沫若，認為「若講新詩，郭沫若的詩才配稱新呢」。因為「不獨藝術上他的作品與舊詩相去最遠，最要緊的是他的精神完全是時代的精神——二十世紀的時代精神」。據此，聞一多說「有人講文藝作品是時代底產兒」，那麼「《女神》真不愧為時代底一個肖子」。就是這篇詩評，聞一多被譽為「第一個從藝術與時代、社會生活的關係上，高度評價《女神》的卓越成就，揭示藝術是時代、生活的再現的要義，堅持了藝術創作中的唯物論的反映論」。[96]

聞一多當時所以要寫這篇詩評，其實更因為此前即 1922 年 12 月 26 日他收到梁實秋來信關於郭沫若從日本來函對他和梁實秋合著的《〈冬夜〉〈草兒〉評論》稱讚訊息即「……如在沉黑的夜裡得見兩顆明星，如在蒸熱的炎天得飲兩杯清水……在海外得讀兩君評論，如討荒者得聞人足音之跫然」[97]使他「喜若發狂」[98]所致。聞一多當時所以興奮至此，又實因為此前他認為其「《評冬夜》因與一般意見多所出入」而「遂感依歸無所之苦」並肯定地認為當時聲稱為人生而藝術之「文學研究會」創辦的「《小說月報》與《詩》必不歡迎」。雖然聲稱為藝術而藝術之「創造社」郭沫若他們的「《創造》頗有希望」發表他之《〈冬夜〉評論》，但又因「邇來復讀《三頁集》，而知郭沫若與吾人之眼光終有分別」，因此，他也擔心《創造》不予發表。所以他說「吾人若有機關以供發表，則困難解決矣」。雖然，他當時已有「徑直要領袖一種之文學潮流或派別」[99]的雄心大志甚至還要創辦雜誌發表自己

的《〈冬夜〉評論》和梁實秋的《〈草兒〉評論》「以與《創造》並峙稱雄」。[100]
但後來的事實是，聞一多和梁實秋的《〈冬夜〉〈草兒〉評論》於 1922 年
11 月由《清華文學社叢書》出版後，他卻意料之外地得到郭沫若的高度讚揚。

其實，聞一多在寫《〈女神〉之時代精神》之前，他寫的卻是批評郭沫
若的《〈女神〉之地方色彩》。而且，這種觀點，至少在他留學美國之前的
1922 年 5 月 7 日，就已經開始醞釀。因為他在這一天給其胞弟聞家駟的信中
就說要評《女神》。我們所以認為聞一多之評《女神》是要寫《〈女神〉之
地方色彩》，這在聞一多 1922 年 12 月 26 日給梁實秋的信之部分內容就可
得到證明。當時，聞一多在給梁實秋說過郭沫若來函之消息使他「喜若發狂」
後又說：「前回寄上的稿子（按即《〈女神〉之地方色彩》，筆者注）請暫
為保留」，因為「那裡我還沒有談到《女神》的優點，我本打算那是上篇，
還有下篇專講其優點」。聞一多還說，「我恐怕你已替我送到《創造》去了。
那樣容易引起人誤會。如沒有送去，候我的下篇成功後一起送去吧」。[101]
最後的結果是，聞一多的這兩篇郭詩評論，在此半年後以《〈女神〉之時代
精神》為前《〈女神〉之地方色彩》為後，相隔一周分別發表在郭沫若他們「創
造社」創辦的《創造周報》刊物上。

在此我們需要說明的是，就是這兩篇觀點極為反對的詩評，一個極力對
其否定，認為其缺乏地方色彩；一個極力對其肯定，認為其具有時代精神。
但不論肯定還是否定，都不是唯美理論的詩評。即使發表於 1923 年 12 月
的《泰果爾批評》，雖然聞一多極力批評泰果爾的詩沒有形式，但他表述最
多的，還是認為「泰果爾底文藝底最大的缺憾是沒有把捉到現實」，而「祇
用宗教來訓釋人生」。聞一多認為，「文學是生命底表現，便是形而上的詩
也不外此例」。又因為「普遍性是文學底要質而生活中的經驗是最普遍的東
西，」所以，聞一多認為「文藝底宮殿必須建在生命的基石上」。

為什麼聞一多在追求唯美主義最狂熱並且其詩歌創作也最唯美表現的時
候，他會發表如此差異的觀點？這原因有三：第一，如前我們所說聞一多雖
然感佩郭沫若，但是因他欲要「與《創造》並峙稱雄」更兼他認為郭「沫若
等天才與精神固多可佩服，然其攻擊文學研究會至於體無完膚，殊蹈文人相

輕之惡習」，這是他「所最不滿意於彼輩」[102] 的。當然，他也真的不滿意《女神》缺乏地方色彩，這才寫了批評的文章。然而，就在當他「《評冬夜》因與一般之意見多所出入」而「遂感依歸無所之苦」之時，竟意想不到地得到畢竟他們崇拜的郭沫若的肯定，於是，聞一多這才又寫了《〈女神〉之時代精神》給予肯定。第二，聞一多所以批評泰果爾，是因為他看到當時的「國人」對於即將來華的泰果爾太過「熱鬧」即歡迎。而聞一多則認為，「無論怎樣成功的藝術家，有他的長處，必有他的短處」。因為「泰果爾也逃不出這條公例」，所以聞一多認為「我們研究他的時候，應該知所取捨」。因為「我們要的是明察的鑒賞」，而「不是盲目的崇拜」。[103] 第三，無論聞一多在清華學習還是在美國留學，他都大量閱讀了中外的文學理論書籍。作為青年的他，對這些新理論共時性學習的同時，自然不可避免地也會共時性接受。這樣，就在他以接受唯美主義理論為主的情況下，也程度不同地接受了其他理論。但不論如何，他在留美前期這一階段的詩歌創作，大多都是唯美的。不過到了他們留美學生於 1923 年 9 月成立「大江學會」並於 1924 年 9 月改組為「大江會」這段時間以致到他們留美結束的 1925 年，由於聞一多在美國遭遇到民族歧視更激起他強烈的愛國情緒，所以，他在這一階段開始接受並崇奉政治的「國家主義」。這時，僅就他的詩歌創作來說，他是欲進入「詩境」但又因現實生活時時將他從「詩境」拉到「塵境」中來，這就先後創作出了《洗衣歌》、《醒呀！》、《七子之歌》、《長城下之哀歌》、《我是中國人》和《愛國的心》等。所有這些作品，既是他詩境與塵境相交織的愛恨結晶，這即讓他雖欲極端唯美但卻終究做不成真正極端唯美詩人的原因。

如果我們認為聞一多留學美國的初期是他唯美主義追求的高漲期，那麼，他在留美歸國之後的 1925 至 1931 年，應該是他唯美主義理論和詩歌創作的成熟期。因為，他不僅在歸國之後的 1926 年 4 月發表了代表他終身成就的唯美、頹廢和愛國為一體的《死水》詩，1928 年 1 月出版了很多屬於唯美之作的《死水》詩集，1931 年 1 月又發表了被徐志摩在《詩刊》創刊號夸獎其「三年不鳴，一鳴驚人」的極端唯美之詩《奇蹟》，而且，還於 1926 年 5 月勇於打出挑釁的招牌，發表了帶有他唯美主義理論綱領的《詩的格律》，

接著又於1926年6月發表了唯美理論之《戲劇的歧途》，更在1928年的6月，發表了極端唯美主義理論的《先拉飛主義》。

我們所以認為《詩的格律》是聞一多唯美主義理論的綱領性詩論，這不僅因為他在這篇詩論中肯定西方唯美主義大師王爾德的藝術觀點如「自然的終點便是藝術的起點」，也不在於他根據此觀點認為「自然中有美的時候」但這「是自然類似藝術的時候」，並根據趙甌北的詩句即「化工也愛翻新樣，反把真山學假山」認為「這徑直是講自然在模仿藝術」的極端唯美主義思想，而更因為他在這篇詩論中提出詩的創作原則即「三美」主張，倡導做詩要「帶著腳鐐跳舞」。我們知道，唯美並不單指形式藝術之美，更重要的是它擯棄文學的功利性而追求藝術的純美。聞一多在他《戲劇的歧途》中，就極力強調戲劇的動作，結構和戲劇性。在大家都看重易卜生戲劇思想的當時，聞一多看重的則是「一種更純潔的——藝術的價值」。他就認為「藝術最高的目的，是要達到『純形』Pureform 的境地」。聞一多的這種文藝思想，在兩年後即1928年他所發表的《先拉飛主義》中又作了極端發揮。表面看來，聞一多在這篇文章中是反對西方「先拉飛」派詩畫藝術的相混，認為不應該太過詩中有畫和畫中有詩。但他如此觀點的目的，其實是反對羅斯金畫中所表現的道德功利而專求其藝術的純美。聞一多在此文中，就有一段不要功用而專求藝術純美的闡述。他把美術的內容表現作為專求「供應美感的物件」而絕不能當作「供應實用的物件」。基於這種思想，聞一多舉例「譬如一祇茶杯，我們叫它做茶杯，是因為它那盛茶的功用；但是畫家注意的祇是那物象的形狀，色彩等等，他的名字是不是茶杯，他不管」。在此，聞一多不僅讓畫家祇認茶杯的形狀和色彩而不管它的名字，更尤甚之，他又提出讓畫家所表現出來的「物象」即「茶杯」，「叫看畫的人也祇感到形狀色彩的美，而不認作是茶杯」。在此，聞一多所追求的，確實是一種極高的藝術境界，也就是他所追求的藝術純美吧。但是，假若叫看畫的人在知道「茶杯」功用的情況下祇感到其物象形狀和色彩的美而不認作是茶杯，這實在難以達到。因此，這才是真正的唯美主義也是唯心主義理論。

談到這裡，肯定有認為聞一多的《文藝與愛國——紀念三月十八》為此時期的文藝時評，又為何不像此前三篇文章那樣強調藝術的純美而強調文學

作品愛國內容的表現？這豈不矛盾？我們的解釋是：第一，我們此前就已承認即使同一時期，聞一多的文藝思想也具有複雜性。此就是他文藝思想複雜性的表現；第二，聞一多從來就是一位愛國主義者，他在美國留學時尚在「詩境」與「塵境」的交織中創作出很多愛國詩篇，在那大是大非的「三·一八」慘案面前，他從「詩境」掉入「塵境」之中呼喊文藝和愛國相結合就更理所當然；第三，就在這篇文藝時評中，聞一多也承認「理性鑄成的成見是藝術的致命傷」並且「詩人應該能超脫這一點」，因此，他說「詩人應該是一張留聲機的片子，鋼針一碰著他就響」。這種觀點，實際上就是聞一多之「文學本出於至性至情」的再現，當然含有唯美的因素。其實，說到複雜，即使聞一多在藝術最高目的要求達到「純形」的《戲劇的歧途》中，他也曾說「真正有價值的文藝，都是『生活的批評』」。

我們認為，俞先生之聞一多中期美學思想止於他發表《奇蹟》的 1931 年並不正確。因為從現有的資料看，他說《奇蹟》的發表「是聞一多對自己多年來所受的唯美主義藝術觀影響的總的回顧與清算，是他對新的理想境界的尋覓與探求」[104] 顯然錯誤。因為，《奇蹟》是聞一多用暗示的表現手法，對當時青島大學同事方令孺女士「心跡」的微妙流露已被現在的學界普遍承認。雖然如此，但是我們很能理解俞先生當時的觀點。因為在當時的背景下，他的這種理念不過是在時代「制約」下的一種必然。但是筆者在此要說的是，《奇蹟》非但不「是聞一多對自己多年來所受的唯美主義藝術觀影響的總的回顧與清算」，相反，從表現方法上分析，這首詩歌倒是他依然追求極端唯美主義的佳作。

陳衛女士認定聞一多文藝思想有一個調整期的觀點不無道理，但是，她對於這個時期的認定也不無模糊。因為，從她的論述中，我們既可感覺這個調整期在 1926 年和 1933 年之間，也可感覺從 1926 年直至 30 年代末。不過，她之聞一多 1933 年為臧克家寫《〈烙印〉序》並「由臧克家的詩而提到詩歌要有『意義』，表現不是『混著好玩』的生活，這篇文章意味著聞一多的詩學思想開始發生轉變」[105] 的觀點，我們認為很有道理，甚至，也不妨認為聞一多 1933 年為臧克家寫《烙印〈序〉》是他後期文藝思想的開始。祇是，我們既然認為聞一多的文藝思想有一個漸變期並且也承認 1931 年發表《奇

蹟》時依然為他唯美主義的實踐階段，那麼他文藝思想的漸變期就應該推遲而從 1933 年開始至 1943 年 11 月聞一多發表《時代的鼓手》之前結束。這是因為，雖然嚴格的意義說，聞一多在發表《時代的鼓手》之前很久，其文藝思想就可能已經有了徹底轉變，但是，因為在這一時期，聞一多留給我們可供參考的文藝評論作品包括序跋不過 6 篇而已。而這 6 篇文章的內容，又都無論和他此前以及此後時期的文藝思想有著很大差別。

我們所以認為聞一多藝術為人民階段應該是他《時代的鼓手》發表之前直至他犧牲這一時期，因為據相關資料可知，1943 年 9 月的一天，聞一多在唐詩的課上突然講起田間的新詩，他說「這不是鼓的聲音嗎」？並說他「仔細研究中國詩歌底歷史」，這才「發覺中國古代祇有屈原、嵇康、杜甫、白居易這幾位詩人才值得佩服，因為他們底詩多少喊出了時代人民底聲音」。聞一多認為，當時「要詩歌健康，進步，祇有把她從統治者手裡解放出來，還給勞動人民」。他所以強調現代「詩歌是鼓」，因為當時「的中國是戰鬥的時代，需要鼓」並說「詩人就是鼓手」。[106] 可以說，在聞一多文藝思想的發展史上，他這是首次強調詩歌要為人民服務並激勵了當時西南聯大同學奮發抗戰的激情。就在此之後，聞一多根據當時同學的建議將這次課堂的即席發揮改寫為《時代的鼓手——讀田間的詩》發表於 11 月 13 日出版的《生活導報周年紀念文集》中。

聞一多強調「時代的鼓手」，他在 1943 年 12 月發表的自認為「文章」漸漸上題的《文學的歷史動向》就認為「在這新時代的文學動向中，最值得揣摩的，是新詩的前途問題」。他說新詩必須「真能放棄傳統意識，完全洗心革面，重新做起」。他還說新詩要「不像詩，而像小說戲劇，至少讓它多像點小說戲劇，少像點詩」。因為，他預計「太多『詩』的詩，和所謂『純詩』者，將來恐怕祇能以一種類似解嘲與抱歉的姿態，為極少數人存在著」。所以，「在一個小說戲劇的時代，詩得盡量採取小說戲劇的態度，利用小說戲劇的技巧，才能獲得廣大的讀眾」。聞一多所說之「獲得廣大的讀眾」，其實就是為了達到一種宣傳的社會效果。同年同月，聞一多又在中法大學《詩與批評》的演講中強調詩歌的宣傳作用。他說讀詩不能「不理會它的價值」而「祇吟味於詞句的安排，驚喜於韻律的美妙：完全折服於文字與技巧中」。

這個時候，聞一多就特別欣賞柏拉圖之《理想國》的「價值論」以反對詩人「不負責的宣傳」而「重視詩的社會價值」並為歷史上諸多名詩人作了劃分等級的分析。為了詩歌的宣傳作用，聞一多特別欣賞薛誠之的《三盤鼓》並為之作序。他在「從來中華民族生命的危殆，沒有甚於今天」而正「需要藥石和鞭策的時候」，高度讚揚薛誠之具有「藥石」和「鞭策」性的《三盤鼓》詩集「必能完成它的使命」。就在這一階段中，聞一多還有諸多如《論文藝的民主問題》強調文藝家要作中國人更重要，《五四與中國新文藝》強調新文藝應該徹底盡到它反映現實的任務，《「新中國」給昆明一個耳光吧》要文藝家創作不重形式而重內容，《戰後的文藝道路》則反對藝術消閒，認為藝術家作為消閒的工具就是消閒的罪惡，若替統治者作統治工具，就成了積極的罪惡等文藝評論發表以闡發他文藝為社會服務的思想。

　　聞一多文藝思想階段性表現的原因非常複雜。如果我們仔細研究就會發現，聞一多每一階段文藝思想的生成，發展和變化，都和他的經歷以及所處的環境包括歷史背景有著直接關係。如《紅燭》時期他並未真正認識社會，他就「藝術為藝術」，而當後來他接觸到現實尤其淪為「窮人」，他才「藝術為人民」。但無論他「藝術為藝術」還是「藝術為人民」時期，他的文藝思想又都不絕對純粹。這就猶如他在《戲劇的歧途》中在強調文學「純形」的同時，更「知道真正有價值的文藝，都是『生活的批評』」一樣，他在《詩與批評》中強調文學社會價值的同時，也沒有忘記文學的「效率」即藝術效果。當然，他任一時期文藝思想追求和表現的主要矛盾方面都非常明確。研究聞一多文藝思想的階段性表現有著非常重要意義，但搞清楚聞一多文藝思想經歷多少階段並非我們終極目的，而是通過聞一多這位追求真理堅持正義的愛國知識分子在中國現代文學史上發展變化曲折前進的道路，不僅讓我們看到其從「唯美藝術」到「人民藝術」的必然，而在讓我們深刻認識社會存在決定社會意識之真理的同時，更讓我們深刻思考如何做好當今的各項工作。

▊第七節 聞一多從對「國家主義」崇奉到對「人民至上」吶喊

在中國近現代知識分子中，其政治思想由保守轉變為先進並在後來做出突出貢獻者不乏其人。但像聞一多那樣從對「國家主義」崇奉到對「人民至上」吶喊，從對共產黨誤解到跟著黨走並願意加入共產黨，完成從開始崇奉「國家主義」到反對國民黨獨裁腐敗堅決推進「民主主義」徹底轉變的知識分子並不多見。其實，正是聞一多這一堅持正義極具個性的徹底轉變，使他載入到中華知識分子精英行列的史冊。

聞一多自己就說，他的性格「喜歡走極端」。[107] 確實如此。無論在誤入「國家主義」歧途的北京時期，還是轉變政治思想後的西南聯大時期，他都能把其政治理想或者行為發揮到極致。例如 1925 年秋，聞一多看到《醒獅周報》登出「北京國家主義各團體聯合會」發起廣告後，就同餘上玩一塊找到李璜家中，表示代表美國同學主張國家主義者參加該聯合會；同年 12 月，他又積極地和尚在美國留學而因參加關稅會議歸國的羅隆基一塊代表他們在美國成立的「大江會」參加發起籌備北京國家主義團體聯合會。「醒獅社」即「青年黨」頭目李璜後來回憶聞一多初見他時所說的話「……現在北京的共產黨就鬧得不成話，非與他們先幹一下，唱唱花臉不可」。聞一多甚至還認為李璜「是個白面書生，恐不是唱花臉的」[108] 料。這之後，「國家主義的同志中有一般人」就經常到他「家裡開會」。他給尚在美國留學的梁實秋寫信就說：「國家主義與共產主義勢將在最近時期內有劇烈的戰鬥」。就在這同一封信中，聞一多還說「國內赤禍猖獗，我輩國家主義者際此責任尤其重大」，因此，就會「進行益加困難」。又因為他認為「國家主義與共產主義勢將在最近時期內有劇烈的戰鬥」，所以，他希望梁實秋趕快從美國回來，「並且希望多數同志趕快回來」以助其實踐國家主義的理想。不然，雖然他們「大江會」和「醒獅社」諸團體攜手組織了「北京國家主義團體聯合會」，但是由於聞一多認為「醒獅社的人如李璜乃一書生，祇能鼓吹主義」而「國家主義的實踐還待大江」，因此，「若沒有大批生力軍回來作實際的活動，恐怕要使民眾失望」。[109]

為了實現自己的政治理想，在北京時期的 1926 年初，聞一多就參加了「北京國家主義各團體聯合會」發起的兩次國家主義重大活動。第一次是當年 1 月 29 日晚上召開的「反對日俄出兵東三省大會」。為了召開這次大會，聞一多於此前甚至不顧李璜的反對，逕直跑到北京大學第三院和北京藝專的廣告欄前，貼上「國家主義各團體聯合會發起反日俄進兵東三省大會籌備會」啟示。[110] 然而就在是日晚上會議行將結束表決方案時，卻和北京的共產黨人發生了爭端。後來，聞一多以文字形式敘說了事件的詳細過程：「前者國家主義團體聯合會發起反日俄進兵東省大會，開會時有多數赤魔溷入，大肆其搗亂之伎倆，提議案件竟一無成立者。結果國家主義者與偽共產主義者隔岸相罵，如兩軍之對壘然」。其結果，聞一多說「罵至深夜，遂椅凳交加，短兵相接」。甚至「有女同志者排眾高呼，痛口大罵」，聞一多將其形容為「猶如項王之叱咤一聲而萬眾皆暗。於是兵荒馬亂之機，一椅飛來，運斤成風，僅斫鼻端而已」。[111] 我們從聞一多這充滿諷刺的敘述中，就可看出他在當時對共產黨人的成見。

　　聞一多參加「北京國家主義各團體聯合會」的第二次重大活動是這年 3 月 10 日召開的「反俄援僑大會」。是日下午，聞一多和羅隆基以及李璜等同坐在主席臺上。雖然這是一個控訴前蘇聯虐待我國僑胞的大會，但是同樣遭到當時共產黨人的反對。於是，又兩軍對壘，不僅拳腳相加，而且還桌椅木棍對打。其結果，是雙方都有人負傷。這情況，當時的北京《晨報》第二日就以《國家主義者與共產派昨日空前之大血戰》為題作了詳細報導。這次活動，聞一多和羅隆基等人，就是從主席臺後門被學生領走的。

　　從以上事實可以看出，聞一多當時確實站在了革命的對立面，我們無須迴避。其實，這在他於美國剛成立「大江學會」的時候，他就承認「其性質已近於政治」，並且，也「有人提議正式改組為政黨，其進行之第一步驟」，就是「鼓吹國家主義以為革命之基礎」。而且，他們還打算於 1924 年夏季「將在芝加哥、波士頓兩處開年會即為討論此事」。[112] 聞一多的政治理想在其 1925 年創作的《我是中國人》詩中就有表現。他不僅說「我是過去五千年底歷史」，而且，還「我是將來五千年底歷史」，同時更雄心勃勃地又說，「我要修茸這歷史底舞臺，/ 預備排演歷史底將來」。可以說，聞一多的這種「國

家主義」理想，在他歸國後的北京初期，才有活動的土壤。而且其行為，在政治上更走向極端。當然，極具知識分子氣的聞一多當時不可避免地祇能是曇花一現。

祇是，令誰也料想不到的是，在將近 20 年之後，早已轉為「向內走」潛心研究學問的聞一多卻由原來的積極崇奉「國家主義」轉變為積極追求「民主主義」，更由原來的反對共產黨轉變為不僅支持和擁護共產黨，而且還積極要求加入共產黨。面對著國民黨的獨裁統治和腐朽，他毫不猶豫地喊出「人民至上」的口號。

據查《聞一多年譜長編》可知，聞一多於西南聯大初和共產黨人接觸是在 1944 年夏季。當時，聞一多聽說中共南方局的華崗想來看他的消息後，他不僅熱情地表示歡迎，甚至還急不可耐地要會見這位朋友。從此之後，他就參加了由我黨地下組織的「西南文化研究會」並積極工作。就是在這時，聞一多開始接觸並學習了《論聯合政府》、《新民主主義論》、《論解放區戰場》、《聯共（布）黨史》以及《列寧生平事業簡史》等黨的文獻以及《新華日報》和《群眾》等進步刊物。就是在黨的引導下，聞一多於當年秋季加入中國民主同盟。就在他加入民盟的當天晚上，聞一多還向吳晗「表示說自己是一個馬克思主義者，將來一定要請求加入共產黨」。[113] 其實，就在聞一多參加民盟前，他就曾給和他聯繫的中共南方局派雲南省工委工作的劉浩同志說「國民黨專制腐敗，沒有希望，中國的事情完全寄託在共產黨身上」。還說他在黑暗中探索了半輩子，現在才看到中國的光明之路就是共產黨指明的道路，他願為此奮鬥不息。聞一多同時還給劉浩同志說，有人邀他參加民盟，他正在考慮參加民盟好不好。因為，他想參加民盟不如參加共產黨。是因為劉浩同志給他說參加民盟更方便活動，有利於推進民主運動後，聞一多才最終選擇參加了民盟。[114]

聞一多加入民盟之後，他就在共產黨領導下，針對著當時國民黨的腐敗和專制獨裁，利用各種場合以及多種形式以推進民主進程。在他認為「多年來人們聽慣了那個響亮的口號『國家至上』」時，在他質問「國家究竟是什麼」後，聞一多憤怒地說，「假如國家不能替人民謀一點利益，便失去了它

的意義。老實說，國家有時候是特權階級用以鞏固並擴大他們的特權的機構。假如根本沒有人民，就用不著土地，也就用不著主權。祇有土地和主權都屬於人民時，才講得上國家。」因此，他才說「今天祇有『人民至上』，才是正確的口號」。[115] 為了人民的利益，聞一多認為「『五四』的任務沒有完成」，因此，「我們還要努力！我們還要科學，要民主，要衝破孔家店，要打倒封建勢力和帝國主義」。[116] 面對著當時國民黨搜刮民財，克扣軍餉以中飽私囊的罪惡行徑，聞一多大罵蔣介石這個禍國殃民的貪腐集團是「兩千多年的封建專制，最壞的朝代也沒有這麼壞，這麼專橫，這麼腐敗」！聞一多徑直說這是「封建專制加法西斯」，就連「明代的特務制度也沒有這樣殘暴」。[117] 為了人民的利益，聞一多毫不畏懼。他在傅斯年面前，敢承敢擔地說「我就是布爾什維克」；在邱清泉面前更大膽宣稱，「現在祇有一條路——革命」。他不僅痛罵蔣介石集團腐朽專制，而且，還敢於直接痛罵蔣介石。因為，聞一多認為，蔣介石「造了那麼多的孽，害了那麼多的人民，罵一下都不行嗎」？他說，「咱們應該講真理，明是非。我有名有姓，我就要罵」。[118]

聞一多如此行為，當時就有人問他說：「你們民主同盟是共產黨的尾巴，為什麼要當尾巴」？聞一多則非常乾脆地回答：「我們就是共產黨的尾巴」，因為「共產黨做得對」。他還說，「有頭有尾，當尾巴有什麼不好」？[119] 就這樣，聞一多在其後期除於各種場合高呼反對封建獨裁要求民主外，他還同時寫出了《復古的空氣》、《家族主義與民族主義》、《五四歷史座談》、《關於儒‧道‧土匪》、《一個白日夢》、《五四運動的歷史法則》、《在五四青年運動座談會上的講話》、《五四斷想》、《獸‧人‧鬼》、《八年的回憶與感想》、《一二‧一運動始末記》、《民盟的性質和作風》以及《為李公樸死難題詞》和《最後一次的講演》等。正因為聞一多具有「前腳跨出大門，後腳就不準備再跨進大門」[120] 的膽識和行為，所以，為了人民的利益，他在中國走向民主的歷史進程中，樹立了一座高大豐碑因此成為中國知識分子的光輝典範。

作為知識分子，如果從一般的層面上說，聞一多轉變前後的行為確實都走向極端。問題的關鍵是，聞一多何以會有這極端行為的轉變？這不能不讓我們一探究竟。其實，這很簡單，祇要拂去歷史的風塵，打開歷史的篇章，

我們就會找到答案。第一，是因為國民黨在當時抗日戰場上的連續潰敗，即使到了抗戰後期的 1944 年，就在世界反法西斯戰場捷報頻傳的時候，國民黨軍隊卻仍節節敗退並連失長沙、桂林、南寧和鄭州以及洛陽等十幾個城市。這就使聞一多對國民黨軍隊徹底絕望；第二，是因為當時越發出現大量的黑暗和腐敗現象，國民黨統治者完全不顧士兵的流血犧牲和百姓的日益艱難甚至同胞的無辜遭戮，在前方吃緊的情況下，後方不僅緊吃，而且那些政客和奸商更大發國難財，更有甚者，即使軍隊長官也紛紛趁勢投機經商。這就使聞一多對國民黨政權更為憤怒；第三，國民黨腐敗政權下的通貨膨脹所造成的物價飛漲，不僅使廣大人民群眾處在饑寒交迫的水深火熱之中，而且，就連身為教授的聞一多，為了養家糊口，也不得不淪為「手工業勞動者」而刻章治印掙錢。他在針對有人說他因為「肚子餓的發慌，才變得這麼偏激」時就說：「這話也有幾分道理，我確實挨過餓，正是因為我挨過餓，才能懂得那些沒有挨過餓的先生們所無法懂的事情」。這就是同時他所說的「祇知道國家糟到這步田地，人民痛苦到最後一滴血都要被榨光，自己再不出來說說公正的話，便是可恥的自私」。[121] 可以說，聞一多的這一轉變，正說明馬克思主義關於社會存在決定社會意識的真理；第四，面對山河破碎的局面，國民黨政權不僅消極抗日，而且更積極反共鎮壓人民。尤其在言論方面，人民更無自由。聞一多針對以上諸多問題，祇不過憑著知識分子的良知為人民吶喊幾句，解聘他教職的傳聞竟一時風靡校園，甚至傳向社會。這就更讓極具正義感和獨立精神的聞一多看清了國民黨政權的真面目；第五，當然，聞一多政治思想的轉變，還因為有了共產黨人以及當時民主運動中進步人士的正確引導，這才終於使他由「國家主義」者轉變為民主主義者，由對共產黨誤解轉變為對共產黨擁護和支持，並在共產黨人的領導下，走在為人民鼓與呼的民主運動前列。

以上是聞一多政治思想轉變的外因，除此之外，當然更有內因。這就是聞一多作為詩人的強烈的愛祖國和愛人民的思想感情。正是具有這種感情，所以，聞一多才具有那種強烈的正義感和深厚的同情心。而這種強烈的正義感和深厚的同情心，又是來源於他之純潔的無私之心。1946 年 6 月 28 日，聞一多在民盟雲南支部招待各界賢達會議上演講的《民盟的性質與作風》中，

也談到他思想轉變的原因，這就是，「從不問政治到問政治，從無黨派到有黨有派，這一轉變，從客觀環境說，是時代的逼迫，從主觀認識說，是思想的覺悟」。[122]

我們雖然肯定聞一多後期政治思想的轉變，但是，我們卻又不能簡單地否定他前期對於「國家主義」的崇奉，而應該實事求是地作歷史唯物主義的辯證分析。根據眾多研究成果尤其聞黎明先生的《大江會在美國：兼論「大江的國家主義」》、《聞一多與「大江會」：試析二十年代留美學生的「國家主義觀」》和《大江會論述：兼論 20 年代初期留美學生的愛國主義活動》以及《聞一多傳》等論文論著的內容讓我們知道，聞一多開始接受並崇奉「國家主義」，是在他們留美學生成立「大江學會」的 1923 年 9 月之後和改組為「大江會」的 1924 年 9 月之前這段時間。聞一多和那些留美學生所以成立「大江學會」並改組為「大江會」由學術性質轉變為近於政治性質崇奉「國家主義」，有著非常複雜的原因。這首先因為他們在美國遭遇的民族歧視所激起的愛國情緒，諸如留美學生理髮竟遭到拒絕，自駕車被撞壞卻遭到警察強迫罰款，就連打工替人洗衣也要遭到羞辱，更有甚者，在領取畢業證時，竟沒有美國女生根據慣例和中國留學生並排站隊……所有這些，都使聞一多的憤怒達到極點。

他在「致父母親」信中所以說「美利加非我能久留之地也」，就因為「彼之賤視吾國人者一言難盡」。[123]

國外情況如此，其實國內情況更糟。軍閥統治，土匪猖獗。

1923 年 5 月初，因山東發生孫美瑤操縱的臨城劫車案，英、美、日、葡萄牙等帝國主義就藉口解救人質以及損害了他們的在華利益而提出中國鐵路由外國武官監督的無理要求，再次掀起了國際共管中國鐵路交通的聲浪。一時間，大有再現當年八國聯軍侵華之勢。面對著各國公使的要挾，北洋政府不得不一次又一次妥協讓步。尤其因賄選而當上總統的曹錕，為了其統治能夠得到眾帝國主義支持，無論在其賄選總統成功前，還是當年 10 月暫時當上總統後，在眾列強步步緊逼下，更作出一系列喪權辱國的決定，從而達到列強在華利益和權力的滿足。真是弱國無外交。就在曹錕尚未處理完畢「臨

城劫車案件」的同時，前蘇聯於 1923 年 9 月派員來京強行談判復交問題，仍然強調蘇俄對於中東路的權利，並且直至第二年的三月才達成一個初步協議。軍閥統治的腐敗無能，國家的積貧積弱，致使海外游子遭受到難以承受的民族歧視，這就不能不引起聞一多這些熱血青年們的同仇敵愾。於是，他們便以最質樸的愛國情感和熱誠，接受並崇奉而且高舉起「國家主義」的旗幟以圖報效祖國。

當然，我們以現在的觀點看，從 19 世紀開始在歐洲流行的國家主義，是以其抽象的國家概念掩蓋國家之階級實質的一種資產階級思想。尤其法國沙文主義的代表者沙文利用這一觀念，曾狂熱地擁護拿破崙侵略擴張的政策，更主張用暴力建立法蘭西帝國。從縱向講，它宣揚本民族利益高於一切，而從橫向講，它更煽動民族仇恨，主張征服和奴役其他民族以發動侵略戰爭。這當然反動。

然而聞一多所接受的「國家主義」，卻有著他們自己的解釋，這就是羅隆基在《關於新清華學會及改組董事會二事的答覆》中所說之「歷史上引用的意義祇可供我們參考，不能包括大江學會的國家主義」。[124] 羅隆基此說他們所接受的「國家主義」，「原是 19 世紀歐洲民族解放運動中興起的一種思潮。義大利就是在這面旗幟下集合了反抗異族壓迫的大軍」。而在義大利的馬志尼之後，「羅馬尼亞、比利時、塞爾維亞、德意志諸國，也曾吸取過這種思想作為發動民眾抵抗外族侵略的精神武器」。因此，「國家主義的原旨，本是強調國家民族的存在，以團結國內人民反對外族侵略」[125] 的。至於這個口號後來被沙文主義者所利用而變質，則另當別論。

以上是從歷史淵源分析聞一多們所以接受並崇奉「國家主義」，而當時給予他們更直接影響的，則是凱末爾所領導的土耳其資產階級革命的成功。曾經橫跨歐亞非三大洲的土耳其於 16 世紀末開始由鼎盛而走向衰落並於 18 世紀逐漸瓦解。1914 年後，該國又因參與一戰而敗成為協約國眾帝國主義瓜分的對象。繼 1918 年 10 月和眾協約國簽訂「摩德洛斯停戰協定」之後，又於 1920 年和眾協約國簽訂了強加給他們的「色佛爾和約」。那時，被分割以後的土耳其，除首都外，已經幾乎沒有自己管轄的土地。就在這種背景下，

土耳其人民由凱末爾領導，發動反帝反封建的資產階級革命並獲取勝利最終於 1923 年 10 月 29 日建立了土耳其共和國。在後來的 1924 年，凱末爾在廢除既往不公正條約的同時，又對外簽署新的條約，從而開始了獨立發展的道路。無疑，凱末爾以標榜「國家主義」所領導的資產階級革命成功，給當時身在異域正在遭受民族歧視的聞一多們很大啟發並決定效仿。

本著詩人的天賦，熱愛他的祖國並熱愛他祖國的人民，認為「國家主義最高的要求，也不過是為了民族爭自由平等」，這是當時聞一多們最質樸的情感。然而當時卻「偏有人說愛國是偏狹的，中國若提倡國家主義，將來定與大戰前的德國一樣破壞世界和平」。帶著這個問題，幾位中國留學生於 1923 年秋天的某日，慕名拜訪請教了當時到美國講學路過威斯康辛的英國哲學家羅素。羅素針對著當時的中國現狀，非常坦率地說中國祇有推行國家主義，否則無以自存。羅素不僅勸他們採取國家主義，而且更勸他們實行武力的國家主義。羅素解釋說：「英美提倡國家主義，可以增長帝國主義的侵略」，而「中國實行國家主義，可以反抗帝國主義的侵略」，因此，「若要世界和平，終須弱小民族自決」。[126] 因為羅素原本信奉並鼓吹「世界大同」，他是根據沙文主義的擴張而對「國家主義」有著特殊的定義即「國家主義」就是「擴張侵略」，因此他堅決反對「國家主義」。然而，針對著當時世界「國家主義」者的侵略擴張，他又堅決支持弱小民族實施「國家主義」以自救。應該說，當時的聞一多們所以接受並崇奉「國家主義」，羅素的支持對他們起著很大作用。而他們所接受並崇奉的「國家主義」，其實應該就是我們現在所說的反抗侵略爭取民族平等以自強而成為獨立的主權國家。

就這樣，當時的聞一多們於 1924 年 9 月初，分別從他們留學美國的幾個城市匯集於芝加哥並在兩個星期內，達成了如下的共識即第一，「鑒於當時國家的危急處境，不願意侈談世界大同或國際主義的崇高理想，而宜積極提倡國家主義（Nationalism）」；第二，「鑒於國內軍閥之專橫恣肆，應屬行自由民主之體制，擁護人權」；第三，「鑒於國內經濟落後，人民貧困，主張由國家倡導從農業社會進而為工業社會，反對以階級鬥爭為出發點的共產主義」。[127] 正是具有這樣的政治思想基礎，急欲回國準備大一番事業的聞一多在歸國目睹了「五卅」慘案後，恰遇青年黨頭目李璜在《醒獅周報》

刊發「北京國家主義各團體聯合會」啟事，他尤其認為啟事中「內除國賊，外抗強權」和「大江會」的綱領頗相吻合，這才主動找到李璜家中，代表「大江會」要求加入並欲和共產黨「唱唱花臉不可」。

我們當然承認聞一多當年和共產黨「唱花臉」所犯的歷史錯誤。

不過，我們也應該對當時北京共產黨人幹預聞一多兩次參加「國家主義」活動的行為進行反思。因為，聞一多反對日俄進兵東三省並無不妥之處。當時，不僅日本侵占中國利益犯下滔天罪行，即使蘇聯，也沒有放棄當年沙俄攫取中東鐵路的權利，甚至動輒以武力要挾。雖然到 1929 年終於因此而升級為一段長達半年之久的武裝衝突並以中國軍隊失敗而告終這是後話，然而這正說明聞一多當年對於他們有著正確的認識。蘇俄既損害了中國的利益，也就傷害了中國人民的感情。聞一多尤其不明白即使他們召開「反俄援僑大會」，當時北京的共產黨人卻要和他們進行「搗亂」。當然，聞一多並不知道，因為意識形態的緣故，當時加入共產國際的中國共產黨，必須無條件地服從共產國際。而共產國際的實際領導者，就是當時的蘇俄政權。「中共聽命蘇聯，在他看來如同軍閥聽命英日一樣，沒有什麼差異」。[128] 因此，聞一多才說他們是「偽共產主義者」。[129] 實在說，聞一多當年的行為並無什麼不妥。因為「即使在今天，世界仍處在國家與民族的競爭之中，中國目前的首要任務，仍然是使自己的民族屹立於世界民族之林，國家利益仍是最高利益。在這一點上，聞一多的愛國主義精神沒有過時」。[130] 又假若當時北京的共產黨人能和後來昆明的共產黨人那樣對聞一多做些工作，也許肯定聞一多會更早地轉變其政治思想，更直接地在黨的領導下投入到反帝反封建反專制的民主工作中去。當然，這不能假設。而且，即使那時北京的共產黨人對聞一多做很多統戰工作，也不會有好的結果。因為北京時期的聞一多不是昆明時期的聞一多。

雖然如此，但是除去當時意識形態的分歧，在對待封建軍閥的態度上，聞一多和共產黨人卻完全一致。就在 1926 年 3 月中旬「反俄援僑大會」聞一多和北京的共產黨人發生衝突之後的 18 日，北京又爆發了在中國共產黨領導下為抗議眾帝國主義因大沽口事件對北洋政府最後通牒的天安門集會游

行。雖然聞一多因被很有城府且別有用心的李璜藉口是「為共產黨跑龍套」
[131] 而百般阻撓沒有參加，然而當慘案發生後，憤怒到極點的聞一多卻連續
寫下了《唁詞：紀念三月十八的慘劇》和《文藝與愛國：紀念三月十八》。
尤其聞一多那「所以我們覺得諸志士們三月十八日的死難不僅是愛國，而且
是最偉大的詩。我們若得著死難者的熱情的一部分，便可以在文藝上大成功；
若得著死難者熱情的全部，便可以追他們的蹤跡，殺身成仁」的擲地有聲話
語，正可作為理解他崇奉「國家主義」的無私和正義。

我們在此需要說明的是，聞一多所崇奉的「國家主義」，還另有他們自
己的定義。這就是，他們「進行之第一步驟則鼓吹國家主義以為革命之基礎」
於 1924 年 9 月將「大江學會」欲「正式改組為政黨」[132] 而為「大江會」的
時候，他們在其誓詞中特別增添「信仰大江的國家主義」[133] 這樣一個內容。
我們如要正確理解「大江的國家主義」這個定義，當然首先要理解「國家主
義」的定義。「國家主義」英文應為 Statism，其核心內容雖為對外獨立自
主，對內國家至上，但其還有中央集權下的經濟統治含意。更有沙文主義者，
視其為「維護本國利益」而向外擴張的意圖。祇是，「由於往往有誤將政
府等於國家者，故羅隆基講到國家主義時特別注明『Nationalism』而不用
『Statism』」，因為這「即義大利馬志尼鼓吹之民族國家主義，簡稱族國主
義」。[134]「族國主義」當然也有多種解釋，這即一民族一國家和多民族一國
家。因此，聞一多就曾認為「孫中山先生翻譯 Nation-alism 為民族主義」[135]
是反動的。因為，當時聞一多看到者是孫中山的「狹隘」。當然，聞一多後
來改變了這種觀點。聞一多之所以將「Nationalism」翻譯為「國家主義」，
是因為他們那時認為漢、滿、蒙、回、藏等已經融和凝聚為一個中華民族，
這即「吾中華民國成為獨立的主權國家」，這個國家「對外獨立自主，對內
國家至上」。[136] 大江會將其「國家主義」增添定語為「大江的國家主義」，
那麼，什麼是「大江的國家主義」呢？這在《大江會章程》中就有非常明確
的說明即：「中華人民謀中華政治的自由發展，中華經濟的自由抉擇，即中
華文化的自由演進」。[137] 應該說，當時留美學生的「大江會」既強調「大
江的國家主義」，這就區別於其他的「國家主義」，尤其區別於強權擴張的「國
家主義」。

　　聞一多參加大江會並積極活動，他當然明白政治改良乃國家急需，其效果速度也遠比他當時所從事的美術文學快。「當今中國有急需焉，則政治之改良也」。[138] 這是聞一多給其家人信中所說的話。但是，聞一多當時畢竟從事的是文化事業，他的一切活動，就不可避免地要偏重在文化方面。因此，強調「中華文化的國家主義」，就成為他們「大江的國家主義」活動的一個突出特徵。聞一多在給梁實秋的信中就說：「我國前途之危險不獨政治，經濟有被人征服之虞，且有文化被人征服之禍患」。又因為「文化之征服甚於他方面之征服千百倍之」，所以他說，「杜漸防微之責，捨我輩其誰堪任之」！[139] 聞一多對於「中華文化的國家主義」具體實踐，最突出的成就則是他的愛國詩創作。如《紅燭》詩集之「孤雁篇」中的《晴朝》、《太陽吟》和《憶菊》諸詩，《死水》詩集中的《洗衣歌》、《一個觀念》和《發現》諸詩，以及《集外詩》中的《醒呀！》、《長城下之哀歌》和《我是中國人》諸詩等。所有這些包括其他愛國詩篇，都各從不同角度表現出詩人不同時期的真摯愛國情感。聞一多尤其喜歡《長城下之哀歌》，說這是他「悲慟已逝的東方文化的熱淚之結晶」。[140] 他還說他「將乘此多作些愛國思鄉的詩」，因為，「這種作品若出於至性至情，價值甚高，恐怕比那些無病呻吟的情詩又高些」。[141]確實如此，如因「受盡帝國主義的閒氣而喊出的不平的呼聲」的《醒呀！》等詩，就至今仍為人傳誦不絕。聞一多本來是在歸國時將這些詩（按即《醒呀！》，《洗衣歌》和《七子之歌》，筆者注）交給《大江》雜誌發表的，但是他在歸國目睹「五卅」慘劇後，為了「希望他們可以在同胞中激起一些敵愾，把激昂的民氣變得更加激昂」，還因為「《大江》出版又還有些日子」，所以，聞一多就「把這些詩找一條捷徑」，[142] 在《現代評論》上提前發表了。我們從聞一多之「《七子之歌》也是國家主義的呼聲」[143] 這句話裡，就可知道和《七子之歌》同時期創作的那些詩歌，都是「國家主義」的呼聲。

　　聞一多的《醒呀！》、《洗衣歌》和《七子之歌》這些詩發表以後，立刻引起很大反響。郭沫若在《長虹》雜誌轉載時，李民治即李一氓同時作了專題評論予以推薦說：「在這最深刺激的一個月裡」，因為有了聞一多的這些詩，他「相信新詩壇的生命更新了，新詩壇的前途另闢了，新詩壇發向它祖國的希望之光益強了」。如果有人認為這可能是從形式上進行評論，那麼，

論者緊接著則從內容上給予高度評價：「聞一多君這三首詩表現了中華民族爭自由求獨立的迫切呼號的精神」。因此，論者則「深切地願我們大家——全中國的愛中國的中國人——都來把這幾首詩暢讀一回」，為的是「深深印入記憶之膜裡」。《七子之歌》同時又被收入到中華基督教青年會所編的《公民詩歌》中。《清華周刊》在轉載該詩時，更增添了「附識」說：「讀《出師表》不感動者，不忠；讀《陳情表》不下淚者，不孝；古人言之屢也。餘讀《七子之歌》，信口悲鳴一闋復一闋，不知清淚之盈眶，讀《出師》、《陳情》時，故未不如是之感動也」。而編者所以轉載，正為的「使讀者一瀝同情之淚，毋忘七子之哀呼」。[144] 當然，《七子之歌》的藝術魅力和思想價值，並不僅在當時，而且還在現在。其作為澳門回歸時的主題歌唱紅大江南北達到家喻戶曉深入人心的效果，正說明聞一多愛國主義亦即「國家主義」詩歌的價值。

聞一多後來所以能夠改變政治思想，由「國家主義」者轉變為「民主主義」者，還在於這二者其中包含著共同的思想內容，這就是「愛國主義」。雖然當時聞一多在其崇奉的「國家主義」中所包含的「愛國主義」帶有階級侷限性，不像無產階級的「愛國主義」那樣和「國際主義」相結合，但是，他們在維護國家主權，爭取民族解放和實現祖國獨立強大這方面卻完全一致，而和「沙文主義」者利用「國家至上」口號欺騙人民對外進行擴張的「國家主義」迥然不同。正是聞一多所崇奉之「國家主義」中的愛國主義思想和「國際主義」中的愛國思想相契合，並且這種契合又是當時殖民地半殖民地人民反對帝國主義、反對封建主義乃至獨裁專制的最基本要求。更何況，後來的聞一多在當時共產黨人的引導下，也程度不同地承認馬克思主義的階級論，雖然他並不是具有國際主義思想的馬克思主義者而祗是一個民主主義者。因此，這才有了他政治思想在其後來的徹底轉變。

當時的聞一多所以用「人民至上」口號代替「國家主義」的「國家至上」口號，還在於當時有人誤把「國家」當作「政府」者。雖然「國家」的表面形式是「政府」，但是，「政府」其實並不就是「國家」。尤其當「政府」腐敗透頂之時，「政府」更不能代表「國家」。就是針對著當時國民黨的專制獨裁，聞一多這才走上街頭，公開喊出「我們今天第一要民主，第二要民

主，第三還是要民主」的呼聲。因為，「沒有民主不能救中國！沒有民主不能救人民」！[145] 聞一多不僅自己高喊爭取民主的口號，他同時還鼓勵學生走上街頭以反抗獨裁而爭取民主。他在 1945 年的「五四紀念大會」作了如上內容的演講後，又為進行「火炬競走」的男女隊員題寫了「民主火種」的錦旗。[146] 就是為了反對當時國民黨所謂「國家至上」的謊言，所以聞一多才有針對性地喊出此前我們所介紹的「人民至上」那表達正義心聲的內容。尤其當他讀了《新民主主義論》後，聞一多更明白了方向。他說：「我們一向說愛國，愛國，愛的國家究竟是個什麼樣子，自己也不明白，衹是一個『烏托邦』的影子，讀了這些書，對中國的前途件件有信心了。就明白了有『最低綱領』，還有『最高綱領』」。他還說，我們「眼下要爭取實現最低綱領，將來還要逐步達到最高綱領，那時，便是『世界大同』啊」！[147] 正是有了黨的「最高綱領」那種遠大理想，所以，聞一多在當時號稱全國民主運動心臟的昆明，「吸收著也輸送著憤怒的熱血的狂潮」，他在「中華民國建國以來最黑暗的一天」即 1945 年「一二·一」運動中為爭取民主自由而犧牲烈士的碑文中說：「願四烈士的血是給新中國的歷史寫下了最初的一頁，願它已經給民主的中國奠定了永久的基石！如果這願望不能立即實現的話，那麼，就讓未死的戰士們踏著四烈士的血跡，再繼續前進，並且不惜匯成更巨大的血流，直至在它面前，每一個糊塗的人都清醒起來，每一個怯懦的人都勇敢起來，每一個疲乏的人都振作起來，而每一個反動者都顫慄地倒下去」。他堅信，「四烈士的血不會是白流。」[148] 此時的聞一多，他為了人民的利益，已經置生死於不顧。「民不畏死，奈何以死懼之！」我們從他為「一二·一」死難烈士所寫的這幅挽聯，就可看出他為爭取民主自由而與當時的國民黨反動派血戰到底的決心。

這樣看來，聞一多前期的「國家主義」活動，並不影響他後期的戰鬥業績。相反，他在國外越受民族歧視的遭遇，就越能使他激起的愛國情感和國家觀念以及祖國悠久文化優越觀念之越強烈的表現，就是他政治思想後來轉變的基礎。尤其他從誤解共產黨到親近共產黨並反對國民黨，就更給我們留下思考的空間。雖然如此，但並非他在前期崇奉「國家主義」就正確，尤其要「國家主義」承擔拯救災難深重中國的責任，更不適合當時的國情。因為

當時中國人民面對的是「帝官封」三座大山，尤其在土地集中，最廣大人民群眾走投無路的情況下，因此，中國共產黨才能登高一呼而眾人應。其實，即使聞一多自己，也是在淪為「窮人」後看清了當時國民黨「政府」的實質，才完成由對「國家主義」崇奉到對「人民至上」吶喊這一轉變。根據歷史唯物主義態度和唯物辯證法原則，我們就應該不迴避也不掩蓋地承認聞一多當年曾經狂熱地崇奉過「國家主義」並抓住其中的積極因素，這即聞一多從對「國家主義」崇奉到對「人民至上」吶喊，實踐的都是他之「詩人主要的天賦是『愛』，愛他的祖國」並且「愛他的人民」的忠心赤膽。聞一多早期將愛祖國和愛人民緊密結合在一起的行為，這即聞一多「國家主義」崇奉過程中愛國主義的積極因素，當然也是他後來政治思想轉變的基礎。

我們如此實事求是地分析聞一多為什麼從一個「國家主義」者轉變為一個「民主主義」者，這樣就能反思我們的歷史尤其指導我們當前的知識分子工作並且抓住問題的根本關鍵。

▌第八節 聞一多生命與詩文之合一的險中見奇追求

我們當然認為聞一多是中國近現代文學史上最優秀的詩人，但若問他的哪首詩最為傑出，筆者則毫不猶豫地回答，是他生命最後一次演講的慷慨激昂即為了反對獨裁爭求民主面對手槍「我們不怕死，我們有犧牲的精神」並且「前腳跨出大門，後腳就不準備再跨進大門」[149] 的吶喊以及慷慨激昂演講後的悲壯即英勇地倒在國民黨特務暗殺之血泊中的壯舉。就這樣，聞一多用生命蘸著鮮紅的血液，寫就了一首中國歷史上最華美璀璨的詩篇而為後人敬仰並「吟誦」不已。

明知山有虎，偏向虎山行。我們切莫據此就認為聞一多不珍愛生命。恰恰相反，在他詩作中就有很多表現關於「生命」追求的詩篇如《色彩》之雖然「生命是張沒有價值的白紙」，但因為詩人「愛他的色彩」，所以「我便溺愛於我的生命」；《花兒開過了》之雖然「今冬底假眠，也不過是明春底／更烈的生命所必需的休息」。然而，聞一多卻「我敢說那已消的春夢底餘痕，／還永遠是你我的生命底生命」；《紅豆篇·八》之雖然「有兩樣東西，／我總

想撇開」，但「卻又總捨不得」；因為「我的生命，/ 同為了愛人兒的相思」；《紅豆篇·二十》之「撲不滅的相思，/ 莫非是生命之原上底野燒？/ 株株小草底綠意，/ 都要被他燒焦了啊」；還有那《紅豆篇·二十六》之「我們站在桌子底 / 兩斜對角上，/ 悄悄地燒著我們的生命，/ 給他們湊熱鬧」。雖然「他們吃完了，/ 我們的生命也燒盡了」。以上詩句的內容當然非常豐富也非常複雜，不同的讀者總會有不同的理解。但是，無論如何解讀這些詩句的含義，我們都不能否認聞一多在他生活的本能中對於生命的摯愛。

雖然如此，但為讓生命更有意義抑或更有價值，聞一多在其詩中卻又經常涉及「死」。就在他帶有「死」字的 20 多首詩中，最為突出的是《死》之「死是我對你唯一的要求，/ 死是我對你無上的貢獻」這奪人眼球的詩句。雖然如此，但聞一多絕非為「死」而寫「死」，其「死」卻又和「生」合而為一。就仍在這首《死》之詩中，聞一多伊始就吟唱道：「啊！我的靈魂底靈魂！/ 我的生命底生命，/ 我一生底失敗，一生底虧欠，/ 如今都要在你身上補足追償」。而這「補足追償」所「求於你的」，就是詩人所說之「讓我淹死在你眼睛底汪波裡！/ 讓我燒死在你心房底熔爐裡！/ 讓我醉死在你音樂底瓊醪裡！/ 讓我悶死在你呼吸底馥郁裡」！雖然孤立地分析看這是一首情詩，但是我們依然能從聞一多這熾烈的表述中，窺見到他之「死」為「生」的大義以及涅槃似的快樂。《爛果》詩之主題更是詩人心靈感受人生的結果，其和《死水》詩一樣，都是在他靜默觀察現實世界後貌似無所顧忌卻實為理性抒寫的情感即絕望中渴盼希望以及爛極必定生春的真理，這也是他向往「春水」夢寐以求自由的必然。

聞一多所以摯愛生命，因為他熱愛生活的多彩。這在他之《色彩》詩中就有很明確的闡述即詩人摯愛於「綠」能給其「發展」，「紅」能給其「情熱」，「黃」能教其「忠義」，「藍」能教其「高潔」，「粉紅」能賜其「希望」，「灰白」能贈其「悲哀」以及「黑」能加其「以死」的多種色彩。不唯如此，聞一多同時更把「死」看作「生」的延續。就因為《夢者》詩之「假如那綠晶晶的鬼火 / 是墓中人底 / 夢裡迸出的星光」，所以，聞一多說「那我也不怕死了」。聞一多終生都在用生命寫詩。他就認為：「文學是生命底表現，便是形而上的詩也不外此例」。因為「普遍性是文學底要質而生活中的經驗是

最普遍的東西，所以文學底宮殿必須建在生命底基石上」。[150] 聞一多如是說，也就如是做。生命就是他的詩，這即表現為聞一多寫詩作文都象徵著他生命的宣言，尤其他留美歸國前後所做之詩以及後期所寫之文，都是他對生活真實體驗的情感流露。

寫詩既要如此堅實基礎，但做詩卻並非平鋪直敘。「所以真正的詩家，正如韓信囊沙背水，鄧艾縋兵入蜀，偏要從險處見奇」。聞一多這話雖然是從詩人「用力的焦點」即從文字角度闡述「征服一種工具的困難」，[151] 但是，他的這種理念卻同樣普遍表現在其詩歌的全部創作過程尤其表現在詩歌創作的構思和結構安排方面。我們讀者所熟悉的《太陽吟》、《憶菊》、《口供》、《末日》、《死水》、《春光》、《心跳》、《一句話》和《飛毛腿》等，都是在構思和結構安排方面「險中見奇」的典型。尤其《死水》和《春光》兩首詩歌結尾的內容，就更出人意料。當然，在「出人意料」的表象中，更有「情理之中」的因素蘊藏其中。其實，聞一多在《詩的格律》中根據「韓昌黎『得窄韻則不復傍出，而因難見巧，愈險愈奇』」的實踐說「這樣看來，恐怕越有魄力的作家，越是要帶著腳鐐跳舞才跳得痛快，跳得好」並且「祇有不會跳舞的才怪腳鐐礙事。祇有不會做詩的才感覺得格律的縛束」等理論，也都是從「險中見奇」這個角度進行論述。

雖然如此，但是聞一多詩文之藝術的「險中見奇」執著追求卻遠沒有他人之「險中見奇」的追求特點突出。我們這樣說並非僅指因為聞一多最後的死之悲壯，其實，他之悲壯之死絕非突然。我們祇要稍微回顧其既往言行，就可明白他之壯烈之死的必然。這並非因為聞一多由原來崇奉「藝術的忠臣」轉變為忠誠於「人民的忠臣」，而更在於他自己就說「我的性格，喜歡走極端」[152] 並且「在我個人，寧能犧牲生命，不肯違逆個性」。[153] 雖然如此，我們卻絕不能就此認為聞一多的行為就由他的「性格」所決定。實際上，聞一多的性格是建立在其正義和高潔的人格之上。他所以能有後來「險中見奇」的壯舉，這實質是他之「詩人主要的天賦是『愛』，愛他的祖國，愛他的人民」[154] 的表現。

　　其實，早在 1926 年 3 月 18 日，面對封建軍閥鎮壓學生所釀成的血案，聞一多就拍案而起，他更「希望愛自由，愛正義，愛理想的熱血」不僅「要流在天安門，流在鐵獅子胡同」，而且「也要流在筆尖，流在紙上」。他更說「詩人應該是一張留聲機的片子，鋼針一碰著他就響」。雖然「他自己不能決定什麼時候響，什麼時候不響」。因為「他完全是被動的。他是不能自主，不能自救的。」然而「詩人做到了這個地步，便包羅萬有，與宇宙契合了。」聞一多認為「這就是所謂偉大的同情心」即「藝術的真源」。在此，聞一多不僅要求文藝和愛國相結合，而且，他更要求詩人訴諸行動。這就是他所說因為「同情心發達到極點，刺激來得強，反動也來得強」的緣故，所以「也許有時僅僅一點文字上的表現還不夠，那便非現身說法不可。」

　　這就是他所崇尚的「陸游一個七十衰翁要『淚灑龍床請北征』，拜倫要戰死在疆場上」。因此，聞一多認為「拜倫最完美，最偉大的一首詩也便是這一死」。據此，聞一多歸結到「三·一八」慘案，他說「我們覺得諸志士們三月十八日的死難不僅是愛國，而且是最偉大的詩」。最後再歸結到自己，聞一多更說「我們若得著死難者的熱情的一部分，便可以在文藝上大成功；若得著死難者熱情的全部，便可以追他們的蹤跡」而「殺身成仁」。[155] 聞一多在此談論的究竟是做詩還是做人，真令我們有點迷茫。由是看來，聞一多其人，就是其詩；聞一多其文，就是其人。文如其人，言為心聲。於是，聞一多的主體意識就客觀外化為其詩論中孜孜以求的價值追尋以及詩作中諸多強烈情感的表現。這樣，聞一多的生命就與其詩文合而為一成為博大精深的內涵存在。

　　但是，聞一多的「死」絕不真是「生命」的結束，而是對於「生命」的完成。這就和他所作詩之一樣，祇要通過「死」並以「毀滅」為代價，就能實現「生命」的燦爛輝煌。因此，聞一多這才說「死是我對你唯一的要求，/死是我對你無上的貢獻」。聞一多不僅在詩中這樣說，他更在和友人的通信中夸獎「襟懷開曠，操守正大，自信不移者」如「吾佩放翁之詩，吾尤佩放翁之人」。[156] 在此，聞一多稱羡的就是陸游慷慨赴死的精神；當然，聞一多還夸贊過留美同學「孫君因學不得志，投湖自盡」的壯舉。他說：「這位烈士知生之無益，有死之決心，而果然死了」。於是，在憤怒地說過「要死

就死」並在連續說罷三個「我佩服」之後，還要再說「我要講無數千萬個『佩服』」並要求信友梁實秋「你也該講佩服」。[157] 聞一多在其信中盛贊「孫君」為烈士，我們從其慷慨激昂的話語中，就能窺見聞一多後來在經歷了由詩人到學者再到「鬥士」的轉變並成為「烈士」之宿命的必然。

實在說，聞一多的犧牲在當時完全可以避免。因為在他積極籌辦李公樸喪事期間，當時的昆明街頭就人心惶惶並風傳聞一多是被暗殺的第二號人物。就在這種情況下，很多朋友都勸聞一多盡可能少參加李公樸喪事活動以免意外。然而聞一多卻說：「李先生為民主可以殉身，我們不出來何以慰死者」？就在那風聲鶴唳萬分危險的情況下，聞一多卻依然終日往返於住宅西倉坡和《民主周刊》社辦公地點之間。就在聞一多出席李公樸死難經過報告會也是聞一多犧牲於 1946 年 7 月 15 日的當天早上，又有一位朋友慌忙前來聞一多家裡告訴他暗殺的消息絕對無誤並力勸聞一多千萬注意不要出門。面對著生死的嚴峻考驗和抉擇，聞一多不僅毫無畏懼，而且依然微笑著重複過去所說的話即「事已至此，我不出，則諸事停頓，何以慰死者」。[158] 就這樣，聞一多表現出「風蕭蕭兮易水寒，壯士一去兮不復還」的大義凜然並慷慨激昂地進行他最後一次講演並以其演講的具體內容和犧牲譜寫了中國文學史上最壯美最輝煌的詩篇。作為性情中人本色英雄的聞一多雖然犧牲了，但是，他之「以身以命爭取民主，用力用血奠定和平」[159] 的精神卻光彩照人並永遠激勵著人們奮進。

聞一多所以能夠浩然正氣並視死如歸地創作出彪炳史冊的偉大「詩篇」，在於他能夠從現實中看出沒「有比歷史更偉大的詩篇」並且「不能想像一個人不能在歷史（現代也在內，因為它是歷史的延長）裡看出詩來，而還能懂詩」。他自己就說從青島時代開始並經過那十幾年直到當時即四十年代的中期，他的「『文章』才漸漸上題」。於是，這時期他開始談田間並發表《文學的歷史動向》，而且還說，他不僅在當時「聯大的圈子裡聲音喊得很大」，同時還「要向圈子外喊去」。所以能夠如此，就「因為經過十餘年故紙堆中的生活」讓他「有了把握」並「看清了我們這民族，這文化的病根」。於是，聞一多這才「敢於開方」[160] 並盛贊屈原是「人民的詩人」，田間為「時代的鼓手」。這樣，聞一多就不僅強調詩之「鼓的聲律」，而且，他更強調

「鼓的情緒」。祇有在這時，他才認為田間《人民底舞》「是鞍之戰中晉解張用他那流著鮮血的手，搶過主帥手中的槌來擂出的鼓聲，是彌衡那噴著怒火的『漁陽摻撾』，甚至是，如詩人 Rob-ertLindsey 在《剛果》中，劇作家 EugeneO』Neil 在《瓊斯皇帝》中所描寫的，那非洲土人的原始的鼓，瘋狂，野蠻，爆炸著生命的熱和力。」聞一多所以如此肯定詩之「鼓」的情緒和聲律，這不僅由於現實生活時時刻刻把他從「詩境」拉到「塵境」的緣故，更因為此時他認為這「鼓」聲，能「鼓舞你愛，鼓動你恨，鼓勵你活著」。[161] 我們說，祇有在那民族生死存亡的關鍵時刻，聞一多才會拋棄「藝術為藝術」的觀念而主張「藝術為人民」。因此，他在這時開始反對陶淵明的逃避社會，反對謝靈運的玩弄文字，而尤其讚賞杜甫「筆觸到廣大的社會與人群」並「為了這個社會與人群而同其歡樂，同其悲苦」以及「為社會與人群而振呼」。更讚賞「詩人從個人的圈子走出來，從小我而走向大我」。因此，他在這時的詩美追求就不僅要「效率」而更要「價值」。而且，尤其「要詩成為『負責的宣傳』」。[162] 在「文藝作品如何反映民主主義內容的問題」上，聞一多更認為「一個文藝家應該同時是一個中國人」，因為，就當時的「情形看來，恐怕做一個中國人比作一個文藝家更重要」。聞一多在此所說的「中國人」，[163] 其實就是我們現在文藝家所說之「良知」。

聞一多當然是最具「良知」且性格「喜歡走極端」的詩人。正所以此，他才會由一個執著追求藝術的詩人和潛心研究學問的學者轉變為民主「鬥士」。因此，當他面對著腐朽的國民黨政權當道而人民遭殃卻又在「人們聽慣了那個響亮的口號」即「國家至上」時，他就憤怒地發問：「國家究竟是什麼」？並自我回答說「假如國家不能替人民謀一點利益，便失去了它的意義」。聞一多又進一步說，「老實說，國家有時候是特權階級用以鞏固並擴大他們的特權的機構。假如根本沒有人民，就用不著土地，也就用不著主權」。因此，「祇有土地和主權都屬於人民時，才講得上國家」。又因為面對著當時八年抗戰不僅使「老百姓的負擔加重」，而且「農民的生活尤其慘」，然而這「於國家似乎也無關痛癢」的狀況，所以聞一多就以斬釘截鐵的口氣說「今天祇有『人民至上』，才是正確的口號」。[164]

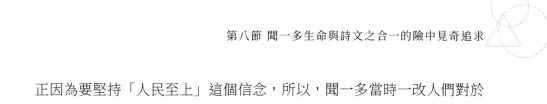

正因為要堅持「人民至上」這個信念，所以，聞一多當時一改人們對於屈原「愛國詩人」的傳統認識而認為屬於「人民的詩人」。而使聞一多認為屈原是「人民的詩人」的理由，「最使屈原成為人民熱愛與崇敬的對象的」，則「是他的『行義』」而「不是他的『文采』」。所以此，聞一多說「如果對於當時那在暴風雨前窒息得奄奄待斃的楚國人民，屈原的《離騷》喚醒了他們的反抗的情緒，那麼，屈原的死，更把那反抗的情緒提高到爆炸的邊沿，祇等秦國的大軍一來，就用那潰退和叛變的方式，來向他們萬惡的統治者，實行報復性的反擊」。在此，聞一多和傳統歷史觀點不同的是，他認為楚國是「亡於農民革命，」而不是「亡於秦兵」。所以，聞一多之「歷史決定了暴風雨的時代必然要來到，屈原一再地給這時代執行了『催生』的任務，」並且，「屈原的言，行，無一不是與人民相配合」[165] 等觀點，實際就是他以屈原行為作楷模並當人民的代言人，向著當時的腐朽政權攻擊。

《獸·人·鬼》就是聞一多針對當時發生於昆明的國民黨軍警鎮壓學生的「一二一」慘案而寫的一篇討伐檄文。面對著劊子手們的「獸行，或超獸行」，聞一多義憤填膺，指出在此「獸行」面前無須「用人類的義憤和它生氣」而要記得「人獸是不兩立」並且堅信「最後勝利必屬於人」。[166] 如果誰認為聞一多如此抨擊國民黨「獸行」還不徹底，那麼請看他對當時中國法西斯最高統治者的批判。

他說署名蔣介石為作者的「《中國之命運》一書的出版」，對於他「是一個很重要的關鍵」。因為，聞一多說他「簡直被那裡的義和團精神嚇了一跳」，而且「我們的英明領袖原來就是這樣想法的嗎」？因為「五四」給聞一多的「影響太深」，所以，《中國之命運》所提倡的「倫理」和「忠孝」等觀念「公開的向『五四』宣戰」，他「是無論如何受不了的」。[167] 敢於在當時情況下向蔣介石發出質問，這就不難讓我們理解他之後來敢於面對國民黨特務的手槍拍案而起的行為。

誠然，正如「金銀盾」具有兩面性一樣，聞一多的人格亦具有複雜性。比方說他主張正義，所以他肯定屈原，並認為屈原的價值在其「行義」而不在「文采」；他熱愛人民並關心他們的疾苦，所以他肯定杜甫，和杜甫一樣

把「筆觸到廣大的社會與人群，」並且「為了這個社會與人群而同其歡樂，同其悲苦」敢為「社會與人群而振呼」；他關心國家的前途和命運，於是也和魯迅一樣「勇敢、堅決地做他自己認為應做的事」，所以他肯定魯迅並和魯迅一樣「在文化戰線上打著大旗衝鋒陷陣」。[168]但他同時又因追求「詩美」但卻「不能適應環境」，[169]所以他肯定莊子的超脫和飄逸。當然，聞一多肯定莊子的方面和原因很多。雖然他於後期從「莊子禮贊轉而為屈原頌揚」[170]之文學審美乃至世界觀都發生變化，但我們還是不能輕易否定他之對於莊子的崇拜。因為，他之前期的尊崇莊子，正是建立在人格高潔的基石上。尤其他因「不能適應環境」在「向外發展的道路上既走不通」而「不能不轉向內走」[171]由詩人轉為學者時，他在這時崇尚莊子的其實屬於「紳士」型人格特徵。而此，又是源於「達則兼濟天下，窮則獨善其身」的中國傳統思想。所以，他才於這一時期鑽進故紙堆而潛心研究學問並接受莊子。我們說，聞一多對於莊子的接受，是任一具有像他那樣經歷且具有高潔人格文人的必然選擇。當然，聞一多最終還是從「莊子禮贊轉而為屈原頌揚」。然而他之鑽進去原本是要「刳其腸肚」的言說雖然誇大，但他鑽進去之後刳了其腸肚卻是事實。而且，在其刳了腸肚後最終又由其「紳士」轉變而為「鬥士」。這種情況的原因是，外部表現為社會「逼得我們沒有路走」。[172]聞一多當時尚且過著「四千元一擔的米價和八口之家」[173]的日子，就更可想像全國百姓所遭受的生靈塗炭。因此，這就不能不讓始終執著認為「詩人主要的天賦是『愛』，愛他的祖國，愛他的人民」的聞一多「拿出人性中最後最神聖的一張牌」並讓他「那在人性的幽暗角落裡蟄伏了數千年的獸性跳出來反噬他一口」。[174]於是，這才終於有了聞一多由「紳士」到「鬥士」的轉變。正是因為有了這轉變，這才最終導致他之率真「詩性」與「詩情」大發而走上十字街頭，並且有了他那最後一次講演的慷慨激昂以及講演罷的慘烈悲壯。他之「前腳跨出大門，後腳就不準備再跨進大門」的吶喊，集中代表了當時先進知識分子的聲音。聞一多以其生命之花，毫無疑問地譜寫了人類歷史上最壯美的詩篇。

　　誠如朱自清對其評價那樣，聞一多確實「是鬥士藏在詩人裡」，「學者中藏著詩人，也藏著鬥士」。因為「他自己的一生也就是具體而微的一篇『詩的史』或『史的詩』」。[175]郭沫若則不僅對聞一多先「由莊子禮贊而變為

屈原頌揚」並且又「由絕端個人主義的玄學思想蛻變出來」而「確切地獲得了人民意識」這就「保證了《新月》詩人的聞一多成為了人民詩人的聞一多」這個角度說「假使屈原真是『中國歷史上唯一有充分條件成為人民詩人的人』，那麼有了聞一多」，尤其「有了聞一多的死，那『唯一』兩個字可以取消了」給其高度評價，而且，更對於他「險中見奇」之生命詩作的意義也和屈原相比給於更高的評價說「屈原由於他的死，把楚國人民反抗的情緒提高到了爆炸的邊沿，聞一多也由於他的死，把中國人民反抗的情緒提高到了爆炸的邊沿」。因為，「替人民報仇者，人民亦必為之報仇；為革命催生者，革命亦必為之催生——催向永生的路上行進」。[176] 在人民和正義者的眼裡，聞一多真的獲得了涅槃式永生。確實如此。就在聞一多犧牲之後，除毛澤東和朱德、中共代表、民盟中央主席張瀾、陝甘寧邊區政府、四川省委、上海《新華日報》、《群眾周刊》、中華全國文藝協會以及美國和加拿大基督教友等國內外幾十個組織或個人向其所屬組織或家屬致函慰問或唁電以及組織悼念活動外，更有許多組織或個人集會發表抗議或談話，《解放日報》、《新華日報》和《文匯報》等也都刊發社論譴責國民黨獨裁統治。當然，更有諸多社會活動家和文藝家的社會名流撰寫紀念詩文贊頌他作為詩人、學者和「鬥士」的卓著成就尤其他為爭民主自由而不惜犧牲的無畏精神。就是聞一多為反對獨裁爭求民主的這一犧牲，確實如郭沫若所說「把中國人民反抗的情緒提高到了爆炸的邊沿」並加速了國民黨政權的垮台。如果誰認為文學僅祇是消遣而否認其社會價值，那麼請看聞一多生命之詩的反響。其實，古今中外均沒有脫離社會價值的純藝術作品，也不可能有。聞一多最終完成了他從「藝術的忠臣」到「人民的忠臣」的飛躍而為人民利益鼓與呼，能有比為人民利益而犧牲的「詩篇」更具魅力也更偉大的嗎？如果從這價值強調，誰能再說聞一多的後期不再追求「唯美」？不僅「唯美」，而且更達到前所未有的極致！這就是他在那「灰白」與「悲哀」的世界中將其生命與詩文融為一體之「犧牲」的既是「行義」，也就更具文采。就像崇尚拜倫和陸游並「現身說法」而更拜倫和陸游一樣，聞一多以其生命之死的絢麗為我們創造了一個斑斕嶄新的「詩歌」境界。又因為其生命與詩文的合一，這就不僅使其「詩文」更具魅力，而且也使其「生命」更具活力。

註釋

[1] 聞一多，時代的鼓手 [A]，聞一多全集卷 2 文藝評論 [M]197，武漢，湖北人民出版社，1993

[2] 聞一多，昆明的文藝青年與民主運動 [A]，聞一多全集卷 2 文藝評論 [M]245，武漢，湖北人民出版社，1993

[3] 聞一多，何達著聞一多·新詩社·西南聯大 [A]，北京文藝 [J]，1980 年 7 期

[4] 聞一多，《烙印》序 [A]，聞一多全集卷 2 文藝評論 [M]174，武漢，湖北人民出版社，1993

[5] 聞一多，時代的鼓手 [A]，聞一多全集卷 2 文藝評論 [M]197-201，武漢，湖北人民出版社，1993

[6] 聞一多，致臧克家 [A]，聞一多全集卷 12 書信 [M]381，武漢，湖北人民出版社，1993

[7] 聞一多，劉國鋕著略論聞一多先生 [A]，聞一多紀念文集 [C]81，北京，三聯書店，1980

[8] 聞一多，趙寶煦，聞山著聞一多導師和新詩社，陽光美術社 [A]，聞一多紀念文集 [C]331，北京，三聯書店，1980

[9] 聞一多，致張奚若 [A]，聞一多全集卷 12 書信 [M]387，武漢，湖北人民出版社，1993

[10] 郭沫若，《聞一多全集》序，聞一多全集卷 12 附錄 [M]440，武漢，湖北人民出版社，1993

[11] 聞一多，昆明的文藝青年與民主運動 [A]，聞一多全集卷 2 文藝評論 [M]245，武漢，湖北人民出版社，1993

[12] 聞一多，五四與中國新文藝 [A]，聞一多全集卷 2 文藝評論 [M]231，武漢，湖北人民出版社，1993

[13] 聞一多，讀騷雜記 [A]，聞一多全集卷 5 楚辭編 [M]3-5，武漢，湖北人民出版社，1993

[14] 聞一多，屈原問題 [A]，聞一多全集卷 5 楚辭編 [M]15-27，武漢，湖北人民出版社，1993

[15] 劉烜，聞一多評傳 [M]263，北京，北京大學出版社，1983

[16] 聞一多，人民的詩人：屈原 [A]，聞一多全集卷 5 楚辭編 [M]28-30，武漢，湖北人民出版社，1993

[17] 蘇志宏，聞一多新論 [M]144，北京，中央編譯出版社，1999

[18] 聞一多，萬鴻開的聽課筆記 [A]，施勢存編文藝百話 [M]438，上海，華東師範大學出版社，1994

[19] 蘇志宏，聞一多新論 [M]152，北京，中央編譯出版社，1999

[20] 蘇志宏,聞一多新論 [M]155,北京,中央編譯出版社,1999

[21] 陳思和,「五四」與當代 [A],蘇志宏著聞一多新論 [M]155,北京,中央編譯出版社,1999

[22] 劉烜,聞一多評傳 [M]262,北京,北京大學出版社,1983

[23] 聞一多,屈原問題 [A],聞一多全集卷 5 楚辭編 [M]22,武漢,湖北人民出版社,1993

[24] 孫次舟,屈原討論的最後申辯 [A],聞一多全集卷 5 楚辭編 [M]18,武漢,湖北人民出版社,1999

[25] 聞一多,屈原問題 [A],聞一多全集卷 5 楚辭編 [M]18,武漢,湖北人民出版社,1993

[26] 傅勇林,西漢經學之爭與屈騷闡釋 [A],中國文化研究 [J]2001 年秋之卷

[27] 聞一多,端節的歷史教育 [A],聞一多全集卷 5 楚辭編 [M]13-14,武漢,湖北人民出版社,1993

[28] 王康,聞一多傳 [M]252,武漢,湖北人民出版社,1979

[29] 聞一多,莊子 [A],聞一多全集卷 9 莊子編 [M]7,武漢,湖北人民出版社,1993

[30] 聞一多,致梁實秋 [A],聞一多全集卷 12 書信 [M]127,武漢,湖北人民出版社,1993

[31] 聞一多,屈原問題 [A],聞一多全集卷 5 楚辭編 [M]25,武漢,湖北人民出版社,1993

[32] 聞一多,關於儒·道·土匪 [A],聞一多全集卷 2 雜文 [M]381,武漢,湖北人民出版社,1993

[33] 聞一多,聞黎明著聞一多年譜長編 [M]655,武漢,湖北人民出版社,1994

[34] 聞一多,聞黎明著聞一多年譜長編 [M]712,武漢,湖北人民出版社,1994

[35] 郭沫若,《聞一多全集》序 [A],聞一多全集卷 12 附錄 [M]381,武漢,湖北人民出版社,1993

[36] 馬奔騰,聞一多的《莊子》研究 [A],北京大學學報 [J],1999 年 6 期

[37] 聞一多,詩與批評 [A],聞一多全集卷 2 文藝評論 [M]238,武漢,湖北人民出版社,1993

[38] 尚永亮,聞一多與莊子 [A],李少雲、袁千正主編聞一多研究集刊 9 輯 [C]240,武漢,武漢出版社,2004

[39] 聞一多,戰後文藝的道路 [A],聞一多全集卷 2 文藝評論 [M]380,武漢,湖北人民出版社,1993

[40] 聞一多,聞黎明著聞一多年譜長編 [M]919,武漢,湖北人民出版社,1994

[41] 聞一多,最後一次的演講 [A],聞一多全集卷 2 雜文 [M]451,武漢,湖北人民出版社,1993

[42] 聞一多，道教的精神 [A]，聞一多全集卷 9 莊子編 [M]451，武漢，湖北人民出版社，1993

[43] 聞一多，在魯迅逝世八周年紀念會上的講話 [A]，聞一多全集卷 2 雜文 [M]392，武漢，湖北人民出版社，1993

[44] 王康，聞一多傳 [M]327，武漢，湖北人民出版社，1979

[45] 聞一多，萬鴻開的課堂筆記 [A]，施蟄存編文藝百話 [M]438，上海，華東師範大學出版社，1994

[46] 聞一多，在魯迅追悼會上的講話 [A]，聞一多全集卷 2 雜文 [M]350，武漢，湖北人民出版社，1993

[47] 聞一多，萬鴻開的課堂筆記 [A]，施蟄存編文藝百話 [M]438，上海，華東師範大學出版社，1994

[48] 聞一多，致梁實秋 [A]，聞一多全集卷 12 書信 [M]159，武漢，湖北人民出版社，1993

[49] 聞一多，《冬夜》評論 [A]，聞一多全集卷 2 文藝評論 [M]93，武漢，湖北人民出版社，1993

[50] 聞一多，莪默伽亞謨之絕句 [A]，聞一多全集卷 2 文藝評論 [M]104，武漢，湖北人民出版社，1993

[51] 聞一多，文藝與愛國——紀念三月十八 [A]，聞一多全集卷 2 文藝評論 [M]131，武漢，湖北人民出版社，1993

[52] 聞一多，先拉飛主義 [A]，聞一多全集卷 2 文藝評論 [M]158，武漢，湖北人民出版社，1993

[53] 魯迅，《吶喊》自序 [A]，魯迅全集卷 1 吶喊 [M]417-419 北京，人民文學出版社，1998

[54] 魯迅，論「第三種人」[A]，魯迅全集卷 4 南腔北調集 [M]440，北京，人民文學出版社，1998

[55] 魯迅，「論語一年」[A]，魯迅全集卷 4 南腔北調集 [M]567，北京，人民文學出版社，1998

[56] 魯迅，小品文的危機 [A]，魯迅全集卷 4 南腔北調集 [M]575--576 北京，人民文學出版社，1998

[57] 魯迅，白莽作《孩兒塔》序 [A]，魯迅全集卷 6 且介亭雜文末編 [M]494，北京，人民文學出版社，1998

[58] 魯迅，《且介亭雜文》序言 [A]，魯迅全集卷 6 且介亭雜文 [M]3，北京，人民文學出版社，1998

[59] 魯迅，《自選集》自序 [A]，魯迅全集卷 4 南腔北調集 [M]455，北京，人民文學出版社，1998

[60] 魯迅，摩羅詩力說 [A]，迅全集卷 1 墳 [M]65，北京，人民文學出版社，1998

[61] 聞一多，致吳景超 [A]，聞一多全集卷 12 書信 [M]78，武漢，湖北人民出版社，1993

[62] 魯迅，我怎麼做起小說來 [A]，魯迅全集卷 4 南腔北調集 [M]512，北京，人民文學出版社，1998

[63] 魯迅，燈下漫筆 [A]，魯迅全集卷 1 墳 [M]213，北京，人民文學出版社，1998

[64] 聞一多，《女神》之地方色彩 [A]，聞一多全集卷 2 文藝評論 [M]121，武漢，湖北人民出版社，1993

[65] 聞一多，致父母親，致家人 [A]，聞一多全集卷 12 書信 [M]195，武漢，湖北人民出版社，1993

[66] 聞一多，《三盤鼓》序 [A]，薛誠之著三盤鼓 [M]1，昆明，百合出版社，1944

[67] 聞一多，薛誠之著聞一多烈士永生 [A]，聞一多紀念文集 [C]224，北京，三聯書店，1980

[68] 聞一多，《冬夜》評論 [A]，聞一多全集卷 2 文藝評論 [M]84，武漢，湖北人民出版社，1993

[69] 聞一多，詩人的蠻橫 [A]，聞一多全集卷 2 文藝評論 [M]146，武漢，湖北人民出版社，1993

[70] 聞一多，《現代英國詩人》序 [A]，聞一多全集卷 2 文藝評論 [M]171，武漢，湖北人民出版社，1993

[71] 聞一多，詩的格律 [A]，聞一多全集卷 2 文藝評論 [M]141，武漢，湖北人民出版社，1993

[72] 聞一多，《女神》之地方色彩 [A]，聞一多全集卷 2 文藝評論 [M]121，武漢，湖北人民出版社，1993

[73] 聞一多，致父母親 [A]，聞一多全集卷 12 書信 [M]50，武漢，湖北人民出版社，1993

[74] 聞一多，致父母親 [A]，聞一多全集卷 12 書信 [M]138，武漢，湖北人民出版社，1993

[75] 聞一多，致吳景超、梁實秋 [A]，聞一多全集卷 12 書信 [M]154，武漢，湖北人民出版社，1993

[76] 聞一多，致家人 [A]，聞一多全集卷 12 書信 [M]194，武漢，湖北人民出版社，1993

[77] 聞一多，薛誠之著聞一多烈士永生 [A]，聞一多紀念文集 [C]224，北京，三聯書店，1980

[78] 聞一多，聞黎明著聞一多年譜長編 [M]721，武漢，湖北人民出版社，1994

[79] 聞一多，五四運動的歷史法則 [A]，聞一多全集卷 2 雜文 [M]405，武漢，湖北人民出版社，1993

[80] 聞一多，復古的空氣 [A]，聞一多全集卷 2 雜文 [M]355，武漢，湖北人民出版社，1993

[81] 聞一多，季鎮懷著聞朱年譜長編 [M]47，北京，清華大學出版社，1994

[82] 聞一多，五四歷史座談 [A]，聞一多全集卷 2 雜文 [M]367，武漢，湖北人民出版社，1993

[83] 聞一多，聞黎明著聞一多年譜長編 [M]706，武漢，湖北人民出版社，1994

[84] 郭沫若，《聞一多全集》序 [A]，聞一多全集卷 12 附錄 [M]435，武漢，湖北人民出版社，1993

[85] 聞一多，致臧克家 [A]，聞一多全集卷 12 書信 [M]381，武漢，湖北人民出版社，1993

[86] 朱自清，《聞一多全集》序 [A]，聞一多全集卷 12 附錄 [M]446，武漢，湖北人民出版社，1993

[87] 聞一多，《西南采風錄》序 [A]，聞一多全集 2 文藝評論 [M]195，武漢，湖北人民出版社，1993

[88] 聞一多，時代的鼓手 [A]，聞一多全集 2 文藝評論 [M]198，武漢，湖北人民出版社，1993

[89] 聞一多，薛誠之著聞一多烈士永生 [A]，聞一多紀念文集 [C]224，北京，三聯書店，1980

[90] 俞兆平，聞一多美學思想論稿 [M]9，上海，上海文藝出版社，1988

[91] 江錫銓，聞一多研究四十年 [A]，季鎮淮主編聞一多研究四十年 [C]532，北京，清華大學出版社，1988

[92] 陳衛，聞一多詩學論 [M]3，桂林，廣西師範大學出版社，2000

[93] 俞兆平，聞一多美學思想論稿 [M]9-60，上海，上海文藝出版社，1988

[94] 郭道暉、孫敦恆，清華學生時代的聞一多 [A]，聞一多紀念文集 [C]433，北京，三聯書店，1980

[95] 聞一多，致吳景超、梁實秋 [A]，聞一多全集 12 書信 [M]95，武漢，湖北人民出版社，1993

[96] 俞兆平，聞一多美學思想論稿 [M]15，上海，上海文藝出版社，1988

[97] 聞一多，致父母親 [A]，聞一多全集 12 書信 [M]131，武漢，湖北人民出版社，1993

[98] 聞一多，致梁實秋 [A]，聞一多全集 12 書信 [M]128，武漢，湖北人民出版社，1993

[99] 聞一多，致梁實秋、吳景超 [A]，聞一多全集 12 書信 [M]81，武漢，湖北人民出版社，1993

[100] 聞一多，致梁實秋 [A]，聞一多全集 12 書信 [M]106，武漢，湖北人民出版社，1993

[101] 聞一多，致梁實秋 [A]，聞一多全集 12 書信 [M]128，武漢，湖北人民出版社，1993

[102] 聞一多，致聞家駟 [A]，聞一多全集 12 書信 [M]188，武漢，湖北人民出版社，1993

[103] 聞一多，泰果爾批評 [A]，聞一多全集卷 2 文藝評論 [M]125，武漢，湖北人民出版社，1993

[104] 俞兆平，聞一多美學思想論稿 [M]58，上海，上海文藝出版社，1988

[105] 陳衛，聞一多詩學論 [M]3，桂林，廣西師範大學出版社，2000

[106] 聞一多，聞黎明著聞一多年譜長編 [M]671，武漢，湖北人民出版社，1994

[107] 聞一多，論文藝的民主問題 [A]，聞一多全集卷 2 文藝評論 [M]227，武漢，湖北人民出版社，1993

[108] 聞一多，李璜著學鈍室回憶錄 [M]134，臺北，臺灣傳記文學出版社，1978

[109] 聞一多，致梁實秋 [A]，聞一多全集卷 12 書信 [M]229，武漢，湖北人民出版社，1993

[110] 李璜，學鈍室回憶錄 [M]126，臺北，臺灣傳記文學出版社，1978

[111] 聞一多，致梁實秋、熊佛西 [A]，聞一多全集卷 12 書信 [M]231，武漢，湖北人民出版社，1993

[112] 聞一多，致家人 [A]，聞一多全集 12 書信 [M]203，武漢，湖北人民出版社，1993

[113] 聞一多，吳晗著循著聞一多的道路前進——記清華聞一多先生殉難三周年紀念晚會 [A]，光明日報 [N]，1949 年 7 月 18 日

[114] 聞一多，劉浩致聞黎明 [A]，聞黎明著聞一多年譜長編 [M]757，武漢，湖北人民出版社，1994

[115] 聞一多，人民的世紀 [A]，聞一多全集卷 2 雜文 [M]407，武漢，湖北人民出版社，1993

[116] 聞一多，馬識途著時代的鼓手：聞一多 [A]，許毓峰等編聞一多研究資料 [C]231，太原，北嶽文藝出版社，1986

[117] 聞一多，何善周著千古英烈萬世師表 [A]，許毓峰等編聞一多研究資料 [C]202，太原，北嶽文藝出版社，1986

[118] 聞一多，王康著聞一多傳 [M]402，武漢，湖北人民出版社，1979

[119] 聞一多，吳晗著拍案而起的聞一多 [A]，人民日報 [N]，1960 年 12 月 1 日

[120] 聞一多，最後一次的講演 [A]，聞一多全集卷 2 雜文 [M]451，武漢，湖北人民出版社，1993

[121] 聞一多，王康著聞一多傳 [M]296，武漢，湖北人民出版社，1979

[122] 聞一多，民盟的性質與作風 [A]，聞一多全集卷 2 雜文 [A]441，武漢，湖北人民出版社，1993

[123] 聞一多，致父母親 [A]，聞一多全集卷 12 書信 [M]138，武漢，湖北人民出版社，1993

[124] 羅隆基，關於新清華學會及改組董事會二事的答覆 [A]，清華周刊 [J]，1924 年 4 月 11 日 309 期

[125] 聞黎明，聞一多與大江會 [A]，近代史研究 [J]，1996 年 4 期

[126] 羅素，何浩若著衹要此心不死我們終有一日 [A]，大江季刊 [J]，1925 年 7 月 15 日 1 卷 1 期

[127] 大江會同人共識 [A]，梁實秋著談聞一多 [M]49，臺北，臺灣傳記出版社，1967

[128] 聞黎明，聞一多與大江會 [A]，近代史研究 [J]，1996 年 4 期

[129] 聞一多，致梁實秋、熊佛西 [A]，聞一多全集卷 12 書信 [M]229，武漢，湖北人民出版社，1993

[130] 聞黎明，聞一多與大江會 [A]，近代史研究 [J]，1996 年 4 期

[131] 李璜，學鈍室回憶錄 [M]135，臺北，臺灣傳記文學出版社，1978

[132] 聞一多，致家人 [A]，聞一多全集卷 12 書信 [M]203，武漢，湖北人民出版社，1993

[133] 大江會誓詞 [A]，梁實秋著談聞一多 [M]50，臺北，臺灣傳記出版社，1967

[134] 聞黎明，聞一多與大江會 [A]，近代史研究 [J]，1996 年 4 期

[135] 聞一多，五四歷史座談 [A]，聞一多全集卷 2 雜文 [M]367，武漢，湖北人民出版社，1993

[136] 浦薛風，萬里家山一夢中 [M]87，臺北，臺灣商務印書館，1983

[137] 大江會章程 [A]，大江季刊 [J]，1925 年 11 月 5 日 1 卷 2 期

[138] 聞一多，致家人 [A]，聞一多全集卷 12 書信 [M]203，武漢，湖北人民出版社，1993

[139] 聞一多，致梁實秋 [A]，聞一多全集卷 12 書信 [M]215，武漢，湖北人民出版社，1993

[140] 聞一多，致梁實秋 [A]，聞一多全集卷 12 書信 [M]149，武漢，湖北人民出版社，1993

[141] 聞一多，致聞家駟 [A]，聞一多全集卷 12 書信 [M]162，武漢，湖北人民出版社，1993

[142] 聞一多，《醒呀！》跋 [A]，聞一多全集卷 1 詩 [M]221，武漢，湖北人民出版社，1993

[143] 聞一多，致梁實秋 [A]，聞一多全集卷 12 書信 [M]220，武漢，湖北人民出版社，1993

[144] 吳嚷，《七子之歌》附識 [A]，清華周刊 [J]，1925 年 30 卷 11 和 12 期合刊

[145] 聞一多，王康著聞一多傳 [M]348，武漢，湖北人民出版社，1979

[146] 聯大通訊，1945 年 5 月 21 日 2 期

[147] 聞一多，何善周著千古英烈萬世師表 [A]，許毓峰等編聞一多研究資料 [C]204，太原，北嶽文藝出版社，1986

[148] 聞一多，一二·一運動始末記 [A]，聞一多全集卷 2 雜文 [M]435，武漢，湖北人民出版社，1993

[149] 聞一多，最後一次的講演 [A]，聞一多全集卷 2 雜文 [M]451，武漢，湖北人民出版社，1993

[150] 聞一多，泰果爾批評 [A]，聞一多全集卷 2 文藝評論 [M]126，武漢，湖北人民出版社，1993

[151] 聞一多，《冬夜》評論 [A]，聞一多全集卷 2 文藝評論 [M]75，武漢，湖北人民出版社，1993

[152] 聞一多，論文藝的民主問題 [A]，聞一多全集卷 2 文藝評論 [M]227，武漢，湖北人民出版社，1993

[153] 聞一多，徵求藝術專門的同業者底呼聲 [A]，聞一多全集卷 2 文藝評論 [M]19，武漢，湖北人民出版社，1993

[154] 聞一多，季鎮淮著聞一多先生年譜 [A]，聞一多全集卷 12 附錄 [M]481，武漢，湖北人民出版社，1993

[155] 聞一多，文藝與愛國：紀念三月十八 [A]，聞一多全集卷 2 文藝評論 [M]134，武漢，湖北人民出版社，1993

[156] 聞一多，致梁實秋 [A]，聞一多全集卷 12 書信 [M]37，武漢，湖北人民出版社，1993

[157] 聞一多，致梁實秋 [A]，聞一多全集卷 12 書信 [M]174，武漢，湖北人民出版社，1993

[158] 聞一多，聞黎明著聞一多年譜長編 [M]1080，武漢，湖北人民出版社，1994

[159] 重慶各界追悼聞一多挽聯 [A]，聞黎明著聞一多年譜長編 [M]1096，武漢，湖北人民出版社，1994

[160] 聞一多，致臧克家 [A]，聞一多全集卷 12 書信 [M]380，武漢，湖北人民出版社，1993

[161] 聞一多，時代的鼓手 [A]，聞一多全集卷 2 文藝評論 [M]201，武漢，湖北人民出版社，1993

[162] 聞一多，詩與批評 [A]，聞一多全集卷 2 文藝評論 [M]222，武漢，湖北人民出版社，1993

[163] 聞一多，論文藝的民主問題 [A]，聞一多全集卷 2 文藝評論 [M]225，武漢，湖北人民出版社，1993

[164] 聞一多，人民的世紀 [A]，聞一多全集卷 2 雜文 [M]408，武漢，湖北人民出版社，1993

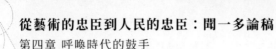
[165] 聞一多，人民的詩人：屈原 [A]，聞一多全集卷 5 楚辭編 [M]29，武漢，湖北人民出版社，1993

[166] 聞一多，獸·人·鬼 [A]，聞一多全集卷 2 雜文 [M]425，武漢，湖北人民出版社，1993

[167] 聞一多，八年的回憶與感想 [A]，聞一多全集卷 2 雜文 [M]431，武漢，湖北人民出版社，1993

[168] 聞一多，在魯迅逝世八周年紀念會上的講話 [A]，聞一多全集卷 2 雜文 [M]425，武漢，湖北人民出版社，1993

[169] 聞一多，致饒孟侃 [A]，聞一多全集卷 12 書信 [M]265，武漢，湖北人民出版社，1993

[170] 郭沫若，《聞一多全集》序 [A]，聞一多全集卷 12 附錄 [M]439，武漢，湖北人民出版社，1993

[171] 聞一多，致饒孟侃 [A]，聞一多全集卷 12 書信 [M]265，武漢，湖北人民出版社，1993

[172] 聞一多，《西南采風錄》序 [A]，聞一多全集卷 2 文藝評論 [M]195，武漢，湖北人民出版社，1993

[173] 聞一多，致臧克家 [A]，聞一多全集卷 12 書信 [M]380，武漢，湖北人民出版社，1993

[174] 聞一多，《西南采風錄》序 [A]，聞一多全集卷 2 文藝評論 [M]195，武漢，湖北人民出版社，1993

[175] 朱自清，《聞一多全集》序 [A]，聞一多全集卷 12 附錄 [M]442，武漢，湖北人民出版社，1993

[176] 郭沫若，《聞一多全集》序 [A]，聞一多全集卷 12 附錄 [M]440，武漢，湖北人民出版社，1993

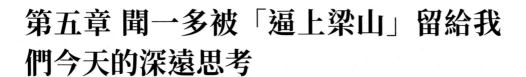

第五章 聞一多被「逼上梁山」留給我們今天的深遠思考

　　雖然 2009 年 11 月才屆臨聞一多 110 周年誕辰，但是為了更好地紀念聞一多誕辰 110 周年，聞一多基金會和中國聞一多研究會聯合開展的第二屆聞一多優秀成果評獎活動於 2008 年 6 月，就在武漢大學社科部和文學院網頁上向國內外的聞一多研究工作者發布」評獎實施細則」公告，即凡 1994 年 1 月 1 日至 2007 年 12 月期間在依法公開出版的關於聞一多的研究專著、編著、譯著、年鑒、普及讀物、影視劇本等成果，以及在公開出版的報刊上發表的聞一多研究論文，均可申報參評聞一多優秀成果獎。隨後的 7 月初，《光明日報》也刊發了這種內容的消息。2008 年 11 月，來至中國社會科學院、北京大學、中國人民大學、武漢大學、華中師範大學、華中科技大學和聞一多基金會的 7 位著名專家聚會珞珈山，組成由北京大學孫玉石教授為主任的評委會。他們根據評獎實施細則中的評獎標準，嚴格審閱參評成果並按照預定的獎項設置，最後以無記名投票方式，如期決出一等獎 2 項，二等獎 7 項，三等獎 15 項，優秀獎 7 項等。

　　我們當然認為這是一次重要並且極具重大意義的評獎活動。我之這樣說，並不僅祇因為該項活動具有明確的指導思想以及高規格的組織領導和嚴格的評獎標準，也不在於為迎接 2009 年 11 月召開的聞一多誕辰 110 周年紀念大會暨聞一多國際學術研討會而在其一年多前就開始準備並評出這些參評和獲獎範圍均包括國內外學者因此具有國際價值的獎項。雖然根據以上任何一種情況就能說明聞一多基金會和中國聞一多研究會對這次聞一多紀念活動的重視並讓我們認識到這次紀念活動的意義重大，但是，筆者則根據這次評獎時間跨度之長獎項之多並根據 2009 年 11 月聞一多誕辰 110 周年紀念大會暨聞一多國際學術研討會隆重召開而且取得最佳效果的同時，從某一角度思考我們應該如何更切入實際地紀念聞一多。

　　應該說，聞一多是中國近現代史上最傑出的知識分子之一。我之這樣說，當然主要因為他之後期堅定地站在人民的立場上跟著中國共產黨走並且願意

加入中國共產黨，完成他被嚴酷的生活「逼上梁山」後從「藝術的忠臣」到「人民的忠臣」的徹底轉變，更為了人民的根本利益而反對當時國民黨獨裁腐敗政權並為推進「民主主義」制度建設所作的堅決鬥爭，尤其他「前腳跨出大門，後腳就不準備再跨進大門」最後一次演講後慷慨悲壯的犧牲，就更讓人敬佩。這樣，就使他載入到中華知識分子精英行列的史冊。雖然如此，但聞一多從其前期執著地追求藝術之唯美主義的「效率」到其後期堅定地追求藝術之功利主義的「價值」卻經歷了一生的漫長階段進行探索，並且，無論其前期的探索還是後期的追求，其言行所為都達到極致。我們從其前後變化的歷程看，聞一多在當時所有的知識分子當中，是最為典型的一位。

作為中國近現代史上最為典型的知識分子，聞一多較之魯迅亦不遜色。這即聞一多如屈原成為愛國的「共名」一樣，屈原的愛國表現是「路漫漫其修遠兮，吾將上下而求索」並且「雖九死其猶未愧」，聞一多的愛國表現則是在此基礎上的「詩人主要的天賦是『愛』，愛他的祖國」並且「愛他的人民」。對祖國和人民有著如此真摯情感的聞一多，面對著當時貪腐政權下人民包括自身的磨難，覺醒並向當時專制獨裁的國民黨腐朽政權發出震天的獅吼。雖然聞一多在其政治思想和文藝思想轉變後曾經公開表示懺悔並願意向魯迅學習，但是他之轉變的原因和歷程乃至無論轉變前後的極端表現，都給後人留下無盡的思考空間而咀嚼不已。雖然魯迅也有前後兩個時期迥然不同的表現，但魯迅是從信奉進化論到相信階級論的轉變，從啟蒙主義者向共產主義者的轉變，從反封建到反獨裁的提高。祇是由於魯迅伊始就具有堅定不移絕不妥協的鬥爭性高起點，以致給人的感覺即使後期再「高」也缺乏波折似乎無有所變。然而聞一多給人的印象卻不然。他之政治思想和文藝思想歷程的巨大反差即從「藝術的忠臣」轉變為「人民的忠臣」，從紳士轉變為「鬥士」，從對「國家主義」崇奉到對「人民至上」吶喊這種根本性轉變，就較之魯迅在知識分子中更具典型意義。因為，聞一多轉變的認識意義超越了他個人範圍而成為人們認識社會存在決定社會意識的象徵。

這樣，我們究竟應該如何紀念聞一多就成為此研究內容的終極話題。

筆者認為，作為知識分子就要以聞一多為榜樣並向他學習。

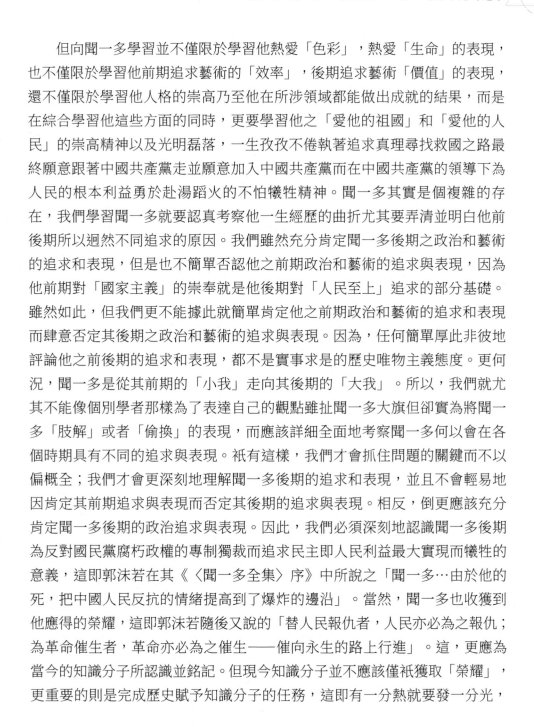

　　但向聞一多學習並不僅限於學習他熱愛「色彩」，熱愛「生命」的表現，也不僅限於學習他前期追求藝術的「效率」，後期追求藝術「價值」的表現，還不僅限於學習他人格的崇高乃至他在所涉領域都能做出成就的結果，而是在綜合學習他這些方面的同時，更要學習他之「愛他的祖國」和「愛他的人民」的崇高精神以及光明磊落，一生孜孜不倦執著追求真理尋找救國之路最終願意跟著中國共產黨走並願意加入中國共產黨而在中國共產黨的領導下為人民的根本利益勇於赴湯蹈火的不怕犧牲精神。聞一多其實是個複雜的存在，我們學習聞一多就要認真考察他一生經歷的曲折尤其要弄清並明白他前後期所以迥然不同追求的原因。我們雖然充分肯定聞一多後期之政治和藝術的追求和表現，但是也不簡單否認他之前期政治和藝術的追求與表現，因為他前期對「國家主義」的崇奉就是他後期對「人民至上」追求的部分基礎。雖然如此，但我們更不能據此就簡單肯定他之前期政治和藝術的追求和表現而肆意否定其後期之政治和藝術的追求與表現。因為，任何簡單厚此非彼地評論他之前後期的追求和表現，都不是實事求是的歷史唯物主義態度。更何況，聞一多是從其前期的「小我」走向其後期的「大我」。所以，我們就尤其不能像個別學者那樣為了表達自己的觀點雖扯聞一多大旗但卻實為將聞一多「肢解」或者「偷換」的表現，而應該詳細全面地考察聞一多何以會在各個時期具有不同的追求與表現。祇有這樣，我們才會抓住問題的關鍵而不以偏概全；我們才會更深刻地理解聞一多後期的追求和表現，並且不會輕易地因肯定其前期追求與表現而否定其後期的追求與表現。相反，倒更應該充分肯定聞一多後期的政治追求與表現。因此，我們必須深刻地認識聞一多後期為反對國民黨腐朽政權的專制獨裁而追求民主即人民利益最大實現而犧牲的意義，這即郭沫若在其《〈聞一多全集〉序》中所說之「聞一多⋯由於他的死，把中國人民反抗的情緒提高到了爆炸的邊沿」。當然，聞一多也收獲到他應得的榮耀，這即郭沫若隨後又說的「替人民報仇者，人民亦必為之報仇；為革命催生者，革命亦必為之催生——催向永生的路上行進」。這，更應為當今的知識分子所認識並銘記。但現今知識分子並不應該僅祇獲取「榮耀」，更重要的則是完成歷史賦予知識分子的任務，這即有一分熱就要發一分光，

為實現中華民族的偉大復興，為中國社會主義的繁榮富強發展而努力奮鬥在各自的工作崗位上。

其次，是作為各級政府包括各類企事業管理部門，都應該汲取聞一多政治思想和文藝思想轉變的經驗和教訓。這就表現為以下方面：

第一，凡事都要從人民利益的這個根本高度考慮，堅持「三個代表」重要思想並努力學習落實科學發展觀，尋找推動社會科學發展的力量以最大限度地激發知識分子參政議政的熱情使之最終為建立和諧社會發展社會主義市場經濟做貢獻。在這個過程中，關鍵是各級政府或各類企事業單位的決策過程要民主，決策結果要服務於人民的根本利益。

第二，努力做好知識分子的思想教育等各種工作。相比之下，當時即 20 世紀 40 年代昆明的中共地下黨組織就比 20 世紀 20 年代北京的中共地下黨組織有經驗的多。因為 40 年代昆明的中共地下黨組織主動地接近聞一多問寒問暖並做了大量的思想工作而讓聞一多清楚明白了此前聞所未聞的中國共產黨的最高綱領和最低綱領，明白了衹有跟著黨走才能迎來美好光明的新中國這個真理。於是，這才讓聞一多前期「國家主義」崇奉中的部分積極因素轉變為後期吶喊「人民至上」追求民主的全部積極因素以及前期追求藝術的純美轉變為後期在追求藝術「效率」的同時更強調藝術的「價值」。當然，即使 20 年代的北京中共地下黨組織也像 40 年代昆明的中共地下黨組織那樣接近聞一多，恐怕也未必能夠達到昆明中共地下黨組織「統戰」聞一多那樣的最佳效果。因為，畢竟當時的聞一多因留美歸國不久在不了解國內形勢的情況下不可能看清社會發展的潮流，更因為沒有看到當時尤其後來社會的黑暗腐朽，因此也就不明白甚至敵視當時中國共產黨所代表的先進性。

但是，這並不能成為當時即 20 年代北京中共地下黨組織推脫責任的理由。這樣，我們就更應該借鑑當時昆明中共地下黨組織的經驗，在做今天知識分子工作的時候，就要努力找準知識分子和人民利益的契合點，求同存「異」化解「分歧」並最終達到「雙贏」的結果。

第三，各級政府包括各類企事業管理部門必須始終保持清廉執政最大限度地改善知識分子的工作條件並提高他們的生活質量以解除他們的後顧之

憂。無論中國共產黨所以能夠帶領廣大勞苦大眾推翻「帝官封」三座大山還是聞一多所以能由紳士轉變為「鬥士」，都讓我們重新認識了上千年的一個真理，這就是「官逼民反」的結果。如果當時的國民黨政權不是那樣貪腐，人民也不遭受那種生靈塗炭，聞一多就絕不會被「逼上梁山」，中國共產黨也不會一呼而萬人應取得最後勝利。歷史的教訓應該汲取，「極左」時期「四人幫」助紂為虐殘害知識分子但最終落得被粉碎的下場，其實也是「官逼民反」的結果。因此，當前最重要的就是各級各類黨組織以及各級政府要在黨中央的正確領導下形成堅強的領導核心並充分發揮黨的核心領導作用，堅持以人為本的理念，在各項工作都取得新進展的情況下，從而使社會安定團結的大局得到空前鞏固和發展。

第四，堅持「三個代表」重要思想創建和諧社會大力進行文化建設就要最大限度地努力發掘聞一多對當今時代具有認識價值和教育意義的「品行」並進行文化包裝，這就猶如聞一多在其《端節的歷史教育》中將屈原之死的意義必須賦予現今的社會需要一樣進行宣傳。所以，這又如聞一多在該文中所說「僅僅求生的時代早過去了」並且現在「應該是怎樣求生得光榮的時代」，因此「如果我們還要讓這節日存在，就得給他裝進一個我們時代所需要的意義」即我們的端午節起於紀念屈原這個「謊」。又因為要「裝進我們時代所需要的意義」並「為這意義著想，哪有比屈原的死更適當的象徵」而由撒謊「說端午節起於紀念屈原」，聞一多更特別佩服撒謊者「那無上的智慧」。因為聞一多認為「以求生始，以爭取生得光榮的死終」之「端午節起於紀念屈原」的「這謊中有無限的真」。我們由聞一多從端午節源於紀念屈原的這個「謊」中得到啟發，同樣可以借鑑為我們今天如何對於聞一多進行文化包裝和宣傳。其內容重點就是努力提煉並強化宣傳貫穿於聞一多一生的精神和行為表現即「詩人主要的天賦是『愛』，愛他的祖國」和「愛他的人民」，尤其要讓全中國每一位公民都成為「愛他的祖國」和「愛他的人民」的楷模。若果真如此，則國家幸甚，祖國更美好的明天就在眼前。當然，我們更應該將聞一多進行完整的宣傳，而絕不能將其「肢解」或者「偷換」。目前個別論者對於聞一多後期參加社會政治活動不以為然而片面肯定其前期的唯美藝術追求貌似追求藝術而淡化政治，其實，這種理論的積極闡發，恰

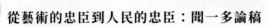

巧使之掉進關心社會政治活動的怪圈。任何一種極端掩蓋另一種極端的作為都不可取。

　　如同魯迅像莎士比亞永遠被「說不盡」一樣，聞一多也是一位永遠也被「說不盡」的知識分子。所以如此，歸根到底還是因為聞一多這個複雜的存在能夠讓人從他這個複雜的「金銀盾」中看到不同的內涵。正因為此，這在留給我們巨大研究空間的同時，猶讓我們認識到堅持「三個代表」重要思想努力學習落實科學發展觀構建和諧社會是當今對聞一多的最好紀念，這就是聞一多被「逼上梁山」留給我們今天的深遠思考。

後記

　　拙著共 25 個章節，初始均以論文形式完成並全部發表。發表的刊物計有：《文學評論》、《文學評論叢刊》、《文藝爭鳴》、《文藝理論研究》、《復旦學報》、《清華大學學報》、《武漢大學學報》、《華中師範大學學報》、《江漢論壇》、《廣東社會科學》、《中州學刊》、《甘肅社會科學》、《雲南社會科學》、《學術交流》、《北方論叢》、《名作欣賞》、《學術探索》、《徐州師範大學學報》、《江南大學學報》、《河南科技大學學報》、《廣東海洋大學學報》、《河池學院學報》等。

　　在這些章節中，其中《復旦學報》發表兩篇，《河池學院學報》發表三篇（三篇發表四次，其中一篇連載）。總計核心刊物發表 18 篇，普通刊物發表 7 篇。發表在《江南大學學報》、《徐州師範大學學報》和《河池學院學報》上的三篇，又分三次收入到正式出版的聞一多或魯迅國際學術研討會論文集中，其中兩篇被《新華文摘》轉摘。

　　這些章節以論文形式發表後，其中三分之二以上交叉地或被《人大複印資料》、《新華文摘》、《中華讀書報》等多次轉載轉摘，或被他人引用，或被他人評論，或被《文學評論》、《文藝研究》、《江漢論壇》、《長江學術》和《江漢大學學報》刊發的會議綜述文章介紹學術觀點，或獲得政府省級科研優秀成果三等獎等，另得獲獎範圍包括國內外學者因此具有國際價值的：第二屆聞一多研究優秀成果（1994—2008）三等獎；《聞一多研究動態》和《紅燭網》，更將近 20 次介紹學術觀點或者刊發學術評論。

　　拙著的階段性成果之一，最先發表在《華中師範大學學報》1999 年第 1 期並被《中國現當代文學研究》轉載，後來繼續深入研究並陸續發表，待到 2007 年課題立項時，已經完成並發表三分之二。由於立項帶來的動力，該課題於 2008 年 10 月提前一年完成。

　　雖然如此，但以論文形式全部見諸鉛字，當是第四章最後一節於 2010 年 3 月在《文學評論》2 期的發表。計算下來，時間跨度竟達 10 年多之長。當然，在此期間，筆者另外進行著其他諸多內容的課題研究。

　　根據鑒定專家的寶貴意見，為避免內中某些內容重複，我對報送鑒定原稿相關章節的部分文字作了刪改。因此，呈現在專家和讀者面前的現在各章節內容，有的就沒有原發論文尤其原寫論文完整豐滿。雖然如此，但和原發論文相比，也有增加內容的章節。

　　如第一章在連載發表完畢時，是在 2008 年 8 月，那時紀念聞一多誕辰110 周年暨國際學術研討會還沒有召開，因此也就沒有該章節中關於此的內容。

　　在此還要說明的是，第四章的第三節，第五節，第六節和第八節內容，依次分別和李海燕（碩士副教授），肖佩華（博士教授），姚國軍（碩士副教授），姚皓華（碩士副教授）等四位老師合作。目前排版 25 個章節中的部分名稱，和發表時也有所不同。

　　課題的完成和拙著的出版，我自然感謝廣東省哲學社會科學規劃辦領導和專家給予立項；感謝廣東海洋大學以及科技處和文學院各級領導鼓勵和支持；感謝廣東海洋大學原文法學院院長廖宗麟教授熱情為我推薦北京博克思文化發展公司劉婭君老師聯繫線裝書局出版社安排出版事宜；感謝中國聞一多研究會會長、武漢大學博士生導師陳國恩教授，感謝中國聞一多研究會副會長、武漢大學博士生導師方長安教授，感謝中國聞一多研究會副會長、北京大學博士生導師商金林教授等，在幾次的聞一多國際學術研討會上，他們都對我熱情接待和鼓勵並給予其他幫助；我也很感謝在會議上認識的武漢大學文學院的諸多現代文學在讀博士或博士後，他們的熱情接待或交流時的信任目光，都讓我至今難忘；還有《聞一多研究動態》主編，中國社會科學院博士生導師聞黎明研究員，我在此對他表示深深地感謝！這不僅他在本世紀初就關注到我的聞研並經常進行報導，也不僅他每期都及時給我發送《聞一多研究動態》的電子文本，讓我第一時間掌握國內外關於聞一多研究的新情況，並讓我在本書第一章之「新世紀國內外聞研動態」中整合到難以獲得的訊息，而更在於他作為這部書稿的第一「讀者」，在既不干預我任何內容表達的同時，但又給我指出某些史實的誤差並作糾正等等；在此，更要感謝所

有的聞一多研究專家，我借鑑了他們的研究成果，這才得以能夠沿著他們的思路向前拓展。即使觀點相左，仍然是學習他們的結果。

當然，最不能忘記的就是感謝那些發表我論文的責任編輯，是他們最先信任和無私地默默作「嫁衣」，這才讓我在聞一多研究領域有了一點影響：華中師範大學文學院吳滿珍和李秋蓉女士於 2009 年發表在《江漢論壇》8 期上的《最近 30 年聞一多詩歌研究綜論》中，就從不同角度有四處冠名介紹我的學術觀點。我以 10 年的聞研歷史在 30 年的聞研綜論中獲此地位榮譽，此前絕無想到。

國家圖書館出版品預行編目（CIP）資料

從藝術的忠臣到人民的忠臣：聞一多論稿 / 李樂平 編著 . -- 第一版 .
-- 臺北市：崧燁文化 , 2019.10
　　面；　　公分
POD 版

ISBN 978-986-516-070-8(平裝)

1. 聞一多 2. 學術思想 3. 文藝評論

820.908　　　　　　　　　　　　　　　　108017308

書　　　名：從藝術的忠臣到人民的忠臣：聞一多論稿
作　　　者：李樂平 編著
發 行 人：黃振庭
出 版 者：崧燁文化事業有限公司
發 行 者：崧燁文化事業有限公司
E - m a i l：sonbookservice@gmail.com
粉 絲 頁：　　　　　　　　網 址：
地　　　址：台北市中正區重慶南路一段六十一號八樓 815 室
8F.-815, No.61, Sec. 1, Chongqing S. Rd., Zhongzheng

Dist., Taipei City 100, Taiwan (R.O.C.)
電　　　話：(02)2370-3310 傳　真：(02) 2388-1990
總 經 銷：紅螞蟻圖書有限公司
地　　　址：台北市內湖區舊宗路二段 121 巷 19 號
電　　　話:02-2795-3656 傳真 :02-2795-4100　　　網址：
印　　　刷：京峯彩色印刷有限公司（京峰數位）

定　　　價：500 元
發行日期：2019 年 10 月第一版
◎ 本書以 POD 印製發行